Margherita Giacobino
Götter, Gatten und Geliebte

Margherita Giacobino

Götter, Gatten und Geliebte

Roman

Aus dem Italienischen von
Maja Pflug

Verlag Antje Kunstmann

Inhalt

Wartende Frauen

Wenn du jemanden liebst, mußt du vor allem wissen, was du dir von ihm – oder ihr – erwartest, denkt Irene, während sie langsam ihrer Wohnung entgegenschwebt.

Was sie von Renato erwarten kann, weiß Irene genau. Er wird zu spät kommen, ihr keine Blumen mitbringen, sie nicht küssen und das Abendessen kritisieren.

Lieber Gegner, denkt sie zufrieden, ich habe alle deine Schachzüge vorhergesehen. Sie hat ihn für halb neun bestellt, damit er gegen viertel nach neun da ist. Die Blumen hat sie sich selbst gekauft, einen entzückenden Strauß aus Tulpen und Freesien. Was das Abendessen betrifft, denkt sie kichernd, wird sich Renato schwertun, ein triftiges Argument gegen ihre *foie gras* zu finden. Es ist sein Lieblingsgericht, hat er letztes Mal gestanden, und Irene hat es sich gemerkt. Nebenbei gesagt, kostet das Zeug ungefähr soviel wie das Kleid, das sie heute abend anziehen will, aber Renato wird es bestimmt mehr zu schätzen wissen als ihr Outfit.

Er macht niemals Komplimente. Dazu ist er von Natur aus unfähig, der Ärmste. Er kann nichts dafür, es wäre, als verlangte man von einem Tiger, er solle schnurren. Zum Glück gehört sie nicht zu den Frauen, die von den Komplimenten und Aufmerksamkeiten eines Mannes abhängig sind, denkt sie mit einem prüfenden Blick in den Spiegel des Aufzugs und rückt ihren Seidenschal zurecht, der sich in einem Ohrring verfangen hat. Diese Ohrringe hat sie vor einer halben Stunde in einem Schaufenster gesehen und mußte sie sofort haben. Es sind Silbergehänge mit dunklen Steinen, die zu ihren Augen passen. Total süß, wie für sie gemacht. Renato wird das nie merken, das ist klar, aber was macht das schon?

Nein, überlegt sie dann, während sie sich langsam zur Tür

umdreht. Daß Renato nichts merkt, stimmt nicht; er registriert, kontrolliert und beobachtet alles stumm mit seinen wunderbaren, ruhigen, kalten grauen Augen, die dich auf Distanz halten. Aber er verausgabt sich nicht mit Kommentaren.

Er ist verschlossen wie ein Panzerschrank, nein, wie eine Auster. Irene stellt sich vor, wie sie sich als Perlenfischerin nackt ins Meer stürzt, in dessen Tiefe es von Haien wimmelt, um atemlos mit ihrer kostbaren Beute, ihrem Auster-Mann wieder aufzutauchen. Der dann, ist er erst der Einsamkeit der Abgründe entrissen, mit List und Geduld spielerisch besänftigt und dazu gebracht werden muß, sich zu öffnen und seine Perle preiszugeben.

Kein leichtes Spiel allerdings. Aber wann hat Irene je leichte Sachen geliebt?

Und er ist so launisch, auf perverse Art ungreifbar selbst in seiner Vorhersehbarkeit.

Beim letzten Mal, zum Beispiel, war er beinahe rührend. Sie hat sich richtig Sorgen gemacht und ihn provoziert, bis er wieder er selbst wurde. Zuletzt haben sie zum Glück gestritten.

Danach hat er zwei Wochen nichts von sich hören lassen. Als ob das genügte, um sie zu entmutigen.

Der Aufzug hält im vierten Stock, und beim Anblick des glänzenden Schildchens mit ihrem kursiv eingravierten Namen, *Irene Russo*, möchte sie plötzlich am liebsten laut zu singen anfangen vor Glück.

Sie hat keine Angst. Alles wird gutgehen. Inzwischen kennt sie Renato. Er gehört zu ihrem Leben. Auch weil es in ihrem Leben immer einen Renato gegeben hat, schon lange vor diesem Renato. Seit Irene sich erinnern kann, hat es immer einen faszinierenden und unerträglichen Mann gegeben, der weder küssen kann noch sagen: Ich liebe dich. Der einzige Unterschied zwischen Renato und seinen Vorgängern besteht darin, daß er die absolute Vollkommenheit dieser Gattung verkörpert, den Endpunkt der Evolution. Er ist der Schönste, der Eleganteste, der

Klügste, der Gemeinste. Mehr kann man von einem Mann nicht verlangen.

Lieber Renato, denkt sie, während sie den Schlüssel aus der Tasche zieht.

*

Einen Handschuh zwischen den Zähnen, die Arme voller Tüten und Päckchen, öffnet sie die Tür. Drinnen ist es warm, und die Pflanzen in der Diele stehen stramm wie Zinnsoldaten, grün und glänzend, zu neu, um schon zu welken. Alles ist neu in der Wohnung, auch die leeren Stellen, die noch auf Möbel warten; ein vager Geruch nach lackiertem Holz und Verpackungsmaterial durchzieht die Zimmer und den Flur.

Diese Wohnung verdankt sie im Grund genommen ihm, denkt sie, während sie die Schuhe abschüttelt und den grünen Kunstpelz aufhängt – wie ein übriggebliebener Christbaum sehe sie darin aus, hat Renato galant bemerkt.

Vor anderthalb Jahren, als sie ihm begegnet ist, lebte Irene noch bei ihrer Mutter und ihren Geschwistern. Das Wort ›lebte‹ ist allerdings übertrieben: Sie schlief dort, kam spät abends nach Hause, auf Zehenspitzen, und nicht jede Nacht. Bequem war es schon, die schmutzigen Kleider in den Wäschekorb zu werfen und morgens den Kaffee fertig vorzufinden, aber es hatte auch seinen Preis: die ständige, nervige Anwesenheit ihrer Mutter, die die Wohnung mit ihrem Lavendelduft und ihrer Angst erfüllte.

Eines Abends hat Renato mit seinem sarkastischen Lächeln zu ihr gesagt: Du tust immer so selbstbewußt, bist aber offenbar doch nicht erwachsen, sonst hättest du längst das Bedürfnis gehabt, dich von deiner Familie zu emanzipieren. Mich von meiner Familie emanzipieren? hat Irene gelacht. Ich kann zu Hause tun und lassen, was ich will, keiner kontrolliert mich! Aber in der Nacht hat sie vor Betroffenheit kein Auge zugetan, hielt Renato sie wirklich für so kindisch und unsicher? Am nächsten Morgen hat sie schmollend, aber resolut ein halbes Dutzend Anzeigen in der Zeitung angestrichen und sich auf die Jagd gemacht. Die damit endete, daß sie sich in diese Wohnung verliebt und sie gekauft hat.

Nun steckt sie zwar bis zum Hals in Schulden bei ihrer Mutter, aber es hat sich gelohnt. Renato hatte recht. Außerdem hat er sie schlicht nie zu sich nach Hause eingeladen, und irgendwo müssen sie sich ja sehen. Die Hotelzimmer haben nach den ersten aufregenden Begegnungen bald ihre Nachteile offenbart: staubige Teppichböden, Handtücher, die nach Desinfektionsmittel riechen, altbackene Kartoffelchips in der Minibar. Sich in einem Hotelzimmer zu lieben hat etwas brutal Funktionales, so ähnlich wie Kaffee aus Plastikbechern zu trinken, und Irene benutzt keine Plastikbecher, nicht mal im Büro.

Aber vielleicht ist die eigentliche Wahrheit eine andere, denkt Irene, als sie barfuß über das Parkett und dann über die nachtblauen Kacheln in der Küche geht. Die Wahrheit, das befürchtet sie schon längst, ist nämlich, daß sich in ihrem Innersten, hinter all ihrer quirligen Aktivität und Hektik, eine ungeheure Trägheit verbirgt, die niemand je vermuten würde. Sie ist wie ein Wirbelsturm, der alles mitreißt, wo er vorbeikommt, aber im Zentrum einen toten Punkt hat. Und nur die Renatos dieser Welt haben die Macht, sie vom Fluch dieser Trägheit zu erlösen. Ihnen verdankt sie alle wichtigen Entscheidungen ihres Lebens.

Irgendwie ist das ungerecht, überlegt Irene, denn die Renatos dieser Welt machen sich sehr wenig aus ihr. Stimmt das, fragt sie sich in einem plötzlichen Stimmungsumschwung, und betrachtet sich im Badezimmerspiegel, während hinter ihr das Wasser in die Wanne rauscht. Ja, leider: So sehr sie sie auch lieben – ganz sicher haben einige von ihnen sie geliebt, und vielleicht liebt sogar Renato sie –, an ihrem Leben würden sie ihretwegen nicht das Geringste ändern. Also machen sie sich letztendlich nichts aus ihr. Weder aus ihr noch aus sonst irgendwem außer sich selbst.

Aber sie können nichts dafür, sie sind einfach so. Sie verstehen nichts von Liebe, das gehört zum Mann-Sein, es ist angeboren wie die Haare auf der Brust und der Adamsapfel, beschwichtigt sich Irene, während sie sich mit der Pinzette eine Braue auszupft. Das darf man nicht als persönliche Beleidigung nehmen. Zärtlichkeit, Zuneigung, Gefühle, Lebensfreude – lauter Fremdwörter in der Sprache der Renatos. Auch wenn sie so tun, als wären sie ihnen geläufig, setzen sie den falschen Akzent. Man soll in ihnen nicht suchen, was sie nicht geben können, ganz einfach.

Übrigens hat sie für Zuneigung und Zärtlichkeit ja Nora. Bei Nora kann sie hemmungslos reden, lachen oder weinen, wann immer sie Lust hat, Nora kann sie alles erzählen. Na ja, fast alles. Am Anfang hat sie versucht, mit ihr über Renato zu sprechen, ohne auf Einzelheiten einzugehen; sie hat nur angedeutet, es gebe da diesen wunderbaren Mann, in den sie sich verliebt habe, aber Nora hat abgewinkt: Sei mir nicht böse, aber ich möchte lieber nichts davon hören.

Nora versteht das nicht, denkt Irene und beißt die Zähne zusammen, während sie mit der Pinzette heftig an den Brauen zupft, sie kann es nicht verstehen, weil sie zu anders ist. Nora ist der liebste, sanfteste Mensch auf der Welt, Irene vergöttert sie, aber um zu wachsen braucht sie die Härte eines Renato, die Wohnung ist der Beweis. Nora hätte sie nie zu diesem Kauf gedrängt, wozu auch, sie hat Irene von Anfang an zu sich eingeladen, vernünftig, wie sie ist. Aber Renato kennt keine Vernunft, er ist ausufernd, genial, maßlos. Er ist großartig, wie es in dem alten Schlager von Mina heißt: »*grande, grande, grande come te / ci sei solo tu*«. So sind die Renatos, denkt Irene und lächelt sich im Spiegel zu.

Apropos Wohnungen, wer weiß, in welchem Zustand Noras Wohnung ist. Und ihr Kühlschrank! Irene wagt gar nicht, daran zu denken. Als sie ihn das letzte Mal sauber gemacht hat, herrschte gähnende Leere, mal abgesehen von einer Tüte saurer Milch, drei verschrumpelten Karotten und dem inzwischen verschimmelten Kaviar, den sie ihr voriges Jahr zu Weihnachten geschenkt hatte.

Armes Bärchen, um diese Zeit verteilt sie bestimmt noch Antibiotika auf ihrem Kreuzweg der Hausbesuche. Hoffentlich kommt sie nicht zu spät heim und denkt daran, noch was zu essen, bevor sie mit einem ihrer grauenhaften Krimis ins Bett geht.

Gleich morgen wird Irene im Feinkostgeschäft Obst und Gemüse für Nora einkaufen und ihr Kühlschrank und Speisekammer mit Leckerbissen und vor allem mit Fertiggerichten füllen. Dieser Plan beschwingt sie, wie alles, was praktisch und machbar ist. Trällernd, auf Zehenspitzen zum Spiegel geneigt, zupft sie sich rasch die letzten Härchen von der Nasenwurzel.

*

Die Wanne ist fast voll. Irene kippt ein Fläschchen Melissenöl hinein. Der Spiegel ist beschlagen, die Temperatur im Badezimmer ist tropisch; Irene läßt das Badetuch zu Boden gleiten, dreht den Hahn zu, taucht den großen Zeh ins Wasser und schreit auf. Zu heiß.

Während sie wartet, daß es etwas abkühlt, räumt sie die Küche auf.

Die Küche ist der einzige fertig eingerichtete Raum der Wohnung, und darauf ist Irene stolz wie eine Mutter auf ihr Wunderkind. Ist meine Küche nicht phantastisch, hat sie letztes Mal zu Renato gesagt und sich vor Begeisterung mit ausgebreiteten Armen um sich selbst gedreht.

Es ist eine Küche, hat Renato gesagt.

Und du bist gräßlich, hat sie erwidert.

Sind es nicht etwas zu viele Farben? hat er kritisch bemerkt. Blaue Kacheln, grüner Kühlschrank und das gelb-lila Ding da ...

Das Ding ist ein Wasserkocher, hat Irene erklärt, und ich mag es gern bunt, ich liebe Farben, sie machen mich glücklich.

Er hat sein schiefes Lächeln aufgesetzt. Die Farbe Blau paßt nicht zum Essen, hat er gesagt. Es gibt keine blauen Speisen.

Doch, hat sie erwidert, Heidelbeeren sind blau. Und außerdem ist dieses Blau so warm, so tief wie die Dämmerung, wie Sommerabende, siehst du das nicht? Wenn ich dieses Blau anschaue, fühle ich mich frei. Als könnte ich fliegen.

Manchmal bist du wirklich wie ein Kind, hat er lächelnd gesagt, und sie ist wirbelnd in seinen Armen gelandet. Welche Farbe hat deine Küche? hat sie in der Glückssekunde der Umarmung gefragt.

Schwarz, hat er geantwortet und sich losgemacht. Ihhh, hat sie gesagt, das ist ja makaber! Ich mag gar nicht dran denken. Eine glatte Lüge, denn sie will nicht nur dran denken, sondern würde sie gern sehen, seine Küche, sein Schlafzimmer, sein Bad, alles, was ihm gehört. Am liebsten würde sie seine Wohnung bis in alle Winkel durchsuchen, die Schubladen umdrehen auf der Suche nach doppelten Böden, die Hand in die Falten seiner Hemden schieben. Sein Zuhause ist die einzige unerforschte Insel der Welt für Irene.

Sie wickelt die Päckchen aus dem Feinkostgeschäft aus. Die *foie gras* kommt in den Kühlschrank, die Crêpes mit Pilzen in den Backofen, zum Aufwärmen bereit, der schon geputzte und gewaschene Salat in die Kristallschüssel. Heute abend hat sie nur Sachen gekauft, die er mag. Ihr hätten Pizza, Mixed Pickles und Eis genügt, aber sie macht sich sowieso nicht viel aus Essen, ihr ist alles recht, Hauptsache, es hat jemand anders gekocht.

Renato dagegen ist sehr heikel und kennt sich natürlich bestens aus. Beim Thema Essen taut er auf. Irene hört gierig zu, wie immer, wenn er redet, aber ohne ihn zu unterbrechen, da sie in diesem Bereich gänzlich unbewandert ist. Sie beschränkt sich auf gelegentliche Nachfragen, die mit gutmütiger Herablassung beantwortet werden. Eine neue, wundersame Welt tut sich vor ihr auf, das märchenhafte Reich der Köche, die geheimnisvolle magische Handlungen wie Blanchieren, Pürieren und Dekantieren vornehmen, eine Welt, bevölkert von phantastischen Wesen wie der *bastardella*, was keine sexistische Beleidigung ist, sondern ein Küchengerät, und *caciucco*, was Irene an Kautschuk erinnert, aber der Name einer Fischsuppe ist. Nach einer Weile schweift sie gedanklich ab, hört aber weiter lächelnd mit aufgerissenen Augen zu, ohne etwas zu verstehen, als redete er in einer Fremdsprache. Er begeistert sich so sehr, der Ärmste, es wäre eine Sünde, ihn abzublocken. Wenn er mit solchen Adjektiven, mit solchen leuchtenden Augen von einer Frau spräche, bekäme Irene einen Anfall von mörderischer Eifersucht. Aber er redet von einem Perlhuhn. Schwärmt romantisch von einem Wildschweingulasch, ist gerührt bei der Erinnerung an einen Camembert. Sie läßt ihn reden und betrachtet ihn. Ein Genuß! Köstliche Augenblicke, in denen sie mit ihm zusammen, aber doch allein ist und denken kann, was sie will, während sie ihn mit den Augen streichelt.

Blitzartig überlegt sie dann manchmal, wie es sich wohl anfühlte, wenn sie verheiratet wären, wenn seine Stimme, sein Duft, sein Gesicht ihr nach jahrelanger Nähe vertraut geworden wären und ihr nicht mehr diesen seltsamen Schauer verursachten, als ob ihr jemand auf den Nacken hauchte. Aber solche Gedanken sind *verboten*, sie führen in den dunklen Wald, in die Schmerzensstadt, aus der es kein Zurück gibt, die Ehe.

Schon als kleines Mädchen war Irene ganz sicher, daß sie nie heiraten wird. Nicht in diesem Leben. Ihr wird schlecht, wenn sie bloß daran denkt, ihr dreht sich der Magen um, wie sie Nora einmal gestanden hat; dann, als ihr einfiel, daß Nora fünfzehn Jahre lang verheiratet war, hat sie rasch eingelenkt. Bestimmt gibt es auch erträgliche Ehen, hat sie gesagt, vielleicht sogar glückliche, genau wie es Volltreffer im Lotto gibt, aber warum sollte ausgerechnet ich das große Los ziehen? Verstehst du?

Vollkommen, hat Nora gesagt und sie mit ihren graublauen Augen fixiert, die Renatos Augen manchmal beeindruckend ähnlich sind.

*

Aus dem Spiegel im Flur blickt ihr kritisch eine nackte Frau entgegen, mit schmaler Taille, hohen kleinen Brüsten, schwarzer Lockenmähne und einer Salatschüssel in der Hand.

Irene stellt die Schüssel auf einer Konsole ab und streicht sich eine Strähne aus dem Gesicht. Sie betrachtet ihre Adlernase und ihre Augenbrauen à la Frida Kahlo, die immer wieder zusammenwachsen, soviel sie auch daran herumzupft, und zwickt sich in eine kleine Speckfalte unter dem Bauchnabel. Manchmal gäbe sie zehn Jahre ihres Lebens dafür, makellos zu sein, groß und schlank wie Sandra, mit einer vollkommenen, kleinen Nase und einer hellen, glatten Haut wie Nora. Dann wieder möchte sie nicht das Geringste an sich ändern. Heute abend ist sie unsicher. Würde sich jetzt der Geist aus der Wunderlampe melden, um ihre liebsten Wünsche zu erfüllen, wäre sie hin- und hergerissen, ob sie Renato eher mit absoluter Schönheit verblüffen oder so, wie sie ist, von ihm geliebt werden wollte, bis zum letzten überflüssigen Härchen.

Einige Minuten lang verliert sie sich in der Betrachtung ihres Spiegelbilds, dann reißt sie sich zusammen und geht ins Wohnzimmer, um den Tisch zu decken.

In ihrer Wohnung gibt es keine Vorhänge. Sie haßt Vorhänge, deshalb knipst sie abends, wenn sie nackt herumlaufen will, in den Zimmern zum Hof kein Licht an. Vor Monaten, als die Frau von gegenüber ihre Wohnung renovierte, hat Irene unter der Tür einen Zettel gefunden, der sie mit eisiger Höflichkeit aufforderte, morgens ihre Rolläden herunterzulassen, um die Arbeiter der Baufirma vor Unfällen zu bewahren.

Sie wählt die schönste Tischdecke, die sie besitzt, aus besticktem Leinen; dazu Kristallgläser und Porzellanteller mit grellbuntem Muster. Auch eine Kerze stellt sie auf, zündet sie aber nicht an, weil Renato den Geruch von geschmolzenem Wachs nicht mag und Abendessen bei Kerzenschein sowieso nicht seine Sache sind. Nur ein Koch, der etwas zu verbergen habe, meint er, hindere einen daran zu sehen, was man auf dem Teller hat.

Alles ist bereit. Die Lampe hängt tief über dem Tisch und beleuchtet den Tafelaufsatz; die gelben Tulpen, die weißen Freesien und die grünen Blätter verströmen frischen Frühlingsduft. Draußen hat es zu schneien begonnen. Irene geht ans Fenster und betrachtet die großen, schweren weißen Flocken, die als Tropfen die Scheiben herabrinnen. Es ist März, und bis gestern war Frühling, aber heute meldet sich der Winter zurück. Wie immer schluckt der Schnee sofort die Geräusche. Eine plötzliche Stille hat sich über die Piazza Carignano gesenkt, der Verkehrslärm klingt langsamer und ferner, als wären die Entfernungen gewachsen, und die dunkle, geschwungene Masse des Palazzo Carignano in der Mitte wirkt mächtiger und geheimnisvoller, weich gerundet wie die Seite eine Geige, exotisch wie eine russische Kirche.

Der Platz ist nicht groß, aber aus dieser Höhe betrachtet, wirkt er weit, und ihr Fenster ist klein, verborgen in einer Ecke; niemand sieht sie, während sie, die Stirn an die Scheibe gelehnt, völlig nackt dasteht und hinausschaut. Bis sie sich fröstelnd abwendet, um ihr duftendes Bad zu nehmen.

*

Mit geschlossenen Augen liegt Irene in der Wanne, untergetaucht bis zum Kinn, und aalt sich im dampfenden Wasser. Wie du das bloß aushältst, sagt die arme Nora immer, denn sie verträgt keine Hitze, hat aber doch manchmal eingewilligt, sie ins Dampfbad zu begleiten.

Ich bin wie ein Hummer, sagt Irene, gebt mir einen Topf kochendes Wasser, schon springe ich hinein.

Ich glaube kaum, daß die Hummer begeistert sind, wenn sie im kochenden Wasser landen.

Wahrscheinlich nicht, gibt Irene zu. Aber der Vergleich stimmt trotzdem, weil es um den Panzer geht. Im heißen Wasser lockert sich mein Panzer, da kann ich endlich loslassen. Ich hasse Sport und verabscheue die Sonne, ich könnte mich nie so wie du ins kalte Chlorwasser eines Schwimmbads stürzen und schon gar nicht ins eisige Meer, ich brauche Wärme, um aus mir herauszugehen, viel Wärme, aber es muß eine schützende, innere, diffuse, feuchte Wärme sein ...

Kurzum, du bist ein Haremstier, sagt Nora. Eine Odaliske.

Warum nicht? erwidert Irene. Ich fände es herrlich, den ganzen Tag nichts anderes zu tun zu haben als an mir herumzufummeln und zu rubbeln, mich salben und massieren zu lassen. Das wäre göttlich.

Geheimste Wünsche einer jungen Managerin, sagt Nora. Wer hätte das gedacht?

Stimmt aber, denkt Irene, während sie die Hand nach der Nagelschere ausstreckt. Sich sorgfältig und ohne Eile Zentimeter für Zentimeter zu untersuchen ist ihre liebste Entspannungsübung. Es hat etwas Animalisches und zugleich Religiöses, sich diesem Ritual hinzugeben, wie die Katzen, die sich stundenlang putzen, wie Waschungen vor einer Zeremonie.

Aber noch ein anderes, unerwünschtes Bild drängt sich auf: ihre Mutter, die sich zwanghaft die Augenbrauen ausrupft, der Geruch von Enthaarungswachs in der Küche, das Gejammer mit zusammengepreßten Lippen. Ihre Mutter, die sich zurechtmacht, sich streckt, sich quält und nie mit sich zufrieden ist. Ihre Mutter, die bis spät nachts vor einer auf dem Wohnzimmertisch ausgebreiteten Patience wartet und sich eine stumpfe kastanienbraune Haarsträhne um den Finger wickelt. Bis ihr Vater mit trüben Augen, aber stets untadeligem Kragen und nach Eau de Cologne duftendem Tüchlein in der Brusttasche seines Jacketts aus der Bar heimkommt und zu ihr sagt: Bist du immer noch auf? Ich konnte nicht schlafen, rechtfertigt sie sich demütig, und er lächelt ironisch von der Höhe seiner Einsachtzig auf die kleine Frau herunter, die ungekämmt vor ihrer Patience sitzt.

Ihr Vater, mit gestutztem grauen Schnauzbart, hoher Stirn und befehlsgewohnten Augen. Der erste aller Renatos. Der Prototyp.

Ihre Mutter hat sich nie von ihrem Panzer befreit, denkt Irene jetzt, während sie sich die Fußnägel schneidet. Hat sich nie im Unterrock blicken lassen, ist nie anders als perfekt angezogen aus ihrem Zimmer gekommen. Immer auf der Hut, voll Furcht, bei einem Fehler ertappt zu werden. Und mit den Jahren ist ihr noch ein zweiter Panzer gewachsen, bittere, sorgenvolle Falten um Mund und Augen, die sich auch im Schlaf nicht mehr glätten, weil sie die Zähne zusammenbeißt, wie wenn sie wach ist.

Zum Glück sind wir verschieden, wir haben fast nichts gemeinsam, denkt Irene und konzentriert sich wieder entschlossen auf ihre Toilette.

Wenn sie mit den Zehennägeln fertig ist, wird sie sich Ellbogen und Fußsohlen mit Bimsstein abreiben, dann das Peeling auftragen und den ganzen Körper mit dem Luffahandschuh bearbeiten, bis er krebsrot ist. Aber das gibt sich wieder, und bei Renatos Ankunft wird ihre Haut weich sein wie Samt.

*

Wieder vor dem Spiegel, aber diesmal im Schlafzimmer, schließt Irene lustvoll halb die Augen, als sie sich genüßlich den Seidenbody, die Strümpfe und zuletzt das lange Schlauchkleid aus schwarzem Jersey überstreift. Kaum mehr als ein Fetzen, aber einfach zu niedlich mit diesem weich fallenden Ausschnitt, der den Ansatz der Brüste frei läßt. Ein Konfektionsmodell eines japanischen Modeschöpfers; unheimlich praktisch, läßt sich knitterfrei in die Handtasche stopfen.

Nicht die Sorte Kleid, die Renato gefällt; soweit sie verstanden hat, trägt seine Frau – für ihn anscheinend der Inbegriff der Eleganz – Yves Saint Laurent, schon beim bloßen Gedanken muß Irene vor Langweile gähnen. Aber ob es ihm paßt oder nicht, er wird es aushalten, wenn auch nicht lange – Irene beabsichtigt, gleich nach dem Abendessen die Hüllen fallen zu lassen. Sie wird das Kleid auf den Boden werfen, darauf treten, sich vielleicht darauf wälzen, falls dieser Stockfisch von Renato zuläßt, daß sie sich im Wohnzimmer lieben, und morgen früh wird es wie neu sein. Wunderbar, denkt Irene, während sie sich die Wimpern tuscht. Wunderbar. Genau das muß gemeint sein, wenn von Freiheit der Sitten die Rede ist: Kleider, die man anzieht, auszieht und zu Boden wirft, ohne darüber nachzudenken.

Mit einer Grimasse denkt sie an die Korsetts ihrer Mutter, fleischfarbene Gerüste mit Metallstäbchen, in denen sie aussieht wie ein Krustentier ohne Scheren, mit Unmengen von Häkchen, die sich wie kleine Krallen in die Haut bohren und einen leuchtend roten Abdruck hinterlassen. Irene kennt das, mit sechzehn oder siebzehn hat sie die Dinger auch mal getragen. Bevor sie sich in ihren Philosophielehrer verliebt und beschlossen hat, ihn zu verführen, was ein radikales Umdenken in bezug auf Kleidung erforderte, angefangen bei der Unterwäsche.

*

Es ist viertel nach neun, Irene ist bereit. Bei diesem unerwarteten Schnee gesteht sie Renato zwanzig Minuten Verspätung zu, sogar eine halbe Stunde. Es muß teuflisch schwierig sein, heute abend einen Parklatz zu finden. Und bestimmt ist der Verkehr zäh, mit Staus überall, ein bißchen Schnee genügt, damit in der Stadt Panik ausbricht.

Irene läßt sich in einen Sessel fallen, schwingt die Beine über die Armlehne und schlägt mit einem behaglichen Seufzer das Buch auf, das sie bei ihrem letzten Hamburg-Trip am Flughafen gekauft und gestern abend begonnen hat. Ein Roman, von einem berühmten deutschen Autor – das seriöseste, dickste und wahrscheinlich langweiligste aller am Kiosk ausgestellten Werke. »Der große Roman eines Landes und einer Generation«, heißt es im Klappentext, »von einem der bedeutendsten Schriftsteller der zweiten Hälfte des 20. Jahrhunderts«, und so weiter. Es begeistert Irene, sich in die Lektüre eines ehrwürdigen, langatmigen Bandes zu stürzen wie in die Arme eines strengen, launischen Greises, um ihn am Bart zu ziehen und ihm die Hose aufzuknöpfen; sie liest, als würde sie Liebe machen, vertieft sich leidenschaftlich und eifrig in die verworrensten Monologe und springt plötzlich heraus, wenn sie genug hat. Bücher sind wie Männer, manchmal muß man hartnäckig und unbeirrbar kämpfen, um sie zu erobern, dann wieder sind sie es, die dich packen und zwingen, wider Willen dran zu bleiben – nein, das ist eine Täuschung, man braucht sich nur zu erinnern, daß man das Buch ja jederzeit zuschlagen kann.

Natürlich muß sie auch ihr Deutsch immer wieder auffrischen, sonst verkommt es noch ganz zur Sprache der Geschäftsbriefe und der Gebrauchsanweisungen für Heizkessel.

Während sie liest, fährt sie sich ab und zu langsam mit der Hand durchs Haar, streckt die Beine oder die Arme. Sie ist in ihren eigenen vier Wänden, spürt die Möbel und Gegenstände um sich herum, ein körperlicher, fast haptischer Genuß: Irene schließt vor Wonne die Augen.

Vielleicht, geht es ihr durch den Kopf, ist das der schönste Moment, wenn er noch nicht da ist, wenn alles bereit ist und ich auf ihn warte und alles noch perfekt sein kann, weil er oder ich es noch nicht ruiniert haben.

*

Als sie sich zum ersten Mal begegnet sind – eigentlich zum zweiten, aber das erste Mal zählt nicht, Irene hat sich gezwungen, es aus ihrem Gedächtnis zu streichen, obwohl sie weiß, daß schon damals etwas zwischen ihnen gelaufen ist –, war sie gerade in Hamburg. Sie kam von einer zermürbenden Sitzung und hatte höflich eine Einladung ihrer Firmenchefs zum Abendessen ausgeschlagen, weil sie sich nur noch nach einem Bett sehnte und bis zum nächsten Tag von der Menschheit nichts mehr wissen wollte. Fix und fertig hatte sie sich an der Rezeption neben ihm auf die Theke gestützt, ohne den Kopf zu drehen.

Dann hatte sie seine Hände gesehen, groß, gepflegt, behaart, ein bißchen plump, mit breiten stumpfen Fingerspitzen, und fröstelnd seine Stimme erkannt, ein unverwechselbarer, schnurrender Bariton. Sie hatte sich umgewandt, und da stand er, groß und kräftig, mit seinen herrlichen grauen Haaren und dem schiefen Lächeln, das so lässig wirkt wie das über die Schulter geworfene Jackett, aber einstudiert und patentiert ist wie alles an ihm, jede kleinste Einzelheit seines Panzers.

Irene traut ihren Augen nicht. Bist du es wirklich? sagt sie.

Zweifellos, erwidert er ungerührt und betrachtet sie im Spiegel hinter dem Portier, ohne ihr ganz das Gesicht zuzudrehen. Bleibt festzustellen, ob du auch wirklich du bist.

(Irene ist zwar müde, aber solche Dinge läßt sie sich nicht entgehen, blitzartig erfaßt sie das erotische Potential der Situation, sie weiß, daß der Augenblick einzigartig günstig ist, daß alles möglich ist und es an ihr liegt, ob es sich bewahrheitet. Ihr Hals ist ausgetrocknet, ihr Kopf leer, aber sie denkt fieberhaft. Gleichzeitig sieht sie innerlich die Szene wie ein Foto vor sich: Irene erhitzt, rot im Gesicht und zerzaust, Renato untadelig und frisch, als träte er geradewegs aus einem Werbespot für Männerparfüm, und noch dazu mit dem kleinen, bedeutsamen Vorteil, sie zuerst gesehen zu haben. Soll sie rasch zur Toilette, um sich frisch zu machen? Nein, lieber nicht.)

Was machst du denn hier? fragt sie.

Ich wohne in diesem Hotel.

Ich auch! Ist das nicht ein Zufall?

Es gibt merkwürdigere Zufälle auf der Welt.

Nein, das glaube ich nicht, sagt sie und hakt sich plötzlich bei ihm ein, während sich ein Lächeln über ihr Gesicht breitet, ein übertriebenes Lächeln, von einem Ohr zum anderen, es kommt aus ihrem Innersten und läßt sich nicht bremsen. So ist sie eben, sie spielt mit offenen Karten. Darf ich dich zu einem Drink einladen? fragt sie. Ich sterbe vor Durst.

Dann fällt ihr ein, daß er sie zudringlich finden könnte, sogar lästig. Aber jetzt ist es zu spät, sie sitzen an der Bar, und der Kellner bringt schon den Aperitif. Einen Moment lang hat sie den Eindruck, daß er nach einer Ausrede sucht, um so schnell wie möglich wegzukommen, doch der Moment geht vorüber, und Renato bleibt.

Wenn er etwas unternähme, um sie zu verführen, würde sie sich vielleicht zurückziehen. Aber er macht ihr keinerlei Avancen, verhält sich einwandfrei. Freundlich und interessiert, sogar galant, aber absolut cool. Wie zwei alte Freunde, die sich wiedertreffen, unterhalten sie sich über alles mögliche, Arbeit, Bücher, Politik und Philosophie, und als sie nach dem Essen am Michel vorbeispazieren, hat Irene den Eindruck, ihn besser zu kennen als irgend jemand sonst. Natürlich stimmt das nicht. Erst viel später wird ihr klar, daß er ihr nichts über sein Privatleben erzählt hat, während sie fast alles von sich preisgegeben hat.

Ihre Müdigkeit ist verflogen und einem angenehmen Gefühl der Schwere gewichen, jetzt zusammen ins Bett fallen, das wär's. Irene nimmt seinen Arm und spürt die Wärme seiner Haut unter dem leichten Jackett. Es ist ein lauer Septemberabend.

Sie bleibt neben dem Lift stehen, den Kopf an die Wand gelehnt, während die Füße in den Schuhen aus Eidechsenleder im Teppichboden versinken, schaut ihm tief in die Augen und wartet. Er betrachtet sie aufmerksam, als müßte er ein Problem lösen oder sie irgendwie daran hindern auszusprechen, was sie gerade sagen will.

Gut, sagt sie, für mich war es ein wunderbarer Abend, zum Abschluß erwarte ich nur noch, daß du mich in dein Zimmer einlädst.

Er sieht sie streng an, wie ein Lehrer eine Schülerin, die eine falsche Antwort gegeben hat – eher verärgert als überrascht.

Dann sagt er förmlich und sehr höflich: Ich verstehe, daß du eine freie Frau bist, aber ich bin leider nicht genauso frei.

Aber ich will dich doch nicht heiraten! hätte sie beinahe geantwortet.

Ich weiß, sagt sie statt dessen. Das heißt, ich kann es mir denken. Ich weiß, daß du eine Frau hast ...

Wir leben getrennt, brummt er ausweichend und kramt in seiner Brieftasche. Sie fürchtet schon, er werde gleich ein Foto seiner Frau herausziehen. Aber nein, er sucht nur nach dem elektronischen Zimmerschlüssel. Er muß wirklich erschrocken sein, um so überstürzt die Flucht anzutreten.

Siehst du, sagt er sehr ernst, es ist einfach so, daß ich ...

Du brauchst dich nicht zu rechtfertigen! unterbricht sie ihn hastig und errötend.

... und wenn es noch so altmodisch klingt ... fährt er fort, den unvergleichlichen Blick starr auf ihr Kleid gerichtet, das – sie spürt es jetzt heftig – viel zu weit ausgeschnitten ist.

Genug, ich will kein Wort mehr hören! sagt sie, den Busen mit der Hand bedeckend. Und während sie ihm die andere hinstreckt: Außerdem möchte ich klarstellen, daß der Abend für mich auf jeden Fall wunderbar war, unabhängig von seinem Ausgang. Gute Nacht.

Ohne den Lift abzuwarten, dreht sie sich um und geht würdevoll die Treppe hinauf. Ihr Zimmer liegt im fünften Stock, als sie oben ankommt, ist sie völlig außer Atem.

Mit einem Gefühl brennender Scham fällt sie aufs Bett. Einige Minuten später jedoch, als sie nackt und noch feucht von der Dusche unvermittelt einschläft, ist die Scham schon jener vertrauensvollen und zugleich ungeduldigen Erwartung und jenem Gefühl einer angenommenen Herausforderung gewichen, das bisher den Auftakt zu allen ihren Beziehungen bildete.

*

Heute früh im Büro hat sie sich beim Kaffeetrinken drei Minuten Pause gegönnt und ihre Statistik auf den neuesten Stand gebracht: Heute abend trifft sie Renato zum zehnten Mal, seit sie sich kennen, nämlich achtzehn Monate und drei Tage, das heißt, sie sehen sich etwa alle vierundfünfzig Tage, und die durchschnittliche Dauer ihrer Begegnungen liegt bei fünf Stunden und zwanzig Minuten, mal abgesehen von den vier Tagen, die sie letzten Herbst zusammen in Andalusien verbracht haben, was eine einmalige Sache war, die sich kaum wiederholen wird.

Nicht direkt der Alltag, hat Sandra bemerkt, ihr Mädchen für alles und ihre Vertraute.

Wer will schon gemeinsamen Alltag? Das interessiert mich nicht, ich verlange was anderes von der Beziehung zu einem Mann.

Beziehung nennst du das? wendet Sandra ein. Ihr seht euch doch so gut wie nie.

Eine Beziehung besteht nicht nur aus Anwesenheit. Da sind Gefühle, Gedanken, Botschaften, die man sich schickt ...

Er schreibt dir ja nicht mal.

Woher weißt du das?

Sandra wirft ihr einen unergründlichen Blick zu. Wieso, schreibt er dir?

Keine Zeile, gibt Irene zu. Irgend etwas an Renatos Gemeinheit begeistert sie. Als hätte sie selbst ihn so erschaffen, ihr geliebtes persönliches Monster. Hart, wo sie weich ist. Ungreifbar, wenn sie ihn sucht. Ihre Chimäre.

Na bitte, sagt Sandra.

Aber ich schreibe ihm. Allerdings schicke ich die Briefe nie ab. Ich habe schon einen ganzen Stapel, sagt sie und zeigt mit Daumen und Zeigefinger.

Schöner Trost, sagt Sandra achselzuckend.

Ich schreibe unheimlich gern Briefe, rechtfertigt sich Irene und nimmt noch mehr Zucker in ihren Kaffee.

Sei mal ehrlich – Sandra fixiert sie mit einem ihrer direkten, langen Blicke, die manchmal nur schwer auszuhalten sind –, sei ehrlich, was findest du an ihm?

Er ist einfach vollkommen.

Was heißt das? fragt Sandra mit einer Grimasse.

Er ist intelligent. Brillant. Scharfsinnig. Er weiß immer, was zu tun ist, kommt mit jeder Situation zurecht. Nichts entgeht ihm. Einfach faszinierend. Ein Monster.

Willst du sagen, daß er sich in dich einfühlen kann und ihr euch immer gut versteht?

Nein, im Gegenteil, wir verstehen uns überhaupt nicht, sind immer entgegengesetzter Meinung, von der Politik bis zur leichten Musik, wir streiten ständig. Aber ich streite liebend gern mit ihm, es ist so anregend!

Lebst du dadurch besser?

Also, das weiß ich nicht, aber ich brauche ihn. Ohne ihn wäre mein Leben wie eine Pizza ohne Peperoncino oder Kichererbsentorte ohne Pfeffer, verstehst du?

Allerdings. Es gibt sogar einen Fachausdruck dafür: Masochismus. Ich weiß, wovon ich rede. Ich hab' es selber erlebt, aber es hat mir nicht gefallen.

Nein, nein, nein, falsch! Masochismus ist, wenn man es genießt, sich schlecht behandeln zu lassen. Ich lasse mich nicht schlecht behandeln. Das soll er mal probieren!

Er behandelt dich nicht schlecht, weil er einfach gar nicht da ist, sondern sich woanders rumtreibt, na danke!

Er kann nichts dafür, daß er nicht weiß, was Liebe ist, erklärt Irene geduldig.

Ach ja, seine Mama hat nicht genug mit ihm geschmust, als er klein war; sehr bequem. Und du machst ihm ein tolles Abendessen und bringst die Statistik auf den letzten Stand. Und wenn er dich verarscht? Warte wenigstens bis morgen, dann bist du sicher.

Niemals. Ich kenne Renato genau, er ist manchmal grausam, sogar gemein, aber an Verabredungen hält er sich.

Ein wahrer Gentleman. Wie rührend.

Sandrina, mein Schatz, du hast ja recht, er ist ein unmöglicher, gräßlicher Kerl, du weißt gar nicht, wie ...

Ich kann es mir vorstellen, sagt Sandra finster.

... aber er gefällt mir, alles an ihm gefällt mir, seine Stimme, seine Haare, sogar seine Gemeinheit. Wenn ich ihn sehe, krieg ich weiche Knie, ich ...

Schluß damit, ich will diese Geschichte nicht hören, blockt Sandra sie ab. Eins ist, wenn man mit achtzehn drauf reinfällt, weil man kein Zuhause hat und nicht weiß, wo man zum Schlafen hingehen soll, und den erstbesten egoistischen Flegel, der das Wort an einen richtet, mit dem lieben Gott verwechselt, wie es mir passiert ist, aber du, in deinem Alter und in deiner Position ... Sie hält unvermittelt inne, beißt sich auf die Lippen und wendet den Kopf ab. Reden wir nicht mehr drüber, bitte. Entschuldige.

Irene, verwirrt durch diesen plötzlichen Ausbruch, fühlt sich getadelt und schuldbewußt. Deshalb redet sie noch schneller als gewöhnlich: Ich weiß, daß du mich verurteilst, sagt sie, weil man natürlich schon behaupten kann, daß ich mich Nora gegenüber ein bißchen danebenbenommen habe, das gebe ich zu, obwohl ...

Nein, ich verurteile dich überhaupt nicht! unterbricht Sandra sie hart. Das ist deine Sache, ich habe dir bei anderen Gelegenheiten gesagt, was ich davon halte, weil du mich danach gefragt hast, aber ich werde mich hüten, mich da je wieder einzumischen.

Hör zu, ich verstehe ja, daß es wirken kann, als hätte ich mich unkorrekt verhalten, äh, in gewisser Weise stimmt es sogar ...

Wir sind alle unkorrekt, erklärt Sandra lapidar, springt mit einem athletischen Satz vom Schreibtisch herunter und wendet sich zur Tür. Ich gehe jetzt, ich habe noch tausend Bestellungen zu erledigen. Ciao, ciao.

Und schon ist sie mit langen, energischen Schritten im Lager verschwunden, den Notizblock in der Hand, während die Arbeitshandschuhe aus der Gesäßtasche ihrer Latzhose baumeln. Irene fühlt sich gekränkt. Aber mittlerweile kennt sie Sandra gut genug – wenn sie nicht reden will, gibt es keine Chance. Sandra ist nicht so eine Quasseltüte wie sie, die stundenlang dummes Zeug redet, auch wenn sie es sich nicht leisten kann, weil sie natürlich auch tausend Dinge zu tun hat.

Beunruhigt und unzufrieden macht sie sich wieder an die Arbeit, denn sie spürt irgendwie einen kleinen Knoten, eine grund- und namenlose Angst, wie ein nicht lokalisierbarer Schmerz.

*

Es ist halb elf vorbei, und Irene starrt mit einer tiefen Falte auf der Stirn ins Leere. Nein, Sandra irrt sich, Renato hat sie nicht verarscht. Er gehört nicht zu dieser Sorte Mann.

Er verspätet sich nur. Es würde genügen, die Hand auszustrecken und nach dem Telefon zu greifen, um seine Stimme zu hören – Irene tröstet sich mit dem Gedanken, wie einfach diese Geste ist, die sie nie ausführen wird. Ein ungeschriebener Ehrenkodex und ihr Stolz halten sie davon ab. Die Achtung vor der gegenseitigen Freiheit, die die Grundlage ihrer Beziehung bildet.

Plötzlich erschrickt sie: Angenommen, er hat versucht, sie zu benachrichtigen, aber ihr Handy ist abgeschaltet und das Telefon nicht richtig aufgelegt und daher dauernd besetzt. Unauffällig schielt Irene nach dem Handy (es ist eingeschaltet), dann nimmt sie den Hörer ab, hört das Freizeichen und legt wieder auf.

Ihre Hand wird von dem Apparat angezogen wie eine Fliege vom Honig. Ihn jetzt anzurufen würde bedeuten, ihre Bedürftigkeit einzugestehen, die Angst, die in ihr hochkommt und sich ausbreitet wie Wasser in einem lecken Schiff. Wieder hat sie das elende Gesicht ihrer Mutter über den verstreuten Spielkarten vor Augen, wieder hört sie ihre Stimme, die sagt: Ich konnte nicht schlafen, sieht ihr sklavisches Lächeln von unten nach oben. Immer hat sie gedacht, daß die Warterei ihrer Mutter nur Schuldgefühle auslösen sollte, aber so schlecht inszeniert war, daß sie auf sie zurückfiel wie ein Bumerang. Was wollte sie denn? Daß er zu Hause blieb und sich mit ihr langweilte, ein so charmanter, lebensvoller Mann? Was hätte er davon gehabt, bei einer Frau zu sitzen, die ihm nicht mal in die Augen schauen konnte, ohne sofort den Blick zu senken?

Natürlich spiegelt das nicht ihre Situation mit Renato wider. Sie wird ihn zur Rede stellen, eine Erklärung verlangen. Aber nicht jetzt. Morgen, wenn sie wieder ruhig ist und ihre Angst überwunden hat.

Renato macht nichts zufällig. Also gilt es zu verstehen, welchen Sinn diese Verspätung hat oder diese – Irene beißt die Zähne zusammen, als sie das Wort denkt – Verarschung. Womöglich ist ihm etwas passiert! Ein Unfall.

Die Vision von Renato in einem Krankenhausbett, leichenblaß, mit geschlossenen Augen und einer Nadel im Arm, nimmt ihr einen Moment den Atem. Eine schreckliche, aber durchaus auch reizvolle Vision: Mit räuberischer Lust beugt sich Irene im Geist über den wehrlosen und verstummten Mann zwischen den weißen Laken.

Sie stellt sich vor, sie wäre die Krankenschwester. Sie füttert ihn, wischt ihm das Kinn ab. Rückt die Kissen zurecht. Eigentlich wäre ihr ein Unfall, bei dem er behindert bliebe, am liebsten. Etwa ein amputiertes Bein. Oder sogar alle beide. Nein, alle beide ist übertrieben. Eins genügt. Renato im Rollstuhl, und sie übernimmt das Kommando.

Irene lächelt. Es stimmt ja auch nicht, daß Behinderte keinen Sex haben können, es ist nur eine Frage der Stellungen. Sie persönlich fände einen einbeinigen Renato ziemlich aufregend.

Aber das kann nicht sein, sagt sie sich und erhebt sich aus dem Sessel, in dem, längst unbeachtet, der berühmte deutsche Autor liegt. Renato ist nicht der Typ für Unfälle, so was spürt man, und sie hat es vom ersten Augenblick an gespürt. Er ist zu entschieden, um ein Opfer des Zufalls zu werden, ganz Wille und Entschlossenheit. Nichts verunsichert ihn, nichts überrascht ihn. Er ist unverletzlich.

Außer es handelt sich um seine Frau. Das einzige Wesen auf der Welt, daß eine Bresche in diese Mauer aus Gewißheiten schlagen kann. Die einzige Frau auf der Welt, die er ... aber hat er sie wirklich geliebt? Sie denkt, schon, Sandra behauptet, nein.

(Sie ist eine seltsame Gestalt, sie macht mir Angst, und doch würde ich sie gern kennenlernen. Rebecca, die erste Frau.

Rebecca? Heißt sie nicht Caterina?

Rebecca ist der Titel eines Romans. Ich wollte sagen, daß sie immer einen drohenden Schatten wirft, die sagenhafte Caterina, diese unsichtbare Gegnerin. Sie leben seit über zehn Jahren getrennt, aber er betrachtet sich immer noch als verheiratet. Gleich beim ersten Mal hat er zu mir gesagt: Ich bin nicht frei. Das geht zu weit!

Ist doch klar, weil du die Initiative ergriffen hattest und er sich vor Angst in die Hose machte. Typisch Mann: Nur er darf entscheiden, wann, wo und wie gevögelt wird, du nicht.

Nein, meine Liebe, da irrst du dich. Glaub mir, ich kenne ihn wirklich gut. Er fühlt sich immer noch mit Caterina verheiratet.

Irene, ist dir nie der Verdacht gekommen, daß du manchmal ein bißchen naiv bist?)

Naiv? fragt Irene sich. Aber was weiß Sandra schon von dieser ganzen Geschichte? Und woher weiß sie überhaupt, daß Renatos Frau Caterina heißt? Sie wird es ihr selbst gesagt haben, ist ja logisch, aber es ist doch erstaunlich, daß Sandra sich sogar an solche Einzelheiten erinnert.

Für Renatos Verhalten am heutigen Abend kann es nur einen einzigen Grund geben: seine Frau. Rebecca alias Caterina. Es fällt Irene nicht schwer, sich die beiden zusammen vorzustellen, er devot, sanft, fürsorglich; sie, Irene, hat er schon vergessen, es gibt sie nicht mehr, sie gehört zu einer anderen Welt, ist *optional*, nein, ein Ersatz.

Aber liebt er sie wirklich, seine Rebecca? Wenn ja, weiß er doch, was es heißt zu lieben, und müßte begreifen, was sie empfindet, und ein bißchen Rücksicht nehmen. Falls er einen Funken Menschlichkeit besitzt, was sie bezweifelt.

Wenn Rebeccas unwiderstehlicher Reiz hingegen nur darin besteht, sich ständig zu verweigern, dann ist es nur das alte, dumme, ewig gleiche Spiel, nichts könnte sie weniger interessieren, denkt Irene und beißt in ein Grissino. Denn inzwischen hat sie Hunger bekommen, einen Riesenhunger, und es wäre ja schade, diese teure Gänseleberpastete verkommen zu lassen, also geht sie in die Küche und macht sich einen Toast, da sie nicht beabsichtigt, sie einfach so runterzuschlingen. Sie wird sie gepflegt verspeisen, wie im Restaurant.

Bei Kerzenlicht – schwacher Trost – sitzt Irene am Tisch und streicht die butterweiche bräunlich-rosa Leberpastete aufs Brot. Um nicht zu knausern, hat sie eine Menge genommen, die für vier Leute reichen würde, das kann sie nie alles essen. Wohin damit? Sandra kann sie sie nicht anbieten, die ist Vegetarierin und wäre angewidert und beleidigt über eine solche Mißachtung des tierischen Lebens. Nora wüßte sie vielleicht zu schätzen, aber Nora etwas zu schenken, was ursprünglich für Renato gekauft wurde, wäre nicht sehr geschmackvoll. Verdammte *foie gras*.

Sie gießt sich ein Glas Wein ein, lehnt den Roman an das Eimerchen mit den Eiswürfeln (die längst geschmolzen sind) und tut so, als läse sie. Peinlich. Sie beißt sich auf die fettigen Lippen. Dann wischt sie sich an der Serviette die Finger ab, klappt das Buch zu und legt es weg.

Im Schlafzimmer zieht sie sich rasch, aber mit beherrschten Bewegungen aus, schlüpft in einen alten Pullover, Jeans und Kittelschürze und macht sich ans Werk. Nachdem der Tisch abgedeckt ist, nimmt sie die Küche in Angriff, putzt gründlich den Backherd, leert den Kühlschrank, wischt ihn mit Essig aus, räumt ihn überaus ordentlich wieder ein, bevor sie sich auf den Boden legt und einige verdächtige Flecken unter dem Spülbecken bekämpft. Woher stammen die? Ist etwa ein Rohr defekt? fragt sie sich besorgt. Ab und zu hält sie inne, um Atem zu holen, fährt sich mit der Hand durchs Haar und trocknet sich den Schweiß auf der Stirn. Um zwei Uhr findet sie, inzwischen völlig erschöpft, eine tote Kakerlake unter dem Gasherd, und ihr ganzes Leben erscheint ihr im fahlen Licht des Scheiterns und der Verzweiflung. Aber sie reißt sich zusammen, packt das Insekt mit einem Stück Zeitung und wirft es ins Klo. Dann wischt sie alle Böden, die Kacheln mit Ammoniak und das Parkett mit lauwarmem Wasser.

Ob sie noch die Vorhänge abnehmen soll? Jetzt die Waschmaschine laufen zu lassen (es ist viertel nach drei), könnte den Nachbarn unter ihr stören. Schweren Herzens verschiebt sie die Aktion auf den nächsten Tag.

Als sie das zweite Bad dieses Abends einlaufen läßt, spürt sie die Anstrengung in allen Knochen, aber müde ist sie nicht. Sie kocht sich einen Kaffee.

Nachdem sie viel schneller als beim ersten Mal gebadet und sich wie wild, fast wie zur Strafe, gewaschen hat, setzt sie sich an den Schreibtisch in ihrem Zimmer, um die lange Rede zu Papier zu bringen, die sie in der Raserei des Großputzes an Renato gerichtet hat.

Als der Brief fertig ist (acht Seiten), beschließt sie, die Bettwäsche zu wechseln, weil sie nicht das Bett benutzen mag, das sie für Renato gerichtet hat. Er hätte natürlich nicht darin geschlafen, er schläft nie bei ihr – mal abgesehen von den vier Tagen in Andalusien, aber auch da stand er nachts auf, und eines Morgens fand sie ihn schlafend im Sessel; besser so, denn angespannt, starr und fremd wie er war, konnte sie sich neben ihm sowieso nicht entspannen.

Es ist fast sechs, als sie sich endlich zwischen den pfirsichfarbenen Laken ausstreckt, den schönsten, die sie besitzt, nie gebraucht, weil sie sie für eine besondere Gelegenheit aufgespart hat. Sofort fallen ihr die Augen zu.

An der Wand über dem Kopfteil des Bettes schwebt mit ausgebreiteten Flügeln ein großer Engel herab, bereit, seine Arme um sie zu legen. Ihr Freund Danilo hat ihn gemalt, ein bisexueller, sehr netter Maler, mit dem sie eine kurze Liaison gehabt hat, sehr kurz, weil er, vermutet sie, in Wirklichkeit viel mehr schwul als bi ist, jedenfalls hat er ihr am Ende diesen wunderbaren Schutzengel bringen lassen, der sie Nacht für Nacht in den Schlaf begleitet. Es ist ein riesiges Bild, einszwanzig auf einssiebzig, und verfehlt nicht, bei denen, die bis in ihr Schlafzimmer vordringen dürfen, eine gewisse Bestürzung hervorzurufen. Nora war immer ziemlich betroffen beim Anblick dieses großen männlichen Körpers in Rosa und Hellblau, mit Flügeln, die im Licht eines Sonnenuntergangs schimmern, und einem mächtigen, zarten violetten Penis, der wie eine Schwertlilie zwischen den muskulösen Schenkeln hervorwächst. Aber Renato war geradezu außer sich, hat verlangt, daß sie das Bild abhängt und umgedreht an die Wand lehnt. Wie kann ich mich hier hinlegen, hat er zu ihr gesagt, wenn dieser widerliche Riesenvogel im Sturzflug auf mich zukommt? Sie hat hochzufrieden gelächelt, weil es nicht leicht ist, Renato eifersüchtig zu machen.

Auf dem Schreibtisch liegt der Brief, zusammengefaltet, als sollte er abgeschickt werden. Nur die ersten Zeilen sind lesbar: Mein geliebter und gehaßter Liebling, hat sie mit ihrer großen, verschlungenen runden Handschrift geschrieben, ich glaube, das ist wirklich das letzte Mal, daß ich dir schreibe, denn alles hat seine Grenzen, auch meine Geduld …

*

Am nächsten Tag sind von dem nachts gefallenen Schnee nur noch ein paar weiße Flecken auf den Dächern und große Pfützen im Hof übrig, die in der Sonne glitzern. Sandra öffnet das Fenster weit, und kalter, prickelnder Sonnenschein durchflutet das Zimmer. Es ist beinahe Mittag, und sie ist noch im Pyjama, weil sie lange geschlafen hat, ihr Samstagsluxus. Sie schlägt die Bettdecken zurück, um sie zu lüften, aber ohne die Katze aufzuscheuchen, die auf einer Ecke des Federbetts schläft. Sie ist alt, und Schlafen ist der größte Genuß, der ihr noch bleibt, warum sollte sie sie stören?

Vor dem Weggehen hat Dario ihr die Espressokanne fertig auf den Herd gestellt, und auf dem Tisch liegt eine Heftseite, auf die er ein blau angezogenes Männchen mit einem roten, von einem Pfeil durchbohrten Herzen gemalt hat. Sandra lächelt kurz, dann knüllt sie den Zettel zusammen und wirft ihn weg. Früher hob sie diese Botschaften auf, aber sie hat schon drei Schuhschachteln voll, und die Wohnung ist klein.

Nach den zweiten Kaffee beginnt Sandra langsam, ins Hier und Jetzt einzusteigen. Und was sie entdeckt, gefällt ihr überhaupt nicht.

Heute abend ist das Fest. Welcher Teufel hat sie geritten, ein Fest zu veranstalten? Total daneben, denkt sie, während sie Marmelade auf ihr Vollkornbrot streicht. Seit über einem Jahr wohnt sie hier, kann man sich etwas Dümmeres einfallen lassen, als eine Wohnung einzuweihen, in der man schon über ein Jahr wohnt? Abgesehen davon, daß es nichts Falscheres und Scheinheiligeres gibt als ein Fest. Schon bei dem Gedanken, daß sie am Abend zu einer festgesetzten Zeit fröhlich und gesellig sein soll, bekommt sie schlechte Laune. Es gibt doch schon genug Verpflichtungen und Termine auf der Welt, warum muß man sich dazu noch welche ausdenken, auf die man sehr gut verzichten könnte?

Beruhige dich, sagt sie zu sich selbst, das ist der Morgeneffekt. Um diese Zeit soll man weder Pläne machen noch Verpflichtungen eingehen. Und auch nicht über die Welt und das Leben philosophieren. Man soll tief atmen, sich gut behandeln, an was Angenehmes denken. Als hätte er ihren stummen Appell gehört, springt der graue Kater auf den Tisch und geht tänzelnd auf sie zu. Es ist ein junger Kater, wenige Tage, nachdem sie hier eingezogen war, hat sie ihn auf der Straße aufgelesen, hungrig und erkältet; er ist ihr im Tanzschritt entgegengelaufen, genau wie jetzt. Entschlossen und vertrauensvoll, als hätten sie eine Verabredung.

Ciao, Jerry, sagt Sandra. Der Kater setzt sich und schaut sie mit großen runden Augen an.

Zum Kotzen, dieses Fest, sagt Sandra. Es ruiniert mir den Tag.

Der Kater schnuppert wohlerzogen an ihrer leeren Tasse. Wer weiß, was er riecht; in Wirklichkeit ist sein Geruchssinn kaum noch vorhanden, weil er als Kätzchen so oft Schnupfen gehabt hat. Der Vorteil ist, daß ihn die vielen künstlichen Gerüche am Menschen (Cremes, Seife, Parfüm) nicht stören. Manchmal denkt Sandra, daß diese Behinderung ihn etwas menschlicher, weniger katzenhaft macht.

Ich habe nie verstanden, was Feste für einen Sinn haben, sagt Sandra. Du siehst einen Haufen Leute, die dir eigentlich egal sind, hast keine Zeit, dich mit denen zu unterhalten, die du magst, trinkst zuviel, rauchst zuviel, und am nächsten Tag hast du Kopfweh und mußt auch noch die ganze Wohnung putzen. Aber vielleicht bin ich einfach konstitutionell kein glücklicher Mensch.

Der Kater streckt die Pfote aus und wirft mit einem kleinen Schubs ein Stück Brot auf den Boden.

Nicht das Brot, Jerry! tadelt sie ihn. Dann reißt sie ein Stück Alufolie ab, formt ein Kügelchen und wirft es ihm zu. Jerry liebt Alukügelchen, die glitzern, rascheln und in den Krallen hängenbleiben. Mit einem senkrechten Sprung fängt der Kater das Kügelchen mit den Vorderpfoten und bringt es ihr im Maul zurück. Sandra lächelt ihn an. Er ist ein langes, mageres Tierchen mit großer Nase, großen Ohren und fröhlichem, geduldigem, aber sehr bestimmtem Wesen. Sandra mußte ihn kastrieren lassen, damit er die alte Katze in Ruhe ließ, die seine Annäherungsversuche empört abwehrte, in ihrem Alter.

Dario war vehement dagegen. Was hat er noch vom Leben, wenn wir ihn kastrieren lassen? hat er gefragt. Uns, die Wohnung, sein Fressen, die Dächer, das Sofa, eine ganze Menge. Aber keinen Sex, hat Dario betont. Er wird auch ohne Sex zurechtkommen, hat Sandra eisern erwidert. Kein Sex im Tausch für ein anständiges Leben, entweder oder. Jeder von uns muß sich im Leben gelegentlich entscheiden, sogar Jerry. Aber er entscheidet nichts, wir entscheiden für ihn, hat Dario eingewandt. Putzt du die Katzenpisse in sämtlichen Ecken der Wohnung weg? hat sie gefragt. Dario hat das Thema gewechselt. Seine Beziehung zu den Katzen besteht in einem friedlichen und zerstreuten Zusammenleben unter Gleichen. Dario ist zu soft, um sie zu etwas zu zwingen oder sie auszuschimpfen, ihnen aber zu ähnlich, um wirklich für sie zu sorgen. Alle drei verlassen sich auf sie, Dario und die beiden Katzen.

Sandra und Jerry spielen ein paar Minuten, dann kommt Jerry zu ihr und stupst sie freundschaftlich am Kinn. Sandra küßt ihn auf den kleinen, flachen, warmen Kopf. Die Nähe des schnurrenden Katers mit seinem vibrierenden, langen schmalen Körper muntert sie plötzlich auf.

Als sie ins Bad geht, um sich zu waschen, folgt er ihr. Sandra dreht den Wasserhahn am Waschbecken ein bißchen auf, damit er trinken kann, und nimmt eine lange heiße Dusche. Sie ist gerade fertig und überlegt, ob sie sich zusammen mit der ersten Zigarette des Tages eine dritte Tasse Kaffee gönnen soll, da läutet es an der Tür.

Sie knotet den Gürtel des Bademantels zu und öffnet.

Draußen stehen zwei keuchende Männer, die stark nach Schweiß riechen, zwischen ihnen zwei Kartons, ein riesiger und ein kleinerer obendrauf.

Sie haben sich geirrt, sagt Sandra, die Leute, die gerade umgezogen sind, wohnen im dritten Stock.

Die Männer antworten nicht. Der Ältere lehnt seinen Bauch an den großen Karton und läßt einen hungrigen Blick über sie gleiten, von den langen dunkelroten Haaren bis zu den schmalen Fesseln über den Korksandalen. Der Jüngere starrt sie mit trüben Augen an.

Oje, denkt Sandra. Aber aus Solidarität mit den beiden Trotteln, die fünf Stockwerke heraufgestiegen sind, wiederholt sie noch einmal, bevor sie die Tür schließt: Familie Cammarata, dritter Stock.

Eine Sekunde später läutet es wieder, lange und heftig.

Was gibt es denn noch? schnaubt Sandra, ohne zu öffnen.

Ausgerechnet bis hier rauf mußten sie kommen, diese zwei. Und sie ist noch nicht mal angezogen, denkt sie und betrachtet ihre Knie, die Darios blauer Bademantel weitgehend unbedeckt läßt. Bevor sie Dario kannte, war Sandra an Männerblicke gewöhnt wie Jerry an den Hunger. Sie konnte damit umgehen, sogar damit spielen, aber manche Gewohnheiten, so nötig sie sind, legt man gern wieder ab. Deshalb zieht sie rasch eine Samthose unter den Bademantel, und so hergerichtet reißt sie heftig die Tür auf.

Also, was ist? fragt sie.

Signorina Destefano? buchstabiert der ältere Mann, ein zerknittertes Stück Papier in der Hand, rot im Gesicht, als würde er eben erst lesen lernen.

Das bin ich, gibt Sandra zu.

Dann ist das hier für Sie, sagt er ärgerlich, den Blick starr auf den Lieferschein gerichtet.

Für mich? Das muß ein Irrtum sein, ich habe nirgends was bestellt.

Sind Sie Signorina Destefano oder nicht? sagt der Mann, der nicht mehr weiß, wo er hinschauen soll, um Sandra nicht ansehen zu müssen. Der Jüngere dagegen hat sich gefangen und lächelt sie unverschämt an, während er sich mit der Hand die Haare glättet. Der andere verpaßt ihm einen Stoß mit dem Ellbogen.

Entschuldigung, das verstehe ich nicht. Sind Sie ganz sicher?

Schauen Sie her, hier steht Destefano Alessandra, Via Tre Galline 7, fünfter Stock.

Sandra nimmt das Blatt, das der Mann ihr hinhält, und liest unter dem Briefkopf eines Elektrogeschäfts: ›Herd, Modell Artemis deluxe, mit ausziehbarem Umluftbackofen‹. Zuerst erscheinen ihr die Wörter völlig sinnlos.

Und das gehört auch noch dazu, bitte schön, sagt der Mann und drückt ihr die kleinere Schachtel aus weißem Karton in die Hand. Sandra öffnet sie. Ein Zweig rosa Orchideen kommt zum Vorschein, diese Farbe haßt sie, daneben ein Kärtchen ohne Umschlag, auf dem nur steht ›Für deine Wohnung‹, in einer Schrift, bei der sie einen Stich zwischen den Schulterblättern spürt, eine schmerzliche Verlegenheit, noch bevor ihr dämmert: Es ist die Schrift von Gris.

Also, können wir ihn jetzt reinbringen oder nicht? sagt der Mann.

*

Sandra sieht Gris wieder vor sich, auf der Dorabrücke, wann war das?, letzte Woche. Er ist verschlossen, schweigsam, scheint zu leiden, aber vielleicht ist es nur der Wechsel von Licht und Schatten an jenem bedeckten, windigen Tag, der neue Falten auf sein Gesicht zeichnet.

Kommst du auch zum Einweihungsfest meiner Wohnung? sagt sie spontan, denn im Grund hat sie ihn gern gehabt, in einem vorigen Leben, und heute ist er alt, so alt wie sie in zwanzig Jahren.

Ah, ein Fest! sagt er mit seinem überheblichen Lächeln, das sie ärgerlich und pathetisch findet. Wann denn?

Nächste Woche, Samstag, ab neun. Die Adresse weißt du.

Bestimmt hast du einen Haufen smarter Jungs und schöner Mädchen eingeladen, sagt er.

Ich kenne keine smarten Jungs, und Mädchen schon gar nicht,

gibt sie zurück. Ich habe meine Freunde eingeladen, lauter Männer und Frauen, stell dir vor.

Na so was, erwidert er zerstreut und starrt auf das graue Flußwasser, wo etwas treibt, das zu Sandras Entsetzen aussieht wie ein toter Hund.

Allmählich wird Sandra ungeduldig. Am Telefon hatte er sie beinahe angefleht, es klang dringend, und jetzt steht er hier, stumm und abwesend, in seine Gedanken versunken, als wäre sie gar nicht vorhanden. Es ist kalt, und sie hat rasch ihr Essen hinuntergeschlungen, um den Rest der Mittagspause mit ihm zu verbringen. Entschuldige, aber ich habe eine Verabredung mit Gris, hat sie zu Irene gesagt. Warum läßt du ihn nicht herkommen? hat Irene gefragt. Ich bin richtig neugierig auf ihn. Manche Sachen halte ich lieber getrennt, hat sie gesagt, und eigentlich stimmt es, auch wenn der Hauptgrund natürlich ein anderer ist.

Wolltest du mir was sagen? fragt sie.

Ich will dir immer was sagen, antwortet er. Es ist eine Freude, mit dir zu reden, jederzeit. Wieder dieses Lächeln. Sandra vermutet, daß er mit einer seiner Frauen in Schwierigkeiten steckt oder, noch schlimmer, in einer existentiellen Krise. Leg los, sagt sie, ich höre.

Er wirft ihr einen verletzten Blick zu, in dem ein Funken verbitterten Vergnügens aufleuchtet. Sandra erstarrt. Willst du, daß ich mich diplomatischer ausdrücke? fragt sie. Soll ich sanfter, weiblicher und verständnisvoller sein?

Er lacht leise in sich hinein. Sie stehen einander gegenüber, und ihre Augen sind genau auf gleicher Höhe. Heute, in den hochhackigen Stiefeln, ist Sandra gut über einsachtzig groß, und auch so, in die graue Wolljacke eingemummt, mit verschränkten, an die Brust gedrückten Armen und dem weiten Rock, der ihr bei jedem Windstoß um die Beine flattert, drehen sich die Arbeiter des Sägewerks, die vom Mittagessen in der Bar auf der anderen Seite des Flusses kommen, alle nach ihr um, als sie die Brücke überqueren. Ein Lastwagen, der mit Vollgas bei Gelb über die Ampel fährt, weht ihr die langen Haare ins Gesicht, und sie streicht sie mit einer genervten Geste zurück.

Gris senkt als erster den Blick und lehnt sich auf das Brückengeländer wie auf ein Fensterbrett.

Und der Junge, mit dem du zusammenlebst, oder besser gesagt, der Mann – ist es nur ihr Eindruck, oder ist das Wort Mann mit sarkastischen Anführungszeichen versehen? – widmet sich bei der Gelegenheit der *haute cuisine*? sagt er, ganz offen das Thema wechselnd.

Hör auf mit dem Scheiß, sagt Sandra, den Blick wieder auf das gelbe Etwas gerichtet, das jetzt am Flußufer gestrandet ist (ein Hund, ein altes Kleidungsstück?). Dario macht sich nichts aus deiner dämlichen *haute cuisine,* und außerdem besitzen wir nicht mal einen Herd, sondern nur einen Kocher von vor dem Krieg. Wir werden ein paar Häppchen machen, was kaufen, und später gibt's noch Spaghetti, denke ich.

Ihr habt keinen Herd, schade, wiederholt er geistesabwesend, und sie bereut plötzlich, daß sie ihn eingeladen hat. Also, kommst du oder nicht? fragt sie schroff.

Mal sehen, antwortet Gris. Ich käme schon gern, aber kann sein, daß ich was Dringenderes zu tun habe.

Dann hau doch ab, sagt sie wütend, und ihr ist, als fiele er, in seiner Lederjacke, mit dem Hermès-Schal um den Hals und den teuren Schuhen, plötzlich in sich zusammen, gekrümmt und verwahrlost wie ein Penner. Herrgott, Gris, du bist über fünfzig, wann wirst du endlich erwachsen?

Er setzt sein seltenes, entwaffnendes Lächeln auf. Wer weiß, sagt er, vielleicht nie.

*

Schon gut, sagt Sandra, schon gut, tragt ihn rein.

Mit gesenktem Kopf machen sich die beiden ans Werk und fluchen nicht einmal, als sie über die Schwelle stolpern.

Vielleicht werde ich auch alt, denkt Sandra, früher hätte ich ihnen gesagt, sie sollen das Ding schleunigst wieder mitnehmen. Oder es die Treppe runterwerfen, wenn ihnen das lieber ist. Aber die Ärmsten können ja nichts dafür. Wer weiß, was so ein Herd kostet. Mindestens die Hälfte meines Gehalts, schätze ich. Vielleicht sogar mehr. Er ist bestimmt schon bezahlt, und die Firma muß ihn eben liefern. Was bringt es also, wenn ich ihnen sage, sie sollen ihn die fünf Stockwerke wieder runtertragen? Aber was mache ich damit? fragt sie sich mit einem leicht angeekelten Blick auf die Orchideen.

Wenn Sandra eins nicht ausstehen kann, dann ist es Verschwendung. Sie hat genug Armut erlebt, um den Wert der Dinge zu schätzen, und haßt es, etwas wegzuwerfen, wenn es noch gut ist. Beim Anblick der Mülltonnen, die von frischen Brötchen und kaum berührten Speisen überquellen, wird ihr richtiggehend übel. Am Ende stellt sie die blöden Orchideen in einer Flasche aufs Fensterbrett im Schlafzimmer, zwischen die gelben, roten und blauen Primeln. Dazu muß sie aber erst ein grünes Dickicht aus Ficus und kleinen Palmen und noch anderen Gewächsen, deren Namen sie nicht weiß, überwinden und etliche blühende Hyazinthen beiseite räumen, die die schweren Köpfe hängenlassen und die Luft mit ihrem schwülen Duft erfüllen.

Herrje, denkt Sandra, man kommt sich vor wie in einer Filiale des Blumenmarkts, so viele Pflanzen stehen hier rum, das führt zu einer Überproduktion von Sauerstoff, mir ist schon ganz schwindlig vor Sauerstoff, diese Orchideen haben mir gerade noch gefehlt.

Ausgerechnet Orchideen! Die hat sie noch nie leiden können. Die reine Angeberei, da könnte man auch gleich ein Bündel Geldscheine mit einer bunten Schleife drum verschenken.

Aber warum regt sie sich so auf? Heißt das etwa, daß Gris sie immer noch verletzen kann? Nein, das wäre ja noch schöner, die Zeiten sind vorbei.

Oder doch nicht? Plötzlich begreift sie, was dieses Geschenk bedeutet: daß er nicht zum Fest kommen wird, daß er weder ihre Freunde noch Dario kennenlernen will, weil er Angst hat, einer unter vielen zu sein, an Boden zu verlieren. Er will der einzige sein. Einzig und allein er. Will über allen stehen. Immer Herr der Lage sein. In Verlegenheit zu geraten vor Leuten, die nicht auf seinem Niveau sind, freundlich sein zu müssen zu ihren Bekannten, zuzuhören und ein paar Minuten darauf zu verzichten, die Hauptperson zu sein – das will er nicht riskieren.

Genau wie ihr Vater. Wild entschlossen, ihre Freunde, ihre Liebesbeziehungen, ihr Leben zu ignorieren, als gäbe es das alles gar nicht.

Wütend zerreißt Sandra die Schachtel, da fällt etwas zu Boden, das unter dem Einwickelpapier der Orchideen verborgen war: ein Schlüsselbund. Sie hebt ihn auf und erkennt ihn, nicht so sehr am Aussehen, sondern gefühlsmäßig, am Gewicht des silbernen Schlüsselanhängers in ihrer Hand.

Was soll das heißen? fragt sie sich beunruhigt. Macht er sich lustig? Sind ihm die Schlüssel vielleicht in die Schachtel gerutscht, als er das Kärtchen schrieb, oder ist es eine Botschaft? Aber in welcher Sprache?

Nein, denkt sie, ich habe genug von seinen Spielchen. Diesmal muß er sich deutlich ausdrücken, wenn er mir etwas sagen will. Sie läßt die Schlüssel in ihr Schminktäschchen gleiten – Dario ist es streng untersagt, sich daran zu vergreifen, seit er einmal für ein Faschingsfest ihre ganze Wimperntusche verbraucht hat – und ermahnt sich, nicht mehr daran zu denken.

*

Die beiden Männer haben den Herd aufgestellt und ans Gas angeschlossen und sind gegangen. Sandra, jetzt korrekt in Hose, Hemd und Pullover, kniet auf dem Boden, den Kopf und einen Arm im Backofen. Nachdem er schon mal da ist, putzt sie ihn eben. Dario könnte ihn gleich am Nachmittag einweihen und einen Kuchen backen, denkt sie in einem Anfall von übermenschlichem Optimismus, während sie energisch schrubbt. In letzter Zeit scheint er beschlossen zu haben, daß er zum Konditor berufen ist. Nicht, daß man sich blind darauf verlassen könnte. Vor ein paar Monaten hatte er sich mit Haut und Haar der Tischlerei verschrieben, wie noch einige klapprige Regale und sein linker kleiner Finger bezeugen, dessen Kuppe der Säge zu nahe gekommen und in der Nothilfe des Krankenhauses wieder angenäht worden war.

Sandra wischt mit dem feuchten Schwamm, die Katzen stehen neben ihr, auf jeder Seite eine, und beschnuppern den neuen Herd Zentimeter für Zentimeter.

Dieses Bild bietet sich Dario, als er nach Hause kommt. Er stürmt herein, schließt die Tür mit dem Fuß, und hält einen riesigen Mimosenstrauß im Arm.

Ciao, sagt Sandra. Gute Idee, ein paar Blumen haben uns gerade noch gefehlt.

Für das Fest, sagt er. Langsam kommen eine Mütze und zwei dunkle, aufgerissene Augen hinter den Mimosen zum Vorschein. Was ist das denn?

Ein Herd, sagt sie.

Und ... wo stammt er her?

Aus einem Elektrogeschäft.

Und ... wann ist er gekommen?

Vor einer Stunde.

Toll. Dario nähert sich, um ihn genauer anzuschauen. Ganz toll. Mit Umluftbackofen.

Hm, hm.

Du hattest mir gar nichts davon gesagt, strahlt er.

Ich wußte es auch nicht, sagt Sandra. Sie steht auf und zündet sich eine Zigarette an.

Wie meinst du das? Hast du dich ganz plötzlich entschieden? Was hast du dafür bezahlt? fragt er mit leuchtenden Augen, wie ein kleiner Junge vor einem neuen Computerspiel.

Es ist ein Geschenk, sagt sie.

Ein Geschenk für mich? Dario stellt endlich die Tüten ab und streicht mit der Hand über den Edelstahl. Für uns, verbessert er sich.

Ja, für uns, sagt sie mit farbloser Stimme. Für die Wohnung. Von Gris.

Darios Augen erlöschen schlagartig, mit einem Glimmen, wie durchgebrannte Glühbirnen. Sein Gesicht verschwindet hinter den gelben, flaumigen Mimosen, während Sandra lachen muß und ihn gern in den Arm nehmen und drücken möchte. Aber sie kann nicht, da sind die Mimosen, die inzwischen aufgegangen sind, den Raum in Besitz genommen haben und mit ihrem Duft erfüllen.

Aha, sagt Dario.

Sandra bläst langsam den Rauch in die Luft und wartet ab, was kommt.

Und ... zu welchem Anlaß? fragt er. Seine Stimme klingt wackelig und schrill wie die eines Zwölfjährigen.

Ich hatte ihn zum Fest eingeladen, Dario. Du weißt es, ich habe es dir gesagt. Aber er hat sich den Spaß gemacht, dieses Ding zu schicken.

Und du hast dir den Spaß gemacht, es anzunehmen.

Was hätte ich denn deiner Meinung nach tun sollen?

Nichts, sagt er, mit zwei Fingern die Schirmmütze zurückschiebend, und schüttelt genervt den Kopf. Nichts, ich sage nichts. Ich mische mich nicht ein. Das ist deine Sache. Alles okay. Es ist völlig normal, daß Gris dir Geschenke für eine Million Lire macht.

Dario, bitte, zieh die Jacke aus, leg den Blumenstrauß weg und beruhige dich. Ich habe keine Lust, mir den ganzen Tag versauen zu lassen.

Dario befolgt mechanisch die Anweisungen. Als er sich umdreht, fällt sein Blick auf die Orchideen, und Sandra begreift, daß es ein Fehler war, sie aufs Fensterbrett neben seine Blumen zu stellen. Ein Mangel an Taktgefühl. Im nachhinein weiß sie, daß sie sie fest in Zeitungspapier gewickelt in den Abfalleimer hätte werfen müssen. Aber jetzt ist es zu spät, er hat sie gesehen. Seine Gedanken sind lesbar, als liefe ihm eine Leuchtschrift über die Stirn. Dario hat Gris nie gesehen, aber er hat ihn sich beschreiben lassen, und egal, wie objektiv und kritisch sie gewesen ist, Dario stellt sich einen Supermann vor, der die Frauen mit seiner arroganten Selbstsicherheit, seinen seidenen Krawatten und dem Geraschel von Banknoten erobert. Es ist egal, daß die Realität doch etwas anders aussieht und daß Dario sich vielleicht, wenn Gris auf das Fest käme – aber er kommt nicht –, davon überzeugen könnte, daß er auch nur ein Mensch ist. Es ist egal, denn was hier im Zimmer abläuft, während zusammen mit der Sonne das Geschrei der Mütter hereindringt, die von den Balkons im Hof ihre Kinder zum Essen rufen, hat mit Klassenhaß und Generationskonflikt zu tun, beruht vielleicht sogar auf einer uralten Fehde zwischen Vätern und Söhnen, die schon jahrtausendelang getobt hat, bevor sie und Dario sich getroffen haben, also geht es sie noch weniger an, und sie fragt sich, warum sie es ertragen soll.

Das Schlimmste ist, im voraus zu wissen, was passiert, denkt Sandra. Wir reagieren einfach so und so, wie Marionetten oder vorprogrammierte Maschinen, auch wenn wir gar keine Lust haben.

Laß uns was Neues ausprobieren, möchte sie sagen, wechseln wir das Programm! Aber es würde nichts nützen. Also verschränkt sie die Arme und wartet, daß seine Eifersuchtsszene beginnt. Sie kennt den Ablauf in allen Einzelheiten.

Wie rasend wird er sich nach etwas umsehen, das er zerstören kann, wird verschiedene Gegenstände aussondern und schließlich einen alten Teller nehmen, der ruhig kaputtgehen kann, eine angeschlagene Schüssel, ein einzelnes Glas (die ersten Male stürzte er sich auf die Elektrogeräte, aber wenigstens diese Gewohnheit hat sie ihm ausgetrieben). Danach fühlt er sich wie ein brutaler Gewalttäter und schlägt zur Strafe mit den Fäusten gegen die Wand (in schwereren Fällen auch mit dem Kopf), dann läuft er finster und verdrossen durch die Wohnung, droht, daß er auszieht, auch wenn er in Wirklichkeit nicht im Traum daran denkt, bis sie ihn schließlich irgendwie beruhigt (gewöhnlich im Bett), nachdem sie selbst sich beruhigt hat, denn diese ganze Prozedur zerrt mächtig an ihren Nerven.

Zwischendrin sagt sie ihm ab und zu, er solle aufhören, sie ertrage keinen Streit, sie sei mit Brot und Streit aufgewachsen, davon werde ihr schlecht, und er erwidert mit tiefschwarzen Pupillen: Aber ich streite doch nicht, ich will nicht mit dir streiten, ich liebe dich! Dann kriegt sie Lust, ihn zu ohrfeigen, hält sich aber zurück.

Und nie wird sie ihm wegen all der zerschmissenen Teller böse sein können, weil sie weiß, sie sind ein Beweis seiner Schwäche. Als sie klein war, warf ihre Mutter Teller an die Wand. Ihre Mutter, der schwächere Teil. Der Vater brauchte das nicht.

Später, wenn sie sich wieder versöhnt haben, reden sie darüber. Sie ernst und aufmerksam wie eine Lehrerin, die versucht, ein schwieriges Kind zur Vernunft zu bringen. Er hört stumm zu, und wenn sie kurz davor ist, vor Frust zu schreien, bittet er sie um Verzeihung und sagt, diesmal habe er verstanden, er werde es nicht wieder tun. Nie wieder.

*

Jetzt schläft er, auf der Seite, das Gesicht zwischen den Händen, mit unschuldiger, nachdenklicher Miene. Auch die Katzen schlafen, eine zwischen den Kissen, die andere am Fußende des Bettes. Die Glücklichen. Sie hat keine Lust zu schlafen, obwohl sie sich völlig zerschlagen fühlt. Vor Anspannung, nicht wegen dem Sex. Ihr Körper muß wie ein Stoßdämpfer gebaut sein, denkt sie: Problemlos scheint er jeden Aufprall abzufangen, aber innen knirscht dumpf die zusammengepreßte Materie, die Federn nutzen sich ab, zerspringen, und eines schönen Tages, wenn du es am wenigsten erwartest, ist plötzlich alles im Arsch.

Da fällt ihr ein, daß sie schleunigst mit Beate einen Termin für die Rückenmassage ausmachen sollte, bevor es zu spät ist.

Vielleicht ist alles ihre Schuld, überlegt sie, während sie sich eine Zigarette ansteckt. Wegen ihrer fixen Idee, immer die Wahrheit zu sagen. Es hätte genügt, die Orchideen wegzuschmeißen und Dario in dem Glauben zu lassen, daß sie den Herd selbst gekauft habe, dann wäre das alles nicht passiert. Sie hätte behaupten können, Irene habe ihr eine Zulage gegeben, er hätte ihre Rechnungen oder Ausgaben niemals angezweifelt. Aber wo bleibt ihre Würde, wenn sie anfängt zu lügen? Die Wahrheit zu sagen, gehört zu ihren unverrückbaren Grundsätzen. Handelt es sich wirklich um einen moralischen Grundsatz? Oder um eine Droge, an die ihre Mutter sie von klein auf gewöhnt hat? Sie sieht das Gesicht ihrer Mutter vor sich, die verhärteten Falten um die Mundwinkel, die der Groll gegraben hat, hört ihre kalte Stimme: Ich erniedrige mich, nicht zu lügen, und hoffe, daß meine Tochter sich ein Beispiel nimmt.

In der Tat: Sandra kann nicht lügen.

Auch eine Wahrheit zu verschweigen, wie sie es Irene gegenüber macht, fällt ihr recht schwer.

Sie fühlt sich unwohl, schuldig, gespalten.

Sie befürchtet und wünscht sich zugleich, die Wahrheit käme heraus, aber möglichst, bevor alles zu spät ist.

Zwar hat sie sich in Wirklichkeit nichts vorzuwerfen. Aber ist es vertretbar, aus Loyalität zu einem Freund etwas zu verschweigen? Was heißt Freundschaft überhaupt, wenn man auf Freunde wie Gris nicht zählen kann? Freundschaft sollte nicht so zwiespältig sein wie manchmal die Liebe, sondern klar und ungetrübt. Falls es überhaupt ungetrübte Gefühle und Beziehungen gibt.

Um sich herum sieht sie dafür keine leuchtenden Beispiele.

Im Gegenteil, rundherum nichts als unglückliche oder zwiespältige Geschichten.

Nehmen wir zum Beispiel Irene und Nora. Irene schwört bei dem, was ihr auf der Welt am liebsten ist (sie selbst zweifellos), sie würde sich für Nora die rechte Hand abhacken lassen.

Glaubst du es nicht? hat sie gefragt und die Hand aufs Herz gelegt. Ich wünschte, Nora käme in diesem Augenblick zur Tür herein und würde es von mir verlangen. Du würdest schon sehen.

Irene, beruhige dich, hat sie zu ihr gesagt, so etwas würde Nora nie von dir verlangen. Ich sehe auch nicht, was sie mit deiner abgehackten Hand anfangen sollte. Aber ein bißchen Aufmerksamkeit, ein bißchen Respekt würden ihr bestimmt guttun.

Ich bete sie doch an! hat Irene gerufen. Ich liebe sie wahnsinnig.

Wie kannst du bloß sagen, daß du sie liebst, wenn du nicht mehr mit ihr schläfst?

Es gibt viele Arten zu lieben, sei nicht so engstirnig. Sex ist nicht alles im Leben.

Ich möchte dich mal hören, wie du das in bezug auf Renato behauptest.

Was hat er damit zu tun. Renato ist Renato. Und außerdem bin ich treu in der Liebe. Wenn ich mich in jemanden verliebe, bin ich nicht mehr scharf auf andere. Und auch wenn, halte ich mich zurück. Ganz spontan, zu meinem ureigensten Vergnügen, keiner verlangt das von mir.

Also gibst du zu, daß du jetzt in Renato verliebt bist und nicht mehr in Nora.

Nein! Das sind zwei ver-schie-de-ne Dinge, wann wirst du das endlich kapieren? Nicht besser oder schlechter, nur verschieden. Ich verbringe zum Beispiel viel mehr Zeit mit Nora als mit Renato.

Ist doch klar, er läßt sich ja nie blicken.

Auch wenn er öfter da wäre, würde ich weiter viel Zeit mit Nora verbringen.

Meiner Ansicht nach solltest du das nicht. Du tust ihr weh. Machst ihr was vor.

Aber wieso denn? Sie ist glücklich, daß sie mit mir zusammen ist. Sie kann sich nicht von mir lösen. Ich würde ihr weh tun, wenn ich eine Ablösung forcieren würde.

Reden zwecklos.

Es ist klar, daß Irene Noras Liebe ausnutzt, sie nimmt sie als warmes Nest, in dem sie sich zusammenrollen und ihre Wunden aus der Beziehung mit Renato lecken kann. Sandra bedauert Nora. Wenn sie in die Firma kommt, verhält sie sich zu ihr wie eine Krankenschwester, macht ihr Kaffee, spricht leise, bietet ihr den bequemsten Stuhl an, als wäre sie eine Schwerkranke statt eine Ärztin. Und Nora schaut sie mit ihren nachdenklichen grauen Augen an und lächelt. Dann fühlt Sandra sich mies und scheinheilig: Wäre es nicht ihre Pflicht, Nora an den Schultern zu packen und sie zu schütteln? Ihr zu sagen: Wach auf, komm raus aus dieser Situation, siehst du nicht, daß sie dir nicht guttut? Aber wer garantiert ihr, daß Nora es hören will? Opfer können wild werden, wenn man versucht, sie aus ihren Leiden zu befreien.

Und außerdem, wer weiß, ob sie nicht auch ihren Gewinn daraus zieht. Vielleicht gehört sie zu den Menschen, die nicht leben können, ohne sich unglücklich zu machen. Oder alles akzeptieren, um bloß nicht allein zu sein. Und Irene gibt ihr dafür Zuwendung, kümmert sich um sie, macht ihr ständig Geschenke ... Aber was soll eine mit Geschenken anfangen, wenn sie doch Liebe will? Das ist, als brächte man einem Verhungernden Blumen. Oder einer, die Worte will, einen Herd.

Denn was sie von Gris will, wird ihr jetzt bewußt, als sie den Rauch zu den Deckenbalken hinaufbläst, sind nur ein paar Worte, vielleicht, daß er zugibt, wie Unrecht er ihr getan hat, oder nicht einmal das, die Vergangenheit ist Vergangenheit, Sandra ist längst drüber weg; was sie von ihm will, ist, daß er ihre Geschichte zur Kenntnis nimmt, zu ihr sagt: Ich bin bereit zuzuhören, ich will es wissen, sag mir, was es für dich bedeutet hat, was hast du erlebt in diesem Jahr in meiner Luxuswohnung auf dem Hügel, was hast du verloren, was hat sich für immer in dir verändert, was ist gestorben ...

Aber das wird er nie sagen, und sie wird es auch nie fordern, genausowenig, wie sie Nora je bei den Schultern packen wird.

Das ist *omertà*, das Gesetz des Schweigens, sagt sie sich. Die Mafia der Gefühle, alle sind Komplizen, keiner durchbricht den Kreis, ich auch nicht. Deshalb kommen Leute wie Gris oder mein Vater immer ungeschoren davon. Es gibt private Verbrechen, die nie angezeigt werden, weil die Opfer sich nicht wehren, sondern sich sogar schämen für das, was ihnen widerfährt, so als wären sie selber schuld. Und die anderen rundherum schweigen, kochen ihr eigenes Süppchen.

Ihre Mutter ist das Urbild des Opfers. Die Heuchlerin Nummer eins. Bei all ihrer laut verkündeten Aufrichtigkeit würde sie sich eher foltern lassen, als Nachbarn und Verwandten gegenüber die Wahrheit über ihre Ehe zugeben. Die wissen natürlich genau Bescheid, sogar besser als ihre Mutter, aber deswegen hören sie noch lange nicht auf, ihren Vater zu grüßen. Sie selbst, Sandra, grüßt ihn ja auch noch. Auch weil ihre Mutter ihr nie verzeihen würde, wenn sie es nicht täte.

Mein Gott, ist das Leben kompliziert, denkt Sandra mißmutig.

Sie stützt sich auf den Ellbogen, um an den Aschenbecher zu gelangen, der auf dem Tischchen auf der anderen Seite des Bettes steht, und streift dabei Darios Schulter. Er lächelt im Schlaf. Sie kriegt plötzlich Lust, Dario zu verprügeln, ihn heftig zu schütteln und ihn fest zu umarmen. Wieviel Zeit hat sie in ihrem Leben für den Egoismus und die Manien der anderen aufgewendet? In der Zwickmühle zwischen zwei Streitenden. Ihr Vater und ihre Mutter, Gris und Dario, Irene und Renato, sogar Nora und Irene. Was wollen sie bloß von ihr? Wo bleibt sie bei dem Ganzen? Wer hat sie um Rat gebeten, wer hat nach ihrer Meinung gefragt? Niemand.

Dann macht eure Sachen doch unter euch ab, denkt sie und starrt wütend an die Decke. Warum, zum Teufel, soll ich Frieden stiften oder als Zeugin oder als Trophäe herhalten? Geh und schlag ihm die Fresse ein, geh, sagt sie zu Dario, der seelenruhig schläft, so regelt ihr die Sache unter Männern und seid beide zufriedener.

Ohne aufzuwachen, wechselt Dario die Stellung und legt seinen Kopf auf ihren Busen.

Deine einzige Entschuldigung ist dein Alter, denkt sie, während sie seine feinen, schwarzen, im Schlaf bebenden Wimpern betrachtet. Fünfundzwanzig, nur drei Jahre jünger als sie, aber manchmal kommt er ihr vor wie ihr Sohn. Nicht, daß sie gern ein Kind hätte. Sie ist einfach nie so jung gewesen wie Dario.

*

Wann ist er ihr aufgefallen? Es gab keinem besonderen Anlaß, irgendwann hat sie angefangen, ihn mit einem vertraulichen Lächeln zu grüßen, wie einen alten Bekannten, obwohl sie nicht einmal seinen Namen wußte.

So geht es immer bei den Gästen, nach und nach tauchen ihre Gesichter aus der Anonymität auf, du sagst dir: Den habe ich schon gesehen, der hier kommt oft, ist der dort auch schon wieder da? Und schließlich kennst du sie viel besser, als sie denken und als du möchtest.

Zuerst war Dario einer unter vielen, er kam mit zwei oder drei Freunden, manchmal waren auch Mädchen dabei, aber er war immer solo. Dann erschien er ohne Gesellschaft, und einer, der allein kommt, fällt auf, er schafft dir Probleme, einen Mangel an Symmetrie, oft weißt du nicht, wo du ihn hinsetzen sollst, und fühlst dich jedesmal unwohl, wenn du ihn anschaust, ein schweigender Mann mitten in einem Haufen Leute, die lachen, essen, trinken und ungeniert ihre Privatangelegenheiten an die große Glocke hängen.

Die Einzelgänger gehören ganz bestimmten Kategorien an: Da sind die auf der Durchreise, Vertreter etwa, die nie zwei Nächte am selben Ort schlafen; man erkennt sie an den schlecht gebügelten Hemden und dem gehetzten Blick, sie stinken nach Rauch und Autobahn, sind ungefähr so, wie Sandra sich politische Flüchtlinge vorstellt, verstohlen und verzweifelt. Bloß nie anreden, sonst erzählen sie dir, noch bevor du einmal Atem holen kannst, von ihrer Kindheit, der Mama, ihren Kindern und dem Viertel, wo sie aufgewachsen sind, und zum Schluß fragen sie dich, was du heute abend machst. Dann gibt es die Angestellten auf Dienstreise; eine ganz andere Sorte, sie leiden an Verdauungsstörungen, haben dicke Bäuche, sitzen am gleichen Tisch, essen die gleichen Sachen, lesen die gleiche Zeitung, geben kein Trinkgeld, und wenn du es am wenigsten erwartest, fragen sie dich, was du heute abend machst.

Es war offensichtlich, daß Dario keiner dieser beiden Gruppen angehörte, er war zu jung, zu alternativ angezogen und zu schweigsam, beinah düster. An den ersten Abenden hob er kaum den Kopf und antwortete einsilbig. Ich bin ihm wohl unsympathisch, dachte sie. Komischer Kauz, liest die Speisekarte, als wäre es die Göttliche Komödie, verschlingt sie mit den Augen und bestellt dann ein kleines Bier und eine Pizza Margherita. Nicht ein Mal probiert er was anderes, eine Napoletana zum Beispiel, eine mit Kapern und Anchovis. Es hat eine Weile gedauert, bis ihr aufgegangen ist, warum er die Margherita so maßlos bevorzugte: Es war die einzige, die nur siebentausend Lire kostete.

Eine Zeitlang sahen sie sich auf diese Weise fast jeden Abend, er saß unbequem halb zum Durchgang hin gedreht, und sie rannte zwischen Küche und Gaststube hin und her, her und hin, und zwischen einem Teller Spaghetti mit Meeresfrüchten und einem Risotto ai quattro formaggi schaute sie ihn jedesmal an und fand ihn immer verstörter. Eines Abends hat sie beim Abräumen zu ihm gesagt: Was hast du denn, geht's dir nicht gut? Du machst so ein finsteres Gesicht.

Er ist rot geworden wie ein Babypopo und hat gesagt: Nein, nein, nein, nein, alles okay.

Er war sehr hübsch, wenn er errötete. Sandra spürte, wie sich etwas in ihr öffnete, am Mageneingang, wie eine Faust, die sich lockert. Ein Gefühl plötzlicher Erleichterung, aber auch die Wahrnehmung eines Schmerzes, an den sie sich so gewöhnt hatte, daß sie ihn kaum noch merkte.

Von da an wechseln sie jeden Abend ein paar Worte, und er hat gelernt, später zu kommen, wenn nicht mehr soviel los ist und sie Zeit hat, ab und zu zwei Minuten an seinem Tisch stehenzubleiben. Sie hat eine Menge über ihn erfahren: daß ihn das Leben erschreckt, daß er zu Hause ausgezogen ist, um seinen Vater nicht umzubringen (wenn ich geblieben wäre, hätte ich es früher oder später getan, es war nur noch die Frage, wie und wann), daß er in einer ehemaligen Portiersloge mit Klo auf dem Hof lebt. Im Augenblick ist er ein bißchen knapp, weil er sich ein Auto gekauft und es vor Begeisterung gleich gegen eine Mauer gesetzt hat, Schaden: drei Millionen Lire. Er hat ein Lächeln, daß dir das Herz aufplatzt wie eine Feige an der Sonne. Er arbeitet bei der Stadtverwaltung als Gärtner, nicht, weil er gern bei einer Behörde angestellt wäre, sondern weil er Blumen mag, sie sind freundlich, bunt, reden nicht, deswegen bleibt er. Er hat noch nie eine Blume dabei erwischt, wie sie etwas Beleidigendes gesagt hat. Das Problem bei der Arbeit sind die Kollegen; er würde in der Wüste arbeiten, mit dem Walkman auf den Ohren, aber das ist nicht erlaubt. Man versteht nicht, warum. Mit seinem Chef gibt es ständig Zoff, eine Null mit blauer Schirmmütze, der hält sich für einen Leutnant, demnächst schlägt er sie ihm noch vom Kopf, seine alberne Mütze. Sandra hört mit einem vorsichtigen Lächeln zu und denkt, daß sie sich ähnlich sind, beide von zu Hause fortgelaufen, könnten beide Clochards sein, diese Lebensart hat sie schon immer angezogen, und eine Weile hat sie ernsthaft daran gedacht, die Idee aber schließlich wieder fallenlassen, weil sie unglücklicherweise an der bürgerlichen Vorstellung von Sauberkeit hängt und keinen Dreck ertragen kann.

Und dann kommt er eines Abends schon so betrunken an, daß er fast vom Stuhl fällt, noch bevor er sich gesetzt hat.

O nein, denkt sie, das hat gerade noch gefehlt, und spürt, wie sich ihr der Magen wieder zuschnürt.

Jahrelange Nachtarbeit hat sie gelehrt, daß Betrunkene wie Treibminen sind, die bei der geringsten Erschütterung hochgehen. Besser Abstand halten.

Das Übliche? fragt sie und pflanzt sich vor ihm auf. Er nickt mit einem zerstreuten Lächeln.

Hör zu, ich bring dir jetzt deine Pizza, aber kein Bier, und dann gehst du sofort nach Hause, okay?

Wieso?

Weil du schon genug getrunken hast. Es ist besser, du schläfst dich aus.

Er senkt den Kopf, betrachtet seine Fingernägel, streicht sich mit der Hand über sein stoppeliges Kinn. Wieso, sieht man das? fragt er besorgt.

Ja, sieht man. Du bist hackevoll, kannst dich ja kaum auf den Beinen halten.

Aber jetzt sitz ich ganz still, ich rühr mich nicht, dann merkt es keiner, ich schwör's, fleht er mit einem steinerweichenden Lächeln.

Da wird Sandra schwach, bei so einer Nummer kann man nicht ernst bleiben. Willst du einen Kaffee, fragt sie und verkneift sich ein Lächeln. Mit einem Kaffee kommst du vielleicht wieder zu dir.

Ja, danke, sagt er gerührt. Danke, danke.

Und während sie sich entfernt... Hör mal...

Ja?

Wasmachstmorgnabnd?

Wie bitte?

Was machst du morgen abend?

Ich arbeite hier. Wie heute abend. Falls du das nicht bemerkt haben solltest.

Aha.

Sandra macht den Kaffee selbst, und der Barmann fragt: Was gibt's zu lachen?

Nichts, erwidert sie, dahinten sitzt einer, der spinnt ein bißchen.

Als sie mit der Kaffeetasse zurückkommt, sieht er aus, als hätte er fleißig geübt, und sagt: Wann ... ist dein freier Tag?

Mittwoch. Übermorgen, sagt sie.

Aha, nickt er. Stille.

Wolltest du das so ganz allgemein mal wissen, sagt sie, indem sie die leere Tasse wieder an sich nimmt, oder wolltest du mit mir ausgehen?

Er lächelt mit soviel Schwung, daß seine Ohren wackeln. Au ja, sagt er. Ja. Ja. Ja.

*

Wie lang scheint das her zu sein, die Zeiten der Pizzeria, denkt Sandra, während sie sich im Bett räkelt, in ihrem Bett, in ihrer Wohnung. Damals lebte sie mit drei Mädchen zusammen und hatte allmählich genug von diesen provisorischen, unordentlichen Wohnungen, wo alles zufällig war; zuerst fand sie es zwar witzig, im Flur über ein Zelt zu stolpern, in dem zwei unbekannte Typen schliefen, Freunde der einen oder der anderen, oder im Wohnzimmer den neben einer Mülltonne aufgelesenen Sitz eines 500er Fiats vorzufinden, aber im Lauf der Jahre amüsierte es sie immer weniger.

Sie wollte eine eigene Wohnung, aber wozu eigentlich? Your home is your castle, der Hort der Geborgenheit, wo du von deinen Lieben erwartet wirst, auch wenn auf sie hauptsächlich die Katze wartete, die sich längst daran gewöhnt hatte, in diesem Durcheinander zu leben, die Ärmste. Und außerdem findet das gesellschaftliche Leben der Leute abends statt, und sie arbeitete abends bis spät, daher war ihr gesellschaftliches Leben nicht sonderlich aufregend, sondern drehte sich träge um ihre Mitbewohnerinnen und deren Freunde und Liebesgeschichten.

Wenn sie sich verliebte – es kam oft genug vor, dauerte aber nie lange –, sah sie ihren Freund lieber außerhalb, bei ihm zu Hause, weil sie begriffen hatte, daß es einem Fremden eine gewisse Macht über dich gibt, wenn du ihn in dein Zimmer läßt; in dein Bett, auch wenn er es nicht weiß, spürst du doch, daß es so ist und besser vermieden werden sollte.

Dann schien eine Glückssträhne begonnen zu haben, eine Freundin, die sich mit Astrologie beschäftigte, hatte ihr gesagt, das sei Jupiter, Jupiter und Venus über ihrem Kopf vereint, Geld und Liebe; daß ich nicht lache, hatte sie erwidert, mehr aus Mißtrauen in ihr Glück als ins Horoskop, aber nach den Ergebnissen zu urteilen, mußte etwas Wahres dran sein.

Alles war im Winter vor zwei Jahren passiert, im Abstand von wenigen Wochen. Und jedesmal im Restaurant. Erst Dario, dann Irene.

Irene war eines Abends zur Stoßzeit mit drei Männern hereingekommen und hatte sich mit der Miene einer Admiralin umgeblickt, die keinen Augenblick an ihrer Fähigkeit zweifelt, die Flotte sicher in den Hafen zu führen. Es gab beim besten Willen keinen einzigen freien Tisch, aber Irene hatte ohne Zögern ein Paar, das beim Nachtisch saß, aufs Korn genommen, und nach drei Minuten hatten die beiden sich erhoben, weil sie entweder den auf sie gerichteten Blick nicht aushielten oder, wahrscheinlicher, Irenes schrille Stimme, die keine Sekunde schwieg.

Dann war sie mehrfach mit dem einen oder anderen dieser Männer wiedergekommen, manchmal auch allein. Wenn ein Mann allein ein Problem ist, wie sehr erst eine Frau allein. Wachsam sitzt sie mit eng angelegten Ellbogen da, und auch falls niemand sie belästigt, wird zuletzt sie jemanden belästigen, indem sie sich über den Lärm beklagt, die Zugluft oder die Pizza, die so lange dauert. Zum Glück handelt es sich um eine sehr seltene Gattung.

Irene ist jedoch untypisch. Nachdem sie Sandra mit Fragen und unklaren Klarstellungen bombardiert hat (Ist an den Spaghetti mit Muscheln Knoblauch dran? Ich liebe Knoblauch, aber könntet du dem Koch nicht sagen, er soll bitte keinen drantun? Welche Sorte Radicchio ist denn auf der Pizza mit Radicchio? Ich esse ja alles, was man mir vorsetzt, aber es gibt eine Sorte Radicchio, die ich nicht vertrage, ich weiß bloß nicht, wie sie heißt ...), faltet sie geschäftig ihre Serviette auseinander und liest ihren Roman, ohne eine Miene zu verziehen; ein paar Mal kommt nach einer Weile noch eine Frau dazu, älter als sie, blond, ein nordischer Typ, ruhig und wortkarg. Irene küßt sie schallend auf beide Wangen, dann quasselt sie los, daß auch ein Ochse in Ohnmacht fallen würde, während die andere mit zufriedenem Lächeln dabeisitzt. Vielleicht ist sie taub, die Glückliche.

Es ist ein interessantes Paar, das Sandra durchaus neugierig macht. Eines Abends dann, wer weiß, wie, fängt Irene an, ihr alles mögliche zu erzählen, und da wenig los ist, gelingt es ihr nicht, sich auszuklinken.

Gott, bin ich erledigt, völlig fertig, zermatscht, daß man mich mit dem Löffel aufkratzen könnte. Nie wieder, ich schwör's bei Gott, auch wenn ich nicht dran glaube, nie wieder werde ich ein Lager einrichten, wenn du Arbeitskräfte brauchst, da kannst du dir die Kugel geben, ein anständiger Tod!

Aha, sagt Sandra, während sie den Carpaccio mit Rucola serviert, mit abgewandtem Kopf (sie ißt sein Jahren kein Fleisch, und rohes Fleisch findet sie den Gipfel der Verkommenheit), hast du ein Geschäft?

Ja, ich leite die Niederlassung einer deutschen Boilerfirma, der Markt expandiert, man kann nicht klagen, da, wo ich zuerst war, platzte ich aus allen Nähten, deshalb habe ich eine Halle hier in der Gegend genommen, direkt um die Ecke. Ich hab sie komplett umbauen lassen, Dach, Fußböden, Büros, Klos, bis zur letzten Türklinke.

Aha, sagt Sandra. Das strengt an, kann ich mir vorstellen. Sie selbst ist wahnsinnig müde und hat Bauchschmerzen, am Nachmittag hat sie ihre Menstruation gekriegt, aber wer beim Essen sitzt, will nichts von ihren Wehwehchen hören. Die Gäste haben das Recht, müde zu sein, die Kellnerinnen nicht.

Das kannst du laut sagen, bekräftigt Irene. Seit Monaten sehe ich kein Tageslicht mehr. Und jetzt kommt das Allerschönste, jetzt muß ich nämlich jemanden einstellen, der sich um das Lager kümmert und die Bestellungen vorbereitet, weil der Fahrer genug mit den Lieferungen zu tun hat und es nicht mehr schafft, auch noch das Lager zu verwalten. Das ist der heikelste Punkt, verstehst du?

Na ja, sagt Sandra, es wird doch nicht so schwer sein, einen Lageristen zu finden, Arbeitslose gibt es doch genug ...

Es muß nicht unbedingt *ein* Lagerist sein, unterbricht Irene sie. Mir wäre auch eine Frau recht, ich komme bei der Arbeit ganz gut mit Frauen aus, man braucht schon Kraft für diese Tätigkeit, das stimmt, aber dafür gibt es Maschinen, es wird ja nicht alles mit der Hand gehoben, und im Grund habe ich sowieso nie an diese Geschichte von der schwachen Frau geglaubt.

Um so besser, sagt Sandra, mit den Gedanken ganz woanders, arbeitslose Männer und Frauen gibt's ...

Nein, nein, da irrst du dich, fällt Irene ihr ins Wort. Ich brauche jemanden, der mitdenkt, nicht einfach irgendeine oder irgendeinen. Ich will eine Person, die ihr Gehirn benutzt und sich mit ihrer Arbeit identifiziert. Du weißt genau, wovon ich rede, ich habe dich beim Bedienen beobachtet, du rennst wie eine Wahnsinnige hin und her, als gehörte das Lokal dir, sogar wenn du nicht so gut drauf bist wie heute abend (es geht dir nicht besonders, stimmt's, das sieht man an den Augen), dabei weiß ich nicht mal, ob sie dir mehr zahlen, weil du gut bist, aber ich glaube kaum; du nimmst die Bestellungen auf, ohne mitzuschreiben, aber du irrst dich nie, ich habe dich noch nie ein Gericht zurückbringen sehen, und außerdem muß man in diesem Raum, wo du bedienst, nicht so lange warten wie nebenan, das weiß ich, weil ich einmal da gegessen habe, es hat eine Ewigkeit gedauert.

Sandra starrt sie mit aufgerissenen Augen an. Das einzige, was sie aus dieser Flut von Wörtern herausgehört hat, ist, daß Irene nicht nur ihr Vorhandensein bemerkt, sondern sie auch aufmerksam beobachtet hat.

Da staunst du, was? Ich habe eben ein scharfes Auge, sagt Irene zu ihr. Wenn ich Leute arbeiten sehe, weiß ich sofort, was los ist. Das ist eine spezielle Begabung, vermute ich, im Privatleben bin ich nämlich manchmal blind wie ein Maulwurf. Jetzt hab ich's, fügt sie mit den Fingern schnalzend hinzu, als wäre ihr endlich der passende Vergleich, das richtige Bild eingefallen: Ich brauche so eine Person wie dich. Das ist genau das, was ich suche.

Aha, sagt Sandra.

Ja, das ist nicht leicht, stimmt's? Hör zu, ich habe es mir anders überlegt, ich will doch keine Pasta. Ich nehme lieber einen Nachtisch. Ah, was du auch noch hast und was sehr wichtig ist, wenn man mit Kunden zu tun hat, ist Geduld. Du kannst gut mit Leuten umgehen, auch wenn du sie am liebsten zum Teufel schicken würdest, zeigst du es nicht, sondern lächelst tadellos. Manieren muß man haben bei den Leuten. Ich kann keinen Flegel einstellen. Und ich bin auch bereit, ein anständiges Gehalt zu zahlen. Na, ich fürchte, es wird eine lange, schwierige Suche.

Sandra geht wieder in die Küche und starrt geistesabwesend, den leeren Teller in der Hand, auf eine Platte mit Seebarschen und Goldbrassen in der Kühltheke. Die Fische starren mit ihren toten, erstaunten Augen zurück.

Acht Tage vergehen, bis Irene wieder zum Essen in die Pizzeria kommt. Sie winkt Sandra von ihrem Tisch aus zu: Ciao, heute sehen wir uns zum letzten Mal, wenigstens für einige Zeit, die Bauarbeiten sind abgeschlossen, und endlich werde ich nur noch unmögliche und nicht mehr unmenschliche Arbeitszeiten haben, so wie bis jetzt.

Hast du einen Lageristen gefunden? fragt Sandra.

Noch nicht. Montag gebe ich eine Anzeige auf. Ich bin schon gespannt. Halt mir die Daumen.

Sandra klemmt sich die Speisekarte unter den Arm, anstatt sie Irene zu reichen, und sagt dann langsam, während sie das Salzfaß auf dem Tisch verstellt, um beschäftigt zu wirken: Hör mal, hat du es ernst gemeint, als du gesagt hast, du suchst jemanden wie mich?

*

Und so ging plötzlich eine Epoche zu Ende. Kein spätes Heimkommen mehr, mit der Angst, nachts auf der Straße verfolgt zu werden, keine tägliche Haarwäsche mehr, um die Fettdünste und den Küchengeruch loszuwerden, keine von Putzmitteln geröteten Hände mehr.

Geblieben sind die Blicke der Männer, denn die – gelinde ausgedrückt – überwältigende Mehrheit der Installateure sind Männer. Wenn sie zum erstenmal kommen und sie und Irene sehen, schauen sich sich verwirrt um und fragen, wo der Chef sei. Zum Totlachen. Und was in ihren Köpfen vorgeht, wenn sie Sandra im Overall zum Beispiel den Gabelstapler manövrieren sehen, kann man ihnen so deutlich vom Gesicht ablesen, daß es beinahe rührend ist. Später gewöhnen sie sich natürlich dran. Vermutlich liegt es an dem Arbeitsanzug oder an der Mütze, die die Haare verbirgt, oder an der Sicherheit, mit der sie sich durch das Lager bewegt. Oder an den Ventilen, den Schaltgabeln, den Spulen, den Schraubenmuttern, die eine männliche Atmosphäre schaffen. Das entwaffnet sie. Sandra spricht ihre Sprache, also betrachten sie sie zuletzt als eine von ihnen. Ab und zu fragt einer noch, was sie heute abend macht, und sie antwortet mit ihrem untadeligen Lächeln, daß sie etwas vor hat; erleichtert, so vermutet sie, kann er sich dann, da er seiner Männerpflicht Genüge getan hat, wieder mit gutem Gewissen der Arbeit zuwenden.

Dank Irene hat sie den Tag wiederentdeckt. Und den Unterschied zwischen Tag und Nacht.

Das Restaurant gehörte zu den wenigen Lokalen des Viertels, die bis spät geöffnet hatten, seine Speisekarte bot für jedes Portemonnaie etwas, und alle Wellen der Nacht schwappten herein, wer ins Kino ging, wer herauskam, wer seinen Tag beendet hatte und wer ihn begann, wie die Prostituierten, die an der Ausfahrt der Umgehungsstraße arbeiteten. Die meisten jedoch waren Leute, die sich die Zeit vertreiben, die Arbeit vergessen und zwischen Dutzenden von unbekannten die eigene Stimme hören wollten, als wäre man so weniger allein.

Leute, die sich amüsieren wollten, und die offensichtliche Tatsache, daß Sandra hier arbeitete, rührte sie nicht im geringsten. Sie mußte für sie da sein, sich freundlich herunterbeugen und, lächelnd wie eine Geisha, eine Viertelstunde lang die Speisekarte erklären, bis sie Rückenschmerzen bekam, während sie hin und her überlegten und Witze rissen.

Und eine Frau, die lächelt, ist natürlich eine, die zu haben ist, genau wie eine, die nicht lächelt, ein eingebildetes Miststück ist. Weißt du, warum ich dich noch nicht zum Teufel gejagt habe? hatte Sandra eines Abends lächelnd zu einem Kerl gesagt, den sie gern umgebracht hätte, während sie seine Hand von ihrer Hüfte schob. Hast du dich das noch nie gefragt? Dann sag ich es dir: Weil ich hier arbeite. Wenn wir woanders wären, hätte ich dir schon längst die Meinung gesagt, und zwar deutlich. Aber ich bin hier an meinem Arbeitsplatz. Alles klar?

Er hatte nichts begriffen. Wie zu erwarten war.

Jetzt dagegen ist es wunderbar; jeder einzelne Kunde, der das Lager betritt, arbeitet genau wie sie und hat keine Zeit zu verschwenden. Weil es Tag ist, und der Tag gehört der Arbeit. Ist heilig. Sie kommen herein, als gingen sie in die Kirche, und nehmen zwar nicht die Mütze ab, senken aber unwillkürlich die Stimme. Niemand grölt oder schreit in ihrem Lager, niemand betatscht sie. Es herrscht eine andächtige, ehrfürchtige Atmosphäre, die Sandra indirekt zugute kommt. Die Ehrfurcht gilt natürlich den Boilern. Die Männer achten sie, ja, mehr noch, sie lieben sie. Wie Dante Beatrice liebte. Sie betrachten sie mit leuchtenden Augen, unterhalten sich mit wachsender Begeisterung darüber. Sandra beobachtet, wie sie mit ihren schwieligen Fingern über die Wärmeaustauscher und die Druckwächter streicheln, und fragt sich, ob sie ihre Frauen oder Freundinnen mit der gleichen hingerissenen Zärtlichkeit liebkosen. Sie hält es für sehr unwahrscheinlich.

Mit dieser Arbeit hat Sandra ihrer langen Geschichte mit der Nacht ein Ende gemacht. Trauert sie ihr nach? fragt sie sich in dem mit Mimosenduft erfüllten Zimmer, während sie sich auf die Seite dreht. Nein, die Zeiten sind vorbei, die Nacht ist nicht nett. Lang genug ist sie sehr spät ins Bett gegangen, auch wenn sie es immer noch haßt, früh aufzustehen, und gewöhnlich bis gegen elf schlechter Laune ist. Auch wenn sie dem Tag mit seiner Sichtbarkeit und Bürokratie noch Widerstände entgegensetzt.

Du wirst doch nicht behaupten, daß du kein Bankkonto hast, das glaube ich nicht, das ist ja unmöglich, wir stehen am Beginn des dritten Jahrtausends, und du hast kein Bankkonto? hat Irene, ein Bündel Formulare schwenkend, zu ihr gesagt.

Und wenn es das fünfte Jahrtausend wäre, ich sehe überhaupt nicht ein, warum sich die Banken an mir mästen sollen.

Dann hast du dein Gehalt immer am Schalter kassiert?

An welchem Schalter? Die haben mich bar bezahlt, Schwarzarbeit, verstehst du, die waren doch nicht blöd. Außerdem, wenn man Geld bei der Bank abholen will, braucht man einen Ausweis, und ich habe keinen.

Du hast keinen Ausweis? Irene schnappt nach Luft. Auch keinen Personalausweis?

Ich habe ihn vor zwei Jahren in der Waschmaschine mitgewaschen und dann nie erneuert. Muß man das?

Und Steuernummer hast du wohl auch keine?! hat Irene geschrien.

Was immer das ist, hat Sandra leicht genervt erwidert, sag mir, was ich machen muß, um eine zu kriegen, dann kümmere ich mich darum.

Und sie hat es getan. Es war hart, aber sie hat alles geschafft, denkt sie, die Arme streckend, jedenfalls fast alles. Sie hat sogar den Fernseher aus der Rumpelkammer geholt, den ihr Vater ihr vor Jahren geschenkt hat (natürlich gebraucht, wie nicht anders von ihm zu erwarten war), und auf ein wackeliges Tischchen gestellt. Sie selbst sieht nie fern, aber Dario schon. Manchmal schlafen sie vor dem Bildschirm ein, er und die Katzen, und dann betrachtet sie sie mit einem Knoten im Hals, einer seltsamen Beklommenheit, in die sich Besorgnis und Angst mischen. Wenn sie es nicht mehr aushält, weckt sie die drei und schickt sie ins Bett. Gehorsam gehen sie, erhitzt vom Schlaf, und gelegentlich überkommt Sandra dann ein erstickendes Gefühl, und sie fragt sich, ob es das ist, was man ein normales Leben nennt.

Vielleicht, weil sie zum ersten Mal etwas zu verlieren hat.

*

Der Wecker tickt im dunklen Zimmer, und plötzlich fällt Sandra das Fest wieder ein. Sie knipst die Lampe auf dem Boden neben dem Bett an und stellt fest, daß es fünf nach sieben ist.

Wach auf, schreit sie, es ist wahnsinnig spät.

Dario rührt sich nicht.

Wach auf, wiederholt sie, schon auf den Füßen, und gibt ihm einen Klaps auf den Po. In weniger als zwei Stunden wird eine Meute hungriger Leute hier sein. Und wir haben noch nichts vorbereitet. Wir müssen runtergehen und was einkaufen. Los!

Dario öffnet langsam die Augen und lächelt sie an.

Mach schon, steh auf!

Ja, gleich, sagt er mit verschlafener Stimme. Dann räkelt er sich geschmeidig, dehnt Arme und Beine. *Er* hat keine Rückenschmerzen. Und er hat längst vergessen, was er angerichtet hat.

Sandra würde ihn gern dran erinnern, aber er streckt die Arme aus und zieht sie an sich. Einen Augenblick schmiegt sie sich an seine warme Schulter, im Duft seiner Haut, bevor sie loshastet, um den Abend zu retten.

*

Heute morgen beim Aufwachen dachte Nora auf Englisch. Nicht verwunderlich, da sie gestern abend mit Kopfhörer bei laufendem CD-Player eingeschlafen ist. Die Wörter der Lektion schwirren ihr noch im Kopf herum, während sie das Bett macht (*the bed*), sich die Zähne putzt (*teeth*), Kaffee trinkt (*coffee*). *Mrs. Brown woke up with a splitting headache*, denkt sie, während sie sich zerstreut einen altbackenen Keks in den Mund schiebt. Arme Mrs. Brown mit ihren grausamen Kopfschmerzen.

Sie und Mrs. Brown kennen sich seit einigen Wochen. Die erste CD des Kurses lag in Cellophan verpackt dem Frauenmagazin bei, das jeden Donnerstag mit der Zeitung erscheint, die sie täglich kauft in der Absicht, sich gewissenhaft darüber zu informieren, welche schrecklichen Dinge in der Welt geschehen, und die sie gewöhnlich ungelesen im Auto vergißt. Irene hat die CD unter einem Haufen Kleider entdeckt, die in die Reinigung sollten, und fand die Idee großartig – welche Idee findet Irene nicht großartig? –, daher bekam Nora am nächsten Tag dieses schwarze Kästchen samt dazugehörigen Kabeln, Steckern und Kopfhörer geschenkt sowie eine ausführliche Erklärung, wie es zu benutzen sei.

Du glaubst, ich hätte Zeit, mir dieses Zeug anzuhören? hat Nora gesagt.

Aber du hast doch selbst gesagt, du wolltest dein Englisch

auffrischen! So ist es bequem, du kannst es abends vor dem Einschlafen hören, sogar in der Badewanne. Aber im Auto nicht, mein Schatz, hat Irene gewarnt, ich will nicht, daß du einen Unfall baust, und außerdem ist es verboten, sie könnten dir eine gepfefferte Strafe aufbrummen. Versprichst du mir, daß du daran denkst?

Es wäre mir lieber, du würdest mich nicht »mein Schatz« nennen, hat Nora gesagt.

Aber das ist doch nur eine Redensart, hat sich Irene verteidigt. Ich nenne alle Leute so, sogar den Fahrer.

Eben, hat Nora erwidert.

Seit Monaten sucht Irene Beschäftigungen für sie. Für sie allein oder für beide zusammen. Als wäre ihr Alleinsein plötzlich ein Problem geworden, das man lösen muß, eine Rechnung, die aufgehen muß. Als wären ihre Begegnungen weiße Seiten, die man füllen muß, oder Zeichnungen zum Ausmalen. Damit keine Zweifel und Fragen aufkommen. Warum treffen wir uns eigentlich? Um ins Theater zu gehen, ist doch klar. Dieses Ballett dürfen wir auf keinen Fall versäumen, mein Schatz. Sollen wir diese Saison ein Abonnement für das Rundfunksymphonieorchester oder für die Konzerte in Lingotto nehmen, was meinst du? Im Massimo gibt es eine Reihe toller Filme auf Englisch mit Untertiteln, die Ausstellung über amerikanische Kunst in Schloß Rivoli muß man unbedingt sehen, halte dir den Mittwoch frei, da gehen wir in einen Vortrag über den deutschen Nachkriegsfilm, zum indischen Tanz ins Piccolo Regio, in den neuesten Film von Tarantino, ins Kabarett im Café Procope ... Und so weiter, ad infinitum. Ihre Beziehung verwandelt sich allmählich in eine Art kultureller *tour de force*.

Was machen zwei nicht mehr ganz junge Frauen – zwei alte Jungfern hieß das früher –, wenn sie zusammen ausgehen? Sie bilden sich.

Es gab eine Zeit, da brauchten sie keine Kultur, um zusammenzusein, aber Nora denkt lieber nicht daran. Eine Zeit, in der sie unter anderem viel redeten. Irene hat nicht aufgehört zu reden – Irene hört nicht einmal im Schlaf zu reden auf, Nora weiß das, sie hat sie öfter etwas murmeln hören –, aber sie schon. Irene fehlt es nie an Gesprächsthemen, aber auf Nora hat sich eine Art Aphasie gesenkt. Denn, wie Wittgenstein sagt, worüber man nicht reden kann, darüber soll man schweigen. Also schweigt Nora.

Zum Glück arbeitet sie viel. Dank der Grippeepidemie, die den ganzen Winter über gewütet hat und auch im Frühling weitere Opfer fordert, kommt sie in den letzten Wochen noch später nach Hause als sonst. Erschöpft, mit geschwollenen Füßen und geröteten Augen – um im Stadtverkehr Ampeln und Fußgänger zu unterscheiden, muß sie sie ständig zusammenkneifen (seit Monaten will sie zur Augenärztin, um sich eine stärkere Brille verschreiben zu lassen, hat aber noch nicht die Zeit gefunden) –, so müde, daß sie nicht einmal mehr Hunger spürt. Ihr Kopf gleicht einem kaputten Radio, in dem die Stimmen ihrer Patienten alle gleichzeitig durcheinanderschreien, neununddreißig Fieber, Husten, Übelkeit, ich krieg keine Luft, Frau Doktor, es wird doch kein Bronchialasthma sein? Das Herz, das Herz, horchen Sie mir das Herz ab, Frau Doktor! Frau Doktor! Wie in einem bösen Traum versucht sie verzweifelt, das Radio abzustellen, aber es gelingt ihr nicht. Kaum ist dann die Haustür hinter ihr zugefallen, stürzt sie sich sofort auf Mrs. Brown.

Sie ist zu ihrer Droge geworden. Während Nora durch die Wohnung geht und in unterschiedlicher Reihenfolge die überlebensnotwendigen Dinge tut (duschen, zu Abend essen, Schlafanzug anziehen), lauscht sie wieder und wieder Mrs. Browns Gesprächen mit ihrer katastrophalen Familie, den Nachbarn, den Polizisten und den Sozialarbeiterinnen. Sie kann einfach nicht aufhören.

Manchmal versucht sie, von ihr loszukommen. Ihr Verhältnis zu Mrs. Brown hat etwas Perverses, das weiß sie genau.

Du hast überhaupt einen perversen Geschmack, sagt Irene zu ihr. Man braucht nur anzuschauen, was du liest. Nora schwärmt für Kriminalromane. Je mehr Blut fließt, desto besser. Ihre absoluten Lieblingskrimis haben als Protagonistin eine Ärztin, eine Gerichtsmedizinerin mit einem Feeling für Gewohnheitsverbrecher, die ständig in Serienmorde verwickelt ist und über grauenvoll verstümmelte Leichen stolpert. Wie kannst du nur so entsetzliche Sachen lesen! hat Irene mit angeekelter Grimasse gerufen, das Buch mit zwei Fingern haltend, als triefte selbst der Umschlag von Blut, Haaren und Gehirnmasse der Opfer. Zur Entspannung, hat Nora geantwortet. Es ist alles erfunden. Aber was man in der Tagesschau sieht, ist echt. Auch wenn die Nachrichten verfälscht sind, die Dinge geschehen wirklich.

Die siehst du dir doch gar nicht an, die Tagesschau!

Eben.

Ich hab's ja schon immer gesagt, ihr Ärzte habt einen Hang zur Perversion, hat Irene bemerkt. Könnte was dran sein, hat Nora gedacht. Und das Perverseste in meinem Leben ist wahrscheinlich, daß ich dich weiter liebhabe. Aber Wittgenstein zu Ehren hat sie es nicht ausgesprochen.

Allerdings hat sie hervorgehoben, daß die Krimiheldin eine starke, entschiedene Frau ist, eine Kämpferin. Ganz das Gegenteil von ihr selbst. Pädagogisch wertvoll.

Dummchen, hat Irene gesagt.

Mrs. Brown dagegen ist kein bißchen pädagogisch wertvoll. Sie ist Gift. Schlimmer als Heroin. Nora wird immer wieder rückfällig und beruhigt ihr Gewissen damit, daß sie doch nur ihr Englisch vervollkommnen will.

Wie sich die Zeiten geändert haben, denkt Nora, indem sie eine Tür ihrer Schrankwand öffnet und ihre Winterkleider betrachtet. Sie meint sich zu erinnern, daß in ihrer Jugend die Lektionen in den Sommerkursen des British Institute von dem sympathischen Tom und der reizenden Sally handelten, die gesund und glücklich waren, liebenswürdige Väter und lächelnde Mütter hatten, einen Hund, eine Katze und eine Tante, die strickte und Zitronenkuchen buk.

Mrs. Brown dagegen ist eine Hausfrau mittleren Alters mit Krampfadern, ihr Mann ist arbeitslos, ein Säufer und Schläger, ihr Sohn sitzt im Gefängnis, und ihre drogenabhängige Tochter geht auf den Strich, um sich den Stoff zu verdienen. Sie wohnt in einem öden Vorstadthaus, in einem Viertel, das von Rassenkonflikten und Kriminalität heimgesucht ist. Sie liest Kitschromane, weint, stopft sich mit Tabletten voll, träumt davon, sich das Fett absaugen zu lassen, um zu werden wie Claudia Schiffer. Sie lebt in einem Nebel verletzter Gefühle und rosaroter Träume. Sie rollt durchs Leben wie ein Stein auf einem Abhang, weil sie absolut unfähig ist, ihr Leben in die Hand zu nehmen, und im Grunde auch überzeugt davon, nichts Besseres zu verdienen. Sie lebt mit geschlossenen Augen. Als eine junge Polizistin ihr zuredet, ihren Mann wegen häuslicher Gewalt anzuzeigen, sagt Mrs. Brown, mit einem blauen Auge, zwei gebrochenen Rippen und einem Arm in der Schlinge, mit weinerlicher und vom Gin belegter Stimme: Der Ärmste, er hat doch schon so viel Kummer, seine Mannschaft hat die Meisterschaft verloren.

You're so good, Mrs. Brown, sagt die Polizistin. Bewundernd? Angeekelt? Man weiß es nicht. Im Grund ist sie ambivalent, die junge Polizistin. Wie Nora.

Wohin sich Nora auch wendet, schwappt ihr eine klebrige Güte entgegen. Es scheint, als würden alle immer gutmütiger, niemand lehnt sich mehr auf, niemand zerstört etwas. Außer natürlich ein paar Erdteile, einige unbedeutende Völker, die Kulturen einiger Minderheiten. Peanuts.

Warum fasziniert Mrs. Brown sie so? Wartet sie auf den Augenblick, an dem sie sich mit einem gellenden Schrei erheben und das Haus über ihrer Familie anzünden wird? Oder wartet sie, bis ihr Mann sie zu Tode prügelt?

Vielleicht tut der Mann gut daran, sie zu schlagen. Vielleicht mag Mrs. Brown das und wird sexuell erregt von Tritten gegen das Schienbein und Faustschlägen ins Gesicht. Vielleicht wurde sie als Kind vergewaltigt. Es scheint, als wären heutzutage alle als Kinder vergewaltigt worden. Nora nicht, dessen ist sie sicher, aber warum ist sie dann unfähig zu gesunden Reaktionen?

Wer weiß. Jetzt ist nicht der richtige Augenblick für solche Fragen. Die Frage, die im Moment Vorrang hat, lautet: Was ziehe ich an?

Ein kniffliges Problem, an jedem Tag und zu jeder Jahreszeit. Wäre Irene hier, würde sie für sie wählen, so wie früher, sie täte es auch jetzt noch, wenn Nora es ihr erlaubte.

Nora weiß, daß sie schlampig ist. Darin gleichen sie und Mrs. Brown sich wie zwei Wassertropfen. Sie kämpft dagegen an, aber ohne große Hoffnung. Im besten Fall wird es ihr mit viel Mühe gelingen, wie eine feingemachte Schlampe auszusehen.

In den fünfzehn Jahren ihrer Ehe war die Kleiderfrage nicht so wichtig, weil sie sich als verheiratete Frau berechtigt fühlte, wenig Zeit auf ihr Äußeres zu verwenden. Marco schien es völlig egal zu sein, was sie anzog, und wahrscheinlich stimmte das, anfangs, weil er sie sowieso liebte, und zum Schluß, weil er sie sowieso nicht mehr liebte. Aber eine geschiedene Frau, hat sie festgestellt, fühlt sich anders, exponierter, auch wenn niemand Kommentare abgibt; was zählt, ist die Art der Blicke. Man verlangt von ihr, sich nicht ›gehen zu lassen‹. Und Nora bemüht sich gehorsam. Da sie weiß, daß sie heute dem anspruchsvollen Blick ihres Bruders standhalten muß – vor dem sie sehnlich zu bestehen wünscht –, zieht sie nicht den bequemen Schottenrock an, der ihr so gut gefällt, mit schwarzen Wollstrümpfen und flachen Schuhen, sondern ein graues Kostüm mit weißer Seidenbluse, dünne Strümpfe, in denen sie frieren wird, und Schuhe mit Absatz, in denen ihr die Füße weh tun.

Als die Ankleidezeremonie beendet ist, fühlt sie sich unbequem genug, um gerüstet zu sein für das, was sie erwartet, und schaut prüfend in den Spiegel. Wirkt das Ganze nicht doch ein wenig farblos? Nach langer Überlegung steckt sie ein rotes

Tüchlein in die Brusttasche der Kostümjacke. Das Rot betont ihre Blässe noch, es sieht aus, als hätte jemand auf sie geschossen und sie sei am Verbluten.

Sie tauscht das Tuch gegen ein graublaues aus, ein Geschenk von Irene, die behauptet, es habe genau die gleiche Farbe wie Noras Augen. Die Wohnung wimmelt von Sachen, die Irene ihr geschenkt hat; falls Nora je den Mut aufbringen sollte, radikal mit ihr zu brechen, wird es einfacher sein umzuziehen als sich von allen Geschenken Irenes zu befreien.

Gestern hat sie ihr, außer einer Unmenge Lebensmittel, die einen Monat lang für eine sechsköpfige Familie reichen würden, eine knallrote Seidenbluse mitgebracht – Nora wird sich nie trauen, sie anzuziehen.

Aber Schatz, hat Irene zu ihr gesagt, du kannst einfach alles tragen, ich betone, alles; du läufst zwar unmöglich herum, das stimmt, aber es macht nichts, du kannst es dir leisten, bei deinem Knochenbau. Dir steht auch ein alter ausgeleierter Pullover gut, obwohl du die mit den Löchern an den Ellbogen mal ausrangieren könntest.

Du meinst, ich sehe auf jeden Fall aus wie eine Vogelscheuche, hat Nora gesagt, indem sie im Spiegel ihre vorstehenden Schlüsselbeine über dem Ausschnitt der roten Bluse betrachtete. Die beiden Höhlungen, die Tante Iride als Salzfäßchen bezeichnete, sind noch da, aber es kommt ihr vor, als seien sie tiefer geworden. Jetzt ähneln sie den Weihwasserbecken aus Terracotta, die Irene und sie letztes Jahr auf ihrer Umbrienreise als Andenken gekauft haben.

Zu jugendlich, sagt sie, indem sie die Bluse auszieht, ich bin über vierzig, ich käme mir lächerlich vor.

Rot ist eine Farbe für reife Frauen, doch nicht für junge, weißt du das nicht? sagt Irene. Steht dir phantastisch, betont deine wunderbaren Schlüsselbeine. Ich muß aufpassen, daß ich bestimmte Sachen verstecke und andere zeige, weil ich schmale Knochen, einen Bauch und dicke Schenkel habe, aber du mit deinen kräftigen Kochen hast die richtige Figur, du bist nicht so fleischlich wie ich, eher ein bißchen ... wie soll ich sagen, körperlos oder besser abstrakt, genau, wenn du ein Kunstwerk wärst, dann ein abstraktes.

Akt mit Weihwasserbecken, denkt Nora, als sie die Bluse weglegt und ihre kleinen Brüste betrachtet, die durch das Wollhemdchen schimmern, dann zieht sie sich rasch wieder an, jetzt mag sie es nicht mehr, daß Irene sie so sieht, sondern fühlt sich ihren Blicken ausgesetzt, im Angebot wie eine Prostituierte im Schaufenster. Weil sie kein bißchen körperlos ist, im Gegenteil. Sie möchte die Hand ausstrecken und Irenes nackten Arm umklammern, Fingerabdrücke auf ihrer Zigeunerinnenhaut hinterlassen. Aber sie wird es nie tun, das weiß sie.

Außer im Traum. Nachts passiert es ihr oft, daß sie Irene verprügelt. Sie überschüttet sie mit Vorwürfen und bitteren Anklagen und schlägt sie, manchmal mit den Händen, manchmal mit einem Gegenstand, der gerade in Reichweite ist: einem Stock, einer Vase, einer Lampe. Einmal hat sie es ihr erzählt. Das glaube ich nicht, hat Irene gesagt, das erfindest du, ich kenne dich, du machst dich über mich lustig. Ein so lieber, sanfter Mensch wie du kann keine solchen Träume haben, und falls doch, sind nur deine gräßlichen Krimis dran schuld. Ja, hat Nora gesagt, wahrscheinlich, aber in meinen Träumen passiert etwas viel Entsetzlicheres als in den Krimis. Was denn? Daß es mir nie gelingt, dir weh zu tun, so hart ich auch zuschlage, hat Nora lächelnd gesagt. Siehst du? So bist du, hat Irene triumphierend geantwortet.

Aber jetzt muß sie ein ganz anderes Problem angehen: die Handtasche. Eine Frau im Kostüm kann natürlich nicht die Arzttasche mitschleppen. Und ebensowenig kann sie Schlüssel, Taschentuch und Portemonnaie in die Manteltasche stecken, das wäre zu bequem. Deshalb verbringt sie eine weitere halbe Stunde damit, nach einer Handtasche zu suchen, die zu dem Kostüm paßt. Und zu den Schuhen, nicht zu vergessen.

Endlich ist sie soweit und blickt sich ratlos um, es widerstrebt ihr, das Haus zu verlassen. Draußen hat das Wetter wieder gewechselt, nach dem Schnee am Freitagabend und dem Sonnenschein am Samstag ist der Tag heute grau. Wie ihr Kostüm. Wie ihr Leben, denkt sie lächelnd. Jedenfalls muß es auf Außenstehende so wirken, auch auf ihren Bruder, der ja glaubt, er kenne sie. Sie weiß natürlich, daß es nicht so ist; die Oberfläche mag grau erscheinen, aber darunter ist ihr Leben eine Farbexplosion, daß es in den Augen schmerzt, daß man wegschauen möchte. Und genau das tut sie.

Welche Erholung, wenn es wirklich grau wäre, denkt sie und betrachtet die über das Sofa geworfene Decke, die zerdrückten Kissen, den Staub, den ein blasser Sonnenstrahl plötzlich auf den Scheiben aufleuchten läßt.

Morgen kommt Signora Elsa und bringt alles in Ordnung, putzt die Fenster, wechselt die Vorhänge, schüttelt die Kissen auf. Sie verstehen sich, die Wohnung und Signora Elsa, sie brauchen Nora nicht. Sie ist eher ein Eindringling, der abends kommt und Signora Elsas Bemühungen zunichte macht. Zum Beispiel das Spitzendeckchen unter der blauen Kristallvase: Nora hat es jahrelang weggenommen, weil sie Spitzendeckchen haßt, aber Elsa ist eine Frau mit Charakter, und jeden Montag- und Donnerstagabend liegt das Ding wieder an seinem Platz auf dem Tischchen neben dem Sofa. Nora hat es weggeworfen, daraufhin ist ein anderes aufgetaucht, noch häßlicher als das erste. Heute betrachtet Nora es müde und läßt es liegen.

Übrigens hat sie die Wohnung vor Jahren, nach der Trennung, vielleicht genau deshalb gekauft: weil sie zu Signora Elsa paßt. Ein hübsches Appartement, drei Zimmer mit Bad, in einem Haus aus den 60er Jahren in Santa Rita, mit dünnen Wänden, Marmor im Eingang, Aufzug und Zentralheizung. Eine Wohnung, die nichts von dir verlangt, kein Fünkchen Aufmerksamkeit, die dich nicht überrascht, dich nicht zwingt, sie zu lieben. Denn so fühlte sie sich damals: Sie wollte keine Bindungen, nichts, was sie belastet.

Manchmal fehlt ihr etwas Lebendiges, ein Blumenstock zum Beispiel, aber sie fürchtet, daß sie vergißt, ihn zu gießen; und noch mehr fürchtet sie, daß Signora Elsa ihn sich aneignet. Dessen ist sie sich nämlich sicher: Er würde sofort Signora Elsas Blumenstock, sie würde ihn umstellen, düngen und gießen, wie es ihr paßt. Nora und Signora Elsa sehen sich nie, kommunizieren aber durch an die Kühlschranktür geheftete Zettel. Auf dem letzten, vom vergangenen Donnerstag, steht: ›Habe Ihnen Bettwäsche im Sonderangebot bei Continente gekauft, so schonen Sie die aus Leinen, ist viel zu schade für Sie allein, habe das Bett damit bezogen, Baumwolle, Polyester gemischt, Lit. 50.000, auf die Rechnung geschrieben.‹ Nora ist fassungslos: Sie besitzt Dutzende von Garnituren aus dickem Leinen mit von ihrer Mutter gesticktem Monogramm, die Vorstellung, in Baumwolle, Polyester gemischt, zu schlafen, ekelt sie, aber sie ist so müde, daß Sie sich ins Bett fallen läßt und den Unterschied gar nicht spürt.

Als Irene gestern mit Tüten beladen ankam und sich auf ihren Kühlschrank stürzte, hat sie den Zettel gefunden und gesagt: Wie süß, deine Signora Elsa, kümmert sich sogar um die Bettwäsche, sie tut ihr Bestes, die Ärmste, aber ich will absolut nicht, das sie dir Synthetikzeug kauft, du könntest Allergien bekommen, bei deiner zarten Haut. Die wechseln wir jetzt sofort.

Fällt mir ja im Traum nicht ein, hat Nora erwidert. Das lohnt sich nicht.

Und in dem Augenblick hat sie begriffen, daß ein Teil von ihr Signora Elsas Standpunkt billigt. Im Grund genommen ist die Leinenbettwäsche viel zu schade für sie allein, jetzt, wo sie keinen Mann mehr hat und Irene nicht mehr hier schläft.

*

Im Auto – einem alten grünen Golf, gezeichnet von den Unbilden des Wetters und den Einbruchsversuchen – fühlt sie sich wohler als in der Wohnung. Sie fährt routiniert und rasch und braucht dazu nur einen Bruchteil ihrer Aufmerksamkeit, der Rest bleibt frei, und während sie die am Sonntag mittag halbleere Stadt durchquert, beginnt sie wieder an Mrs. Brown zu denken, die in der letzten Lektion als Krönung ihres Unglücks entdeckt hat, daß sie Brustkrebs hat.

Brustkrebs ist eine von Noras geheimen Ängsten. Ihre Mutter ist daran gestorben, und etwas in ihr – ihr krankhafter, perverser Anteil, zweifellos – ist überzeugt, daß es ihr genauso ergehen wird.

Wer weiß, ob Mrs. Brown zufällig auch zu diesen von chirurgischer Libido beseelten Frauen gehört, die wie für ein Rendezvous parfümiert zum Röntgen kommen und in den Narkoseschlaf fallen wie in die Arme von Richard Gere. Nora hat solche Patientinnen. Frauen, die sich operieren lassen wollen, weil sie sich so, wie sie sind, nicht gefallen, also lassen sie sich den Magen, den Bauch, die Speiseröhre aufschneiden, hier und da ein Stück Knochen herausnehmen. Schönheitschirurgie können sich nur wenige leisten, doch auch die Hausfrauen – im Rahmen ihrer bescheidenen Möglichkeiten und auf Kosten der Krankenkasse – bieten dem Chirurgen bebend ihre Magengeschwüre und Bandscheibenvorfälle dar, wie Jungfrauen auf dem Hochzeitsbett.

Krebs ist jedoch etwas anderes, hat nichts Erotisches an sich. Krebs ist der Tod, der von innen an dir nagt, um festzustellen, ob er dich mag. Vor über zwanzig Jahren hat er Noras Mutter angefallen und sie nach seinem Geschmack gefunden. Deshalb ist Nora Ärztin geworden, sie hätte damals ihr Leben gegeben, um ihre Mutter zu retten, und konnte es nicht. Jetzt weiß sie, daß sie wahrscheinlich auch heute, als promovierte Fachärztin für innere Medizin, nicht dazu in der Lage wäre. Sie hält die Medizin nicht mehr für eine Wunderwissenschaft. Sie hegt Zweifel, fühlt sich wie ein Pfarrer, der weiter die Messe liest, sich aber wie ein Schwindler vorkommt. Vor Jahren war sie in Versuchung, neue Wege zu erforschen, die ungültigen Gewißheiten über Bord zu werfen. Vielleicht mache ich einen Kurs in

Homöopathie, hat sie zu ihrem Bruder gesagt. Typisch, daß ihr Frauen bei diesen alternativen Ködern anbeißt, hat er lachend geantwortet. Medizin ist Macht, aber ihr könnt mit Macht nicht umgehen, wenn ihr Autorität ausüben sollt, zieht ihr euch zurück. Ihr liebt Verliererentscheidungen.

Nora war schockiert. Medizin bedeutet Macht über die Kranken, das weiß sie, aber sie möchte Macht über die Krankheit. Die hat sie noch nicht erlangt, und im Augenblick kommt ihr die Medizin hauptsächlich vor wie eine pausenlose Versorgungsleistung mit frustrierenden Resultaten. Aber den Homöopathiekurs hat sie nicht belegt.

Nora weiß, daß viele ihrer Patienten sie als Hausärztin gewählt haben, weil sie von einer Frau behandelt werden wollen. Weibliche Hände auf ihren Wehwehchen, die sind leichter, aufmerksamer. Weil Frauen verständnisvoller sind, offener, das liegt in ihrer Natur, hat eines Tages ein Patient zu ihr gesagt, eines der unangenehmsten Individuen, die Nora je über den Weg gelaufen sind: Frauen kümmern sich spontan gern um andere, nicht wahr, Frau Doktor?

Das möchte ich bezweifeln, Signor Tarozzi, hat Nora erwidert.

Ein Hauch von weiblicher Sprödigkeit, Frau Doktor? Geben Sie doch zu, daß sie im Grund gern kokettieren, auch wenn Sie ein strenges Gesicht machen! Soll ich die Hose noch weiter runterlassen?

Nein, das genügt, Signor Tarozzi.

Nora hat die Spritze gegen das Licht gehalten und sich gewünscht, eine Figur aus einem Krimi der 30er Jahre zu sein, ein skrupelloser Arzt, der tötet, indem er Gift injiziert, das keine Spuren hinterläßt, oder Luftblasen, die direkt ins Gehirn aufsteigen und tödliche Embolien verursachen. Schroff hat sie ihm die Nadel in den Gesäßmuskel gestoßen. Er ist zusammengezuckt, aber – argwöhnt Nora – nicht ohne einen schmutzigen, lustvollen Schauder wegen ihrer Aggressivität, die er bestimmt als sexuelle Avance gedeutet hat.

Tarozzi ist nur das letzte Exemplar einer langen Reihe lästiger Patienten, die das Schicksal ihr gesandt hat. Nie hat ihr mal ein hübscher, sanfter, geistreicher, netter junger Mann den Hof gemacht. Na ja, ganz stimmt das nicht, einmal ist es vorgekommen, aber es war eine kurze, seltsame Episode. Wenn sie besonders pessimistisch aufgelegt ist, denkt sie manchmal, daß es zu ihrem Karma gehören muß, die widerwärtigsten Männer anzuziehen.

Tarozzi macht ihr ebenso gnadenlos wie nervtötend den Hof. Zu den unmöglichsten Zeiten steht er plötzlich in der Praxis – er ist Rentner und hat nichts zu tun, außer sie zu belästigen –, will haarspalterisch mit ihr über Rezepte und Symptome streiten oder sie anschnorren, denn geizig ist er auch noch: Darf ich Sie zum Kaffee einladen, Frau Doktor? Eigentlich wären ja Sie dran mit Einladen, bei dem, was Sie an uns Kassenpatienten verdienen. Und überhaupt, wollt ihr Frauen nun die Gleichberechtigung oder nicht?

Nein, Signor Tarozzi, seufzt Nora, ich persönlich habe nie nach solchen Höhen gestrebt. Und was den Kaffee betrifft, nein danke. Ich arbeite.

Doch er gibt sich nicht geschlagen und verlangt mit den fadenscheinigsten Ausreden mindestens einen Hausbesuch pro Woche. Nora geht hin, müde, erbittert, stocksauer, aber sie geht hin. Taktvoll und mit freundlichen Umschreibungen hat sie versucht, seiner Lebensgefährtin – Tarozzi lebt mit einer fünfzigjährigen Steuerberaterin zusammen, die ihn aus Verzweiflung an Land gezogen haben muß – zu verstehen zu geben, daß er nicht krank ist, nur ein bißchen schweinisch. Nichts zu machen, die Steuerberaterin entgegnet, so sei er eben, er scherze gern, der arme Liebling, und während sie das sagt, zittert ein leicht wahnsinniger Blick in ihren Augen. Der Blick von Mrs. Brown, Nora ist sich sicher.

Der Blick, den sie im Spiegel manchmal in ihren eigenen Augen zu erkennen glaubt, bevor sie sich zusammennimmt.

Jedenfalls, obwohl sie es ungern zugibt, hat Tarozzi recht. Zumindest teilweise. Was die weibliche Neigung betrifft, sich um andere zu kümmern. Ob das hormonell bedingt ist? fragt sie sich, während sie auf die Überholspur wechselt. Am wenigsten mütterlich sind sonderbarerweise oder auch nicht gerade die Kolleginnen mit Kindern. Sie sind kurz angebunden, bleiben nicht über ihre Sprechzeiten hinaus in der Praxis, machen keine Hausbesuche, außer wenn der Patient erwiesenermaßen im Koma liegt. Aber niemand hat etwas daran auszusetzen; die Leute akzeptieren anscheinend, daß eine Frau mit Kindern nur eine begrenzte Dosis Mutterinstinkt mitbringt. Nur von kinderlosen Frauen wird unbeschränkte Mütterlichkeit erwartet.

Mittlerweile hat Nora die Stadt, die Mietskasernen von Falchera und das Industriegebiet hinter sich gelassen und fährt über Land. Zerstreut bemerkt sie, daß es hier mehr geschneit hat als in der Stadt und daß der Schnee auf den Feldern liegengeblieben ist. Sein Hellgrau, stumpf und leuchtend, schmerzt in den Augen wie Neonlicht.

Sie lehnt sich zurück. Im Auto ist es warm, der Sitz ist bequem, die Straße frei. Ideale Bedingungen, um in aller Ruhe zu leiden.

Denn das, worüber man nicht reden kann, ist immer da und verpaßt keine Gelegenheit, sie zu belästigen, genau wie Tarozzi.

*

Auch in der Praxis, während sie ein Rezept ausstellt, zum Beispiel. Nachdem sie Nunzia untersucht hat, die in einer depressiven Krise ist, wie jedes Jahr an ihrem Hochzeitstag.

Nunzia redet seit zwanzig Minuten, und Nora wirft einen Blick auf die Uhr. Nach dem Stimmengewirr im Wartezimmer zu urteilen, werden die Leute da draußen langsam ungeduldig. Montags ist der Zulauf immer am größten. Am Wochenende waren sie sich selbst und dem ärztlichen Notdienst überlassen, nun murren sie und rücken ungeduldig die Stühle, weil sie zwei Tage aufgestauter Krankheit bei ihr abladen wollen.

Nunzia erzählt von Giuseppe, wie üblich. Dazu kommt sie her, ist ja verständlich, aber warum ausgerechnet am Montag? Mit einem Seufzer greift Nora nach dem Rezeptblock.

Und auf einmal hört sie Nunzias Stimme, die sonst seit Jahren wie ein Radio den gleichen Wetterbericht herunterleiert, einen banalen Satz aussprechen, der in der Stille nachklingt.

Wir haben uns im Kino kennengelernt, Giuseppe und ich, sagt Nunzia. In unserem Dorf gab es ein großes Kino. Sie spielten einen Film mit Amedeo Nazzari, aber er sah besser aus als Amedeo Nazzari.

Im Kino? sagt Nora und hebt den Kopf vom Rezeptblock.

Ja, wieso? gibt Nunzia mit einem Funken Neugier zurück. Haben Sie Ihren Mann auch im Kino getroffen?

*

Im Eliseo läuft ein amerikanischer Film, eine von diesen Komödien, in denen mehrere Freundinnen die Schwierigkeiten des Lebens gemeinsam angehen, und eine davon, die aufmüpfiger und chaotischer ist als die übrigen, sitzt ständig in der Klemme und stirbt schließlich an einer häßlichen Krankheit, und die anderen beweinen sie gerührt und ziemlich erleichtert. Es ist nicht der Film, den Nora ausgesucht hat, sie ist überzeugt, gleich ein Hitchcock-Remake zu sehen, das im Kino nebenan läuft, hat aber aus Versehen die falsche Karte gekauft. Am Eingang hat man sie in diesen Saal geschickt, und sie ist der Anweisung gefolgt. Noch hat sie ihren Irrtum nicht bemerkt.

Sie geht selten ins Kino, besonders tagsüber. Heute macht sie eine Ausnahme, weil es zum Umfallen heiß und sie müde und schlecht gelaunt ist. Sie findet, sie hat eine kleine Belohnung verdient, eine beinahe exotische Ablenkung. Es ist ein Samstag im Juli, mit 34 Grad im Schatten.

Im Dunkeln tastet sie sich an den Sitzen entlang. Schattige Kühle umfängt ihre verschwitzten Arme. Plötzlich kommt eine verschüttete Erinnerung in ihr hoch.

Sie fühlt sich in einen Sommer am Anfang ihrer Pubertät zurückversetzt, in dem sie sich auf die Firmung vorbereitet und lange Nachmittage in der Kirche verbringt, den durch viele Hände abgegriffenen Katechismus aufgeschlagen auf den Knien. Nora lernt auswendig und beantwortet Fragen, aber in Wirklichkeit ist sie in den gläsernen Engel auf der Rosette im linken Kirchenschiff verliebt. Er trägt einen flammendroten Mantel, hat grüne Augen und sonnenblumengelbes Haar. Seufzend atmet sie den betäubenden Duft der Lilien ein. Im Halbdunkel erklingt ein Chor weiblicher Stimmen hinter dem Altar, und Noras Beine, die durch einen hauchdünnen Schweißfilm an der Holzbank kleben, werden schwach. Sie schließt die Augen, und der Engel löst sich aus dem Glasfenster und schwebt auf sie zu.

Nora hät sich an einer Rückenlehne fest und setzt sich in eine der letzten Reihen. Das Kino ist fast leer, gleich beginnt die zweite Nachmittagsvorstellung, die Werbung läuft schon.

Sie fächelt sich mit dem Taschentuch Luft zu und trocknet ihr Gesicht. Während sie sich noch von ihrer überraschenden Gefühlsaufwallung erholt, spürt sie eine Präsenz zu ihrer Linken. Unauffällig dreht sie den Kopf. Aus dem Augenwinkel sieht sie zwei nackte Füße in die Luft ragen. Die Zehen bewegen sich im Rhythmus der Musik.

Sie dreht sich noch etwas mehr um und erkennt einen hellen Fleck in der Dunkelheit. Ein weißes Kleid. Weiter, ausgebreiteter Rock, sieht aus wie eine hängende Blüte oder ein flatternder Flügel. In dem Kleid eine junge Frau, halb liegend im Sitz, Beine hochgezogen, Füße schräg auf die Vorderlehne gestützt. Andächtig verzehrt sie einen riesigen Eisbecher und fächelt sich dazwischen ab und zu mit dem Rock die Beine.

Sie verschlingt das Eis nicht gierig, wie Nora es machen würde, sondern leckt es mit leicht zurückgeworfenem Kopf langsam mit der Zunge von dem Plastiklöffelchen. Ihre Haltung strahlt aus, daß sie sich einem sinnlichen und sehr privaten Genuß hingibt. Nora fühlt sich wie eine Voyeurin, wendet aber nicht den Blick ab. Es muß Schokoladeneis sein, ihr ist, als rieche sie sogar den aromatischen Duft von bitterem Kakao.

Hinterrücks schlägt eine Welle sehnsüchtiger Wünsche über Nora zusammen, sie möchte sofort ein ganz neues Leben beginnen, so frech und frei sein wie diese Fremde, den Mut haben, die Füße auf den Vordersitz zu legen. In Ermangelung von etwas Besserem möchte sie wenigstens ein Schokoladeneis.

Jetzt leckt sich die junge Frau alle fünf Finger ab, läßt den Becher auf dem Boden unter dem Sitz verschwinden und beginnt sich mit einer Serviette sorgfältig die Arme abzuwischen bis hinauf zu den Achselhöhlen.

Nora spürt die Form und Beschaffenheit jener Arme, die Härchen auf der Haut, als wäre die Serviette ihre Hand oder eine Verlängerung ihrer Nerven. Irgendwie riecht es nach Vervaine.

Die Frau dreht sich zu ihr um und lächelt. Nora lächelt zurück, mit ein wenig Herzklopfen, als sei sie in flagranti ertappt worden.

Gerade hat der Film begonnen, und Nora hat ihren Irrtum bemerkt. Aber das ist jetzt nicht mehr wichtig.

*

Störe ich? fragt die Fremde. Nora blickt sich überrascht, beinahe erschrocken um. Sonst ist niemand in der Nähe ist. Die Frage gilt ihr. Sie schüttelt den Kopf. Nein, überhaupt nicht, sagt sie mit heiserer Stimme.

Ich habe nichts zu Mittag gegessen, sagt die andere, eine große Tüte Kartoffelchips aufreißend, die sie aus einer Leinentasche auf dem Sitz neben ihr gefischt hat. Und ich habe noch Hunger. Ich habe aber extra die Pause abgewartet, während des Films Zeug zu essen, das Lärm macht, finde ich ungezogen.

Möchten Sie? fragt sie und hält Nora die Packung hin.

Nein, danke, sagt Nora. Beide flüstern, obwohl das Licht angegangen ist und ihnen niemand zuhört.

Wie finden Sie den Film? fragt die Fremde.

Na ja, sagt Nora, nicht ganz mein Geschmack ...

Und was wäre Ihr Geschmack? Das interessiert mich sehr.

Nora ist verblüfft. Sie will etwas sagen, muß aber husten.

Also mir ist er etwas zu langatmig, süßlich, ein bißchen zu erbaulich, finden Sie nicht? sagt die junge Frau, Kartoffelchips kauend. Aber die Schauspielerinnen sind doch hübsch, und die Musik, ich schwärme für Dixieland, und Sie? Wollen Sie ein Pfefferminzbonbon? Irgendwo muß ich noch welche haben.

Nein, nein, danke, sagt Nora und schämt sich plötzlich für ihren Körper, der sich zurückzieht, verstummt, stimmlos wird. Das kommt von der Klimaanlage, da geht es mir immer so.

Klimaanlagen sind gräßlich, pflichtet ihr die andere bei. Und total ungesund. Aber ich liebe sie, denn zu Hause kann ich ja im Sommer nackt herumlaufen, aber was täte ich in der Öffentlichkeit ohne Klimaanlagen?

Nora antwortet nicht.

Also, wollen Sie mir nicht sagen, was Ihr Geschmack ist? fängt die Fremde mit breitem Lächeln wieder an, den Kopf zur Schulter geneigt. Sehr selbstbewußt, um die dreißig, bestimmt Single, denkt Nora. Aber ihr inneres Infosystem ist zusammengebrochen und gibt ihr keine weiteren Anhaltspunkte. Jedenfalls ein sehr dunkler Typ, wirkt südländisch, fast arabisch. Vielleicht Ausländerin? Sie hat zwar keinen Akzent, aber Nora kommt zu dem Schluß, ja, sie ist Ausländerin, Italienerinnen benehmen sich nicht so.

Mein Geschmack? sagt sie, errötend, ohne zu wissen, warum. Ich mag eher Krimis.

Aha, nickt die andere bedeutungsvoll. Nora spürt, daß sie ein Geheimnis enthüllt hat, das sie lieber hätte verschweigen sollen.

Wissen Sie, daß Sie unglaublich tolle Augen haben? sagt die Fremde und beugt sich prüfend über die Armlehne.

Ich? sagt Nora. Alles kommt so plötzlich, daß sie nicht einmal Zeit hat, verlegen zu sein, auf Abstand zu gehen.

Ja, Sie. Ihre Augen schauen wirklich hin. Sie tun nicht bloß so, wie die meisten Leute. Und so hell sind sie! Nachher, wenn wir draußen sind, im Licht, will ich sehen, welche Farbe sie genau haben.

Nora fühlt, daß es Zeit ist, dieses Gespräch abzubrechen. Sie räuspert sich, starrt vor sich hin, betet mit aller Kraft, es möge dunkel werden. Aber die Lampen bleiben gemeinerweise an.

Sie könnten Künstlerin sein, sagt die junge Frau. Malerin? Fotografin?

Nora schüttelt den Kopf.

Lassen Sie mich raten. Ich hab's! Esoterikerin. Medium.

Nora muß lachen, aber das Lachen bleibt ihr im Hals stecken wie ein Schluchzen. Ich bin Ärztin, sagt sie. Und wer sind Sie, fragt sie dann, mit einem unerwarteten Anflug von Panik, denn was sie wissen will, ist ja eigentlich: Wer sind Sie für mich?

Bevor sie begreift, was geschieht, ist die andere aufgestanden und hat sich neben sie gesetzt. So haben wir es bequemer, sagt sie in ganz praktischem Ton.

Irene Russo, angenehm, fügt sie, Nora die Hand reichend, hinzu. O Gott, Entschuldigung!

Ruckartig zieht sie die Hand wieder zurück, leckt sich ein Salzkörnchen von den Fingern, wischt sie seelenruhig an ihrem weißen Rock ab und hält sie ihr erneut hin.

Nora drückt sie und fühlt sich plötzlich entwurzelt, es ist ein körperliches Gefühl, als gäbe es keinen Boden mehr unter ihr und keine Decke über ihr, als schwebte sie schwerelos in einem riesigen leeren Raum. Das Licht geht aus, und der zweite Teil des Films beginnt.

*

Noch bevor Nora begreift, wie ihr geschieht, liegen sie schon zusammen im Bett.

Was ist mit mir los? fragt Nora.

Du verlierst deine Hemmungen, antwortet Irene.

Passiert es dir oft ...?

Mit einer Frau zu schlafen? sagt Irene ganz selbstverständlich, während sie den Wecker abstellt, der auf dem Nachttisch klingelt. Nein, aber es gibt immer ein erstes Mal, findest du nicht?

Nein, sagt Nora, finde ich wirklich nicht.

Na, dann haben wir eben Glück, daß es für uns so ist.

Was in diesem Augenblick verschwiegen wurde, denkt Nora später, ist, daß es dann auch ein letztes Mal gibt.

*

Haben Sie Ihren Mann im Kino kennengelernt? fragt Nunzia noch einmal.

Meinen Mann? wiederholt Nora und fährt sich mit der Hand übers Gesicht. Nein, nein.

Ich dachte ... Sie sind so zusammengezuckt ..., sagt Nunzia.

Nunzia, Nunzia, Sie bringen mich ganz aus dem Konzept, schauen Sie nur, jetzt habe ich mich verschrieben, sagt Nora, indem sie das Rezept zerreißt. Sie knüllt es zusammen und wirft es in den Papierkorb, ein willkommener Anlaß, sich herunterzubeugen und das Gesicht zu verbergen.

Als sie wieder auftaucht, sieht Nunzia sie forschend an, mit der unbarmherzigen Schlauheit der älteren Frau, die sich von der Zurückhaltung der jüngeren nicht täuschen läßt.

Nunzia ist Witwe. Sie hat sich noch nicht mit ihrer Lage abgefunden und wird es auch nie. Eine kleine, magere Frau, ein Frettchen, das seine geliebte Beute, den schönen Giuseppe, über vierzig Jahre gehütet und den Krankheiten streitig gemacht hat.

Giuseppe litt an schweren Durchblutungsstörungen der unteren Gliedmaßen. Wundbrand, hat Nora gesagt. Da hilft alles nichts, Nunzia, leider. Der Fuß muß amputiert werden.

Nunzia ist grün geworden wie das Linoleum auf dem Boden. Welcher Fuß? hat sie gestammelt.

Der rechte, Nunzia. Aber der linke ist auch gefährdet.

Beide drehen sich zu dem Bett um. Giuseppe liegt würdig in den Kissen, die Hände auf dem umgeschlagenen Laken. Perfekt gepflegt, mit gewellten grauen Haaren, sauberem Kragen, Augen so blau wie der Himmel über Sizilien, und einem feinen Speichelfaden, der aus den halbgeschlossenen Lippen läuft. Nora sieht einen aphasischen Fünfundsiebzigjährigen mit Schlaganfall, einer verstopften Hirnarterie und zwei strahlenden Augen, die vielleicht sehen, was passiert, vielleicht auch nicht. Nora neigt dazu, die Amputation zu befürworten. Nunzia sieht den Mann, den sie mit zwanzig geheiratet hat, und in ihrem Blick funkelt rabiater Besitzanspruch.

Sie machen Witze, Frau Doktor. Diesen schönen Mann wollen Sie mir ruinieren?

Nora öffnet den Mund, um zu sagen, daß er allerdings schon ein bißchen ruiniert ist, und nicht durch ihre Schuld, dann überlegt sie es sich anders und schweigt. Viel würde ihm der Chirurg das Leben auch nicht verlängern, denkt sie.

So ist Giuseppe gestorben, ohne noch ein Wort zu sagen, aber mit seinen Füßen. Und jetzt fragt sich Nora, ob Nunzias Methode nicht zufällig besser ist als ihre. Nunzia hat Giuseppe lieber ganz verloren, als ihn in Raten herzugeben, Fuß um Fuß. Sie hat alles oder nichts gewählt, eine mutige Entscheidung. Nora dagegen verliert Irene Stück für Stück, erst den Sex, dann Tag für Tag weitere Stückchen, so winzig, daß man so tun könnte, als merkte man es gar nicht. Und ganz allmählich schraubt sie ihre Ansprüche zurück und begnügt sich mit dem, was bleibt.

Aber vielleicht lauert tief unter ihrer Fügsamkeit die Hoffnung, daß Irene, wenn sie den jetzigen Mann und eine unbestimmte Anzahl weiterer Männer verbraucht hat, eines schönen

Tages zu ihr zurückkehrt. Vielleicht ist ihre Geduld eine Form des passiven Widerstands. Eine teuflische Zähigkeit, die Beharrlichkeit einer Besessenen. Einer Mrs. Brown.

Frau Doktor, mit mir können Sie reden, sagt Nunzia, die für einen Augenblick alle ihre Leiden vergessen hat, mit vor Neugier leuchtenden Augen. Wir sind doch unter Frauen.

Aber nein, ich habe es Ihnen schon erzählt, sagt Nora weiterschreibend. Ich habe meinen Mann im Kindergarten kennengelernt.

*

Es ist ein kleines Gebäude am Hang eines Hügels. Es liegt am Ortsrand und ist über zwei Straßen erreichbar; eine führt durch das Dorf, die andere außen herum, zuerst bergauf, dann biegt sie rechts ab in ein Pappelwäldchen und endet im Hinterhof des Altersheims. Nora wählt diesen zweiten Weg, weil ihr die sanften Kurven des Hügels gefallen. Jetzt ist er braun und schneegefleckt, aber in zwei bis drei Wochen wird alles hellgrün sein, und im Wald ein Teppich aus Anemonen mit Schlüsselblumen an den Rändern. Es ist eine schöne Landschaft, und Nora seufzt, weil ihr Vater für diese Schönheit völlig unempfänglich ist, er würde bestimmt eine Fernfahrerkneipe mit Blick auf eine Straßenüberführung vorziehen.

Vielleicht ist das seine Strafe, denkt sie, während der Kies im Hof unter den Reifen knirscht, hier in diesem Frieden in guter Luft zu leben. Sie stellt den Motor ab, wirft einen prüfenden Blick in den Spiegel, frischt den (sehr diskreten) Lippenstift auf, greift nach der Handtasche und steigt aus. Sie ist es nicht gewöhnt, mit Handtasche herumzulaufen, und fürchtet, sie irgendwo liegenzulassen.

Mit unsicheren Schritten stöckelt sie über den Hof und begutachtet den noch im Bau befindlichen neuen Flügel des Gebäudes. In ein bis zwei Jahren wird es ein großer Komplex sein, eine Art Residenz für Alte, so ähnlich wie diese Städte für Senioren in Kalifornien oder anderen Gegenden mit mildem Klima. Ihr Vater wird froh sein über die Gesellschaft, vielleicht findet er jemanden, den er beim Kartenspiel betrügen kann. Wenn er ihn nur nicht zu unverschämt ausnimmt und rausfliegt, hofft Nora.

Ein Geruch nach gekochtem Huhn und Nudelsuppe verrät ihr, daß sie gerade hinten an der Küche vorbeikommt. Sie geht um das Gebäude herum und steht vor der Villa dei Tigli, einem ehemaligen Bauernhof mit blaßgelber Fassade, Fenstern aus oxydiertem Aluminium und einer breiten Glastür. Im vorderen Hof, unter einer Gruppe Linden, eine einzige Sitzbank und davor zwei oder drei phantasielose Blumenbeete, deren Stiefmütterchen unter der Schneelast vor sich hinkümmern. Nora drückt langsam die Eingangstür auf und wird von vertrauten Gerüchen und Geräuschen empfangen, ein Stimmengewirr im Hintergrund, rasche, leise Schritte, Tellerstöße auf Servierwagen; der Essensgeruch mischt sich mit dem von Bohnerwachs und einem vagen Gestank nach Desinfektionsmittel.

Als sie auch noch die Silhouette einer Nonne am Ende des Korridors auftauchen sieht, gibt es ihr einen Stich. Uralte Erinnerungen an Kindergarten und Schulspeisung, verkochte Nudeln und summende Fliegen während der zwangsverordneten Mittagsruhe mit verschränkten Armen auf der Bank werden wach. Noch heute wecken Nonnen in ihr eine mit Verwunderung gemischte Neugier. Als Kind fragte sie sich, ob auch sie Pipi machten, es war seltsam, sie sich im Rascheln ihrer zahllosen Röcke bei dieser so intimen Verrichtung vorzustellen. Schliefen sie angezogen? Und was verbarg sich unter dem gestärkten Schleier? Hatten sie Haare, oder waren sie kahl?

Dort im Kindergarten, unter einem Mispelbaum, hat sie Marco zum ersten Mal gesehen: Beide sind vier Jahre alt, sie steht mit einer halbgegessenen Banane in der Hand da, und er liegt auf dem Kies, das Gesicht verschmiert von Tränen und Erde, und zappelt vergeblich, während ein fünfjähriger ›Großer‹ auf seinem

Rücken sitzt und ihn gnadenlos verprügelt. Nora eilt ihm nicht sofort zu Hilfe, sondern überlegt erst einen Moment: Irgend etwas sagt ihr, daß es besser ist, sich nicht in diese Männersachen einzumischen, doch zuletzt überwiegt eine dunkle innere Stimme (Beschützerdrang gegenüber dem Schwächeren? Mutterinstinkt? der Hang, sich Unannehmlichkeiten zu schaffen?).

Also läßt Nora die Banane fallen, stürzt sich mutig auf den ›Großen‹ und erntet einen Kratzer im Gesicht, einen abgerissenen Knopf und einen Ehemann.

War das ein gutes Geschäft? hat sie sich später gefragt. Oder wäre es besser gewesen, neutral zu bleiben?

Die Nonne ist anders als die aus dem Kindergarten, ihre Tracht ist kürzer (man sieht die Fesseln) und grau, nicht nachtschwarz, was die Nonnen von damals so geheimnisvoll machte.

Guten Tag, Frau Doktor, sagt sie, kommen Sie, Ihr Vater wartet schon.

Guten Tag, Schwester Ausilia. Wie geht es ihm? sagt Nora.

Na ja, wir hatten ein bißchen Grippe, ein bißchen Husten, ein bißchen Katarrh, wir waren ungezogen ..., sagt die Nonne kopfschüttelnd. Nora weiß, daß es sich um einen Krankenhausplural handelt, stellt sich aber unwillkürlich vor, wie die Nonne, eine magere, strenge Sechzigjährige, zusammen mit ihrem Vater ungezogen ist. Wir haben im Zimmer geraucht! sagt die Nonne fast flüsternd, als handele es sich um eine Todsünde.

Besser im Zimmer als draußen, bei dieser Kälte, denkt Nora.

Sie sind vor dem Fernsehraum angekommen. Durch eine große Scheibe kann man zwischen den Topfpflanzen ins Innere schauen. Alles hell und durchsichtig, luftig und sauber, wie die Direktorin zu Nora gesagt hat, als sie ihr das Haus zum ersten Mal zeigte, aber Nora denkt nur, daß all dieses Glas niemandem erlaubt, sich abzusondern, es gibt keine Verstecke hier, man ist ständig unter Kontrolle. Ihr Vater sitzt in einem braunen Samtsessel und hat einen finsteren, abwesenden Gesichtsausdruck, wie immer, wenn er nicht weiß, daß er beobachtet wird. Sieht er überhaupt die Gestalten, die zwischen Gelächter auf Kommando auf dem Bildschirm herumhampeln, oder ist er in einer anderen Dimension? Er scheint in eine tiefe Trance versunken, aber seine Tochter sieht ihn nun immer häufiger so, vielleicht ist es einfach das Alter.

Merkwürdig, daß Herr Ardigò noch nicht da ist, er ist doch immer so pünktlich! sagt die Nonne, deren Augen bei der Erwähnung dieses Namens aufleuchten, während sie Nora mit einem Lächeln bedenkt, nach dem Motto: Wer hören will, der höre. Nora ist nie pünktlich, sie kommt zu spät oder zu früh oder zur Essenszeit – eine unerhörte Regelverletzung, und sie muß draußen warten, bis ihr Vater den gekochten Hühnerschenkel und den Tiefkühlspinat runtergeschluckt hat. Zwei oder drei Mal im Jahr (heute ist ein solcher Tag) treffen sie sich alle drei, Nora, ihr Vater und ihr Bruder. Voll peinlicher Verlegenheit sitzen sie sich dann gegenüber, wie bei allen Familientreffen, seit Nora sich erinnern kann, und auch wenn es niemand ausspricht, geht es wie immer nur um eines: ums Geld.

Der Unterhalt des Vaters in der Villa dei Tigli wird aus dem Erlös des mütterlichen Erbes (Haus und Grundstück) bestritten, das in Wertpapiere und Obligationen umgewandelt wurde, und stellt somit an sich eine Investition dar, die zwar nichts abwirft, aber doch als solche zu betrachten ist. Obwohl sein Tod das Kapital von dieser Hypothek befreien wird und somit ein hochgradig wünschenswertes Ereignis ist, kommen die Erben, solange er noch lebt, um sicherzustellen, daß er gut versorgt wird und sie für ihr Geld bekommen, was der Prospekt des Altersheims verspricht, nämlich Einzel- und Doppelzimmer mit Bad und Telefon, ärztliche Versorgung rund um die Uhr, Kapelle mit regelmäßigem Gottesdienst. Ist das wirklich nötig? hat Nora seinerzeit gefragt. Der Bruder hat ihr über seine Brille hinweg einen mitleidigen Blick zugeworfen und geantwortet: Ich glaube kaum, daß es seiner Gesundheit schadet, wenn er ab und zu zur Messe geht. Aber du gehst doch auch nie! hat Nora eingewandt. Er hat ihre Bemerkung stillschweigend übergangen.

Bei diesen Besuchen inspiziert der Bruder das Zimmer, prüft die Rechnungen, sieht mit distanzierter Routine des Vaters Garderobe durch, wirft die abgewetzten Hemden weg, kontrolliert die Vorräte an Taschentüchern und Rasiercreme. Nora dagegen, die sich nutzlos und verwirrt fühlt wie ein dreijähriges Kind, gibt Ratschläge und Empfehlungen, die er nicht befolgen wird, und versucht, die Spuren der Zeit auf seinem Gesicht möglichst nicht wahrzunehmen: die seit dem letzten Mal noch eingefalleneren Wangen, die Säcke unter den noch gelberen Augen. Dann gehen sie ins Büro der Direktorin, wo sie über die Missetaten ihres Vaters aufgeklärt werden. Steif und aufrecht sitzen sie auf den hohen Polsterstühlen wie ein Elternpaar, das mit der Direktorin über ein schwieriges Kind sprechen muß. Zuletzt zieht der Bruder das Scheckbuch heraus und begleicht die Rechnungen. Nora weiß genau, daß dieses Geld zur Hälfte ihr gehört, und doch hat sie immer das dunkle Gefühl, ungenügend und ihm etwas schuldig zu sein, als zahlte allein er, als trüge allein er die Last auf seinen Schultern, er, der Bruder, der Retter der Familie. Herr Ardigò.

Natürlich, denkt sie, das grimmig auf den Fernseher starrende Gesicht ihres Vaters betrachtend, ist er auch Herr Ardigò, aber ihn hat nie jemand so genannt, er war immer und für alle nur Gilìn. Angelo Ardigò, genannt Gilìn, der Ruin der Familie.

Als hätte sie ihn gerufen, dreht ihr Vater sich um und erkennt sie. Langsam verändert sich sein Ausdruck, denn obwohl er früher so schnell war, geht inzwischen alles bei ihm langsam, und ein zahnloses Lächeln huscht über sein Gesicht. Freut er sich, seine Tochter zu sehen (so lächelte er wahrscheinlich, als Nora mit sieben weißgekleidet durch die Dorfstraßen schritt und Rosenblätter streute bei der Fronleichnamsprozession), oder ist er glücklich, daß sich endlich seine private Schweizer Bank bei ihm meldet? Plötzlich wird er wieder ernst, runzelt die

Stirn, kramt in seiner Tasche und schiebt sich das Gebiß in den Mund.

Nora tut so, als hätte sie nichts bemerkt, und wartet vor der Tür auf ihn.

*

Sie hatten noch nie viele gemeinsame Gesprächsthemen, aber heute ist er schweigsamer als gewöhnlich.

Nora hat ihn gefragt, wie es ihm geht, ob er Appetit hat, ob er gut schläft, ob sein Husten vorbei ist und ob er regelmäßig Stuhlgang hat, jetzt fällt ihr nichts mehr ein.

Du darfst nicht rauchen, wenn du Bronchitis hast, sagt sie, eingedenk der Worte der Nonne.

Wer hat dir das erzählt? fährt er sie giftig an. Schwester Ausilia?

Das ist doch ganz egal, Papa, erwidert Nora geduldig. Es geht um deine Gesundheit.

Zwischen den Zähnen brummt er etwas wie: Dieses Miststück! und versetzt einem Kiesel einen Fußtritt. Die Sonne ist ein wenig hervorgekommen, die Luft ist lau, und der Schnee schmilzt am Wegrand. Die Straße ist matschig, ihre Schuhe durchnäßt.

Stumm gehen sie eine Weile. Der Vater bleibt stehen, wirft einen Blick zurück, um sich zu versichern, daß ihnen niemand folgt, und flüstert dann heiser: Los, gib mir eine Zigarette.

Der Ton ist schroff, aber die Augen sehen sie bittend an.

Jetzt habe ich ja keine Bronchitis mehr, fügt er zu seiner Rechtfertigung hinzu. Ich habe eine ganze Woche nicht geraucht.

Nora spürt einen Schmerz im Hals. Sie haßt es, Mitleid mit ihrem Vater zu empfinden, ein bedrückendes Gefühl, als werfe ihr jemand eine Decke über dem Kopf und wolle sie ersticken. Nach Luft schnappend öffnet sie die Handtasche.

Hier sieht uns sowieso keiner, sagt er erleichtert und hüpft vor Ungeduld.

Nora hält ihm die Packung und das Feuerzeug hin.

Er nimmt eine Zigarette, zündet sie an, saugt gierig mit geschlossenen Augen den Rauch ein. Dann steckt er Packung und Feuerzeug mit geistesabwesender Miene ein. Früher war er nicht so frech, denkt Nora, früher hätte er wenigstens gefragt, ob sie ihre Zigaretten wiederhaben wollte, und sie hätte verneint. Aber jetzt geht es nur noch ums Überleben, da bleibt kein Platz für Formalitäten. Es muß ihm so ähnlich vorkommen wie damals im Gefangenenlager in Deutschland, denkt Nora, obwohl sie es absurd findet, die Lagerbaracken mit den netten Zimmerchen mit blauen Chenilletagesdecken zu vergleichen, aber irgendeine Ähnlichkeit zwischen den beiden Situationen muß es geben, ein reges, vor den Augen der Wärter verborgenes, klandestines Leben. Rege, aber langsam, dem Alter der Insassen entsprechend.

Sehr gemächlich gehen sie auf das Dorf zu, er ist ruhiger, selbstbewußter, sie wütend auf sich selbst, weil sie nachgegeben hat und weil die Nonnen jetzt, falls sie ihn erwischen, wissen, wer schuld ist.

Rauch wenigstens nicht auf dem Zimmer, sagt sie.

Ich? sagt er unschuldig. Für wen hältst du mich?!

Jetzt wäre ein schöner Kaffee recht, fügt er hinzu.

Dann hustet er und spuckt einen Schleimklumpen ins Gebüsch. Der Husten kommt nicht vom Rauchen, sagt er, sondern von der Luft. Die Luft ist zu feucht hier.

Nora seufzt. In gewissem Sinn hat er leider recht. Die gute Luft schadet ihm, deshalb ist der Verfall in den letzten Jahren rascher fortgeschritten.

*

Sie setzen sich in die Bar Centrale, ein dunkles Loch mit Original-50er-Jahre-Einrichtung. Der Vater scheint hier zu Hause zu sein.

Ich bin richtig froh, daß er sich verspätet, sagt er, während er den Zucker im Kaffee umrührt und sich noch eine Zigarette ansteckt.

›Er‹ ist Noras Bruder.

Merkwürdig, sagt Nora. Er ist sonst immer pünktlich.

Vielleicht ist sein BMW kaputt, sagt der Vater mit einem freudigen Lächeln. Vielleicht hat ihm jemand, den er reingelegt hat, die Reifen aufgeschnitten.

Papa, bitte, sagt Nora.

Dein Bruder war schon immer ein fieser Kerl, das ist dir doch klar, oder? fragt der Vater hinterlistig. Weißt du noch, wie er einen Schulkameraden verpetzt hat, der bei der Prüfung abgeschrieben hatte?

Nein, sagt Nora. Stimmt das, oder hast du es erfunden?

Und wie er Pinuccia, die Verkäuferin, entlassen hat, weil sie Stoffreste mit heim nahm?

Nora erinnert sich dunkel, aber zu vage, um zu sagen, ob die Sache stimmen könnte.

Aber den wirklichen Grund kennst du, nicht wahr, du kennst die Geschichte?

Hör zu, Papa, findest du es richtig ...

Weil sie schwanger war und nicht abtreiben wollte. Sie wollte das Kind behalten, und er hatte Angst, er müßte sie heiraten, der große Herr. Verstehst du? Was für ein Reinfall, eine Verkäuferin aus dem Friaul, ohne eine Lira Mitgift.

Ob das wahr ist? fragt sich Nora mit einem seltsamen Frösteln. Hör auf mit dem Quatsch, sagt sie zum Vater.

Quatsch? Das ist die Wahrheit, das schwöre ich bei dem, was mir auf der Welt am liebsten ist, sagt der Vater feierlich, indem er seine Rechte auf Noras Hand legt, auf dem hellbraunen Resopaltisch. Die Geste bedeutet, daß Nora ihm das Liebste auf der Welt ist. Seine Hand, die früher schwer und schwielig war, fühlt sich nun glatt und leicht an, und Nora schaudert.

Wir sind nie allein, wir beide, flüstert der Vater. Ich könnte dir viel erzählen, aber in der Villa haben die Wände Ohren, diese He ... die Nonnen sind schlimmer als die Kapos und auch ein bißchen pervers, weißt du, daß Schwester Ausilia einen Bußgürtel trägt?

Ja, und ich vermute, daß du ihn ihr jeden Morgen umbindest, sagt Nora.

Du wirst es nicht glauben, aber genau so ist es, sagt er mit leuchtenden Augen. Er ist und bleibt ein Kind, sagte Noras Mutter vor vielen Jahren, und Nora hat nie begriffen, ob es sich um ein Verdienst oder einen Fehler handelte, wahrscheinlich beides. In diesem Augenblick sitzt ein achtzigjähriges Kind vor ihr, das plötzlich Ferien hat und es ausnutzen will.

Magst du ein Brötchen mit Salami? flüstert er verschwörerisch. Die sind hier sehr gut, so wie früher.

Kommst du oft hierher? fragt Nora.

Ab und zu, erwidert er ausweichend. Dann, zu dem Mann gewandt, der mit auf den Tresen gestützten Ellbogen die Sportzeitung liest: Tonino, mach uns zwei Brötchen mit der guten, und zwei Glas Wein.

Heute wird gefeiert, was Gilìn, sagt Tonino.

Das ist meine Tochter, sagt er und streckt die Brust raus. Sie ist Ärztin.

Der Kerl brummt etwas und nimmt eine große Salami von einem Haken über seinem Kopf. Ganz unverkennbar ist ihr Vater hier Stammgast, und Nora fragt sich, von welchem Geld er das bezahlt. Ein Teil in ihr will es gar nicht wissen (die Schulden ihres Vaters zu bezahlen war der Alptraum der Familie, ihre Mutter hat sich in der Firma aufgerieben, und auch sie selbst hat zu oft Geld lockermachen müssen, sogar während ihres Studiums), aber es gelingt ihr nicht, den Gedanken zu vertreiben; unruhig rutscht sie auf dem Stuhl herum und überlegt, ob der Besitzer der Bar sie wohl beim Hinausgehen an der Tür abfangen und zur Kasse bitten wird.

Hast du noch was offen hier? flüstert sie wütend, zum Vater gewandt.

Alles geregelt, erwidert er leise, mit dem Gesicht eines ehrbaren Bürgers. Ich bin noch was wert beim Kartenspielen.

Ist es möglich, daß er sich die Salami und den Kaffee und die Schnäpse, von denen er diese gelben, auf Leberprobleme hindeutenden Augenringe kriegt, beim Kartenspielen verdient? Er sieht inzwischen ziemlich schlecht und hat nicht mehr so flinke Finger wie früher, obwohl Nora zugeben muß, daß er mit zunehmender Entfernung von der Villa dei Tigli immer rüstiger wird.

Die Brötchen kommen, und der Vater schnappt sich eins, mit einem für einen Achtzigjährigen, der vor einer Stunde zu Mittag gegessen hat, ungeahnten Appetit. Nora beißt in ihres und merkt, daß sie Hunger hat. Die Salami ist köstlich und die Butter auf dem Brot fingerdick.

Das weckt meine Lebensgeister, sagt der Vater kauend. Ich hätte nie gedacht, daß ich in meinem Leben noch so viele Süppchen runterwürgen muß. Weißt du überhaupt, was sie uns in die Suppe tun? Hm? Weißt du das?

Nora schüttelt mit vollem Mund den Kopf.

Weihwasser. Damit mit den Sakramenten schon alles in Ordnung ist, falls wir beim Essen sterben, sagt der Vater und kippt geräuschvoll zwei oder drei Schluck Wein. Dann schenkt er sich nach aus der Flasche, die der Barmann auf dem Tisch stehengelassen hat. Nora hindert ihn nicht. Sie ist längst zu dem Schluß gekommen, daß es besser ist, betrunken als nüchtern zu sterben.

Jedenfalls, Norina, erinnere dich an eines, sagt er und schaut ihr direkt in die Augen wie ein Patriarch, der im Begriff ist, ihr die offenbarte Wahrheit zu enthüllen. Ich mag an allem möglichen schuld sein, aber wenn du dich jetzt vor jemandem hüten mußt, dann nicht mehr vor mir, sondern vor deinem Bruder.

Danke, sagt Nora, gut zu wissen, daß du keinen Schaden mehr anrichten kannst.

Er wirft ihr einen bittersüßen Blick zu.

Nora zahlt den Wein und die Brötchen; zu ihrer maßlosen Erleichterung präsentiert ihr der Wirt keine sonstige alte Rechnung. Mit gierigen Augen sieht der Vater zu, wie sie das Portemonnaie wieder in die Handtasche steckt.

Könntest du mir nicht was leihen? fragt er treuherzig wie einer, der zum ersten Mal in seinem Leben um Kredit bittet, obwohl sich die Szene jedesmal wiederholt, wenn sie ein paar Minuten allein bleiben.

Das Wort ›leihen‹ ist sowieso unangebracht, da er ihr nie was zurückgeben wird. Wie sollte er auch? Ihr Bruder hat mit der Heimleiterin vereinbart, daß alles Geld, das er benötigt, direkt vom Konto des Herrn Ardigò auf das Konto der Villa dei Tigli überwiesen wird, ohne daß sich je das Geringste, und sei es aus Versehen, in seinen gähnend leeren Taschen materialisiert.

Nora gibt ihm zweihunderttausend Lire. Mit leuchtenden Augen steckt der Vater sie ein. Ein unschuldiges, strahlendes Lächeln verklärt sein Gesicht, und einen Moment lang sieht Nora ihn so, wie ihre Mutter ihn gesehen haben muß, als sie sich vor fast sechzig Jahren in ihn verliebt hat.

*

Wie schade, daß Herr Ardigò nicht gekommen ist! sagt Schwester Ausilia betrübt. Es ist immer ein Vergnügen, ihn zu sehen. Ein so distinguierter, eleganter Mann, ein Herr! Sie hebt die Augen und faltet die mageren Hände, als hätte sie die Vision eines Christus im Strahlenkranz, eingekleidet bei Armani.

Der Vater zwinkert Nora zu, aber sie übersieht es geflissentlich.

Wenn Sie wüßten, wie leid mir das tut, Schwester, sagt er. Ich habe ihn seit Weihnachten nicht gesehen. Es ist gar nicht schön, seinen Vater so zu vernachlässigen. Aber ich verzeihe ihm, nicht wahr, Norina? Meine Tochter und ich haben in der Kapelle für ihn gebetet.

Ausgezeichnet, sagt Schwester Ausilia matt und bedenkt ihn mit einem mißtrauischen Blick.

Nora nimmt ihn am Arm und zieht ihn weg, bevor die Schwester riecht, daß er eine Fahne hat. Sie bringt ihn in den Fernsehraum zurück, wo er augenblicklich im gleichen Sessel in die gleiche Teilnahmslosigkeit verfällt wie zuvor. Als hätte man den Stecker rausgezogen, denkt Nora, als sie beobachtet, wie er in zwei Minuten mit offenem Mund in tiefen Schlaf sinkt. Sein Zahnfleisch ist rosa, die Wangen eingefallen, und in der herabhängenden Hand hält er sein Gebiß. Tot wird er nicht viel anders aussehen. Auch sein Sesselnachbar schläft. Nora geht und schließt leise die Tür.

*

Aber warum ist Herr Ardigò nicht gekommen?

Und warum macht sich Nora nicht mehr Sorgen? Warum zum Beispiel hat sie ihn noch nicht angerufen, um zu erfahren, wo er ist, was ihn aufgehalten hat?

Warum ruft sie ihn jetzt nicht an? Sie könnte, sie hat das Handy und seine Nummern dabei. Daß sie sie nicht auswendig weiß, ist kein Wunder, denn sie telefoniert selten mit ihm. Und sieht ihn noch seltener. Letztes Jahr haben sie sich nur hier in der Villa dei Tigli getroffen.

Und im Jahr davor sind sie sich auf einem Familienfest begegnet, bei der Taufe des Sohnes einer entfernten Cousine; Nora läßt sich bei diesen Anlässen nur aus Pflichtgefühl sehen und er, argwöhnt sie, nur aus Geschäftssinn, denn die entfernte Cousine ist reich und hat ein Vermögen in seine Holding investiert. Nora hatte Irene mitgenommen, es schien ihr eine gute Idee, sie als Unterstützung dabeizuhaben, um die Langeweile und das konventionelle Geschwätz besser zu ertragen, ganz abgesehen davon, daß Irene sie von Kopf bis Fuß eingekleidet hatte, was ihr einen anerkennenden Blick ihres Bruders eintrug. Aber dann hat es ihr doch nicht soviel gebracht, wer weiß, warum.

Es war Sommer, Anfang Juli, und im Park der Cousine faulten die Kirschen an den Bäumen, angepickt von den Vögeln. Mit ihren weißen Schuhen ging Nora über den Rasen, geschafft von der Hitze und einem irgendwie unguten Gefühl. Als sie sich umdrehte, sah sie, wie Irene sich mit ihrem Bruder unterhielt. Sie wandte den Blick ab.

Die weißen Schuhe bekamen Flecken vom Gras und den verfaulten Kirschen.

Du bist unmöglich, sagte Irene zu ihr. Schau nur, was du angerichtet hast! Die werden nie mehr sauber, weißt du. Nie mehr.

Und sie hatte sich schuldig gefühlt wegen ihrer Fahrlässigkeit.

Nora öffnet die Handtasche und greift nach dem Telefon. Das Innere der Tasche ist ein großes schwarzes Loch. Es enthält alles, worüber man nicht sprechen kann, sondern schweigen muß.

Ruckartig läßt sie das Handy fallen und klappt die Tasche wieder zu.

*

Wie im Traum geht sie den langen Flur entlang, sitzt im Büro der Heimleiterin und stellt den Scheck aus, wobei sie sich im Hinterkopf fragt, ob sie wohl genug Geld auf dem Konto hat. Aber eigentlich ist es ihr ganz egal, es ist nur ein Detail.

Sie ist froh, daß sie den Scheck ausstellen muß. Froh und verärgert zugleich.

Warum ist er nicht hier, um zu zahlen? Will er die Kosten für den Vater auf sie abwälzen?

Oder befreit sie sich gerade von ihrem Bruder?

Bestimmt sind die zwei Gläser Wein daran schuld, jedenfalls ist Nora plötzlich sicher, daß ihr Bruder tot ist, sie ist die einzige Überlebende der Familie, die Hüterin ihrer selbst und aller Erinnerungen, muß über nichts und niemandem mehr Rechenschaft ablegen. Jetzt ist es an ihr, Schecks auszustellen und Entscheidungen zu treffen, denn der Bruder ist nicht mehr da, vielleicht hat er einen schrecklichen Unfall gehabt oder einen Herzinfarkt, wahrscheinlich doch eher einen Unfall – Nora hat die blitzartige, schreckliche Vision von verbeultem Blech, verbogenen Leitplanken und Blut, das auf Asphalt tropft.

Was ist, Frau Doktor? fragt die Stimme der Heimleiterin. Geht's Ihnen nicht gut?

Doch, doch, alles bestens, sagt Nora und hält ihr rasch den Scheck hin.

*

Das schwarze Loch rast rückwärts durch die Zeit, zurück bis zum Tod der Mutter.

Als Nora auf dem Heimweg über den Hügel fährt, spürt sie das Bedürfnis, am Straßenrand anzuhalten und das Fenster zu öffnen. Gierig saugt sie die frische Luft ein, die nach feuchter Erde riecht.

Jedesmal, wenn sie Vater und Bruder trifft, fühlt sie sich wie nach einer Atomexplosion: total vergiftet.

Vielleicht helfen ihr ein paar Schritte in der Einsamkeit, sich zu entschlacken. Auch wenn sie den Bruder diesmal nicht getroffen hat. Aber seine Abwesenheit hat sich als genauso giftig erwiesen.

Sie stellt den Motor ab, steigt aus und geht über die Wiese. Das wird wieder ihre Schuhe ruinieren, aber was soll's.

Vor einem Graben bleibt sie stehen und betrachtet das braune Wasser, das über Steine und altes Herbstlaub fließt. Falls ihr Bruder wirklich tot wäre, auf der Straße überfahren wie ein unvorsichtiges Stachelschwein, denkt sie, an eine Akazie gelehnt, wäre es dann nicht ihre Schuld?

Weil sie es sich gerade so lebhaft vorgestellt hat.

Weil sie ihn liebgehabt hat. Aber wie sah ihr Gefühl für ihn eigentlich aus? Sie weiß es nicht. Ambivalent, wie so oft bei Familienbeziehungen. Einmal hat Cinzia, ihre Studienkollegin, zu ihr gesagt: Gib es doch zu, du bist ein bißchen in deinen Bruder verliebt! Was willst du damit sagen? hat Nora im Gedanken an ihre Freud-Lektüre, an Ödipus, Elektra, Orest & Co. gefragt, ohne zu begreifen. Er ist der einzige Mann, mit dem du dich wie eine Frau benimmst, hat Cinzia kühl bemerkt. Weil ich sein Urteil fürchte, hat Nora gedacht. Heißt es das, sich als Frau zu benehmen?

Und wegen der Vorwürfe, die sie ihm nie gemacht hat und die in ihr wucherten wie Geschwüre. Zum Beispiel der Vorwurf, ihre Mutter getötet zu haben.

Natürlich ist das absurd, ihre Mutter, ihrer beider Mutter ist an Krebs gestorben.

Nora setzt sich auf einen umgestürzten Baumstamm. Der Rock wird schmutzig werden, aber egal. Sie muß sich von diesen Gedanken befreien und wieder mit ihrem Körper in Kontakt kommen. Sie erinnert sich noch an ein paar Sachen aus dem Meditationskurs von vor drei Jahren: Langsam zählt sie mehrmals rückwärts von neun bis null. Dann konzentriert sie sich auf die verschiedenen Teile ihres Körpers, ohne etwas auszulassen, von den Haaren (nicht leicht, seine Haare zu fühlen) bis zu den Zehen. Wegen des Kostüms kann sie nicht im Lotussitz sitzen, sondern beschränkt sich darauf, die Hände in den Schoß zu legen und sich vorzustellen, sie gehe eine sehr lange Treppe hinunter, eine Treppe ohne Ende ...

Als sie, etwas steif geworden, wieder aufsteht, fühlt sie sich ruhiger.

Sie begutachtet den Schaden (tatsächlich: Schuhe und Rock ruiniert) und steigt wieder ins Auto.

Plötzlich weiß sie, daß sie eine Entscheidung getroffen hat.

Egal, was Irene sagt, diesen Sommer wird sie nicht mit ihr in Urlaub fahren. Sie wird als freiwillige Ärztin in einer Mission in Kenia arbeiten oder in Brasilien oder in irgendeinem anderen unglücklichen Teil der Welt. Sie hat nur die Qual der Wahl.

Irenes Warnungen und den Zorn des Gesetzes mißachtend, zieht sie den CD-Player aus der Tasche und setzt den Kopfhörer auf.

Nach wenigen Sekunden ertönt Mrs. Browns näselnde, weinerliche Stimme. Im aufgeklarten Licht des Nachmittags fährt Nora rasch über die Autobahn, während am perlmuttfarbenen Himmel eine runde rote Sonne langsam über den Bergen versinkt.

I feel like hell, sagt Mrs. Brown. *My life is a mess.*

Die Lektion dreht sich um idiomatische Redewendungen.

Leise und eifrig spricht Nora nach: *I feel like hell*, ich fühle mich beschissen. Mein Leben ist ein Durcheinander.

Väter und Liebhaber

Irene legt den Hörer auf und fragt sich: Was ist verkehrt an mir?

Ein umfassender Zweifel, der sie von allen Seiten anfällt. Er zersetzt ihre Gewißheiten. Verdammter Renato. Und verdammte Bosse. Sie verlangen immer mehr, immer mehr.

Sollte es an der Einrichtung liegen? denkt sie und blickt sich um.

Ihr Büro ist mit Möbeln ausgestattet, die sie persönlich bei Ikea ausgesucht hat: Schreibtisch aus Fichtenholz, ergonomischer Stuhl aus Massivholz mit Stoffbezug, einfache, aber geräumige Regale, mit Naturharz eingelassen, was die Holzmaserung schön zur Geltung bringt. Insgesamt formal und praktisch wie ein Büro, aber auch gemütlich wie eine Wohnung, vor dem Fenster hängt ein Farn, und in einer Nische im Flur ist eine kleine Barecke eingebaut, wo man sich einen Kaffee kochen oder in der Mittagspause rasch einen Imbiß zubereiten kann. In dem Stifthalter neben der Computertastatur steckt ein Strauß gelber, violetter und grüner Einmerker, wie künstliche Blumen. Hinter ihr hängt ein buntes Poster von Kandinsky.

Was empfindet ein Mann, wenn er solch einen Raum betritt? Entspannt er sich, glücklich, daß seine eingeengte Persönlichkeit sich in diesem hellen, freundlichen Raum endlich entfalten kann? Oder leckt er sich gierig sein großes Wolfsmaul, weil er sofort das ordentliche weiße Schaf erkennt, sparsam und umweltbewußt, bereit, gefressen zu werden? Wie zufrieden ihre Bosse waren, als sie zu Besuch kamen, und noch viel mehr, als sie ihnen dann oben in Hamburg die Rechnungen vorgelegt hat, Sie vollbringen wahre Wunder, Frau Russo, haben sie mit gefletschten Zähnen lächelnd zu ihr gesagt und zwischen nußbaumgetäfelten Wänden zufriedene Blicke gewechselt über einem Schreibtisch, so breit, glänzend und schwarz wie eine Landepiste in einer Regennacht.

Von wegen Wunder, hat sie richtiggestellt, ich habe einfach monatelang sechzehn Stunden am Tag gearbeitet.

Sie sind ein Genie, Sie sagen nie nein, haben sie gesagt und leicht angewidert ihre Augenringe begutachtet, die unter dem Make-up durchschimmerten.

Ich stelle mich den Herausforderungen, hat sie geantwortet. Ich mag das. Sie geben dem Leben einen Sinn.

Ganz genau, haben die Bosse strahlend geantwortet. Auf jeden Fall. Gäbe es doch mehr Frauen wie Sie.

Gäbe es noch mehr Frauen wie mich, wären sie noch reicher, denkt Irene wütend.

Sie packt den Notizblock – beidseitig beschrieben, denn Irene haßt Verschwendung, und der Gedanke an die vielen gefällten Bäume, die dann als Papier im Abfall landen, nervt sie maßlos – und schreibt in Druckschrift: NEUE SESSEL!!! Dreimal unterstrichen.

Ich richte mich völlig neu ein. Ledersessel und vielleicht auch ein kleines Sofa, warum nicht? Wenn sie mir weiter das Blut aussaugen wollen, sollen sie zahlen.

Richtig, sagt Sandra. Ein Menschenarsch ist mehr wert, wenn er auf der Haut eines toten Tiers sitzt. Das wissen alle.

Jetzt übertreiben sie, sagt Irene. Verlangen, daß ich in weniger als zwei Monaten einen Stand in Mailand aufbaue! Wissen die eigentlich, wieviel ich hier zu tun habe?

Schick sie zum Teufel, sagt Sandra, sag, das geht nicht.

Das geht nicht.

Eben.

Es geht nicht, daß ich sage, es geht nicht, kapiert? Objektiv. Eine Messe ist wichtig, und noch dazu in Mailand – sie hält inne, weil ihr plötzlich eingefallen ist, warum sie unbedingt nach Mailand muß.

Mailand ist die Finanzkapitale. Und auch die Stadt, in der Renato arbeitet.

*

Tagelang hat sie versucht, ihn zu erreichen. Systematisch, morgens und abends, um die Mittagszeit, am Spätnachmittag. Sie hat es auf dem Handy versucht, und die irritierende, glatte Stimme von der Telecom hat ihr mitgeteilt, daß der Benutzer sein Gerät abgeschaltet haben könnte, dann ist auch dieser einzige, vage Kontakt abgebrochen und auf der anderen Seite herrschte nur noch Schweigen. Bei der Nummer seines Hausanschlusses hat ihr seine leise, tiefe Stimme geantwortet, jedesmal hat sie einen atemberaubenden Moment lang geglaubt und gehofft, er sei es selbst, aber es war nur der Anrufbeantworter, und zuletzt hat auch der geschwiegen, überlastet von ihren Botschaften.

Sie könnte ihm einen Brief schreiben, wenn sie wüßte, wo er wohnt. Aber sie weiß es nicht. Renato hat es ihr nie gesagt, und sie hätte sich lieber die Zunge herausreißen lassen, als ihn danach zu fragen. Sie weiß nur, daß seine Nummer nicht im Telefonbuch steht, also ist es auch zwecklos, die Auskunft anzurufen.

Sie kennt nur eine einzige Person, die weiß, wo Renato wohnt. Aber gerade die kann sie unmöglich fragen.

Irene ist in einer Sackgasse.

Sie schläft schlecht, ihre Pflanzen gehen ein, weil sie sie zuviel gießt, ihre Stimme gerät außer Kontrolle und wird schrill. Am Kinn hat sie einen Pickel bekommen und quetscht wie eine Vierzehnjährige daran herum, bis er aufgeht.

Und wenn es an ihrer Kleidung läge? denkt sie, in Höschen und BH durch die Wohnung spazierend. Zu *casual*, zu verspielt, zu jugendlich? Ist es Zeit, sich Kostüme und schmale Abendroben anzuschaffen und eine wirkliche Dame zu werden? Zerstreut läßt sie den Blick über ihre Kleider auf den Bügeln schweifen und weiß nicht mehr, was sie denken soll.

Vielleicht eine neue Frisur?

Mit ernster Miene in ihren Haaren wühlend, flüstert der Friseur besorgt: Oje, da sind ein paar Schuppen, Irene, sollen wir ein Pflegeshampoo nehmen?

Schuppen? Bloß das nicht! kreischt Irene. Nimm, was du willst, wenn ich sie nur sofort loswerde!

Den Kopf im Waschbecken zurückgelegt, fragt sie sich, ob Friseure nicht immer ein bißchen sadistisch sind. Wie sie es genießen, dir zu sagen, daß du Schuppen hast, gespaltene Spitzen, ein weißes Haar.

Nein, sagt sie, als er die Schere schwingt. Ich hab's mir anders überlegt. Ich will sie nicht abschneiden. Laß sie, wie sie sind.

Was hast du? fragt Nora sie am Abend. Du bist angespannt, hast gerötete Augen. Hast du geweint?

Du weißt doch, daß ich nie weine, mein Schatz, hat sie gesagt. Ich schlafe schlecht, bin übermüdet, das ist die Arbeit. Ich spüre den Frühling.

Was ist denn anders als sonst? sagt Sandra zu ihr. Eure Beziehung war schon immer so, er läßt nur von sich hören, wenn es ihm paßt.

Du verstehst mich nicht, sagt Irene. Diesmal muß ich ihn sofort finden, ich werde keine Ruhe mehr haben, bis ich ihn finde.

Warum denn?

Um ihm zu sagen, daß ich ihn verlasse. Ist doch logisch.

*

Und jetzt auf einmal Mailand.

Eine ganze Stadt mit Straßen, Alleen, Geschäften, Banken, Büros. Eine Stadt, in der Renato herumläuft, parkt, Aufzug fährt, in Ledersesseln sitzt, jeden Tag.

Wenn Irene die Augen schließt, sieht sie eine phantastische Stadt voller vergoldeter Kuppeln und Wolkenkratzer vor sich, das Mekka ihrer perfiden Liebe, und möchte sofort auf Pilgerreise gehen.

Denn dort wird sie ihn finden, das ist sicher. Renato kann sich zwar erlauben, für sie zu verschwinden, aber nicht für die Gesellschaft, bei der er arbeitet. Die Gesellschaft, weiblich, großgeschrieben. Seine wahre Geliebte. Seine Domina. Das einzige weibliche Wesen, von dem Renato mit Hochachtung spricht. Mit Liebe. Vielleicht sogar mit Leidenschaft.

Natürlich weiß Irene nicht, wie die Gesellschaft heißt. Aber das wird sie herausfinden. Es steht im Telefonbuch, wartet nur darauf, daß sie es entdeckt.

In Sekundenschnelle hat sie ihren Plan gefaßt: Sobald sie mit der Arbeit fertig ist, wird sie zum Bahnhof stürzen, wo es eine bis spät geöffnete Telefonzentrale mit den Telefonbüchern ganz Italiens gibt, und sich die Nummern aller Holding-Gesellschaften in Mailand aufschreiben.

Mit den Anrufen wird sie leider bis morgen warten müssen, wegen der Bürozeiten. Aber sie fühlt sich schon etwas ruhiger, weiß, daß sie heute nacht endlich schlafen wird, und beschließt in einem Anfall von Euphorie, Nora zum Abendessen auszuführen. Arme Nora, in letzter Zeit hat sie sie etwas vernachlässigt. Sie ist ein Engel, sie beklagt sich nie.

Nora, mein Liebling, flötet sie ins Telefon, ich wollte dir nur sagen, daß ich dich liebhabe und daß wir heute abend essen gehen könnten.

Auf der anderen Seite Schweigen. Dann Noras Stimme, aus arktischer Ferne: Ich untersuche gerade einen Patienten.

Ist dir der Japaner recht? Ja? Also bis dann, mein Bärchen, ciao, ciao.

Irene ist, als hätte Nora aufgelegt, bevor sie mit Sprechen fertig war. Aber das kann nicht sein. Vielleicht war die Leitung gestört. Sie wird sie später noch einmal anrufen.

*

Zwei Tage hat sie gebraucht, bis sie die entscheidende Nummer heraushatte. Zwei Tage in der Warteschleife von Telefonzentralen: nervtötende seichte Musik, fruchtloses Weitergereichtwerden von einer Nebenstelle zur anderen. Sie mußte die Anrufe häppchenweise machen, kostbare Minuten von ihrer Arbeitszeit abzweigen und dann noch effizienter sein, um wieder aufzuholen, denn Irene ist nicht der Typ, der wegen persönlicher Angelegenheiten die Arbeit vernachlässigt, o nein, sie schafft es, beides zu vereinbaren, wie eine Trapezkünstlerin ohne Netz schwingt sie sich vom Gefühlsseil zum Berufsseil und zurück, ohne je danebenzugreifen. Bis jetzt.

Endlich, nachdem sie zum x-ten Mal in geschäftigem, professionellen Ton ihre Frage wiederholt hat, als sie es schon nicht mehr erwartet und mit einem Auge in der Abschlußbilanz 1999 die Verwaltungskosten überfliegt, antwortet ihr eine Stimme, die sich anhört wie eine Mauer aus Stacheldraht, der Dottore sei nicht im Haus, und ob sie bitte sagen könne, worum es sich handelt.

Schlagartig hellwach, richtet Irene sich in ihrem Stuhl auf und umklammert das Telefon. Da ist sie, sie hat sie gefunden, es gibt sie: Renatos Sekretärin!

Irene hat eine Riesenerfahrung im Umgang mit Sekretärinnen, da sie schon als Studentin als Verkäuferin für eine Werbeagentur gearbeitet hat. Sie weiß, daß eine echte Sekretärin die Geheimnisse ihres Chefs bis zum Letzten verteidigt und mit einem Dolch zwischen den Zähnen an seiner Tür wacht, um Eindringlinge abzuwehren. Wer immer sich ihm nähern will, ist ein Feind, vor allem, wenn es eine Frau ist. Die Ärmsten, denkt Irene. Dieses ganze menschlich-weibliche Potential, als Mutter, Geliebte, Priesterin, Liebessklavin, alles vergeudet, verschwendet an einen Mann, der dich nicht anschaut, dir zerstreut ab und zu mal ein halbes Kompliment hinwirft! Ginge es nach ihr, hätten alle Sekretärinnen das Recht, wenigstens einmal pro Woche mit dem Chef ins Bett zu gehen, in einem Vier-Sterne-Hotel, auf

Kosten der Firma. Irene versteht nicht, wie sie überhaupt überleben, die armen Mäuschen, so rein platonisch, ist doch ätzend wie Salzsäure. Klar, daß sie dann unerträglich sind. Aber sie hat schon mehr als eine von ihnen geknackt, weil sie ihren wunden Punkt kennt: ihn. Sie sind neugierig, brennen darauf, etwas zu erfahren, seinen Namen auszusprechen, ihn aus einem anderen Mund zu hören. Der Dottore. Der Boß. Gott.

Sie stellt sich als Russo von der Lederwarenfirma Russo vor; sie hat dem Dottore ein Kofferset verkauft, kann es aber nicht liefern, weil niemand zu Hause ist. Nebenbei gesagt, ein reizender Mensch, der Dottore, ein umwerfender Mann, sie beneidet seine Sekretärin, die ihn jeden Tag sieht (wie ehrlich dieser letzte Satz klingt!). Die Stimme auf der anderen Seite wird weicher, Irene legt sofort nach und fügt, ohne ihr Zeit zum Atemholen zu gönnen, hinzu, es sei eine Schande, daß der Dottore weiter mit seiner alten Ledertasche reist, natürlich ist sie wundervoll, aber doch schrecklich abgenutzt. Dann beschreibt sie die neuen Koffer in allen Einzelheiten, ein Set von Vuitton, das sie im Schaufenster gesehen hat und ihm zum Geburtstag schenken wollte; das Geld kann sie jetzt sparen, nachdem sie beschlossen hat, ihn zu verlassen, aber trotzdem schade, denn sie waren einfach bildschön. Die Sekretärin beißt an, Irene hört, wie sie ein anderes Gespräch auf Warten schaltet, um zu dem schmackhaften Köder zurückzukehren, den Irene ihr hinhält, und zuletzt eröffnet sie ihr, daß der Dottore einen dreiwöchigen Urlaub genommen hat und deshalb erst in vierzehn Tagen wieder im Büro erreichbar ist, nein, sie weiß weder, wo er ist noch was er macht, sagt sie hochgradig frustriert, entweder ist sie eine gute Seele oder eine abgefeimte Lügnerin, aber Irene neigt zu der ersten Annahme, die Ärmste weiß es wirklich nicht und leidet darunter.

Sie trennen sich als gute Freundinnen, Irene sagt, sie werde wieder anrufen, die Sekretärin, inzwischen weich wie Wachs, läßt sich ihre Nummer geben, um sie von der Rückkehr des Dottore zu benachrichtigen. Irene gibt sie ihr, in der Hoffnung, daß die Sekretärin sie nicht überprüft, und legt mit einem Triumphgefühl auf.

Das jedoch in wenigen Minuten schwindet. Jetzt weiß sie, wo Renato arbeitet, aber mehr nicht. Dieser nicht genauer definierte Urlaub ist sehr mysteriös. Etwa eine Geschäftsreise, aber top secret? Nein, es muß sich um etwas Privates handeln, was Renato sogar vor seiner Sekretärin geheimhalten wollte.

Bei ihrer letzten Begegnung hatte er müde und angestrengt ausgesehen und gesagt, er spüre das Bedürfnis auszuspannen, allein zu sein. Du bist doch immer allein, hatte Irene erwidert, auch wenn du in Gesellschaft bist, worin besteht der Unterschied? Ich will keine menschliche Stimme hören, hatte er gesagt. Ach, kriegst du es denn mit, wenn man redet? hatte Irene erstaunt gefragt. Sag bloß nicht, du hörst, was ich gerade sage, das würde mich umhauen.

Danach hatten sie sich gestritten.

Natürlich, sie hätte eher daran denken sollen. Er wollte ihr sagen, daß er eine Zeitlang verschwinden würde, und zwar ohne die Verabredung rückgängig zu machen, die sie schon vorher getroffen hatten, und sie hat es nicht kapiert. Aber wohin ist er verschwunden?

Er könnte überall sein. Beim Trekking in Nepal oder in Island auf den Vulkanen. Doch vermutlich, denkt Irene, spielt er Golf in irgendeiner grünen afrikanischen Oase, wo man in der Dämmerung die Löwen brüllen hört und in der Ferne die Karawanen vorbeiziehen sieht, während die Armen, die, die verhungern, im Krieg oder an Aids sterben, unsichtbar bleiben, hinter den Kulissen.

Genau, denkt sie und korrigiert automatisch eine falsch eingeordnete Zahl, da wird er sein, weit weg von jeder menschlichen Stimme. Hoffentlich frißt ihn ein Krokodil.

Was ist das Problem? fragt Sandra, der sie das Ergebnis ihrer Nachforschungen erzählt hat (ausgenommen die Geschichte mit dem Lederwarengeschäft). In vierzehn Tagen kommt er zurück und du verläßt ihn. Wieso hast du es so eilig?

Weil ich schon zu lang gewartet habe. Eineinhalb Jahre. Ich warte, daß er sich herabläßt, mich anzurufen, sich mit mir zu verabreden, zur Verabredung zu erscheinen. Ich habe es satt zu warten. Ich will ihn *jetzt* verlassen.

Du spinnst, sagt Sandra kopfschüttelnd.

Vielleicht, sagt Irene, aber ich werde ihn finden.

*

Als sie es ausgesprochen hat, wird ihr klar, daß sie tatsächlich keine Ruhe haben wird, bis sie ihn gefunden hat. Während sie Sandra hilft, eine Palette mit zentnerschweren Frachtstücken abzuladen (das macht sie immer, wenn schwere Waren geliefert werden, weil Sandra an Rückenschmerzen leidet und Irene überzeugte Demokratin ist), sieht sie sich im Geist auf einer Sandpiste zwischen den Dünen aus einem kleinen Flugzeug steigen und im flammenden Sonnenuntergang mit entschlossenem Schritt auf den Golfclub zugehen.

Er trinkt gerade einen Cognac auf der Veranda. Sie pflanzt sich vor ihm auf, nach einer Schrecksekunde erhebt er sich – er ist ein Mistkerl, aber kein Rüpel –, sie bietet ihm die Stirn, erwidert seinen Blick direkt in die Augen – schade, daß sie nicht so groß ist wie Sandra – und sagt trocken: Ich bin gekommen, um dir zu sagen, daß ich dich verlasse.

Er erblaßt unter der Golfbräune. Im Inneren der Bar erkennt Irene Gewehre und ausgestopfte Tierköpfe an den dunklen Holzwänden und fragt sich, ob auch Renato auf Löwen und Antilopen geschossen hat. Warte, sagt er mit rauher Stimme. Nein, ich warte nicht mehr, erwidert sie und drückt ihm einen dicken Umschlag in die Hand, ihre gesammelten Briefe. Er wird sowieso nicht die Geduld haben, sie alle zu lesen.

Danach macht sie auf dem Absatz kehrt und geht davon. Der

Pilot sieht sie von weitem kommen, eine kleine schwarze Silhouette vor dem roten Horizont, und läßt die Motoren an.

Ach ja, der Pilot, denkt Irene. Ein von der Wüstensonne gegerbter Fünfunddreißigjähriger mit blauen Augen ...

Paß auf, sagt Sandra, wenn uns eins von den Dingern auf die Füße fällt, landen wir im Rollstuhl.

Glaubst du, Renato hat den Mut, auf Gazellen zu schießen? fragt Irene.

Warum nicht, sagt Sandra. Womöglich hält er sich für Hemingway.

*

Irene besitzt ein phänomenales Gedächtnis. Wie eine Figur von Borges, denkt sie, seit sie eine seiner Erzählungen gelesen hat, deren Protagonist sagen konnte, wie viele Blätter ein zehn Jahre früher gesehener Baum hatte. Sie braucht nicht lange, um sich an den Namen des Reisebüros zu erinnern, in dem Renato ihren Andalusientrip gebucht hat. Er buche immer dort, hat er gesagt, deshalb ist sie diesmal ihrer Sache sicher. Sie stellt sich als seine Sekretärin vor – da sie sie jetzt kennt, ist es kinderleicht, in ihre Identität zu schlüpfen – und behauptet mit autoritärer Stimme, daß bei der Bezahlung der letzten Reise des Dottore ein Fehler unterlaufen sei, ob sie bitte den Vorgang überprüfen können, Datum, Reiseziel, Aufenthalt etc.

Nach einigem Hin und Her erhält sie die Antwort; von seiten der Agentur sei alles in Ordnung, beim letzten Mal habe er Anfang Februar eine Woche Norwegen gebucht, zwei Flüge Mailand–Oslo hin und zurück, sieben Tage und sechs Nächte Venabu Fjellhotell in Ringebu, Vollpension, alles bezahlt.

Zwei Flüge? fragt Irene mit überschnappender Stimme. Haben Sie zwei Flüge gesagt?

Ja, einer auf den Namen des Dottore und einer auf Mrs. Demarco.

Mrs.? wiederholt Irene, die Silbe klingt wie eine Explosion.

Ja, sagt der Mitarbeiter des Reisebüros, Mrs., warten Sie, aha, hier haben wir's, Demarco Monica, aber haben Sie die Daten denn nicht?

Irene atmet rasch tief durch. Natürlich, sagt sie, ich habe alles hier, stimmt genau. Einzel- oder Doppelzimmer?

Doppelzimmer, sagt der Mitarbeiter mit einem Hauch Mißtrauen in der Stimme. Sonst noch was?

Nein, sagt Irene, alles okay, ich wollte nur sichergehen, falls es Probleme gibt, rufe ich noch mal an. Mit zitternden Fingern legt sie auf.

Eine Welt ist zusammengebrochen, Irene kann sich kaum fassen vor Überraschung, sie schäumt vor Wut. Wer ist diese Monica? Und vor allem: Wie konnte er sich erlauben, sechs Nächte mit ihr zu verbringen, wo er Irene nur vier zugestanden hat bei ihrer ebenso denkwürdigen wie unerquicklichen Andalusienreise?

Daß er die andere bevorzugt hat, empört sie, macht sie so kribbelig, daß sie aufspringt, einmal um den Schreibtisch herumgeht, sich dann auf die Matte legt, die sie extra für Krisenmomente im Schrank aufbewahrt, dreißig Liegestütze macht, um ihre Aggressionen auszutoben, und dann noch ein bißchen Yoga, um sich zu beruhigen.

Nach den Liegestützen – oder vielleicht wegen Renatos Untreue? – überfallen sie aber rasende Kopfschmerzen, die auch das Yoga nicht lindern kann.

Sandrina, mein Schatz, hast du zufällig ein Aspirin? fragt sie, als sie mit der Hand auf der Stirn im Lager erscheint.

Was ist denn mit dir los. Du bist ganz grün im Gesicht.

Renato ist mit einer gewissen Monica nach Norwegen gefahren, sagt Irene und setzt sich auf einen Boiler.

Du hast ihn also gefunden.

Nein, nicht jetzt, im Februar. Mir hatte er gesagt, er sei geschäftlich in London.

Hier, sagt Sandra und hält ihr ein Glas Wasser hin, in dem das Aspirin sprudelt.

Er kann ins Bett gehen, mit wem er will, das ist mir egal, sagt sie und trinkt mit einer Grimasse.

Das sehe ich, daß es dir egal ist, sagt Sandra.

Nein, du verstehst mich nicht, es geht nicht um die Sache an sich. Aber er ist einer, der behauptet, er sei treu! Ein altmodischer Mann!

Altmodischer geht's nicht, sagt Sandra. Das machen die Männer seit dreitausend Jahren.

Mit mir hat er nie sechs Nächte verbracht, sagt Irene.

Hör endlich auf, dir wegen Renato das Leben sauer zu machen, knurrt Sandra. Und übrigens muß ich dir was sagen ...

Nein! unterbricht Irene sie, sich mit beiden Händen den Kopf haltend. Gnade, nicht jetzt. Sag mir nichts, ich halt's nicht aus. Ich lege mich jetzt fünf Minuten hin, damit ich wieder zu Verstand komme. Ich hab zu viel Arbeit, ich kann mir nicht erlauben, daß es mir schlechtgeht.

Damit dreht sie sich um und marschiert resolut zurück in ihr Büro.

*

Acht Stunden und drei Aspirin später liegt Irene mit einem feuchten Tuch auf der Stirn im Bett. Neben ihr, auf dem kleinen Schreibtisch am Fenster, die etwa vierzig Briefe, die sie an Renato geschrieben hat, im Durchschnitt einen alle zwei Wochen während der ganzen Dauer ihrer Beziehung.

Lauter Liebesbriefe. Irene schreibt an Renato wie Héloise an Abälard. Der Unterschied ist, daß Abälard geantwortet hat, Renato nicht.

Irene dachte, sie brauche seine Antworten nicht, sie kannte sie schon, jeder Brief brachte sie Renato ein Stück näher, sie las in seinen Gedanken, stöberte die ungesagten Worte in seinem Herzen auf.

Ganz schön daneben.

Aber wenn man einen Liebesbrief schreibt, fragt sie sich jetzt, das Tuch in das Schälchen mit Eiswasser tauchend, das sie in Reichweite auf den Nachttisch gestellt hat, weiß man da überhaupt, an wen man schreibt? Wußte Héloise es?

Die Ärmste, denkt Irene in einem Anfall von Schwesterlichkeit. Auch sie Opfer eines großen Mannes, der sie als erstes gezwungen hat, ins Kloster zu gehen, um seine Karriere zu retten.

Aber wer sind unsere Männer wirklich? fragt sie, direkt an Héloise, ihre Schwester im Geiste, gewandt. Werden wir sie je verstehen? Warum belügen sie uns, und mit wem betrügen sie uns? Deiner hat dich wenigstens mit der Religion betrogen, aber meiner mich mit irgendeiner Monica.

Sie gäbe viel darum, wenn sie sich bei Nora ausweinen könnte, oder wenigstens bei Sandra.

Aber bei Nora geht es nicht, und Sandra reagiert bei dem Thema immer abweisender, als hätte sie persönlich etwas gegen den armen Renato. Wenn über einen Mann zu schimpfen bei Freundinnen diese Wirkung hat, was bleibt uns dann? Für immer zu schweigen?

Irene ist fix und fertig, alles tut ihr weh, ihr Kopf ist am Zerspringen.

Schreiben kann sie nicht, den Renato, an den sie die vierzig vorherigen Briefe gerichtet hat, gibt es nicht mehr. Statt dessen ist da ein Unbekannter, ein Fremder, der noch dazu flüchtig ist.

Sie würde zu gern mit jemandem reden. Sie könnte eine Freundin anrufen, Heike in München zum Beispiel oder Isabel in Madrid, die hat sie kennengelernt, als sie noch viel reiste, aber keine von beiden eignet sich für so ein Gespräch, mit ihnen redet sie über Kunst, Kino und Mode; sie würden ihre Beziehung zu Renato bestimmt nicht verstehen, und außerdem ist jetzt Mitternacht.

Mit offenen Augen liegt Irene im Dunkeln und denkt an alle Renatos ihres Lebens. Die Fremden.

*

Irenes erster Liebhaber war ihr Philosophielehrer. Er hieß Straniero, der Fremde, hatte zwar auch einen Vornamen, aber der interessiert sie nicht, sie nennt ihn lieber den Fremden.

Er gehört zu den Männern, deren beunruhigende Häßlichkeit Sex-Appeal ausstrahlt. Sehr groß, sehr mager, mit hohlen Wangen, langer Adlernase, dem sinnlichen, lasterhaften Mund eines römischen Kaisers, unsteten schwarzen Augen. Mit sechzehn malte Irene sich Geschichten aus, in denen er ein sanfter, trauriger Vampir ist, sie ihn verführt und ihm am Ende zart einen Pfahl ins Herz rammt. Sie hat sich von der ersten Stunde an in ihn verliebt. Er war auch der verlottertste Mann, den Irene je gekannt hat, ausgeleierte, fleckige Jacken, halb abgerissene oder fehlende Knöpfe, ausgebeulte Cordhosen. Sehr romantisch, sehr verflucht. Als genügte das noch nicht, bewegt sich sein Adamsapfel mühsam auf und ab unter einem eng um den Hals gewickelten, dicken roten Schal. Irene stellt sich vor, wie sie ihn anziehen würde, wenn sie ihn in die Finger bekäme. In seiner Stunde setzt sie sich in die erste Bank, um ja kein Wort und keine Handbewegung zu verpassen. Er geht unermüdlich auf und ab, und jedesmal, wenn er vorbeikommt, weht sie der Geruch nach kaltem Rauch an, der in seinen Kleidern hängt. Der Fremde raucht Kette, und seine nikotingelben Finger drehen eine krumme Zigarette nach der anderen.

Er ist ein Pessimist, der Fremde. Mit distanziertem Sarkasmus spricht er über Plato und ’68, über die Zyniker und die sowjetischen Panzer in Prag, Markuse und die Antipsychiatrie. Die Schüler hören gelangweilt zu, er ist so eindringlich und desillusioniert, so bitter und antikonformistisch, aber die Wirklichkeit steht nicht auf dem Lehrplan, und sie haben schon mit dem vorgeschriebenen Stoff genug zu tun, vielen Dank!

Der Arme, er ist ein Genie, denkt Irene schmachtend.

Sie verwickelt ihn in endlose Diskussionen und überredet ihn schließlich ohne allzu große Schwierigkeiten, sich außerhalb der Schule – es handelt sich um das Gymnasium Massimo d'Azeglio – zu sehen. Sie treffen sich im Café Platti, er ist wachsam, geht noch gebeugter als gewöhnlich. Die Kellner kennen ihn, sonst könnten sie ihn mit einem Penner verwechseln. Sein Schal ist heute nicht rot, sondern bunt, Irene starrt auf diesen gräßlichen gelb-orange-grün-blauen Regenbogen und fragt sich, ob seine Frau den gestrickt hat, denn offensichtlich ist er handgestrickt, und eine Frau hat der Fremde auch, irgendwo. Gehen wir zu dir, sagt sie, ohne zu stocken oder zu erröten – sie hat den Satz seit einer Woche vor dem Spiegel geübt. Er soll glauben, sie sei mit allen Wassern gewaschen, sonst, fürchtet sie, verweigert er sich. Sie sagt ihm, sie habe schon andere Männer gehabt, erzählt eine umständliche Geschichte, erfunden nach dem Grundsatz, daß die Wahrheit nie wahrscheinlich ist, eine Bemerkung, die er vor einiger Zeit nebenbei hat fallenlassen und die sie gewissenhaft in ihr Heft geschrieben hat wie jedes Wort, das er ausspricht.

Er nimmt sie mit in eine Dachkammer im Zentrum, wenige Straßen von der Schule entfernt, und die Gefahr, gesehen zu werden, macht alles noch aufregender. Sie steigen sechs Stockwerke hoch, beim dritten keucht er schon, als sie oben sind, krümmt er sich über dem Balkongeländer, und Irene hat schon Angst, daß er unter dem gleichgültigen Blick der Tauben zusammenbricht – was soll sie dann tun? Hilfe rufen oder abhauen? Aber er fängt sich wieder, klemmt sich eine Zigarette zwischen die Lippen und schließt die Tür zu einem Zimmer auf, das mindestens seit der Belle Epoque niemand mehr betreten hat.

Mit wild klopfendem Herzen bemerkt Irene, daß ihre Schuhe Abdrücke im Staub auf dem Fußboden hinterlassen, das Bett aber frisch bezogen ist. Auch er hat sich vorbereitet, genau wie sie. Sie fragt sich, ob die Dachkammer ihm gehört, ob er sich dort mit anderen Schülerinnen, anderen Frauen trifft, aber im

Augenblick ist ihr das ganz gleich. Als er sie küßt, klebt sein Mund an ihrem wie ein Saugnapf, und kurz bekommt sie Angst, er sei wirklich ein Vampir, werde ihr das Leben aussaugen und sie blutleer auf dem Laken zurücklassen, den Mäusen zum Fraß, die bestimmt irgendwo lauern.

Sie lieben sich hastig, in fünf Minuten ist alles vorbei, und trotz ihrer Unerfahrenheit in Sachen Sex begreift Irene, daß das nicht alles sein kann. Andererseits interessiert es sie überhaupt nicht, zum Orgasmus zu kommen – sie weiß genau, was das Wort bedeutet, und scheut sich nicht, es zu benutzen, sie ist ein aufgeklärtes Mädchen –, das wäre viel zu banal. Der Orgasmus ist das Ende des Begehrens, die Befriedigung, die Stille. Sie will aber, daß das Begehren nicht endet, nicht aufhört, niemals schweigt. Was sie erregt, sind die Wörter. Jetzt zum Beispiel, als er versucht, die Überstürztheit der ersten Annäherung wiedergutzumachen, indem er ihre Brüste liebkost, wäre ihr lieber, er redete, über irgendwas, auch über Phädon oder über die Frankfurter Schule, ganz egal, nur, um seine Stimme zu hören. Er dagegen küßt und streichelt weiter, ist unterdessen beim Bauchnabel angelangt und rutscht tiefer, da fällt ihr entsetzt ein, daß sie Blut an den Beinen haben und er es sehen und kapieren könnte, daß sie bis vor fünf Minuten noch Jungfrau war, daher schlüpft sie unter ihm weg und sagt den erstbesten Satz, der ihr durch den Kopf geht, nämlich: Warum fragst du mich nicht ab, *Professore*?

Er schaut sie verblüfft an, dann schüttelt er sich, mit einem seltsamen glucksenden Geräusch. Er lacht, was Irene bisher noch nie bei ihm erlebt hat.

Sie reden lange, über Philosophie und Politik. Irene widerspricht ihm, denn natürlich vertritt er, obwohl ein Genie, einen Haufen übertriebener oder idealistischer Meinungen, die sie nicht teilt, vor allem, wenn er den bürgerlichen Staat oder die Polizei angreift. Sie streiten, genau wie mit ihrem Vater – der übrigens früher Polizist war –, nur daß Irene jetzt auf der anderen Seite steht. Langsam wird ihr klar, daß rechts oder links sein relativ ist, es hängt mehr vom Standpunkt des Gesprächspartners als vom eigenen ab. Jedenfalls hat die Diskussion eine erotisierende Wirkung, und als er wieder anfängt, bekommt Irene zu ihrer Bestürzung beinahe sofort einen Orgasmus. Sie erleidet ihn widerwillig, unvorhergesehene Dinge mag sie nicht, vor allem diese Mattigkeit, die so schlapp macht. Sie findet eine zufriedenstellende Definition für die Lust: demotivierend, dieses Wort hat er ihr beigebracht. Sie würde gern mit ihm darüber sprechen, verzichtet aber darauf, weil er sonst womöglich wieder loslacht. Manchmal sind Genies schrecklich dumm.

Beim Anziehen sieht sie nach, ob Blut auf dem Bettuch ist. Tatsächlich, ein kleiner Fleck, kaum größer als eine Münze. Rasch deckt sie ihn zu und hofft, daß er, zerstreut wie er ist, nichts mitkriegt. Wie im Traum fährt sie in der Straßenbahn den langen Weg nach Hause, begleitet vom Geruch nach kaltem Rauch, der in ihren Haaren hängengeblieben ist. Sobald sie daheim ist, wäscht sie sie, damit ihr Vater nichts riecht.

Sie und der Fremde treffen sich weiter in der Dachkammer. Bald läßt sie sich einen Schlüssel geben. In der Schule gestatten sie sich keinerlei Vertraulichkeiten, um nicht entdeckt zu werden, höchstens eine winzige Nuance in der Stimme, hin und wieder einen verstohlenen Blick. Wirklich sehr mutig von ihm, denkt Irene bewundernd und voll Besitzerstolz, daß er mit ihr ins Bett geht. Wenn es herauskommt, fliegt er von der Schule, womöglich verklagen sie ihn wegen Verführung Minderähriger.

Aber ob er sie liebt? Schwer zu sagen, die Männer sind so unterschiedlich. Wichtig ist, daß er sie weiter begehrt, daß sie einzigartig für ihn bleibt, völlig verschieden von den anderen Frauen, besonders den Ehefrauen. Irene verspürt größte Lust, in der Dachkammer den Boden zu schrubben, sich mit zusammengeknüllten Zeitungen auf die fett- und staubverschmierten Fensterscheiben zu stürzen, aber sie würde sich eher die Hände abhacken lassen, als ihr nachzugeben. Sie spült nicht einmal seine Kaffeetasse. Soll doch jeder selber machen. Und wenn der Kaffee überläuft und er nie den Kocher abwischt, sein Problem. Es kostet sie eine Riesenkraft, standhaft zu bleiben, manchmal, wenn sie sich auf den mittlerweile grauen Laken lieben, schweift Irene ab und denkt mit Inbrunst ans Wäschewaschen, und dann fragt er: Was ist? Magst du heute nicht? Nein, sagt sie gereizt, ich mag nicht, hör auf.

Irenes Theorie lautet: Da er alle Vorteile auf seiner Seite hat – er ist älter, gescheiter und ein Mann –, muß sie ihn wenigstens sexuell beherrschen. Das heißt für sie: Kontrolle über den Orgasmus. Sie wird *ihm* Lust schenken, nicht umgekehrt. Das Gespenst der auf dem Rücken liegenden Ehefrau, der kuhäugigen Gebärerin (sie denkt an ihre Mutter, die wegen einer Schilddrüsenüberfunktion leicht vorstehende Augen hat) fordert sie zum Kämpfen heraus. Sie und der Fremde ringen schweigend auf den leidlich sauberen Laken – sie haben nämlich einen Kompromiß geschlossen und bringen sie abwechselnd in die Wäscherei –, und der Sieger fällt über den Körper des Besiegten her und foltert ihn bis zur Lust. Er, als Mann, ist zwar stärker, aber alt – schon dreiundvierzig, wäre er ein Pferd, wäre er längst geschlachtet worden – und kurzatmig vom Rauchen; sie ist wendiger, flinker, frisch und ausgeruht, und ihre Lunge ist gesund und rosig wie bei einem Neugeborenen. Natürlich steht ihr der Sieg zu, denkt sie, während sie die Anstrengung verdoppelt, ihn beißt, bis er stöhnt und schreit, was wiederum den Nachbarn veranlaßt, wütend an die Wand zu klopfen.

Ergebnis ist, daß er allmählich aufhört, sie zu streicheln, zu hätscheln und zu lecken (besonders gut war er sowieso nicht). Jetzt liegt er auf dem Rücken, und sie beobachtet mit weit offenen Augen seine Kapitulation. Sie fühlt sich mächtig. Er greift sie jetzt mit Worten an, erschöpft sie mit Diskussionen, wird bösartig. Und je bösartiger er ist, desto mehr liebt sie ihn. Je mieser er sich verhält, desto mehr betet sie ihn an. Er kommt zu spät zu den Verabredungen, sie wartet unerschütterlich und liest dabei Dostojewskij (es ist ihre russische Phase).

Es ist der Abstand zwischen ihnen, der mit unterschiedlichen Gedanken angefüllte Abstand, der sie vor allem anzieht. Wie das Meer, das Hero und Leander trennt – er selbst hat ihr von Marlowes Poem erzählt, es ist wunderbar, einen Philosophielehrer zu haben, der sich nicht auf sein Fach beschränkt –, solange du an deinem Ufer bleibst, bist du in Sicherheit, doch wenn du dich ins Meer stürzt, um zu deinem Geliebten zu gelangen, ist es das Ende.

So begreift Irene trotz all der ellenlangen Gespräche nie, wie unglücklich er ist, und vielleicht gestattet er sich nie, es ihr zu zeigen, weil er zuviel Angst vor ihr hat und weiß, daß ihm keine Schwäche verziehen würde.

Als sie am Ende der Ferien erfährt, daß ihr Philosophielehrer, Professor Straniero, auf seine Frau geschossen hat, fällt sie aus allen Wolken. Es ist im Sommer passiert, sie wurde verletzt, ist aber jetzt außer Gefahr; er wartet auf seinen Prozeß, die Schule hat ihn suspendiert, und sie werden ihn nicht wiedersehen. Die Pauker tuscheln im Lehrerzimmer, die Mädchen reißen entzückt die Augen auf. Irene ist fassungslos. Wieso auf seine Frau? Wenn er auf jemanden hätte schießen müssen, dann auf sie! Was hat diese Frau damit zu tun, von der überhaupt nie die Rede war? Was fällt ihr ein, einfach aus ihrer Statistenrolle herauszukommen? Irene verbringt angstvolle Nächte, weiß nicht, was tun. Wenn er sie wenigstens umgebracht hätte, könnte sie ihm verzeihen, aber nicht einmal das hat er geschafft!

Sie sehen sich nie wieder. An einem Tag im Herbst steigt Irene mit Sonnenbrille und Kopftuch (sieht aus wie Soraya auf der Flucht vor den Paparazzi) zur Dachkammer hinauf, will einen letzten Blick hineinwerfen. Jemand hat die Tür aufgebrochen, Unbekannte haben ihr Bett benutzt. Irene läuft davon, ohne sich umzudrehen.

*

Wie viele Fehler man in der Jugend begeht, denkt Irene, die Knie an die Brust gepreßt. Das Ticken des Weckers nervt; die Zeiger stehen auf Viertel vor vier. Dieser arme Fremde, sie hat ihn sehr schlecht behandelt. Wie konnte sie nur so zynisch und naiv zugleich sein?

Echt widerlich, denkt sie. Bin ich immer noch so, oder habe ich mich verändert?

Die einzige, die ihr darauf eine Antwort geben könnte, ist Nora, aber Nora ist zu freundlich, um ihr etwas Unangenehmes zu sagen.

Nora fehlt ihr. Seit Monaten. Leugnen zwecklos.

In der Anfangszeit mit Renato ist sie auf den Monogamietrip gegangen, das kennt sie schon, es ist gefährlich, aber unvermeidlich. Wenn sie sich verliebt, kann sie nicht untreu sein. Dann erträgt sie den Gedanken nicht, mit jemand anderem zu schlafen für einige Monate verliert die Welt jede sexuelle Anziehungskraft, ihr Körper sehnt sich nur nach dieser einzigen Berührung und verschmäht alle anderen. Eigentlich lästig. Romantisch, aber lästig. Es ist ihr mit allen ihren Männern so ergangen. Nach dem Fremden kam Boris, der russische Geiger vom Teatro Regio, ein total verrückter Kerl, dann Fulvio, der Informatiker, unerträglich, aber hochintelligent, dann Osman, der türkische Regisseur aus Kreuzberg, wer weiß, was aus ihm geworden ist, arme geplagte Seele, ob es ihm gelungen ist, seinen Film zu drehen? Und noch andere ...

Irene seufzt, schlingt die Arme um ihr Kissen und versucht sich an alle Männer ihres Lebens zu erinnern, vom wichtigsten bis zum flüchtigsten; sie gleichen Götzenstatuen auf einem Altar, größer oder kleiner, je nach ihrem Platz in der Götterhierarchie, aber vor allen stehen Blumen und Kerzchen. Alle, auch die unbedeutenden, haben das Recht auf einen Moment der Treue genossen, sei es auch nur eine Stunde lang.

Aber bei Renato handelt es sich nun schon um anderthalb Jahre absolute und keineswegs sonderlich lohnende Monogamie, wenn man bedenkt, daß sie in achtzehn Monaten höchstens zwanzig Mal miteinander geschlafen haben, Andalusien inklusiv, woran sie im Augenblick gar nicht denken mag.

Wenn wenigstens Nora da wäre! Aber Nora weigert sich seit einer Ewigkeit, bei ihr zu übernachten, behauptet, Irene sei wie ein Ofen und sie ertrage keine Hitze, sie werde sich dann nur die ganze Nacht aufdecken und herumwälzen. Irene dagegen fehlt Noras Wärme, ihre Haut, ihr Geruch, die ins Ohr geflüsterten Worte, das Lachen, die Umarmungen, zu zweit zu baden, Noras Beine zwischen ihren in der Wanne, und sich ungezwungen zu unterhalten bis zum Umfallen.

Manches davon gibt es noch, aber es ist nicht mehr wie früher, das kann man nicht bestreiten. Nora hat sich in ihr Schneckenhaus zurückgezogen, jeden Tag ein bißchen mehr; es gibt noch die langen Gespräche, die ruhigen Abende vor dem Fernseher, Schulter an Schulter, und Irene umarmt und drückt Nora weiterhin, streicht ihr übers Haar, aber Nora antwortet nicht mehr.

He, wach auf, Bärchen! Irene schüttelt sie. Bist du wieder im Winterschlaf?

Nora lacht, macht sich los, wechselt das Thema.

Warum kann man nicht alles haben? fragt Irene sich wütend. Als sie jung war, dachte sie, alles haben bedeute, sich jeden tollen Mann zu angeln, der ihr über den Weg lief. Um die dreißig merkte sie, daß ihr das nicht genügte. Nora schien ihr genau das zu sein, was ihr fehlte, und eine Zeitlang war es so. Jetzt ist gar nichts mehr sicher.

Außer Renato. Den will sie unbedingt, das weiß sie.

Auch ihn zu verlassen ist eine Art, ihn zu wollen.

Liebling, versuch mich zu verstehen, hat sie zu Nora gesagt, als das Thema zum ersten – und einzigen – Mal aufs Tapet kam. Es geht nur um Sex.

Na klar, hat Nora geantwortet.

Daß ich mich in ihn verliebt habe, ändert gar nichts zwischen uns, außer daß ich zur Zeit nicht mit dir schlafen kann, es ist stärker als ich, ich kann einfach nicht. Verstehst du?

Verstehe, hat Nora gesagt.

Aber ich will dich nicht verlieren, ich bete dich an, das weißt du doch.

Könnten wir woanders weiterreden? hat Nora gesagt. Hier fühle ich mich beobachtet.

Aber nein, hier ist jede mit sich selbst beschäftigt. Die zwei da tragen gerade ihr Henna auf, die achten gar nicht auf uns. Wie um sie Lügen zu strafen, haben sich die beiden nackten Mädchen mit den lehmverschmierten Haaren flüsternd nach ihnen umgedreht.

Ich möchte trotzdem lieber gehen, hat Nora gesagt, ich falle gleich in Ohnmacht.

Vor Hitze, hat sie hinzugefügt.

Sie haben das Dampfbad verlassen, und Nora ist nicht ohnmächtig geworden. Aber seitdem verfolgt Irene diese verdammte Hitze: Rühr mich nicht an, mir ist zu heiß, könntest du dich bitte ein bißchen weiter rüber setzen, es ist zu heiß, ich halt's nicht aus.

Hätte sie es ihr woanders sagen sollen? War es taktlos, das Thema gleich nach dem Peeling mit dem Massagehandschuh anzuschneiden? Renato hat zu ihr gesagt, manchmal sei sie so taktvoll wie ein Panzer bei der Attacke.

Aber was soll ich denn machen? fragt sie sich und knipst abrupt das Licht an, um auf dem Nachttisch nach etwas Lesbarem zu suchen. Ist es meine Schuld? Soll ich mich beschränken, alles von einem einzigen Menschen verlangen?

Sie versucht sich vorzustellen, für Nora das gleiche zu empfinden wie für Renato. Unmöglich. Nie könnte sie ihr so die Krallen zeigen, nie so mit ihr streiten und diskutieren, denn Nora würde sagen: Aber natürlich, Liebes, wie du willst. Und im Bett: Das wolltest du? Warum hast du es mir nicht gleich gesagt? Du weißt doch, was dir gefällt, gefällt mir auch. Es macht doch keinen Spaß, zu gewinnen, wenn der andere nicht kämpft! Was erobert man, wenn der andere sich sofort unterwirft?

Unmöglich.

Andererseits ist es genauso lächerlich, sich vorzustellen, sie könne Renato ihre kleinsten Gedanken anvertrauen, ihm erzählen, was sie in der Nacht geträumt hat, ihn an sich drücken, bis ihre Arme schmerzen, Tränen lachen (Benimm dich wie eine Erwachsene! Ich ertrage es nicht, dich weinen zu sehen, das weißt du genau. Aber ich lache doch. Das ist egal.).

Und jetzt?

Es vergehen Stunden, bevor sie einschläft, den berühmten deutschen Autor neben sich auf dem Kopfkissen. Der einzige Bettgenosse, der ihr geblieben ist.

*

Monica, sagt Irene. Ich muß kapieren, wer diese Monica ist.

Meiner Ansicht nach mußt du ganz andere Sachen kapieren, sagt Sandra.

Glaubst du, daß Renato auch diesmal mit ihr verreist ist?

Weiß ich nicht, ist mir auch völlig schnuppe.

Überleg mal. Wo hat er sie wohl kennengelernt? Wahrscheinlich bei der Arbeit, da er ja fünfzehn Stunden am Tag arbeitet. Kannst du mir folgen?

Ich folge dir nirgends hin. Ich bleibe, wo ich bin.

Aber ›bei der Arbeit‹ ist zu vage, das könnte bei einer Tagung in Boston oder einer *convention* in Sidney gewesen sein, findest du nicht?

Hör mal, wenn du mit deiner Spinnerei fertig bist, möchte ich dir was sagen.

Ms. Monica Demarco stammt aber weder aus Sidney noch aus Boston, sondern aus Mailand, denn sie hat einen italienischen Namen und ist mit Renato von Mailand-Malpensa abgeflogen, nach Oslo. Soweit alles klar?

Weißt du was, Irene? Du solltest dich lieber mal fragen, was Nora macht, wenn sie erfährt –

Warte, eins nach dem anderen. Am wahrscheinlichsten, ich sag ja nicht sicher, aber am wahrscheinlichsten ist, daß sie mit ihm zusammenarbeitet. Ist doch ganz einfach, oder? Da setze ich an.

Irene, du hast sie nicht mehr alle. Du hörst mir ja gar nicht zu. Ich gehe wieder ins Lager rüber.

Ich ruf bei der Zentrale an und frag nach Signorina Demarco. Ich ... ich gebe mich als Journalistin aus und sage, daß ich einen Artikel über Frauen in der Finanzwelt schreibe. Wie findest du das? Sandra?

Sandra?

*

Einen Augenblick, ich verbinde, sagt eine teilnahmslose Stimme in der Zentrale.

Halt, warten Sie! möchte Irene schreien. Also gibt es sie wirklich?! Ich will nichts von ihr wissen, sie kann mir gestohlen bleiben, verbinden Sie mich nicht! Vernichten Sie sie!

Danke, sagt sie statt dessen.

Wenn Monica im Büro ist, heißt das jedenfalls, daß Renato sie diesmal nicht dabeihat. Aber wo ist er? Und mit wem?

*

Es war einfacher, als sie dachte. Und ging auch schnell: In zwei Minuten war alles gelaufen. Auf Anhieb.

Ich bin ein Genie, denkt Irene, als sie auflegt. Aber bringt das was?

*

Freitag, letzter Arbeitstag der Woche. Ein Uhr, Mittagszeit. Irene will gleich los, sie wird unterwegs an einer Raststätte ein Brötchen essen, falls der Magen mitspielt. Sie öffnet die Tür ihres flammendroten Opel Corsa und verstaut die Dokumentenmappe und ein flaches Lederköfferchen mit einem Terminkalender, einer Reihe Kugelschreiber und einem Sortiment Lippenstifte auf dem Rücksitz.

Sie hat sich in der Toilette des Büros parfümiert, bis Sandra mit den Armen wedelnd das Weite gesucht hat. Gestern war sie beim Friseur, und heute morgen hat sie vierzig Minuten überlegt, was sie anziehen soll. Sie hat eine harte Woche und einen hektischen Vormittag hinter sich, aber sie ist in Hochform. Einziger Makel: Wenn sie nach unten schaut, fühlt sie sich der Ohnmacht nahe. Nur keine Panik! Kopf hoch, wird ihr Motto sein.

Die Tagesordnung ist folgende:

1. Fünfzehn Uhr dreißig, Termin bei der Messeleitung. Ziel: einen Stand in zentraler Lage ergattern, Strom- und Telefonvertrag unterschreiben, Einrichtung aussuchen, Ausstellungsfläche auf Möglichkeiten der Produktpräsentation überprüfen. Sie hat schon genaue Vorstellungen dazu.

2. Siebzehn Uhr dreißig, Termin mit Monica auf der Piazza San Babila. Ziel: ihr jede nur mögliche Information über Renato aus der Nase ziehen. Auch in diesem Fall hat sie genaueste Vorstellungen, denkt sie und umklammert das Lenkrad, das unter ihren schweißnassen Händen rutscht.

Sie will ihr ins Gesicht sehen, kapieren, was diese Frau, mit der Renato sechs Nächte verbracht hat, ihr voraus hat.

Im Februar wird es in Norwegen früh dunkel, und nach einem Tag auf den Skiern laden Kälte und Müdigkeit zum Kuscheln ein. Gab es einen offenen Kamin im Zimmer? Gab es nur ein großes Plumeau auf dem Bett oder zwei Einzeldecken? Irene stellt sich die zwei schlafend vor, klar getrennt, Rücken an Rücken, wie zwei Iglus. Der Gedanke an eng umschlungene warme Körper unter einer einzigen großen Decke ist unerträglich.

Ehebetten gegenüber hegt Irene gemischte Gefühle. Es ist schön, ein großes Bett zu haben, in dem man empfangen kann, wen man will, aber als Ort, an dem sich das Paar zwangsläufig jeden Abend begegnet, findet sie es eher abstoßend.

Das Schlafzimmer ihrer Eltern hat sie immer verabscheut. Diese absurden Efeuranken auf der Tapete – die hat ihre Mutter ausgesucht –, die Möbel mit albernen Intarsien und die glänzende rosa Tagesdecke, so rosa wie Unterwäsche. Wie konnte ihr Vater diese Einrichtung bloß all die Jahre aushalten? Vielleicht hat er sie überhaupt nie wahrgenommen, das waren Frauensachen, da drückte er lächelnd ein Auge zu. Ihre Mutter mußte sich schließlich auch um etwas kümmern, denn alles übrige war sein Revier.

Er war der König im Haus, in jeder Hinsicht, sie war nur eine Schattenkönigin. Eine zweitrangige Figur, nur zur Tarnung. Wenn sie stritten – besser gesagt, wenn er lauter wurde, denn ihre Eltern stritten nie –, rannte die Mutter ins Schlafzimmer, warf sich aufs Bett und schluchzte, ein blaßrosa Häufchen Elend auf der rosa Tagesdecke. Irene schämte sich für sie.

Ihre Mutter machte sie verlegen. Gräßlich, mit seiner Mutter Mitleid zu haben. Die Leute dürften die anderen nicht in die Lage bringen, Mitleid haben zu müssen. Das ist einfach taktlos. In ihrer jugendlichen Radikalität fragte Irene sich, wieso ihre Mutter diese untertänige Rolle weiter ertrug, wieso sie nicht wegging; eines schönen Tages würden sie aufwachen und unter den Kaffeetassen einen Zettel finden: ›Lebt wohl, ich fange als Laienschwester in Borneo ein neues Leben an‹ oder wahlweise: ›Lebt wohl, ich werfe mich vor einen Zug.‹ Aber nichts dergleichen, jeden Morgen stand sie wieder mit der Kaffeekanne in der Hand da und fragte besorgt: Hast du genug gegessen? Hast du ein Unterhemd angezogen? Wirst du nicht frieren?

Dabei war es doch sonnenklar, daß sie nur formal die Signora Russo war, in Wirklichkeit war sie die Haushälterin, und das eigentliche Paar waren Irene und ihr Vater.

Ihr Vater mochte keine kleinen Kinder, das wurde sofort deutlich, als ihre Brüder, kurz hintereinander geboren, durchs Haus krabbelten. Er war nicht der Typ, dem es Spaß machte, ein Baby auf den Arm zu nehmen, es hochzuwerfen und ihm so die ersten Traumata zu verpassen. Er erwartete von seiner Frau, daß sie sich um alle Bedürfnisse der kleinen, triefenden Wesen kümmerte, was sie natürlich tat, nur abends hielt sie sie ihm einen Augenblick hin, trocken, abgefüttert und schläfrig, bevor sie sie zu Bett brachte. Die Brüder wiederum hatten vor dem Vater eine unbestimmte Angst, so wie vor großen Hunden.

Die Mutter war fast zwanzig Jahre jünger als er. Bei seinem Heiratsantrag – eines Abends nach dem Kino, sie war ganz aufgeregt und hatte ein bißchen Lippenstift am Kinn, weil sie eben geküßt worden war – sagte er zu ihr: Erwarte nicht, daß ich dir im Haushalt helfe, ich habe meine Gewohnheiten, meine Bequemlichkeiten, und bin schon zu alt, um mich zu ändern, mein Schatz. Du mußt dich mir anpassen.

Ja, erwiderte sie stotternd, während er ihr mit seinem Taschentuch das Kinn abwischte und von seiner Größe auf sie herunterblickte, natürlich, ich werde mein Bestes tun.

Die Abmachung hatte gegolten: Er behielt seine behaglichen Gewohnheiten eines Junggesellen bei (nach dem Abendessen in die Bar, Kartenspielen mit seinen Freunden, Zeitung, sonntags Fußball), ihr Leben änderte sich von Grund auf: vorbei die Arbeit als Buchhalterin bei einer Versicherung, keine Freundinnen mehr, Kino nur, wenn es ihm einfiel, mal mit ihr auszugehen, Fotoromane versteckt in der Besenkammer, weil sie ihm nicht gefielen.

Außerdem hatte die Heirat die in ihm schlummernde Veranlagung zum süditalienischen oder sogar arabischen Ehemann geweckt – die Spuren seiner Herkunft verloren sich nämlich östlich des Mittelmeers –, der persönlich im Suk einkaufen geht und seiner Frau nicht erlaubt, mit Geld umzugehen, weil er überzeugt ist, daß sie die Zahlen auf den Scheinen nicht lesen kann. Ich bin Buchhalterin, Achille, wandte sie schwach ein, ich kann rechnen. Er tätschelte ihr mit zwei Fingern die Wange und lächelte von oben auf sie herab.

Sie hatte zwei gesunde Kinder, ein schönes Haus und eine Zugehfrau, die jede Woche zum Putzen und Bügeln kam. Was wollte sie mehr?

Daß sie jeden Tag ein wenig ängstlicher, scheuer und unsicherer wurde, lag daran, daß Frauen nach einer Geburt zunehmen, dann bekommen sie Angst, nicht mehr attraktiv zu sein, und die Tränen sitzen locker. Der atavistische Fluch der weiblichen Biologie.

Er dagegen war immer noch ein schöner Mann: groß, elegant, überaus gepflegt, ging oft zum Friseur, verbreitete einen guten Duft nach Kölnisch Wasser – gegen den sich seine Söhne von klein auf allergisch zeigten –, und die Frauen schauten ihm auf der Straße nach, im Café, am Arm seiner Frau. Er lächelte huldvoll.

Laß sie doch, jetzt bin ich verheiratet, ich bin vernünftig geworden, sagte er sonntags früh vor dem Spiegel, während sie an der Schlafzimmertür wartete und nervös ihre Handtasche umklammerte.

Sie lächelte schüchtern, voll Dankbarkeit.

Und dann wurde Irene geboren.

Es war im siebten Ehejahr, als sie eigentlich keine Überraschungen mehr erwarteten. Der Vater war zufrieden, hatte den Polizeidienst mit einer annehmbaren Rente quittiert und leitete nun den Sicherheitsdienst einer großen Firma. Er hatte ein bißchen zugenommen, man sah den Unterschied im Vergleich zu den Fotos als Junggeselle. Seine Haare wurden langsam grau, aber der Schnurrbart à la Clark Gable war immer noch schwarz.

Was war anders an Irene, daß sie die Aufmerksamkeit ihres Vaters anzog, der die Geburt der beiden Söhne kaum bemerkt hatte?

Du warst ein Mädchen, erklärt die Mutter in vielsagendem Ton.

Doch nicht nur deswegen, das glaube ich nicht, entgegnet Irene.

Seine Nase, sagt die Mutter und hebt die Augen zum Himmel, er war begeistert, daß du seine Nase hattest, als wäre das ein Wunder. Du warst ja seine Tochter, nicht wahr? Und die Haare. Du hattest als Säugling einen richtigen Wuschelkopf, warst schwarz und haarig wie ein Äffchen. Deine Brüder sind hell wie ich, aber bei dir kam voll das Süditalienische durch, du warst von Anfang an kohlschwarz. Sein Augenstern.

Hat er mich denn auf den Arm genommen, als ich klein war? fragt Irene.

Er mochte keine kleinen Kinder. Er sah dich an, drückte dir die Nase platt und lachte.

Und ich?

Dich machte das wütend. Einmal hast du ihn gebissen, mit deinen ersten Zähnchen.

Irene erinnert sich an die Samstagsspaziergänge mit ihrem Vater wie an ihre erste Liebe. Es ist Nachmittag, Sommer, und sie sind allein. Sie trabt auf ihren schwarzen Schühchen hinter ihm her, an seine Hand geklammert, er verlangsamt ab und zu den Schritt, vergißt es dann aber wieder oder will sie auf die Probe stellen, wer weiß. Als sie bei der Eisdiele ankommen, ist sie atemlos, aber stolz auf sich. Er hebt sie vor der Eisvitrine hoch, damit sie auswählen kann, was sie möchte. Danach setzen sie sich zum Eisessen auf eine Bank, und Irene paßt gut auf, daß nichts auf ihr Kleid tropft. Er ist immer zuerst fertig. Kein Wunder, im Vergleich zu ihrem hat er einen Riesenmund. Dann schlägt er die Beine übereinander, lehnt sich zurück und betrachtet sie mit seinem belustigten Lächeln. Manchmal erschrickt Irene, weil es ihr vorkommt, als wollten diese schwarzen Augen sie verschlingen, zum Nachtisch. Aber dann greift er zur Zeitung, verschwindet dahinter, und Irene beruhigt sich wieder, leckt in aller Ruhe ihr Eis und lächelt huldvoll den Vorübergehenden zu, die sie da sitzen sehen, neben ihrem Vater.

Du warst ein unsympathisches Kind, sagt die Mutter, die in letzter Zeit viele Hemmungen verloren hat.

Unsympathisch? sagt Irene empört. Aber ich hatte doch einen Haufen Spielkameraden, ich war nicht quengelig und auch nicht bockig!

Zu Haus hast du keinen Finger gerührt, sagt die Mutter. Deine Brüder waren rücksichtsvoll, aber du hast dich bedienen lassen. Du warst die Prinzessin. Die Königstochter. Weißt du, was du einmal zu mir gesagt hast?

Was denn? fragt Irene.

Mama, hast du gesagt, warum ziehst du dich so häßlich an? Siehst du nicht, daß du Papa nicht gefällst?

Aber da war ich höchstens vier Jahre alt, Mama!

Eben. Da hast du noch Klartext geredet.

Tut mir leid. Wenn ich geahnt hätte, daß sich dir dieser Satz in alle Ewigkeit einprägt ...

Warum ißt du jetzt deine Suppe nicht?

Mir ist der Appetit vergangen.

Du bist doch nicht auf Diät? Du willst dir doch hoffentlich nicht die Gesundheit ruinieren. Iß wenigstens noch etwas Obst. Ich habe dir Apfelkompott gekocht.

Apfelkompott mag ich nicht, das weißt du doch. Du tust zuviel Zucker dran.

Zucker ist gesund.

Nein, Mama, überhaupt nicht. Na gut, gib her.

O nein, du mußt dich nicht zwingen.

Ich zwinge mich nicht, Mama. Ich nehme nur wenig.

Warum ißt du es jetzt doch? Laß es sein, wenn du es nicht magst!

Jetzt hör schon auf! Ich esse es, weil ich Lust drauf habe!

Nein, hast du nicht! Du magst kein Apfelkompott.

Wenn du so weitermachst, verschlucke ich mich noch.

Siehst du? Ich habe ja gleich gesagt, daß du nichts davon essen sollst.

Ich helfe dir beim Abspülen.

Nein, bleib sitzen, das mach ich lieber allein.

Erst beklagst du dich, und dann erlaubst du mir nicht, dir zu helfen. Du willst alles selber machen.

Jetzt ist es zu spät, um mich zu ändern.

Du warst schon immer eine unsympathische Mutter, denkt Irene.

*

Freust du dich, daß du in die Schule kommst? fragt der Vater.

Ja, sagt Irene selbstbewußt. Mit sechs Jahren weiß sie, daß die Schule was für die Großen ist, zur Welt außerhalb des Hauses gehört, zur Welt ihres Vaters, deshalb kann sie es kaum erwarten.

Ich will aber keinen Schulkittel tragen, fügt sie hinzu, während sie ein Stückchen paniertes Schnitzel auf die Gabel spießt.

Irene! sagt die Mutter.

Der Vater fängt an zu lachen.

Dieser schwarze Kittel ist gräßlich, sagt Irene. Ich hasse ihn.

Der Vater erstickt sein Lachen in der Serviette. Du wirst ihn aber trotzdem tragen, Signorina, sagt er. Das ist Vorschrift.

Und wenn sie mir nicht paßt, diese Vorschrift? sagt Irene, schon etwas weniger sicher, aber entschlossen, nicht zu früh aufzugeben.

Die Mutter hebt drohend die Hand, der Vater hält sie zurück. Die Brüder sehen sich perplex an, sie gehen schon seit einigen Jahren in die Schule, aber es wäre ihnen nie eingefallen, gegen den Kittel zu meutern.

Man muß sich anpassen, sagt der Vater ernst. Man muß die Vorschriften beachten, um in der Welt zurechtzukommen.

Irene gräbt einen kleinen Krater in ihren Kartoffelbrei. Aber ich hasse Schwarz, sagt sie.

Bring ein kleines Opfer, sei lieb. Tu es für Papa.

Er spricht in dem schmeichelnden Tonfall, den er benutzt, um der Mutter lästige Bitten abzuschlagen. Nein, wir fahren Ostern nicht zu deinen Eltern, da waren wir schon letztes Jahr. Sei vernünftig, tu es für mich.

Samtig klingt die Stimme des Vaters, wie bei bestimmten Süditalienern, tief, zärtlich, schamlos. Sie ist so sanft, daß es einen schaudert. So weich und harmlos wie das Fell eines schlafenden Löwen.

Irene schaut ihm direkt in die Augen. Wenn ich ein Opfer für dich bringe, mußt du ein Opfer für mich bringen.

Mutter und Brüder halten den Atem an. Der Vater amüsiert sich köstlich.

Und was sollte ich tun, laß hören.

Schneid dir den Schnurrbart ab, sagt Irene.

Die Mutter rauft sich die Haare.

Am nächsten Tag erscheint der Vater ohne Schnurrbart. Er fährt sich mit der Hand über das glatte, nach Rasierwasser duftende Gesicht und setzt sich zu Tisch, als wäre nichts.

Aber sein Mundwinkel verrät ihn. Er lächelt unwillkürlich, und die Augen schielen über den Zeitungsrand, während er auf die Suppe wartet.

Na, Irene, was sagst du dazu? Gefalle ich dir besser ohne Schnurrbart?

Ja, sagt Irene hingerissen. Ja, ja, so gefällst du mir.

Die Mutter ertränkt einen verletzten Blick in der Minestrone.

*

Mit sechzehn beschließt Irene, daß es nicht so weitergehen kann. Sie ist die einzige in ihrer Klasse, die abends nicht ausgehen darf, es ist lächerlich. Sie ist auch die einzige, die einen dreiundvierzigjährigen Liebhaber hat, aber das ist eine andere Geschichte.

Hör zu, wir müssen miteinander reden, sagt sie.

Reden wir, sagt der Vater und faltet mit diesem kleinen Lächeln, das sie liebt und haßt, die Zeitung zusammen.

Entweder du vertraust mir oder nicht, sagt Irene.

Frauen soll man nie vertrauen, sagt der Vater, eine Zigarre anzündend.

Laß das, Papa, sagt sie. Wie soll ich mich deiner Ansicht nach zu einem reifen, verantwortungsbewußten Menschen entwickeln, wenn du mir kein Vertrauen entgegenbringst?

Er wechselt die Stellung, schlägt die Beine übereinander. Er sieht immer noch super aus, und Irene ist stolz auf ihn. Auch wenn er im Sessel sitzt und sie mit verschränkten Armen vor ihm steht, spürt sie, daß er sie beherrscht, er ist noch der Stärkere.

Vertrauen muß man sich verdienen, sagt der Vater.

Ich will es ja auch nicht umsonst haben.

Irene, sagt er und beugt sich, plötzlich ernst, zu ihr vor. Hast du einen kleinen Freund? Ist ein Junge im Spiel?

Freimütig gibt Irene den Blick zurück. Den Fremden kann man nicht so bezeichnen. Absolut nicht, sagt sie.

Der Vater entspannt sich etwas. Es gibt ein paar Sachen, über die wir nie gesprochen haben, sagt er.

Ja, Sex und so weiter, Papa.

Es gefällt mir nicht, daß du dieses Wort benutzt.

Welches Wort soll ich denn sonst benutzen? Es steht im Lexikon, es ist ein völlig korrektes Wort.

Zu meiner Zeit haben die Mädchen nicht so geredet.

Zu meiner Zeit schon.

Ich müßte dir den Mund mit Wasser und Seife auswaschen.

Weil ich Sex gesagt habe? Also Papa! Du bist ein Fossil, ein Dinosaurier! Du bist in der Steinzeit stehengeblieben! Soll ich dir erzählen, wie die Kinder auf die Welt kommen?

Der Vater lächelt wider Willen. Na, na, sagt er, ich habe selber drei Kinder gekriegt.

O nein, du nicht. Die Mama.

Ohne mich hätte sie es kaum geschafft, was glaubst du?

Mama vielleicht nicht, aber wer weiß, ob die Frauen nicht eines Tages auch ohne euch Männer auskommen, dann ist schon viel gewonnen.

Hör dir das an! lacht der Vater.

Wie auch immer, beruhige dich: Ich weiß alles, was man wissen muß, Padre Federico hat uns göttlichen Unterricht in Sexualkunde erteilt.

Padre Federico?

Der Religionslehrer, Papa.

Ein Priester hat mit euch über solche Sachen geredet? sagt der Vater ungläubig.

Warum nicht? Er ist auch ein Mann.

Ein Mann im Rock, sagt der Vater lächelnd.

Er ist ein sehr empfindsamer Mensch, verteidigt Irene Padre Federico, denn er gefällt ihr sehr und wäre ihre zweite Wahl gewesen, falls der Fremde sich gegen ihre Verführungskünste gefeit gezeigt hätte.

Schon gut, schon gut, lenkt der Vater ein, du weißt also Bescheid. Und weiter?

Verstehst du mich denn nicht? Was für mich zählt, ist die Idee, der Begriff der Freiheit, nicht der Gebrauch, den ich davon machen kann. Was glaubst du wohl, wohin ich abends gehen will? Ins Kino mit meinen Freundinnen, doch nicht auf irgendwelche Orgien!

Abends ausgehen ist jedenfalls gefährlich, sagt der Vater, dessen Widerstand allmählich aufweicht.

Irene wartet schweigend, daß er kapituliert. Zärtlich besorgt sieht sie ihn an und fragt sich, warum die Erwachsenen so an der Vorstellung hängen, daß man nur nachts sündigen kann. Sie denkt an ihre Nachmittage mit dem Fremden in der Dachkammer, an den praktischen Unterricht in Sexualkunde, und fragt sich, ob Padre Federico besser gewesen wäre. Klar, er ist hübscher, hat aber nicht diese etwas verkommene Ausstrahlung, die den Fremden so verführerisch macht.

Daß ich so offen mit dir spreche, ist doch Beweis genug, daß ich dein Vertrauen nicht mißbrauchen will, oder? fügt sie hinzu und streckt ihm ihre Hand hin.

Er nimmt sie und hält sie zwischen seinen großen, inzwischen grau behaarten Händen. Eine seltene Geste, sie berühren sich sonst fast nie, nur beim Geschenkeaustausch zu Weihnachten und bei Geburtstagen küssen sie sich förmlich auf die Wange.

Einen Moment lang überwältigt Irene die Wahrnehmung ihrer eigenen Doppelbödigkeit. Wie sonderbar und abgründig das menschliche Herz ist, denkt sie erschrocken und erstaunt. Gleichzeitig rührt sie die Ahnungslosigkeit ihres Vaters, und sie schwört sich, ihn zu beschützen. Das ist sie ihm schuldig, wenn sie ihn so täuscht. Sie wird ihn vor allem schützen, auch vor sich selbst. Denn er ist zwar stärker, aber sie ist schlauer.

Da du eine Grundsatzfrage daraus machst ... sagt er.

Danke, ich wußte es, du bist ein Schatz!

Aber um halb elf bist du zu Hause! Keine Minute später!

Sie nimmt es ohne Widerspruch hin, obwohl es verdammt lästig ist und bedeutet, daß sie regelmäßig das Ende des Films verpaßt, weil fast alle Kinos im Zentrum liegen und sie von dort nach Hause mindestens eine halbe Stunde mit der Straßenbahn braucht. Dann müssen die Freundinnen ihr den Rest eben erzählen.

Und ihrem Wort treu, geht Irene nie mit Männern aus. Am Abend.

*

Der Vater wartet auf sie. Nichts an ihm verrät es, aber Irene weiß, daß er wartet. Wenn sie ins Kino geht, bleibt er immer zu Hause und setzt sich vor den Fernseher. Und wenn sie zurückkommt, hebt er die Augen zu der alten Standuhr im Wohnzimmer und lächelt verstohlen.

Auch die Mutter lächelt manchmal. Wie im Selbstgespräch schüttelt sie den Kopf und wirft dem Vater mitleidige Blicke zu.

Armer Träumer, hört Irene sie murmeln.

Was willst du damit sagen? zischt sie. Was soll das heißen: armer Träumer?

Ich? Ich habe nichts gesagt, erwidert die Mutter mit ausweichendem Blick. Aber sie lächelt weiter, und Irene fühlt sich durchschaut, als wüßte die Mutter dank der einzigen Sache, die sie verbindet, der Zugehörigkeit zum gleichen Geschlecht, was sie an ihren heimlichen Nachmittagen treibt.

Ist es die Wäsche, die sie verrät? Sind es die Gerüche? Ein gewisses Leuchten in ihren Augen? Manchmal wünschte sie, *er* würde dieses Leuchten sehen, die Frau in ihr erkennen, aber der Vater scheint unempfänglich für solche Zeichen, die Kommunikation zwischen ihnen läuft nur über Wörter und Begriffe.

Abends ist Irene immer überpünktlich. Aus Angst, sich zu verspäten, kommt sie manchmal zu früh und setzt sich bis zehn Uhr neunundzwanzig draußen auf den Treppenabsatz. Einfach um es ihm nicht zu leicht zu machen.

Er kontrolliert sie, und sie weiß, daß sie wachsam bleiben muß. Er wird älter, ist aber immer noch ein zu fürchtender Gegner, der alle seine Kräfte aufbietet.

Eines Samstags hält die Straßenbahn an einer Kreuzung, an der es einen Unfall gegeben hat, und bleibt eine halbe Stunde stehen. Irene steigt aus und rennt verzweifelt nach Hause; fünf vor elf kommt sie an. Am nächsten Tag wird sie den ganzen Tag in ihr Zimmer eingeschlossen, ohne aufzubegehren. Sie hat die Spielregeln akzeptiert und denkt nicht daran, jetzt klägliche Entschuldigungen vorzubringen wie: Es war nicht meine Schuld. Schweigend öffnet ihr der Vater am Abend vor dem Essen die Tür. Sie schenkt ihm ein strahlendes Lächeln und setzt sich an den Tisch. Niemand gibt einen Kommentar ab.

An ihrem siebzehnten Geburtstag sagt er, sie dürfe sich ein Geschenk aussuchen.

Was du willst. Du suchst es aus, ich zahle.

Wäre es nicht netter, wenn du es aussuchst?

Du liegst mir doch ständig in den Ohren, daß dein Geschmack anders ist als meiner. Diesmal will ich kein Risiko eingehen.

Irene entscheidet sich für ein Buch und kauft sich den ersten Band der *Recherche* von Proust (ihre russische Periode ist gleichzeitig mit ihrer Geschichte mit dem Fremden zu Ende gegangen, jetzt fühlt sie sich dekadent und nostalgisch). Der Vater rümpft mißtrauisch die Nase, da er meint, irgendwo gelesen zu haben, daß dieser Autor nicht direkt für junge Mädchen tauge, aber er ist sich nicht sicher.

Als sie anschließend die Via Roma entlangschlendern, bleibt Irene vor einem Schaufenster stehen. Gott, ist das toll, sagt sie. Schau mal, ist es nicht phantastisch? Es handelt sich um ein Abendkleid aus grünem Atlas, tief ausgeschnitten, mit weitem, vorn kurzem und hinten langem Rock. In Betrachtung versunken faltet Irene die Hände.

Gefällt es dir? fragt der Vater.

Ob es mir gefällt?! Es ist umwerfend, genau das Kleid, von dem ich träume, sagt Irene und wendet sich seufzend ab.

Dann kaufen wir es, sagt der Vater.

Spinnst du? sagt sie. Das kostet bestimmt ein Vermögen.

Es kostet, was es kostet, sagt der Vater verärgert. Mit einer Frau über Geld zu reden findet er genauso vulgär und unangebracht wie über Sex zu reden. Irene fühlt sich getadelt und folgt ihm bestürzt und ehrfürchtig in das Geschäft.

Sie probiert es vor ihm an, studiert sich im Spiegel seiner Augen. Macht es mich alt? fragt sie.

Ein paar Jahre kannst du es dir noch erlauben, dich älter zu machen, sagt der Vater mit einem bewundernden Blick.

Irene streicht sich das Kleid über den Hüften glatt.

Die Verkäuferin mustert sie mißtrauisch. Wahrscheinlich fragt sie sich, ob die beiden ein Paar sind, ein reifer Mann und seine junge Geliebte.

Möchte die Signorina etwas anprobieren, was besser zu ihrem Alter paßt? fragt sie.

Nein, sagt der Vater, meiner Tochter gefällt das Kleid.

Die Verkäuferin lächelt und wirft ihm einen provozierenden Blick zu: Und Ihnen, wie gefällt es Ihnen?

Der Vater fixiert sie mit einem Blick, den Irene noch nie an ihm gesehen hat, einem brutalen Blick, als wollte er sie in die Knie zwingen. Die Verkäuferin, eine attraktive Frau um die vierzig, schlägt mit echter oder gespielter Verlegenheit die Augen nieder. Da fällt Irene ein, daß dieses Geschäft den Ruf hat, ein Bordell zu sein. Es liegt nahe bei ihrem Gymnasium, und es hatte einen halben, sofort vertuschten Skandal gegeben, in den einige Schülerinnen verwickelt waren.

Sie bewegen sich im Tanzschritt, als Terzett, gefangen in einem zweideutigen Zauber, zwischen den Rokokospiegeln in mattweißen Rahmen, unter den an der Decke flatternden Putten, im Licht des tropfenförmigen Lüsters. Als sie das Geschäft verlassen, ist Irene schwindlig. Der Vater lächelt unter seinem Schnurrbart, den er sich längst wieder hat wachsen lassen.

Aufgeregt kehren sie nach Hause zurück. Das Abendessen steht schon auf dem gedeckten Tisch. Die Mutter und die Brüder brechen abrupt ihr Gespräch ab, als die beiden hereinkommen.

Was ist das? fragt die Mutter und deutet auf die Tüte des Luxusgeschäfts, als könnte sie eine Bombe enthalten.

Mein Geschenk für meine Tochter, sagt der Vater lässig.

Irene zieht es heraus und hält es glückstrahlend an sich. Ist es nicht wunderbar?

Die Mutter hat nie ein solches Kleid besessen, so etwas kennt sie nur aus Zeitschriften oder Modenschauen im Fernsehen. Sie streckt eine Hand danach aus, zieht sie aber wieder zurück. Das Kleid scheint zu atmen, als wäre es lebendig. Plötzlich fragt sich Irene, bei welchen Gelegenheiten sie es je tragen könnte, und ihr Glück fällt in sich zusammen.

Was hast du dafür bezahlt? fragt die Mutter erschrocken. Wie wäscht man das?

Man bringt es in die Reinigung, Mama, schnaubt Irene.

Die Brüder sitzen am Tisch und beobachten schweigend die Szene.

*

Als der Vater starb, war Irene dreiundzwanzig. Bei der Beerdigung trug die Mutter Perlgrau, Irene Schwarz: schwarzer Mantel, schwarze Strümpfe, schwarze Brille über den rot verweinten Augen. Die eigentliche Witwe war sie.

Der Tod ist wie das Ende einer Liebe, denkt Irene, während sie hinter dem Sarg über den Kies des Friedhofs geht. Der gleiche Schmerz, nur reiner. Mit weniger Wut. Ohne Groll, eine Wunde, die nicht verheilt, eine Sehnsucht. Sie denkt an Aeneas und den zum Schatten gewordenen Vater, der sich nie mehr umarmen läßt.

Sie sieht ihn überall, alles erinnert an ihn. Ein Mann, der sich von weitem nähert, lähmt sie am Straßenrand, weil er seinen Gang zu haben scheint. Ein anderer läßt ihre Knie zittern durch die Art, wie er den Hut zieht. Die männlichen Gerüche – Rasierwasser, Kölnisch Wasser, Tabak – stürzen sie in eine glühende, rasende Schwermut, die sie in den Armen des russischen Geigers Boris austobt.

Und genau wie am Ende einer Liebesbeziehung reagiert Irene mit hektischer Betriebsamkeit. Brillant schließt sie ihr Studium ab, findet in weniger als zwei Monaten eine Arbeit, beginnt Deutsch zu lernen, macht den Führerschein, liest den gesamten Henry James.

Die Mutter dagegen studiert die Kontoauszüge und den Wirtschaftsteil der Zeitungen. Sie haben immer ein gemeinsames Konto gehabt, aber bis zu dem Morgen seines Todes, als sie direkt vom Krankenhaus zur Bank gerannt ist, hatte sie noch nie allein abgehoben.

Was hätte ich denn deiner Meinung nach tun sollen? Warten, daß sie mir das Konto sperren? Mit welchem Geld hätte ich das Begräbnis bezahlen sollen? entschuldigt sie sich aggressiv.

Du hattest völlig recht, Mama, erwidert Irene müde.

Investmentfonds seien phantastisch, sagt man. Aber ob es auch wahr ist?

Ich weiß es nicht, und es interessiert mich nicht.

Und Obligationen in D-Mark? Hier steht, die Rendite sei hervorragend.

Mama, bitte. Ich lese.

Ich wollte nur deine Meinung hören. Deinem Vater waren deine Ideen immer heilig. Du bist das Genie im Haus.

Mach mit dem Geld, was du willst, Mama. Was du willst!

Die Mutter erwidert nichts. Sie sammelt Papiere, Dokumente und Zeitungsausschnitte auf dem Tisch ein und nimmt sie mit in ihr Schlafzimmer. Irene ist, als vernehme sie hinter der sich schließenden Tür einen Seufzer der Erleichterung.

Jahre später erkennt Irene verblüfft, daß ihre Mutter sich zur Finanzexpertin entwickelt hat. In einer Pause zwischen zwei Reisen, zwei Arbeitsterminen, zwei Liebhabern beobachtet sie sie auf einmal und entdeckt, daß sie eifrig die Anlageberatung der Bank an der Ecke in Anspruch nimmt, Kleinanzeigen anstreicht und nachmittags mit geschäftiger Miene und einer Tasche voller Zeitungen das Haus verläßt.

Wohin gehst du? fragt sie.

Wohnungen besichtigen, gesteht die Mutter widerwillig.

Wohnungen? Wozu? Willst du umziehen?

Nein, investieren, erwidert die Mutter. Es gibt noch lohnende Objekte, wenn man sich auskennt. Backsteine betrügen nie.

Und rasch geht sie davon, aufgeregt, als hätte sie ein Rendezvous mit einem Mann.

Diesmal atmet Irene erleichtert auf. Seit Jahren plagt sie ein dunkles Schuldgefühl ihrer Mutter gegenüber; es überfällt sie in den unpassendsten Augenblicken: Beim Vögeln, zum Beispiel, denkt sie plötzlich an ihre Mutter, die Geschirr spült, das Klo putzt, am Gemüsestand vor dem Kauf jede Tomate einzeln abtastet, und die Vorstellung, daß ihre Mutter nie geliebt und begehrt worden ist, summt um sie herum wie eine Schnake, ruiniert ihr die Liebe. Kurioserweise träumt sie manchmal auch, sie begegne der Ehefrau irgendeines Mannes, mit dem sie ins Bett gegangen ist, und unweigerlich hat diese das ängstliche Gesicht ihrer Mutter.

Doch jetzt hat ihre Mutter zum Glück ein eigenes Leben, eigene Interessen. Einträgliche Interessen, wenn sie es sich erlauben kann, in Backsteine zu investieren. Die nie betrügen.

*

Die Verabredung ist in einer Bar namens Tequila Blu. Irene hat das Auto in der Messegegend geparkt und ein Taxi genommen. Es ist ein Spätnachmittag im April, bedeckter Himmel, Gewitter im Anzug. Irene ist kurzatmig, fühlt sich bedrückt. Sie niest.

Jetzt geht es wieder los mit den Allergien, sagt der Taxifahrer. Verfluchter Frühling.

Ich bin nicht allergisch, sagt Irene.

Inzwischen sind wir alle allergisch, sagt der Taxifahrer fröhlich, aber autoritär.

Sehen Sie den da? fragt er dann und zeigt auf einen zerlumpten Typen mit Wollmütze, der versucht, die Windschutzscheibe eines Autos zu putzen, während das Auto versucht, ihn zu überfahren. Dagegen bin ich allergisch. Da kribbeln mir die Hände.

Irene dreht ostentativ den Kopf weg. Würden Sie bitte etwas langsamer fahren? Ich möchte gern heil ankommen.

Machen Sie sich keine Sorgen, bei mir sind Sie sicher, Lebensgefahr besteht höchstens für die anderen, sagt der Taxifahrer und tritt aufs Gas.

Erst die Marokkaner, dann die Polen, jetzt die Slawen, der

ganze Abschaum hier bei uns, fährt er fort. Ich hoffe, die Amis bringen sie alle um.

Wie nett, sagt Irene. Man sieht sofort, daß sie ein Menschenfreund sind.

Signora, ereifert sich der Taxifahrer, was heißt hier Menschenfreund! Man muß was unternehmen gegen dieses Pack.

Was schwebt Ihnen vor? fragt Irene.

Der Taxifahrer stutzt. An der Ampel dreht er sich zu ihr um: Sie wollen doch nicht sagen, Sie mögen diese Kerle, diese Albaner?!

Ich *bin* Albanerin, sagt Irene, steigt wie eine Königin aus dem Auto und wirft dem Fahrer mit theatralischer Gebärde einen Fünfzigtausend-Lire-Schein hin. Ich bin Albanerin und Türkin und Jüdin. Behalten Sie den Rest.

Ohne sich umzublicken, geht sie unter den Marmorarkaden im faschistischen Stil davon, das Lederköfferchen in den verkrampften Fingern, und kommt sich plötzlich scheinheilig vor. Scheinheilig, melodramatisch und falsch. Wieso ausgerechnet Türkin und Jüdin? Ist das etwa ein Ausdruck ihrer eigenen Vorurteile? Ihr fällt ein, daß Boris Jude war und Osman Türke. Hat es sich bei ihren Beziehungen zu den beiden etwa um eine Art Sextourismus gehandelt? Ihr wird schwindlig und leicht übel. Verdammter Taxifahrer.

Kopf hoch! sagt sie zu sich selbst. Augen auf! Wachsam bleiben.

Die Bar ist prätentiös eingerichtet, kalter, monumentaler Marmor aus den dreißiger Jahren kombiniert mit einem pseudoedlen Sammelsurium von Möbeln aus den fünfziger und sechziger Jahren. Das Ganze mit Ostereiern garniert und von blauen Neonwölkchen beleuchtet. Entsetzlich, denkt Irene mit tiefer, heimlicher Befriedigung, denn ausgewählt hat dieses Lokal Monica, die Rivalin.

Da ist sie. Sitzt vor einer Flasche Perrier und studiert ›Donna oggi‹ als wäre es das ›Wall Street Journal‹.

Gerade noch rechtzeitig erinnert Irene sich, daß sie ja eine Journalistin ist, und wedelt mit ihrem Exemplar von ›Donna oggi‹. Das verabredete Erkennungszeichen.

Monica hebt den Kopf. Ihre Augen begegnen sich. Irene lächelt mechanisch und wankt unter dem Aufprall; das glatte Hochglanzgesicht der Rivalin rollt unaufhaltsam auf sie zu wie eine tödliche Kugel, und Irene fühlt sich wie ein wehrloser Kegel am Ende der Bahn.

Angenehm, sagt sie, die Hand ausstreckend, Irene Russo von ›Donna oggi‹. Die Zeitung fällt ihr auf den Boden, Irene bückt sich, um sie aufzuheben, und wirft dabei die Mineralwasserflasche um.

Entschuldigen Sie, sagt sie errötend und verwirrt, ich weiß nicht, was mit mir los ist. Schon gut, erwidert Monica kalt und rettet ihr Kostüm vor dem tropfenden Wasser.

Irene setzt sich. So, da wären wir, sagt sie. Auf einmal schwitzt sie in ihrer schwarzen Wolljacke, kann sie aber nicht ausziehen, weil die kirschrote Seidenbluse darunter zwei dunkle Flecken unter den Achseln hat. Wie schafft es Monica, daß ihr Kostüm – die Amerikaner nennen es ›power-suit‹ – nach einem Arbeitstag noch so tadellos und frisch ist? Irene unterdrückt den Wunsch, den Stoff zu befühlen, wahrscheinlich eine dieser gräßlichen bügelfreien Fasern. Monicas Rock ist kürzer als ihrer, und zwei vollkommen geformte Schenkel strecken sich endlos lang unter den Tisch. Schuhe und Tasche von Fendi, Tuch von Gucci; die Signorina liebt es klassisch. Noch so jung und schon ohne eigenen Geschmack, denkt Irene.

Wie alt sind Sie? fragt sie. Entschuldigung, aber es ist für die Leserinnen, wissen Sie.

Kein Problem, sagt Monica. Fünfundzwanzig.

Irene spürt einen kleinen stechenden Schmerz zwischen den Rippen. Nanu? denkt sie. Seit wann habe ich Angst vor einer, die jünger ist als ich? Bin ich etwa alt geworden, ohne es zu merken? Mit zweiunddreißig?

Monica sieht sie fragend an. Sind Sie allein gekommen? sagt sie und wirkt enttäuscht.

Wie meinen Sie das? fragt Irene mißtrauisch.

Ich dachte, Sie bringen jemanden mit, einen Fotografen oder so ... sagt Monica.

Irene fängt sich wieder: Natürlich, der kommt später. Erst müssen wir ein bißchen plaudern, finden Sie nicht?

Monica nickt und wirft die langen, dichten, glänzenden kastanienbraunen Haare zurück.

Erzählen Sie mir von sich, sagt Irene, wütend, daß ihre Stimme so schrill klingt. Einfach alles: Welche Diät sie bevorzugen, wie Sie ihre Freizeit verbringen, ob Sie gern verreisen, wie es mit dem Glück in der Liebe steht.

Ich dachte, Sie interessieren sich für meine Arbeit, sagt Monica.

Uns, sagt Irene, ›Donna oggi‹ schwingend, wodurch das Glas mit Tonicwater, das inzwischen vor sie hingestellt wurde, gefährlich ins Schwanken gerät, uns interessiert die gesamte Persönlichkeit, und die Arbeit, so wichtig sie sein mag, ist nicht alles im Leben einer Frau. Wir wollen kein trockenes Porträt von Ihnen machen, sondern Ihre Weiblichkeit betonen, auch wenn Ihre Beschäftigung mit ... Irene wühlt in der Handtasche, kann ihre Notizen aber nicht finden. Sie hat sie zu Hause vergessen.

Hedge funds, future bonds, leiert Monica herunter.

Genau, sagt Irene und kritzelt auf ihrem Block.

Aber Sie haben ganz recht, fährt sie dann fort. Beginnen wir mit Ihrer Arbeit. Beschreiben Sie mir ihren typischen Tagesablauf.

Ich stehe um halb sieben auf und widme mich eine halbe Stunde der Spiritualität.

Irene sieht sie fragend an.

Ich mache meine Meditation, erklärt Monica, das hilft mir, die Konzentration und Effizienz zu steigern und die Aggressionen zu kontrollieren, die sich im Lauf des Tages anstauen.

Sehr interessant, sagt Irene.

Um acht bin ich im Büro, vor meinen vier Monitoren. Ich kaufe und verkaufe Aktien bis zu 200 Milliarden Lire. Bei dieser Tätigkeit muß man sehr präsent sein; es ist ein bißchen wie im Krieg, wissen Sie, wenn man einen Augenblick abschweift, sich irrt oder aus dem Rhythmus kommt, peng!, ist man erledigt.

Bezeichnender Vergleich, kommentiert Irene, während sie eine Reihe spitzer Pfeile auf ihren Block malt.

Man braucht gute Reflexe. Gutes Kombinationsvermögen. Schnelligkeit. Wir sind alle sehr jung in der Börsenabteilung. Diese Arbeit ist zermürbend, in Ihrem Alter schafft man das schon nicht mehr, wissen Sie.

O mein Gott, sagt Irene, das ist ja zum Fürchten. Sie hätte ihr Gegenüber auf der Stelle erwürgen mögen, aber sie sind noch nicht bei dem angekommen, was ihr am Herzen liegt.

Mittags esse ich einen Yoghurt und einen Apfel vor dem Computer, fährt Monica fort. Es ist unglaublich, daß ich den ganzen Tag mit so wenig durchhalten kann, aber wissen Sie, woran das liegt?

An der Meditation? fragt Irene finster.

Genau! Am Abend liebe ich es dann üppiger, tue mir was Gutes, gehe gern in ein schönes Restaurant. Zum Glück kann ich essen, was ich will, ohne zuzunehmen. Aber Sie schreiben ja gar nicht mit.

Machen Sie sich keine Sorgen, sagt Irene. Ich werde kein Wort vergessen. Ich habe ein hervorragendes Gedächtnis. Ich erinnere mich sogar noch an den kleinen rosa Elefanten auf meinem ersten Lätzchen. Aber zurück zu uns: Sind Sie verlobt?

Nein, sagt Monica, schiebt eine Hand in ihr Haar, das nach Obsession duftet, und spielt mit der Zuchtperle in ihrem Ohr. Ich bin noch zu jung, finden Sie nicht? Ich lasse mir noch ein paar Jahre Zeit, ich will diese Erfahrung bis zur Neige auskosten. Heiraten will ich erst so um die dreißig.

Perfekt, sagt Irene. Und wissen Sie schon, wen?

Das ist das wenigste, sagt Monica, ich bin sicher, im richtigen Augenblick werde ich es wissen.

Bemerkenswert, sagt Irene.

Was mir Sicherheit gibt, ist die mentale Disziplin.

Wenn alle Frauen so wären wie Sie, sagt Irene.

Ich fühle mich nicht besonders als Frau, sagt Monica mit zusammengekniffenen Lippen. Das heißt, verstehen Sie mich nicht falsch, meine Weiblichkeit ist mir sehr wichtig, auch Kleider, Unterwäsche, Schmuck, aber ich bin überzeugt, der Verstand ist weder männlich noch weiblich, und eine Frau kann genauso gut denken wie ein Mann, das verstehen Sie doch, nicht wahr?

Allerdings, sagt Irene. Und ... wie ist Ihr Verhältnis zu den Chefs und den Kollegen? fragt sie mit heftigem Niesen.

Ausgezeichnet, sagt Monica, zieht ein Papiertaschentuch hervor und hält es ihr mit zwei Fingern mit perlmuttfarbenen Nägeln hin. Man muß nur das Prinzip akzeptieren, daß man in einem leistungsorientierten System arbeitet, und darf sich nicht scheuen, die Herausforderung anzunehmen.

Wie sind denn die Männer der Finanzwelt? fragt Irene, sich die Nase putzend. Faszinierend?

Monicas rosige Lippen kräuseln sich in einem zurückhaltenden Lächeln. Manche schon, sagt sie.

Haben Sie ein Verhältnis mit ihrem Chef? fragt Irene mit näselnder Stimme. Das Mentholtaschentuch bewirkt, daß sie noch heftiger niesen muß als vorher.

Wie bitte?

Ich meine: Was für ein Verhältnis haben Sie zu Ihrem Chef?

Er ist ein wunderbarer Mann, sagt Monica. Ich habe viel von ihm gelernt.

Ich weiß, sagt Irene. Können Sie ihn für unsere Leserinnen beschreiben?

Eine Persönlichkeit mit magnetischer Anziehungskraft, schwärmt Monica. Er besitzt große Erfahrung in Sachen Trading.

Trading, schreibt Irene auf ihren Notizblock, unter eine

Reihe von Bomben mit brennender Lunte. Mit *tr* wie be*tr*ügen. Sie nickt ernst. Noch etwas ... Persönlicheres? drängt sie.

Monicas glattes, undurchdringliches Gesicht verklärt sich in einem romantischen Lächeln. Er hat wunderschöne Augen, sagt sie verträumt.

Irene wird plötzlich speiübel, sie krümmt sich. Müssen Sie in ihrem Beruf viel reisen? fragt sie und schnappt nach Luft.

Ja, Zürich, London, New York ... Ist Ihnen nicht gut?

Ach, nichts weiter, ich leide unter Heuschnupfen. Eine Frühjahrskrankheit, sagt Irene und preßt sich das Taschentuch auf den Mund.

Aber ich reise auch gern zum Vergnügen, sagt Monica. Skifahren ist mein Lieblingssport, ich könnte nie auf meine Skiwoche verzichten, diese sieben Tage im Schnee brauche ich einfach ...

Und die sechs Nächte unter dem Federbett, murmelt Irene, den Brechreiz unterdrückend. Entschuldigen Sie, sagt sie, indem sie Handtasche und Notizblock zusammenrafft, ich muß kurz auf die Toilette.

Sie schafft es gerade noch aufs Damenklo.

Dann, als sie den Inhalt ihres Magens in der Kloschüssel betrachtet (ein unterwegs an der Raststätte verzehrtes Brötchen und sechs Tassen Espresso), überlegt sie, daß sie den Tiefpunkt erreicht hat.

Da kniet sie nach dem pathetischen Versuch, dieser Art Samurai im Schneiderkostüm, die noch draußen sitzt, ein paar Vertraulichkeiten zu entlocken, in einer prätentiösen Bar in Mailand auf dem Fußboden der Toilette, umklammert eine Kloschüssel, über der steht ›spült automatisch‹, und die tatsächlich noch ganz feucht ist von der letzten Spülung (sie möchte nicht daran denken, was Sandra über die Ärsche sagen würde, die sich hier niederlassen), während jemand erbarmungslos an die Tür hämmert und fragt: Sie sind jetzt schon eine halbe Stunde drin, sind Sie etwa reingefallen?

Mit der ganzen Würde, die ihr geblieben ist, richtet Irene sich auf und kommt unter den Blicken von zwei grellbunt frisch angemalten Damen heraus. Ich bin nicht reingefallen, sagt sie und starrt die beiden haßerfüllt an, ich habe nur abgetrieben.

Sie spült sich den Mund, wäscht sich Gesicht und Hände und verbraucht zum Abtrocknen alle Papiertücher, die noch übrig sind. Dann öffnet sie die Tür einen Spalt, schielt ins Lokal und schleicht an der Wand entlang zum Ausgang.

Verärgert, den Blick ins Unendliche gerichtet, trommelt Monica auf den Tisch.

Irene schlüpft aus dem Tequila Blu und fängt an zu rennen. Ein Blitz erhellt Piazza San Babila, gefolgt von fernem Donnergrollen, und ein heftiger Schauer durchnäßt Irene. Sie rennt weiter, ohne sich um den Regen zu kümmern.

*

Am nächsten Tag ist sie erkältet, und ihr Magen ist wie zugeschnürt. Dennoch geht sie zum Mittagessen zu ihrer Mutter, da sie es ihr vor einigen Tagen versprochen hat. Die Verabredung abzusagen wäre anstrengender, als sie einzuhalten.

Bei Tisch sind alle versammelt. Ihr ältester Bruder, der – mit finanzieller Unterstützung der Mutter – einen Plattenladen eröffnet hat, lebt jetzt mit seiner Verlobten zusammen, ißt aber täglich bei Mama, weil der Laden in der Nähe liegt und es viel gesünder, bequemer und billiger ist, mittags hierherzukommen, als ins Café zu gehen. Der zweite Bruder ist nie ausgezogen und wohnt immer noch in seinem Kinderzimmer. Letztes Mal trug er die Haare noch lang und wellig, heute ist sein Kopf fast kahlrasiert. Manchmal hat Irene den Eindruck, er betrachte das Leben wie einen Maßanzug, den er immer wieder anprobiert, mit dem er nie zufrieden ist, an dem er immer wieder etwas ändert – er wechselt die Stelle, die Freundin, den Look –, ohne sich je zum Kauf zu entschließen.

Aber irgendwie sind sie nach dem Tod des Vaters alle abgedriftet, überlegt sie mit einem Blick auf die Brüder. Treiben ankerlos hierhin und dorthin ohne seine Verbote, ohne Hindernisse, ohne feste Bezugspunkte. Klammern sich an das einzige Rettungsboot, das ihnen geblieben ist, die Mutter, die aber nicht stark genug ist, um sie in eine bestimmte Richtung zu lenken oder sie auf dem offenen Meer ihrem Schicksal zu überlassen und allein davonzusegeln. In ihrer neuen Rolle als Stütze der Familie hat sich die Mutter in eine Bank verwandelt, die Darlehen zu vermindertem Zinssatz gewährt. Seit der Vater nicht mehr da ist, muß die Angst, die ihre Gesichtszüge zerknittert, von der Unsicherheit darüber herrühren, ob sie ihr Kapital zurückbekommt.

Die Brüder verziehen sich gleich nach dem Nachtisch. Die Mutter, unermüdlich in ihrer Routine, spült das Geschirr, trocknet es ab, räumt es auf, schüttelt die Tischdecke auf dem Balkon aus und kehrt auf dem makellos gewachsten und gebohnerten Fußboden mit Schaufel und Besen die Brösel zusammen. Ihre Mutter ist wohl die einzige Frau auf der Welt, die auch Balkone wachst. Rennt nicht auf der Terrasse! kreischte sie immer, als sie noch klein waren. Einer der Brüder, unbekümmert um mütterliche Verbote, war gerannt, auf dem gewachsten Boden ausgerutscht und gegen das Geländer geprallt, was ihn einen Schneidezahn gekostet hatte.

Da Irene es leid ist, ihrer Mutter bei der Hausarbeit zuzusehen, geht sie unbemerkt davon und schleicht sich ins Arbeitszimmer des Vaters.

In dem kleinen Raum haben nur ein Regal, ein Schreibtisch und ein Sessel Platz, dahinter eine Leselampe mit grünem Metallständer und weißem Glasschirm. Hier las der Vater, im Sessel versunken, die Lampe über sich wie ein riesiges Schneeglöckchen. Und hier haben auch einige der denkwürdigsten Diskussionen in Irenes Leben stattgefunden.

Alles ist noch genau wie früher. Einmal hat die Mutter einen schwachen Versuch unternommen, die Möbel loszuwerden, aber Irene hat sie empört daran gehindert. Die Brüder betreten den Raum nie. Sie kommt in besonderen Momenten her, so wie jetzt. Wenn sie Trost braucht, den nur ihres Vaters noch spürbare Gegenwart ihr geben kann.

Sie stöbert gern in seinen Papieren, öffnet die Schubladen, kramt alte Dokumente hervor, Zertifikate, Policen, abgelaufene Führerscheine, ausgetrocknete Kugelschreiber. Hölzerne Statuetten stehen herum, Souvenirs einer weit zurückliegenden Afrikareise. Ein paar Sportpokale, einige Medaillen. Die Zigarettenspitze aus Elfenbein, die er als junger Mann benutzte, um bei den Mädchen anzugeben. Ein Holzkistchen, das noch einige Zigarren enthält. Irene nimmt eine und riecht daran, aber sie zerbröselt ihr zwischen den Fingern. Bis zuletzt hat er geraucht, auch als der Arzt ihm gesagt hat, daß er bald an Lungenkrebs sterben werde. Hat sie sich nicht deshalb in den Fremden verliebt? fragt sich Irene, während sie versucht, den alten, vertrockneten Tabakkrümeln die allerletzten Geruchspartikel zu entlocken. Weil er in eine Rauchwolke gehüllt war wie ihr Vater? Bestimmt hat Irene jedenfalls deshalb nie in ihrem Leben geraucht und ist eine militante Nichtraucherin.

Wie gut sie diese Gegenstände kennt. Wie oft hat sie sie berührt, gestreichelt, hin und hergewendet. Sie begeistern sie immer noch. Mit dem Finger streicht sie über den Silberrahmen mit dem Foto ihres Vaters im Kreis seiner Billardfreunde. Ein halbes Dutzend Männer in Hemdsärmeln mit Queue in der Hand, und nur eine einzige Frau, die Besitzerin des Billardsalons, eine üppige Brünette, die beim Lachen die Nase kraus zieht. Irene erinnert sich genau, wie sie alle hießen, obwohl sie manche nie kennengelernt hat. Die Frau heißt Dora. Die Männer haben alle in ihren ersten erotischen Phantasien eine Rolle gespielt.

An der Wand die Bücher. Bücher über Uniformen, über Waffen, über Billard, über Zigarren. Romane von Kipling und Conrad. Die Klassiker der italienischen Literatur, vom *Novellino* bis zu Pirandello. Ihr Vater war sehr ordentlich, er hätte nie Eselsohren in ein Buch gemacht, sondern legte ein Streifchen Zeitungspapier als Lesezeichen hinein. Manchmal fällt Irene einer dieser vergilbten Papierstreifen in den Schoß oder bleibt an ihren Fingern hängen, wenn sie die Seiten umblättert, und ihr stockt der Atem.

Sie sitzt in seinem Sessel und blättert in *Herz der Finsternis*, als ihre Mutter im Türrahmen erscheint. Irene hebt unwirsch den Kopf, und die Mutter weicht mit einem entschuldigenden Ausdruck zurück, genauso, wie sie es mit ihm gemacht hätte.

Möchtest du einen Kaffee? fragt sie.

Nein, danke, erwidert Irene.

Wenn du dich etwas ausruhen möchtest, hast du es im Schlafzimmer bequemer.

Ich sitze hier sehr gut.

Du legst dich in mein Bett und schläfst schön, das kannst du brauchen.

Ich habe gesagt, nein. *Du* schläfst gewöhnlich nach dem Mittagessen, nicht ich.

Ich lege mich aufs Sofa vor den Fernseher. Für mich lohnt es sich nicht, das Bett aufzudecken. Aber dir mache ich es jetzt fertig, ich nehme die Tagesdecke ab, ziehe die Vorhänge zu ...

Hör endlich auf, Herrgott! Ich habe gesagt, ich will nicht.

Du brauchst nicht zu schreien, ich bin nicht taub.

Ich schlafe nie mittags.

Das wäre aber besser. Du spielst zwar immer noch die Halbstarke, bist aber nicht mehr zwanzig. In einem gewissen Alter verändert sich der Körper, die Wechseljahre rücken näher ...

Die Wechseljahre!? Mama, ich bin zweiunddreißig!

Deine Tante ist mit neununddreißig in die Wechseljahre gekommen.

Mama, der Tante haben sie die Eierstöcke rausgenommen, das nennt man nicht Wechseljahre!

Du mußt immer das letzte Wort haben, sagt die Mutter. Sie zieht einen Lappen aus der Schürzentasche (angewidert erkennt Irene eine alte Unterhose) und wischt verstohlen über eine Ecke des Bücherregals.

Wieviel Krimskrams, seufzt sie. Du bist wie dein Vater, du würdest auch nie was wegwerfen. Es ist, als wäre man in einem Museum.

Ja, sagt Irene und umklammert die Armlehnen des Sessels, bis ihre Finger schmerzen, genau, es ist ein Museum, Papas Museum, und so soll es bleiben.

Wenn ich sterbe, brummt die Mutter, indem sie mit dem Lappen über die spitzen Brüste einer afrikanischen Statuette fährt, will ich mal sehen, ob jemand auch nur ein einziges Taschentuch aufbewahrt. Wohl kaum! Ich bin ja nur das Dienstmädchen.

Mama, falls dich jemand dafür hält, hast du wohl wenig dafür getan, daß er seine Meinung ändert.

Ich weiß, ich weiß, sagt die Mutter, während sie wütend eine große, höhnisch grinsende Maske abstaubt, zum Schluß ist es immer meine Schuld.

Mein Vater, sagt Irene, nachdem sie bis fünf gezählt hat, mein Vater mag Fehler gehabt haben, aber er war ein außergewöhnlicher Mann, das mußt du zugeben. Ihr wart offenbar nicht für einander gemacht.

Da hast du recht, er war nicht für *mich* gemacht, erwidert die Mutter verbittert. Ich war nicht auf seinem Niveau.

Mama, bitte, sagt Irene und bereut, daß sie dieses absurde Gespräch angefangen hat.

So ist es, sagt die Mutter achselzuckend, *mein* Foto hat er sich nicht als Augenweide neben den Sessel gestellt.

Aber was redest du da, es ist doch ein Foto von seinen Freunden, sagt Irene.

Ihre Augen begegnen denen der Mutter, dann wenden sich beide dem Foto zu. Und auf einmal erkennt Irene, was sie in all den Jahren – fünfzehn? achtzehn? – nie gesehen hat: Während die anderen zum Fotografen schauen, lächeln ihr Vater und Dora sich hingebungsvoll an.

Wieso hat sie das so lange nicht bemerkt?

Auf einmal lösen sich die beiden aus der Gruppe, strahlen umgeben von gleißendem Licht, wie in einem Neonheiligenschein, es gibt nur noch sie auf dem Foto, die anderen verblassen zum reinen Dekor für ihr Idyll.

Irene zwinkert. Vergißt zu atmen.

Die, sagt die Mutter, mit der zusammengerollten Unterhose auf Dora zeigend, *die* war für ihn gemacht, nicht ich.

Irene will sich aus dem Sessel erheben, findet aber nicht die Kraft. Das Buch fällt ihr aus der Hand. Sie zieht sich am Regal hoch, das leicht schwankt. Bei dem gedämpften Klirren, das folgt, drehen Mutter und Tochter ruckartig den Kopf: Eine Kristallkugel ist vom obersten Bord gefallen und auf dem Fußboden zerbrochen, eine alte Christbaumkugel, auf den Splittern glitzern noch die goldenen Sternchen.

Peng! sagt die Mutter ungerührt. Die ist hin. Ein Stück weniger im Museum.

Aber wann war das denn? murmelt Irene.

Oh! ruft die Mutter und reckt die Arme zum Himmel. Die Geschichte hat jahrelang gedauert. Ein Fortsetzungsroman. Von deiner Erstkommunion bis zum Abitur. Dann ist sie in Rente gegangen und zu ihrer Schwester nach Reggio Emilia gezogen.

Also daran dachte er, als sie glaubte, er sorge sich nur wegen ihrer abendlichen Kinobesuche und möglichen ›Flirts‹ mit irgendwelchen Jungen!

Aber warum, fragt sie endlich mit trockenem Mund, warum hast du es mir nie gesagt?

Das war nicht meine Aufgabe, erwidert die Mutter mit untadeliger Logik. Du hast immer nur mit ihm geredet, nicht mit mir. Und dir etwas zu sagen ist außerdem, als wollte man Katzen das Klettern lehren, du weißt immer schon alles!

Irene geht in die Küche, füllt sich ein Glas mit Leitungswasser und leert es in einem Zug.

Trink lieber Mineralwasser, sagt die Mutter, reicht ihr ein frisches Glas und holt eine Flasche aus dem Kühlschrank.

Irene sieht die Mutter an. Sie kommt ihr vor wie eh und je, Irene kann die Veränderung nicht erkennen, weil sie sich langsam vollzogen hat, Tag für Tag, ohne daß es ihr aufgefallen wäre. Ihr ist, als sei sie immer so gewesen, mit angespanntem, nervösem Gesicht, den zu hellblond gefärbten Haaren, dem Kaschmirpullover, der unter der Achsel gestopft ist, weil man die guten Kleider nur zum Ausgehen und nicht zu Hause trägt.

Sie schweigt. Hat nichts zu sagen. Diesmal steht das letzte Wort der Mutter zu.

Nimm's nicht so schwer, sagt ihre Mutter, während sie sich mit einem flüchtigen kleinen Lächeln die Hände an der Schürze trocknet. Schließlich hat er ja mich betrogen, nicht dich.

Bis dass der Tod uns vereint

Sandra atmet. Erst hebt sich langsam der Brustkorb, dann der Bauch, dann senken sie sich im gleichen Rhythmus und heben sich erneut.

Du mußt spüren, wie der Atem in jeden Winkel strömt, sagt die langsame, hypnotische Stimme, vom Brustkorb bis zu den Schultern, dann hinunter in den Bauch bis zu den Beckenknochen.

Sandra bemüht sich gewissenhaft. In Wirklichkeit ist sie nicht sicher, ob sie spürt, wie der Atem in die hintersten Winkel ihres Körpers strömt, oft denkt sie, sie mache sich nur etwas vor. Jahrelang war ihr Körper ihr fremd wie eine Plastikhülle, in der sie steckte. Manchmal kniff sie sich, um den Schmerz zu spüren. Spürte ihn aber nicht immer.

Mit geschlossenen Augen liegt sie auf dem dicken Schaffellteppich. Eine Duftlampe auf dem Parkett verbreitet einen feinen Geruch nach Eukalyptus und Menthol. Das Zimmer ist sehr kalt und sehr leer. Die Stimme klingt, als käme sie von einem anderen Stern.

Atme, Sandra, sagt die Stimme mit schneidendem deutschen ›r‹.

Du bist zerstreut, fügt sie vorwurfsvoll hinzu. Woran denkst du?

An den Krieg, sagt Sandra.

Den Krieg?

Ja, an den Krieg. Liest du keine Zeitung?

Manchmal. Aber es gehört nicht zu meinen täglichen Übungen.

Ich lese sie auch nicht jeden Tag, aber ich weiß, daß Krieg ist. Daß wir kurz davor sind, Serbien zu bombardieren.

Aha. Könntest du dich jetzt bitte auf die linke Seite drehen?

Sandra dreht sich.

Und was findest du so interessant am Krieg?

Na ja, sagt Sandra, die Leute sterben.

Die Leute sterben seit Jahrtausenden, sagt die Stimme. Das ist das Schicksal des Menschen.

Verdammt, Beate, die Leute würden lieber mit neunzig zu Haus in ihrem Bett sterben.

Das kommt sehr selten vor, erwidert Beate unerbittlich.

Sandra gibt zu, daß es selten vorkomme, ja.

Wollen wir jetzt mal versuchen, die Rückenmuskeln zu entspannen? Sie sind stahlhart.

Okay, sagt Sandra.

Was fasziniert dich am Krieg? fragt Beate. Erzähl es mir. Sag mir, welche Bilder in dir aufsteigen.

Er fasziniert mich überhaupt nicht, protestiert Sandra.

Faszination ist nicht unbedingt was Positives, sagt Beate. Wenn du ständig dran denkst, heißt das, er fasziniert dich. Drüber reden hilft, davon loszukommen. Versuch mal, zu visualisieren.

Sandra atmet tief durch. Beates Finger schieben sich gewaltsam zwischen ihre Wirbel wie Holzpflöcke in einen Lattenzaun.

Was ich sehe, sagt sie, ist die Erde. Land. Aber es ist kein Land mehr. Abgestorbene Bäume, verbranntes Gras. Nichts wächst mehr. Nichts wird geboren.

Hm, hm. Scheinbar interessiert dich die Zerstörung der Natur mehr als der Tod der Menschen.

Ich habe einfach nicht die Kraft, mir die Menschen vorzustellen, sagt Sandra. Wenn ich an eine Stadt denke, sehe ich nur Ruinen. Schutt. Ich sehe niemanden. Nicht einmal Tiere. Keinen Spatz, keine Taube. Keinen Hund.

Als hätten sie verstanden, jaulen die beiden Hunde leise auf. Man hört, wie sie mit dem Schwanz auf den Boden klopfen.

Platz! flüstert Beate. Doch, doch, meine Kinder. Ihr Tonfall ist gedämpft und intim, wie unter Liebenden. Schwierig, sich vorzustellen, daß sie so mit einem menschlichen Wesen spricht.

Und das Wasser, sagt Sandra. Wasser, das man nicht trinken kann, mit dem man sich nicht waschen kann. Vergiftetes Wasser.

Wenn du dir alle Last der Welt aufbürdest, sagt Beate, wirst du dein Leben lang Rückenschmerzen haben.

Zum Schluß ist es immer meine Schuld, wenn ich Rückenschmerzen habe.

Jeder baut sich sein Schicksal selbst, sagt Beate seelenruhig.

Auch die Flüchtlinge, die massakriert werden, während sie davonlaufen? fragt Sandra.

Siehst du, jetzt bist du schon wieder bei den anderen, erwidert Beate. Jetzt drehen wir uns mal auf die rechte Seite und atmen tief. Vielleicht gibt es ja einen persönlicheren Grund für deine Angst.

Ich habe mich mit Dario gestritten, sagt Sandra nach einem tiefen Atemzug.

Aha, sagt Beate. Und warum?

Aus einem ganz blöden Grund.

Auch Kriege werden aus blöden Gründen geführt.

Vor vier Tagen hat er sich krankschreiben lassen, um seinen Chef zu ärgern. Sie haben sich über die Anordnung der Tulpen vor dem Bahnhof gezankt, und Dario war zum Schluß tödlich beleidigt. Deswegen hängt er jetzt zu Hause rum. Ich meine: Verdammt, Dario, es ist Samstag, mein freier Tag, laß mir etwas Raum zum Atmen!

Hm, sagt Beate. Ihre Finger bearbeiten Sandras Rücken und bringen Bewegung in die Verhärtungen des Winters. Schichten abgestorbener Materie lösen sich ab, aber es bleiben andere, tiefere Schichten, an die Beates Finger vielleicht nicht herankommen.

Die Wohnung ist klein, sagt Sandra. Vollgestopft mit Pflanzen, ich komme mir vor, als wohnte ich in einem Gewächshaus. Und kein Brot da, weil er vergessen hat, welches zu kaufen. Er sitzt im Schlafanzug herum und fällt aus allen Wolken. Er fällt immer aus allen Wolken, und unten stehe ich, um ihn aufzufangen.

Wollen wir uns mal auf den Rücken legen und spüren, wie die Wirbelsäule auf dem Boden aufliegt? fragt Beate.

Ja, sagt Sandra und dreht sich gehorsam um. Es ist, als hätte man ein kleines Kind, verstehst du? Wenn man ihm nicht sagt: Mach deine Hausaufgaben, dann macht er sie nicht. Aber ich soll immer guter Laune sein, immer bereit, mit ihm zu spielen. Sonst ist er deprimiert. Es ist, als hätte man einen – Hund, will sie sagen, kann sich aber gerade noch rechtzeitig bremsen.

Die Hunde liegen reglos hinten im Zimmer, die spitzen Schnauzen geduldig wartend auf die Vorderpfoten gelegt. Wenn sie nicht ab und zu mit einem Ohr zuckten, könnte man sie für Statuen aus Terrakotta halten.

Sandras erste Hundeerinnerungen stammen aus ihrer frühesten Kindheit. Ihr Vater hat immer Hunde gehabt, er brauchte sie wie die Frauen, verschliß sie wie Kleider. Er verlor sie, verschenkte sie, überfuhr sie mit dem Auto, aber es gab immer einen Hund an seiner Seite. Mit treuen Augen, begeistert wedelndem Schwanz, geifertriefendem, offenem Maul. Einen Hund, der seinem Herrn die Schuhe leckte.

Wenn er wenigstens unabhängig wäre wie die Katzen, schließt sie. Die streunen über die Dächer. Schlafen. Schauen aus dem Fenster. Wollen nicht ständig was von mir.

Manchmal muß ich ein bißchen allein sein, verstehst du? sagt sie, unzufrieden mit sich selbst wegen ihres, wie sie findet, typisch weiblichen Gejammers.

Natürlich, sagt Beate.

Mit Beate über Alleinsein zu reden, hat keinen Zweck. Sie lebt allein mit den zwei Hunden, und ihre Wohnung ist zweimal so groß wie die, die Sandra mit Dario und den Katzen teilt. Einen guten Teil des Jahres verbringt sie auf einer Alm auf dem Moncenisio, in einer Holzhütte ohne Heizung und Strom, der nächste Nachbar lebt mehrere Kilometer Luftlinie entfernt hinter einem Felsengipfel, und in Sommernächten hört man nichts außer dem Läuten der Kuhglocken. Beates Vorrat an Alleinsein übersteigt bei weitem die Bedürfnisse der gewöhnlichen Sterblichen. Vielleicht hat sie sich auch noch den Teil genommen, der mir zustand, denkt Sandra, während sie, eine mit Stroh ausgestopfte Rolle im Kreuz, das Becken langsam nach links und die Schultern nach rechts abrollt.

Habt ihr darüber gesprochen? fragt Beate. Reglos wie die Hunde sitzt sie im Schneidersitz auf dem Teppich und betrachtet Sandra mit unbewegter Miene. Kaum zu glauben, daß sie reden kann, ohne einen Gesichtsmuskel zu verziehen.

Schon tausendmal, antwortet Sandra müde.

Dann ist es an dir zu handeln, um die Situation zu verändern.

Wie meinst du das?

Mach ihm *praktisch* begreiflich, daß du das Alleinsein brauchst. Sag ihm, er soll gehen und am Abend wiederkommen. Oder am nächsten Tag. Ganz höflich, natürlich.

Aber ich kann ihn doch nicht aussperren! Er lebt schließlich auch in der Wohnung.

Vielleicht ist das der Fehler.

Sandra hebt die Augen und begegnet einem blauen, gleichmütigen Blick.

Atme, sagt Beate. Du vergißt schon wieder zu atmen.

Als könnte man das. Als hörte man, wenn man es vergißt, wirklich zu atmen auf.

Warum ist Atmen bloß so schwierig? fragt Sandra sich. Warum sind die scheinbar einfachsten, natürlichsten Dinge, die jedes Tier mühelos kann, für uns schwierig? Essen. Schlafen. Aufs Klo gehen. Sich lieben. Mit jemandem zusammenleben.

Die Welt ist voll von Leuten, die leiden, weil sie mit diesen Dingen nicht zurechtkommen, immer zuviel oder zu wenig tun.

Aber mit Beate darüber zu sprechen ist zwecklos. Sie würde sagen, um Gelassenheit und Weisheit zu erlangen, müsse man allein leben, ohne Liebe, ohne Sex und ohne fließend Wasser, müsse Butter im Butterfaß machen und im Freien auf einen Blätterhaufen kacken.

Wie schon öfter würde sie ihr erklären, man müsse reif sein, um mit jemandem zusammenzuleben; da Sandra aber ein wenig an ihrer eigenen und sehr heftig an Darios Reife zweifelt, folgert sie daraus, daß sie ein höchst gefährliches Experiment machen.

Wie alle Paare, denkt Sandra. Deswegen hat sie nach Gris nie mehr morgens neben einem Mann aufwachen wollen.

Aber jetzt wacht sie jeden Morgen neben Dario auf. Manchmal kämpft sie nachts mit seinem schlafenden, zudringlichen Körper, der sie an den Bettrand drängt. Schwer und warm fällt manchmal sein Arm auf sie, und sie schreckt aus dem Schlaf auf, einen Schrei unterdrückend, als hätte sie ein Fremder berührt. Dann wieder überkommt sie auf einmal im Halbschlaf eine so heißhungrige Freude, daß sie Dario fest umarmt. Das Gefühl dauert nur eine Sekunde, und wenn sie versucht, es festzuhalten, vergeht es sofort.

Beate hat es leicht, denkt sie irritiert. Kein Widerspruch, kein Zweifel. Ist Beate glücklich? Einmal hat sie sie gefragt, und Beate hat sie lange angeschaut, als wolle sie ihr die Zeit geben, ihre Frage zu bereuen, und schließlich, den Kopf zur Seite geneigt, gesagt: Vielleicht stelle ich mir diese Frage nicht. Vielleicht nehme ich die Dinge, wie sie sind. Genau genommen ist das mit dem Glück doch ein Mythos.

Ein Mythos? Und dieser bleierne Schmerz zwischen den Rippen, als sei man in ein eisernes Mieder gezwängt und müsse gleich ersticken? Mag sein, daß Sandra keine Glücksexpertin ist, aber mit Leiden kennt sie sich aus. Glück ist, frei zu atmen. Glück ist, nicht in die altbekannte Schmerzfalle zu tappen. Ob sie das je hinkriegen wird? Oder hat sie die Falle verinnerlicht, hat sie den Köder als Kleinkind geschluckt und kann ihn jetzt nicht mehr ausspucken?

Visualisiere deine Gedanken, sagt Beate immer.

Und sie sieht jetzt Beate im Hochgebirge mit langen, entschlossenen Schritten über die harte Erde gehen, über die Steine, über die weiten, mit winzigen Blumen übersäten Wiesen. Sich selbst dagegen sieht sie durch einen dornigen Wald hinken, wo Schlangen zwischen den Füßen zischen und Brombeergestrüpp einem die Kleider zerreißt, sich im Rock verfängt und einem die Haut zerkratzt.

Und wenn Beate recht hätte? fragt sie sich, plötzlich kraftlos.

Vielleicht ist das der Fehler. Mit Dario zu leben. Glücklich sein, mit jemandem zusammensein, im Warmen neben jemandem schlafen zu wollen.

Den Richtigen gibt es nicht, wenn du selbst nicht die Richtige bist.

Gib dein ganzes Gewicht an den Boden ab, sagt Beate, und sie haftet am Boden, sinkt in ihn ein, sie wird nie wieder aufstehen können. Trotz zwei Paar Wollsocken hat sie eiskalte Füße und starrt mit aufgerissenen Augen an die weiße Decke, als schließe sich über ihr das Dach des Universums.

*

Sandra liegt auf dem Zementboden im Keller und starrt an die Decke, von der Spinnweben herabhängen. Es ist stockdunkel, aber allmählich gewöhnen sich die Augen daran, und sie kann die Umrisse der alten Möbel und der an den Wänden aufgestapelten Holzkisten erkennen. Über allem liegt eine dicke, schwarze, fettige Staubschicht. Zu spät fällt ihr ein, daß der Staub ihr Kleid schmutzig machen, an ihren Ellbogen, ihren Waden kleben bleiben wird. Mama wird sie ausschimpfen.

Aber nein. Sie ist nämlich tot, und mit Toten schimpft man nicht.

Man sieht sie stumm mit geröteten Augen an. Man seufzt. Man gibt ihnen Recht. Man geht auf Zehenspitzen, um keinen Lärm zu machen. Man benimmt sich sehr rücksichtsvoll, den Toten gegenüber.

Auch wenn sie gar nichts hören. Weder die Stimmen von Mama und Papa oben noch das Türenschlagen noch das Geräusch der splitternden Gläser. Sie haben die Macht, jedes Geräusch auszulöschen.

Sandra konzentriert sich darauf, tot zu sein.

Sie legt sich ganz gerade hin, Knöchel aneinander, Arme neben dem Körper.

Die Großmutter im Sarg hatte allerdings die Hände gefaltet und einen schwarzen Rosenkranz um die gelben Fingerknöchel geschlungen. Die Großmutter ist ihr einziges Vorbild, Sandra kennt sonst keine Toten, aber auf den Rosenkranz muß sie verzichten, sie besitzt keinen, das ist was für alte Leute. So wie Papas Schülerinnen Holzsandalen und perlenbestickte indische Taschen tragen, weil sie jung sind. Die Großmutter benutzt ihn vor allem in der Kirche, wenn sie ewig dort auf den harten Bänken sitzt, die Perlen durch die Finger gleiten läßt und rasch die Lippen bewegt, aus denen gedämpfte, prasselnde Laute kommen: *graziaplena, nuncatinora, percatoribis*. Nur in der Kirche gönnt sich die Großmutter Ruhe, sonst ist sie immer in Eile, geht einkaufen, als würde das Geschäft gleich abbrennen, läuft nach Hause, als hätte sie vergessen, das Gas abzudrehen. Aber wenn man es genau nimmt, beeilt sie sich auch in der Kirche, denn sie betet so schnell, als sei das Paradies eine anfahrende Straßenbahn, auf die sie aufspringen muß, bevor die Türen schließen.

Sandra denkt weiter in der Gegenwart an die Großmutter, obwohl Mama ihr mehrmals gesagt hat, sie müsse nun in der Vergangenheit von ihr sprechen. Deshalb spricht sie nicht mehr von ihr, sondern denkt nur noch an sie. Sie bedauert sehr, daß die Großmutter gestorben ist, denn jetzt muß sie immer bei ihren Eltern bleiben.

In Ermangelung anderer Vorbilder hält Sandra sich an die Gestalten in den Büchern. Es gibt Bilder von Toten, in Stein gemeißelte Ritter und Damen, die manchmal ein Schwert oder ein Büchlein in den Händen halten. Am liebsten aber hat sie eine dunkelgrüne Zeichnung, auf der zwischen bunten Blumen ein Mädchen mit ausgebreiteten blonden Haaren auf dem Wasser schwimmt. Sandra hat begriffen, daß es tot ist, was sie fasziniert und auch erschreckt, weil Tote nicht so frei herumschwimmen dürften, sondern still daliegen müßten, in Sicherheit.

Sandra besitzt keine Kinderbücher wie ihre Schulkameradinnen. Ihre Bücher sind voll sonderbarer Zeichnungen, in vielen sind überhaupt nur Bilder mit kurzen Unterschriften. Gemälde, wie die von Papa.

Es ist nicht leicht stillzuliegen. Der Boden ist kalt und ungemütlich. Sie möchte sich am Fuß kratzen. Die dunkle Decke scheint langsam näher zu kommen, Sandra bekommt keine Luft mehr.

Mit Gewalt zwingt sie sich, nichts zu hören, nichts zu sehen. Immer weniger zu atmen und zwischen Einatmen und Ausatmen möglichst lang die Luft anzuhalten, bis sie ganz zu atmen aufhören kann.

Peng! macht es im oberen Stockwerk.

Sandra versucht sich das Gesicht ihrer Eltern vorzustellen, wenn sie ihr einziges Kind tot auf dem Kellerfußboden entdecken werden.

Still und starr bleibt sie mit angespannten Muskeln liegen, bis sie allmählich das Zeitgefühl verliert und in einen Halbschlaf fällt. Sie träumt nichts, sieht nichts, hört nichts.

Die barsche Stimme ihrer Mutter weckt sie: Hier bist du? Komm sofort raus!

Die Mutter steht über ihr, und Sandra kann sich nicht rühren, nicht wehren gegen den Arm, der sie heftig schüttelt.

Gleich darauf sind sie draußen im Hof. Sandra kneift in der Nachmittagssonne die Augen zusammen, während ihre Mutter blindwütig auf sie einschlägt. Oder klopft sie ihr das Kleid ab? Vielleicht beides zusammen, ihre Mutter ist eine effiziente Frau.

Laß das Kind in Ruhe, sagt der Vater und stürzt sich wie ein liebevoller Geier auf sie. Warum warst du im Keller, Sandra?

Sie entdeckt, daß sie nicht sagen kann: Ich war tot, und auch nicht: Ich wollte sterben. Deshalb schweigt sie.

Die Mutter schlägt noch einmal zu, diesmal auf den Nacken: Schau, wie du dich zugerichtet hast!

Sie macht mir Sorgen, sagt der Vater. Sie ist ein zu empfindsames Kind.

Er sieht sie an, als stimme etwas nicht mit ihr und müsse gerichtet werden. Darin ist er gut. Er liebt es, wenn im Haus etwas kaputtgeht, das Bein eines Sessels wackelt, ein Wasserhahn tropft, dann kann er es reparieren. Meist dauert es ziemlich lange, weil er soviel zu tun hat. Und weil er nie zufrieden ist. Das Haus ist voll mit Dingen, die gerade repariert werden: umgedrehte, geleimte Stühle, an die Wand gelehnte Schubladen, das halb gekachelte Bad. Wenn er sich, vom Gezeter seiner Frau genervt, entschließt, eine Sache fertigzumachen, fängt er sofort eine neue an.

Jetzt stützt er vor ihr ein Knie auf den Boden, legt ihr eine Hand auf die Schulter und faßt sie mit zwei Fingern am Kinn. Aufmerksam, kritisch sieht er sie an, betrachtet mißbilligend ihr mürrisches, staub- und tränenverschmiertes Gesicht, sucht sich selbst in ihren Augen und dann die Linien, das Licht, die Farben, das, was er auf Papier und Leinwände malt, dreht ihr Gesicht nach links, nach rechts, gegen die Sonne, studiert ihr Profil. Mit seinem mit Speichel befeuchteten Taschentuch wischt er ihr die Wangen ab und lächelt ihr zu. Er lächelt sich selbst zu im Spiegel ihres Gesichts.

Sandra windet sich und beißt ihn mit aller Kraft in die Finger.

Das folgende Durcheinander nutzend (Aua! Was fällt dir ein? Schau her, deine Tochter hat mich gebissen! – Recht hat sie, sie hätte noch fester zubeißen sollen), läuft Sandra davon und schließt sich in ihrem Zimmer ein.

Geschrei flammt im Hof auf, gefolgt von erregtem Gezischel (komm wenigstens rein, die Nachbarn hören uns zu, das ganze Viertel freut sich schon über das Theater), und geht dann im Haus weiter. Krachen eines zu Boden geschleuderten Stuhls.

Sie haben wieder zu streiten angefangen, diesmal ihretwegen.

Ich gehe! schreit der Vater.

Geh doch, geh! schreit die Mutter. Geh doch zu deinen Flittchen!

Die Tür schlägt zu. Ein Hund jault erbärmlich und scharrt. Gleich danach wird die Tür noch heftiger geschlossen (die Mutter hat den Hund hinausgeworfen), der Motor des Autos springt an, der Hund bellt verzweifelt. Man hört das Geräusch seiner Krallen auf dem lackierten Metall. Brutales Fluchen, Reifenquietschen (der Vater ist ohne ihn abgefahren). Der Hund heult noch lange im Hof, bis er nicht mehr mag oder seine Stimme versagt. Dann hört er auf.

Sandra setzt sich mit zitternden Händen aufs Bett. Sie ist sehr müde. So als wäre sie gestorben und dann wieder auferstanden.

Aber Sterben hat nichts genützt.

Vielleicht hat sie es nicht gut genug gemacht.

*

Am nächsten Tag kommt der Vater mit einem Rosenstrauß nach Hause, der nicht vom Blumenhändler stammt, sondern aus irgendeinem Garten.

Sie wohnen am Fuß der Hügel, in einem Viertel mit niedrigen alten Gebäuden, die einmal Bauernhäuser, Ställe, vielleicht auch Bootsschuppen waren, denn früher, vor ewigen Zeiten, lebten hier Bauern und Fischer. Sie angelten im Fluß; es gibt ihn noch, aber man hört ihn nicht mehr, sein Rauschen wird vom Verkehrslärm übertönt, nur ab und zu dringt zwischen den Abgasen sein süßlicher, fauliger Gestank herüber. Ihr Vater kennt sämtliche Barbesitzer im Viertel, sämtliche Portiers, sämtliche Mädchen (behauptet die Mutter). Freundschaften zu schließen fällt ihm leicht, aber sie dauern nicht lang, wie übrigens auch die Beziehungen zu den Mädchen. Ständig entdeckt ihr Vater Fehler an den Leuten, so als sei die Menschheit nur dazu geschaffen, ihn zu enttäuschen und zu verbittern. Das hindert ihn jedoch nicht, alle sehr vertraulich zu behandeln (du bist schamloser als eine Nutte, sagt die Mutter zu ihm, wenn sie glaubt, daß Sandra nicht zuhört) und sich dauernd etwas zu leihen oder schenken zu lassen.

Deshalb nimmt die Mutter den Strauß mißtrauisch entgegen und fragt als erstes: Bei wem hast du den denn abgestaubt?

Der Vater lacht zufrieden, als hätte sie ihm ein Kompliment gemacht.

Die Mutter stellt die Blumen in ein Einmachglas, weil die letzten noch vorhandenen Vasen im Haus gestern bei dem Scharmützel zu Bruch gegangen sind.

Wo hast du die Nacht verbracht? fragt sie gleichgültig, als informiere sie sich über das Wetter.

Im Atelier, sagt er, die Rosen betrachtend. Schön, gell? So schöne findest du nirgends.

Seine Geschenke sind immer die schönsten, das höchste der Gefühle, beglücken ihn, als habe er sie eigentlich sich selbst schenken wollen und nur in einer übermenschlichen altruistischen Anstrengung zugunsten eines anderen darauf verzichtet. Werden sie nicht mit Staunen und Dankbarkeit angenommen, ist er schwer gekränkt.

Schau nur, sagt die Mutter, während sie mit den Fingernägeln noch geschlossene Knospen aufbricht, für eine aufgeblühte Rose hast du fünf andere ruiniert. Nicht einmal Blumen pflücken kannst du.

Dann, mit dem Rücken zu ihm: Ins Atelier bist du erst heute früh gekommen, ich habe das Auto gehört.

Vaters Atelier befindet sich hinten im Hof, in einem niedrigen, ausgebauten Holzschuppen. Der Vater hat große Oberlichter einbauen lassen, und wenn man den langen Raum betritt, taucht man in ein unbewegtes staubiges Licht und den Geruch nach Farben und Terpentin ein.

Gute Ohren, bemerkt er halb ironisch, halb polemisch.

Vorerst endet das Gespräch hier, weil die Mutter zur Arbeit

muß. Der Vater wartet, bis sie das Haus verläßt, dann geht er pfeifend ins Bad, kommt in ein Handtuch gewickelt und nasse Spuren auf dem Boden hinterlassend wieder heraus und wirft sich aufs Bett, wo Sandra ihn den ganzen Vormittag leise schnarchen hört.

Am Nachmittag fährt er rasiert und parfümiert mit dem Auto davon. Ich hole Mama ab, sagt er. Sei brav. Sandra spielt mit den kleinen Mädchen von nebenan im Hof und tut so, als höre sie nichts.

Zum Abendessen kommen sie zurück. Sie reden nicht miteinander, sondern steigen aus dem Auto wie zwei Fremde aus demselben Taxi. Die Mutter geht in die Küche, der Vater ins Atelier.

Sandra hat den Eindruck, als fehle etwas. Oder jemand.

Unruhig wippt sie auf der Schaukel, die an einem Ast der Weide aufgehängt ist, stößt sich mit den Füßen ab, höher, immer höher, bis zum Überschlag.

Laß das, Sandra, brüllt die Mutter aus dem Küchenfenster. Willst du etwa runterfallen?! Komm, das Essen ist fertig.

In diesem Augenblick wird Sandra bewußt, was fehlt. Matìs! schreit sie. Matìs! Wo ist Matìs?

Matìs ist der Hund. Ein Golden Retriever mit weichem Fell, blond wie die Haare des toten Mädchens, das zwischen Blumen schwimmt, schön und verschmust, aber nicht sehr klug. Anscheinend ist es unser Schicksal, immer dumme Hunde zu haben, bemerkt die Mutter bissig.

Wohin hat sich Matìs verkrochen?

Der Vater kommt aus dem Atelier, als hätte er etwas angestellt.

Die Mutter steht noch am Fenster, schimpft aber nicht mehr mit Sandra, sondern schweigt besorgniserregend.

Die Eltern tauschen einen Blick, der Sandra sofort verrät, daß etwas Schlimmes passiert ist. Ob die andere Großmutter gestorben ist?

Oje, sagt der Vater und kratzt sich am Kopf.

Dann macht er einen Schritt auf Sandra zu, die jetzt reglos

auf der Schaukel hängt wie eine Raupe, die gleich vom Blatt fällt, und sagt: Ich glaube, wir haben Matìs verloren.

Ungläubig starrt Sandra ihn an. Das ist ja noch schlimmer. Aus der anderen Großmutter macht sie sich nicht viel, sie kennt sie kaum.

Ihr habt Matìs verloren? stammelt sie.

Keine Angst, sagt ihr, wir finden ihn wieder. Komm, wir suchen ihn.

Jetzt? sagt die Mutter. Die Suppe steht auf dem Tisch.

Nach dem Essen, sagt der Vater vernünftig.

So sehr Sandra sich bemüht, sie bringt keinen Bissen herunter. Wo habt ihr ihn verloren? fragt sie. Wie?

Wahrscheinlich auf dem Corso Cairoli, als wir dort gestanden und geredet haben, erwidert er und stopft Suppe, Brot, Wein und Schinken in sich hinein, alles auf einmal.

Ja, da muß es gewesen sein, sagt die Mutter müde. Wenn du bloß nicht immer mit offenen Fenstern fahren würdest, Sommer wie Winter. Aber dir macht es ja Spaß, wenn ich Halsweh kriege.

Sandra kapiert nicht, was das Halsweh damit zu tun hat, es geht doch um Matìs.

Fenster hin oder her, sagt der Vater, weißt du nicht mehr, daß du ausgestiegen bist und die Autotür zugeknallt hast und ich hinter dir hergerannt bin?

Eben, ich mache die Türen und die Schubladen zu! Du läßt immer alles offen!

Matìs ist weggelaufen, und ihr habt es nicht gemerkt? fragt Sandra in anklagendem Ton.

Wir haben geredet, sagt die Mutter.

Ja, geredet, sagt der Vater sarkastisch. Er wird eine läufige Hündin gewittert haben, der Idiot.

Die Mutter tritt ihn unter dem Tisch gegen das Schienbein.

Nicht mal auf deinen Hund kannst du aufpassen, sagt sie, indem sie das Obst auf den Tisch stellt.

Zum Glück übernimmst du das ja, erwidert der Vater, spießt

mit dem Messer eine Aprikose auf und schiebt sie sich in den Mund.

Aber wo ist Matìs jetzt? fragt Sandra verzweifelt.

Nach dem Essen suchen wir ihn, antwortet der Vater kauend.

Nach dem Essen kommen einige Freunde von ihm. Dieses Haus ist ein Taubenschlag, murrt die Mutter, Leute kommen, Leute gehen. Tatsächlich platzen seine Freunde zu jeder Tageszeit, aber am liebsten abends unangemeldet herein, der Gedanke, sie könnten ungelegen kommen, streift sie gar nicht. Meist sind es Maler oder ehemalige Studienkollegen von der Akademie. Die Künstler, sagt die Mutter und verdreht die Augen. Nicht alle malen, manche schreiben für die Zeitung, einige arbeiten fürs Fernsehen, bei anderen weiß man nicht, was sie tun, aber alle reden pausenlos. Bis auf die Frauen. Die Frauen machen fast nie den Mund auf.

Es wird beschlossen, Matìs gemeinsam zu suchen.

Sie fahren mit zwei Autos los, Sandra sitzt neben ihrem Vater, streckt den Kopf aus dem Fenster und ruft an jeder Kreuzung: Matìs! Komm! Wir sind hier! Die Mutter sitzt hinten, stumm und mürrisch, daneben ein Typ, der ununterbrochen raucht und die Sache offenbar maßlos komisch findet. Im anderen Auto sind zwei Männer und ein Mädchen, die an jeder Ampel ganz nah auffahren und hinter der Scheibe lachend winken, als gingen sie alle auf ein Fest.

Wer weiß, wo dieser Hundesohn hingekommen ist, brummt der Vater.

Wir haben Matìs verloren, ein unersetzlicher Verlust für die Kunst, was machen wir jetzt? sagt der Freund auf dem Rücksitz gut gelaunt. Sandra haßt ihn.

Der Vater beugt sich über sie. Was ist denn, Sandrina, rufst du nicht mehr? Bist du müde? fragt er ein wenig schuldbewußt.

Laß mich in Ruhe, antwortet sie.

Fahren wir nach Hause, sagt die Mutter, die bisher geschwiegen hatte.

Kinder, ruft der Vater den anderen zu, ich bringe die Kleine heim, sie ist müde. Wir sehen uns nachher in der Bar. Und zu Sandra: Ich glaube, heute abend finden wir ihn nicht mehr, wir versuchen es morgen wieder, einverstanden?

Später, im Bett, weint Sandra. Ihre Mutter kommt, um sie auf ihre Art zu trösten. Angeekelt steht sie in der Tür und fährt Sandra an: Schluß jetzt. Du hast genug geheult. Weinerliche Kinder mag ich nicht.

Dann streicht sie ihr kurz übers Haar, deckt sie zu, stellt ihr ein Glas Wasser auf den Nachttisch und knipst das Licht aus.

Im Dunkeln starrt Sandra an die Decke. Sie denkt an Matìs, allein, hungrig und erschrocken. Jahre später wird ihr klar, daß er das erste Opfer im Krieg zwischen ihrem Vater und ihrer Mutter war. Aber in diesem Augenblick empfindet sie nur einen dumpfen Groll auf ihre Eltern. Sie ist sich nicht mehr so sicher, daß sie zu streiten aufhören würden, wenn sie sie tot im Keller fänden oder im Bett oder sonstwo.

Wer weiß, denkt sie kurz vor dem Einschlafen, vielleicht verlieren sie mich eines Tages auch irgendwo und geben sich dann gegenseitig die Schuld und vergessen über dem Streit, mich zu suchen.

*

Matìs wurde nie mehr gefunden, und jetzt haben sie einen neuen Hund, einen schwarzweißen Jagdhund namens Brac.

Davor gab es Valadòn, ein überschwengliches, tapsiges Rottweilerweibchen, das es nicht ertrug, aus dem Atelier ausgesperrt zu werden, und eines Tages unbemerkt hineinschlich und eine Leinwand auffraß. Zur Strafe kam es lebenslänglich in den Zwinger und läuft jetzt auf dem Bauernhof eines Freundes von Papa an einer Kette neben dem Misthaufen hin und her. Einmal hat Sandra es wiedergesehen; es heißt nicht mehr Valadòn, sondern Mirka, was Sandra hübscher findet, aber der Hündin scheint es nicht sehr zu gefallen, denn sie knurrt und jault immerzu.

Vor ihrer Verbannung hat Valadòn Junge bekommen. Ich wußte gleich, daß die eine laxe Moral hat, bemerkte der Vater grinsend. Wieso? hat Sandra gefragt. Weil sie vier Bastarde geworfen hat, deshalb. Die Mutter raufte sich die Haare. Ein Junges haben sie behalten. Es wurde Goia getauft. Wieso kriegt es einen Mädchennamen, wo es doch ein Männchen ist? hat Sandra gefragt. Der Vater sah sie an und lachte. Warum muß sie immer antworten, wenn sie gefragt wird (Antworte, Sandra! Sei nicht ungezogen! schreit Mama), während er fast nie auf irgendjemandes Fragen antwortet?

Goia lebte nicht lang. Er bekam die Staupe und starb.

Brac kam auf dem Arm einer Schülerin von Papa ins Haus, und Mama hat ihm das nie verziehen.

Schau, was ich für dich habe, Sandra, sagt der Vater strahlend, und sieht dabei nicht sie, sondern seine Schülerin an, die den schwarzweißen Welpen mit verzücktem Lächeln an sich drückt, als sei sie die Madonna und habe diese haarige Kreatur dank unbefleckter Empfängis selbst geboren.

Farblich passen die beiden hervorragend zusammen. Sie hat ein schneeweißes, trauriges, ausdrucksvolles Gesicht wie ein Pierrot und lange, glatte schwarze Haare, die ihr bis zu den Hüften reichen und auf beunruhigende Weise jede ihrer Bewegungen mitmachen. Sie ist dreiundzwanzig, heißt Gabriella und besucht die Kunstakademie. Sandra beobachtet sie hingerissen. Sie findet sie sehr schön und begreift plötzlich, daß ihr Vater genauso denkt wie sie.

Gabriella scheint sehr bemüht, ihr zu gefallen. Sie hält ihr den zappelnden und winselnden Welpen hin, Sandra nimmt ihn auf den Arm, und Brac fährt ihr vor Begeisterung mit der Zunge übers Gesicht und pinkelt sie an.

Unsanft nimmt ihn die Mutter ihr weg und gibt ihm einen Klaps. Brac flüchtet unter einen Stuhl. Das Mädchen blickt die

Mutter an, als sei sie eine Kriegsverbrecherin. Paß auf, sagt der Vater, behandle ihn gut, er hat einen Haufen Geld gekostet.

Alle ihre Hunde sind Rassehunde mit Stammbaum, was heißt, daß sie aus guter Familie kommen. Sandra weiß nicht recht, was dieser Ausdruck bedeutet, deshalb fragt sie: Und wir, sind wir eine gute Familie? Diesmal ist es die Mutter, die lacht, mit zurückgeworfenem Kopf lacht sie lange und fährt sich mit den Händen durch die schon ein wenig grauen Haare, aber sehr fröhlich hört es sich nicht an.

Die Hunde werden in der Tierhandlung oder bei Züchtern gekauft, die der Vater natürlich alle kennt. Ein Freund von ihm besitzt ein großes Fachgeschäft. Schöner Freund, kommentiert die Mutter, als sie entdecken, daß Brac die Hinterbeine nachzieht, er hängt dir immer kranke Tiere auf. Na ja, erwidert der Vater, ich habe ihm dafür einen alten Schinken verpaßt. Wunderbar, sagt die Mutter, die wahre Freundschaft.

Was ist ein alter Schinken? fragt Sandra, während sie Brac streichelt, und der Vater läßt sich tatsächlich zu einer Antwort herbei: ein Bild, das nichts wert ist.

Dann geht er, weil er in Eile ist.

Seit es Gabriella gibt, hat er es eiliger als gewöhnlich. Allmählich wird er seiner Mutter, der verstorbenen Oma, immer ähnlicher. Hastig schlingt er das Essen hinunter, geht sogar hastig aufs Klo und kommt mit offener Hose wieder heraus. Ungeduldig knöpft er sie zu, einen Arm schon im Jackenärmel. Er geht, ohne die Tür zuzumachen. Im Haus ist es unordentlicher denn je; eine Tür des Küchenschranks lehnt halb abgebeizt und abgeschliffen an der Wand, die andere quietscht in den rostigen Angeln. Im Eßzimmer sind alle Möbel mit Tüchern, alten Laken und Zeitungen bedeckt, weil er es seit Monaten streichen will. Was regst du dich so auf, sagt er zur Mutter, wir benutzen es doch sowieso nie. Es stimmt, auch wenn Gäste da sind, essen sie, wie es gerade kommt, die einen in der Küche, die anderen mit dem Teller in der Hand im Wohnzimmer, wo sie den Wein auf die Sessel verschütten.

Die Unordnung macht die Mutter rasend. Wenn sie mit Sandra allein zu Haus ist, läuft sie schimpfend von einem Zimmer ins andere. Aber sie sind selten allein, denn der Vater bringt, wenn er nicht ausgeht, immer eine Menge Leute mit heim. Da kommt die Meute, sagt die Mutter, wenn sie die Autos in den Hof fahren hört. Aber dann lächelt sie, begrüßt alle, manche sogar mit Kuß auf die Wange. Und sie kocht die ganze Zeit, als hätte sie sonst nichts zu tun. Manchmal kommt sie sogar früher von der Arbeit zurück, um die Meute zu bekochen.

Ihre Mutter besitzt eine kleine Schmuckwerkstatt. Eine Art Trichter ins Auge geklemmt, schneidet und schleift ein freundlicher alter Mann die Edelsteine, aus denen die Mutter Halsketten macht. Mit flinken, pinzettenbewehrten Fingern wählt sie die Steine aus vielen kleinen Schächtelchen und fädelt sie auf. Sandra kann sich nicht satt sehen an den Ketten, streichelt sie, betrachtet im Gegenlicht die funkelnden Reflexe. Sie findet diese Arbeit wunderschön, aber ihre Mutter beklagt sich oft (müde Augen, hohe Kosten, hohe Steuern, lohnt sich nicht).

Wenn die Mutter vom Markt kommt, knallt sie wütend die Tüten auf den Tisch und tobt dann stundenlang am Herd, bis überall in der Küche Teller, Tellerchen und Pfannen voller Speisen stehen, die darauf warten, verschlungen zu werden.

Dann schließt sie sich im Badezimmer ein, und wenn sie frisch geschminkt herauskommt, zittern ihre Lippen vor Anstrengung, das Lächeln zu halten. Es könnte von einer Sekunde zur anderen kippen und sich in einen Schrei verwandeln. Sandra beobachtet sie besorgt und ein bißchen erschrocken, sie möchte sich an sie schmiegen, weiß aber schon, was sie zu hören bekäme: Rühr mich nicht an, du zerknitterst mein Kleid.

Die Abendessen ziehen sich immer lange hin, unter endlosen Gesprächen. Die Männer reden, als wollten sie nie mehr aufhören, Wein-, Grappa- und Whiskyflaschen leeren sich, die Luft wird verrauchter, die Aschenbecher füllen sich. Bei einem dieser Essen raucht Sandra ihre erste Zigarette. Sie ist elf, aber sehr groß für ihr Alter, man könnte sie leicht für dreizehn halten. Die Mutter merkt es nicht, es ist, als hätte sie einen Schleier vor den Augen; sie geht, spricht, lacht, reicht unzähligen Händen unzählige Teller, sieht aber nicht, was sie vor sich hat.

Gabriella ist bei diesen Essen immer dabei.

Und vielleicht wird sich Sandra am selben Abend, an dem sie ihre erste Zigarette raucht, auch darüber klar, wer Gabriella eigentlich ist. Sie gehört zu den Flittchen, von denen ihre Mutter spricht. Sie ist das Flittchen par excellence.

Gabriella ist zart, schmal, leidend, wenn sie lächelt, bekommt sie kleine Falten um die Mundwinkel, wie um sich zu entschuldigen, daß sie nicht genug leidet. Sie ist ein Mensch voller Probleme, sagt der Vater im Tonfall eines Arztes, dem man das Leben einer Schwerkranken anvertraut hat. Ach, die Ärmste, sagt die Mutter, und ihre Stimme klingt schneidend, wie ein Fingernagel auf Glas.

Offenbar kann Gabriella nicht alleine stehen, denn der Vater stützt sie dauernd. Bei Tisch legt er den Arm auf ihre Stuhllehne, wenn er mit ihr redet, scheint er immer das Bedürfnis zu verspüren, sie um die Schultern zu fassen und an sich zu ziehen. Vielleicht, weil Gabriella so leise spricht, mit schüchterner, leidender, kaum hörbarer Stimme.

Die anderen scheinen das alles ganz selbstverständlich zu finden. Sandra argwöhnt, daß ihre Mutter es gar nicht selbstverständlich findet, aber alles tut, um sich nichts anmerken zu lassen. Sandra wird klar, daß ihre Mutter, während sie wie ein Roboter als perfekte Gastgeberin auftritt, in Wirklichkeit Gabriella beobachtet. Ununterbrochen. Sie weiß immer, wo sie ist, verfolgt ihre Bewegungen, ohne offen hinzusehen. Vielleicht hat sie Antennen wie die Fledermäuse. Und auch Sandra hat Antennen, mit denen sie die Gedanken und Bewegungen der Mutter verfolgt.

Manchmal nachts hört sie sie reden. Sie ist schon oben im Bett, hört aber alles, weil im Sommer die Fenster offen stehen;

ihr Zimmer liegt genau über dem Wohnzimmer. Sie reden über Gabriella, der Vater sagt ständig ihren Namen, die Mutter erwähnt sie nie.

Gabriella ist ein schwieriges Mädchen, sagt der Vater. Schade, sie ist nämlich begabt.

Es ist aber nicht ihre Begbung, die dich interessiert, sagt die Mutter.

Hör zu, im Augenblick geht es Gabriella schlecht, sie steckt in einer Krise, und ich helfe ihr.

Ich stecke auch in einer Krise, aber wer hilft mir?

Du bist eine starke Frau.

Ah! Schöne Ausrede. Also soll ich einstecken und den Mund halten.

In gewissen Momenten hat ein Mann das Bedürfnis, sich frei zu fühlen, Marisa. Freiheit ist ein Grundrecht.

Wenn ich mir ein Zehntel der Freiheiten nehmen würde, die du dir nimmst, hättest du mir schon den Hals umgedreht.

Geräusch eines zerspringenden Tellers.

Stimme des Vaters, sarkastisch: Temperamentvolle Frau.

Stimme der Mutter, hysterisch: Ich weiß, du hast lieber Schmachtfetzen. Und noch dazu schwindsüchtige! Paß auf, daß sie dir nicht noch eine Krankheit anhängt.

Stimme des Vaters, brüllt: Was erlaubst du dir, Miststück!

Geräusch splitternder Gläser.

Sandra steht auf und schließt das Fenster. Legt sich wieder hin. Wälzt sich schweißgebadet hin und her. Ihr ist zum Ersticken. Ihr fehlt Luft.

Zwischen einer Szene und der nächsten geht alles seinen gewohnten Gang.

An einem warmen Juliabend mit vielen Schnaken, als alle betrunken sind, außer der Mutter, die nie trinkt – am Nachmittag hat sie allerdings sieben Tassen Espresso getrunken –, und gerade die Vernissage eines gemeinsamen Feindes verreißen, irrt Sandra gelangweilt und unruhig durchs Haus und findet im Eßzimmer Gabriella, die in Betrachtung versunken vor dem Porträt ihrer Mutter steht.

Sie hat das Tuch abgenommen, mit dem es verhüllt war – das Zimmer ist immer noch verpackt, kürzlich hat ein Freund zum Vater gesagt: Du bist wohl auf dem Christo-Trip, was?, und alle haben verzweifelt gelacht –, und mustert es mit ihren riesigen schwarzen Augen, die immer fiebrig glänzen.

Das Bild ist ziemlich groß und zeigt die Mutter in einem roten Kleid vor einem Fenster, das auf ein düsterblaues Meer hinausgeht. Die Mutter sitzt auf einem seltsamen, hohen quadratischen Stuhl, der sehr unbequem wirkt. Sandra findet das Bild gar nicht ähnlich und hat es nie gemocht. Ihre Mutter hat keinen so langen schmalen Hals und auch nicht so hohe Wangenknochen. Ihre Gesichtszüge sind auf dem Bild härter und regelmäßiger, alles ist vereinfacht und übertrieben, und Sandra begreift in diesem Augenblick, daß das Absicht ist und etwas mit Kunst zu tun hat. Als sähe sie es auf einmal mit Gabriellas Augen, eröffnet sich ihr eine neue Sichtweise, und das Porträt erscheint ihr wahr, lebendig; es ist nicht mehr eine große, eckige Frau auf einem Stuhl, sondern ihre Mutter, prächtig rot gekleidet, mit einem ernsten Lächeln auf den Lippen.

Doch als Gabriella ihr zuflüstert: Es ist wunderschön, antwortet sie hart: Meine Mutter ist wunderschön!

Sofort füllen sich Gabriellas Augen mit Tränen.

Wein nicht, sagt Sandra, wir mögen hier keine Heulsusen.

Gabriella läuft davon und stopft sich ihr Taschentuch in den Mund.

Gleich darauf hört Sandra, wie sie einen hohen, erstickten Ton ausstößt. Vielleicht hat sie das Taschentuch verschluckt.

Aber nein, sie steht drüben und schluchzt, vor allen Leuten.

Sandra ist entsetzt, schämt sich für sie. Andererseits, überlegt sie, kapiert der Vater, wenn er Gabriella so heulen sieht, wenigstens, was für ein Flittchen sie ist, und will nichts mehr mit ihr zu tun haben.

Doch anscheinend ist der Vater anderer Meinung. Er klopft Gabriella auf den Rücken wie einem Säugling, der ein Bäuerchen machen soll, und flüstert ihr etwas ins Ohr. Sie schüttelt verneinend den Kopf, und Sandra hört sie sagen: Nein, es ist nichts, entschuldige, es liegt nur an mir. Mit mir stimmt etwas nicht. Ich mache immer alles kaputt.

Die Mutter springt auf, wirft dabei ein Tischchen um, schenkt den Umstehenden ein strahlendes Lächeln und verkündet: Ich gehe abspülen.

Fünf Minuten später beschließen die Gäste, in eine kleine Kneipe auf den Hügeln umzuziehen, wo man im Freien unter den Bäumen sitzen und trinken kann.

Ein Blick der Mutter nagelt den Vater an der Tür fest.

Fahrt los, ich komme gleich nach, ruft er.

Was ist jetzt schon wieder? Hm? Laß hören! sagt er zur Mutter.

Nichts. Nichts Neues, sagt die Mutter mit einer Ruhe, die Sandra erschreckt. Was hat die da drüben gemacht?

Woher soll ich das wissen?

Die Mutter deutet ins Eßzimmer, auf das abgedeckte Bild. Ich weiß es, sagt sie. Sie hat den großen Künstler bewundert.

Aber da gibt es wenig zu bewundern, fährt sie fort und nimmt ein Messer vom gedeckten Tisch.

In drei Schritten ist sie vor dem Bild und zerfetzt es, ein, zwei, fünf, sechs Mal sticht sie zu, als könne sie nicht mehr aufhören. Da, sagt sie, schwer atmend wie ein Mörder, der gerade sein Opfer erledigt hat, da siehst du, was ich mit deiner Kunst mache!

Der Vater ist wie versteinert, knirscht laut mit den Zähnen und ballt die Fäuste, so fest, daß Sandra fürchtet, sie könnten zerspringen.

Die beiden sehen sich an. Die Mutter umklammert immer noch das Messer. Er macht einen Schritt auf sie zu. Sie hebt das Messer, offenbar unsicher, ob sie es gegen ihren Mann oder gegen sich selbst richten soll. Sandra hat zu atmen aufgehört, diesmal ganz ohne Absicht.

Zuletzt dreht sich der Vater brüsk um und geht.

Gleich danach dringt aus dem Hof das Stottern des Anlassers herauf, wütend tritt der Vater aufs Gaspedal, während Brac kläffend um das Auto springt und an den Türen kratzt. Der Vater kümmert sich nicht um ihn, er ist zu aufgebracht. Er muß unbedingt sofort zu Gabriella, das weiß Sandra, sie hat es in seinen Augen gelesen, als er an der Tür stand. Alles übrige ist in diesem Augenblick nebensächlich für ihn. Sogar sein Bild.

Endlich heult der Motor auf, erfüllt den Hof mit ohrenbetäubendem Lärm. Rasend dreht sich der Hund um sich selbst wie ein Kreisel.

Der Vater legt den Rückwärtsgang ein, und das Auto macht einen Satz nach hinten. Der dumpfe Aufprall wird vom Quietschen der Reifen übertönt, aber das langgezogene, durchdringende Jaulen ist unüberhörbar.

Brac! schreit Sandra und stürzt hinaus.

Der Hund liegt auf der Erde, sein Bauch hebt und senkt sich keuchend. Der Reifen hat einen Abdruck auf dem weichen, glänzenden Fell hinterlassen, eine Furche. Seine Beine zucken krampfhaft.

Jetzt winselt er nur noch leise. Sandra kniet sich neben ihn und legt ihm die Arme um den Hals.

Wüst fluchend steigt der Vater aus dem Auto.

Bring ihn wenigstens zum Tierarzt, sagt die Mutter und wendet sich ab, um nicht hinsehen zu müssen.

Das lohnt sich nicht, sagt der Vater. Der ist hinüber.

Sandra heult.

Eine Stunde später stirbt Brac in der Praxis des Tierarztes, der Nachtdienst hat.

Gäbe es hinten im Hof einen Hundefriedhof, wie viele Grabsteine würden sich dort im Lauf der Jahre noch ansammeln!

Einige Zeit später, während Sandra in einem Buch über abstrakte Malerei blättert, fällt es ihr plötzlich wie Schuppen von den Augen: Brac, die gute Seele, hieß in Wirklichkeit Braque. Seit diesem Jahr lernt sie in der Schule Französisch, und sehr bald ist ihr alles klar: Matisse, Goya – von Valadon hat sie noch nie gehört, aber sie hat keinen Zweifel mehr. Allmählich begreift sie, warum die Freunde ihres Vaters seine Hunde so lustig finden.

Es handelt sich um einen Scherz, aber wer wird dabei lächerlich gemacht? Der Hund oder der Maler? Wahrscheinlich beide. Von nun an betrachtet sie Vater und Hunde mit anderen Augen.

Und als der Vater frohlockend mit einem Cockerwelpen heimkommt und ihn ihr mit den Worten hinhält: Hier, das ist Gauguin!, wendet sie sich ab und sagt: Bring ihn zurück. Ich mag ihn nicht.

Der Vater ist überrascht, will aber nicht klein beigeben.

Er gehört mir und geht dich überhaupt nichts an, sagt er und setzt den Hund auf den Boden.

Bring ihn doch deinem Flittchen, sagt die Mutter, bevor sie sich in der Küche einschließt.

Hör schon auf! Du weißt genau, daß ich sie nicht mehr sehe, diese Nervensäge. Damit verschwindet er ins Atelier.

Sandra und Gauguin bleiben allein. Sie nimmt ihn auf den Arm. Der Hund zittert.

*

Geht's dir gut? fragt Dario.

Ausgezeichnet, erwidert Sandra kühl.

Sie liegt auf der Seite und fühlt sich, als hätte man sie am ganzen Körper geschlagen. Es ist immer so, wenn sie zu Beate geht, Beates harte Finger, das tiefe Atmen und das Rollen auf dem Schaffellteppich lösen die Knoten, die den Schmerz niederhalten, und er wird spürbar, ergreift von ihr Besitz. Alle alternativen Behandlungsmethoden wirken so, die Symptome nehmen zu, bevor sie verschwinden. Natürlich könnte sie ein entzündungshemmendes Mittel nehmen, dann ginge es ihr sofort besser. Aber sie weiß, daß der Schmerz sich nur weiter nach innen zurückziehen und sie früher oder später noch heftiger überfallen würde. Lieber fühlt sie sich müde und zerschlagen, weil sie weiß, daß es ihr morgen besser geht.

Übrigens hat sie mit der Schulmedizin für immer abgeschlossen. Falls die Erinnerung an die verschiedenen Fachärzte – Endokrinologen, Psychologen, Neurologen, Ernährungswissenschaftler –, zu denen sie in ihrer Jugend gezerrt wurde, nicht genügt, braucht sie nur an die Fließbandabtreibungen im Sant'Anna-Hospital zu denken. Bloß keine arroganten Männer im weißen Kittel mehr, die dir unsittliche Anträge machen, während du kurz vor der Abtreibung stehst. Nein, danke. Keine groben Krankenschwestern mehr, die dich mit intravenösen Spritzen massakrieren. Sie läßt sich jetzt nur noch von ihrer Tierärztin behandeln, die ist ein Mensch und kein Rädchen in einem institutionellen Getriebe, und wenn sie für die Katzen gut ist, dann auch für sie.

Dario kniet über sie gebeugt auf dem Bett und streichelt ihr zart übers Haar.

Komm schlafen und mach das Licht aus, befiehlt sie.

Er folgt lächelnd. Er möchte unbedingt, daß sie ihm verzeiht.

Sie ist ihm noch böse, aber weniger als vorher.

Vorsichtig legt er sich neben sie, vermeidet rasche Bewegungen, um sie nicht zu stören. Dann fängt er an, ihr langsam mit den Fingerspitzen über Nacken und Hals zu streicheln. Zart massiert er ihr die Schultern, dann wieder den Kopf. Noch nie hat Sandra einen Mann gekannt, der zu so viel langsamer, systematischer, verträumter Zärtlichkeit fähig war. Normalerweise irritiert sie das, weil es ihr schwerfällt, sich hinzugeben, doch heute abend ist sie zu müde, um Widerstand zu leisten, und überläßt sich seinen Liebkosungen mit einem Stöhnen schläfriger Lust. Als sie sich lieben, ist sie pragmatischer als er, drängt ihn zur Konkretheit. Denn sie muß morgens früh aufstehen, arbeiten, einkaufen, putzen. Er dagegen hat alle Zeit der Welt. Er ist nicht nur unermüdlich, sondern langweilt sich auch nie. Wenn er nicht gerade von der Wirklichkeit losgelöst in Gedanken parallele Welten durchstreift, hat er nur eins im Sinn. Und seit sie ihn kennt, hat Sandra keinen Zweifel, was. Die einzige Tätigkeit, der er sich mit Leidenschaft und Gewissenhaftigkeit widmet, ist, mit ihr Liebe zu machen. Und es geht ihm nicht nur um den Sex, das muß man anerkennen. Er betet ihren Körper an, überhäuft ihn mit kleinen Aufmerksamkeiten, erfindet ständig etwas Neues für ihre Lust. Vermutlich denkt er auch bei der Arbeit nur daran und verwechselt deshalb beim Bepflanzen der städtischen Anlagen Tulpen mit Primeln. Wie oft schaut er sie morgens mit Augen an, die vor Begehren verschwimmen, und sie wirft ihn aus dem Bett, damit er nicht zu spät kommt. Wenn er bei der Arbeit nur halb soviel Engagement zeigte, könnte er eine steile Karriere machen.

Wie dumm ich bin, sagt sich Sandra. Ich sollte einfach ohne zu murren alles nehmen, was er mir gibt, denn früher oder später ist es sowieso vorbei. Männer bleiben nicht ewig verliebt. Es dauert eh schon zwei Jahre, eine sehr lange Zeit für eine Liebe.

Es muß einen Moment gegeben haben, denkt sie beim Einschlafen, in dem ihr Vater ihre Mutter auch so angesehen hat, mit staunenden Augen, als betrachtete er das unergründliche Geheimnis des Universums – in der Phase hat er das Bild gemalt. Wann war es damit vorbei? Wahrscheinlich schon bevor sie geboren wurde oder wenig später.

*

Sonntagmorgen. Dario kommt ins Bad (einsvierzig mal zwei Meter), wo Sandra sich gerade die Haare trocknet, und sucht nach seiner Rasiercreme.

Willst du noch jemanden einladen? fragt Sandra über das Föngeräusch hinweg. Vielleicht einen Freund, der nicht weiß, wohin?

Er antwortet mit seinem unwiderstehlichen schüchternen verliebten Lächeln, denkt aber nicht im Traum daran wegzugehen. Im Unterschied zu ihr stört ihn körperliche Nähe nie, im Gegenteil. Er verreibt die Creme auf seinem Kinn. Jetzt machen sie sich den Spiegel streitig, sie die Haarbürste schwingend, er auf ein widerspenstiges Barthaar konzentriert.

Beim Rasieren, sagt er mit schiefem Mund, muß man genau sein. So ähnlich wie beim Bügeln.

Dann übe doch öfter mal an den Hemdkragen, sagt Sandra.

Darios Hemden liegen bunt durcheinander neben dem Waschbecken in einer gelb gestrichenen Obstkiste vom Markt. Sie haben abgemacht, wechselweise je eine Woche zu bügeln; Sandra hält sich pünktlich daran, doch Dario nimmt das Bügeleisen – wie auch alles andere – nur in die Hand, wenn es gar nicht mehr anders geht. Die Wäsche stapelt sich, und Sandra sieht sie, er offenbar nicht. Haben Männer und Frauen verschiedene Augen? fragt sie sich genervt und wirft Hemden, Taschentücher, Schlüpfer und Hosen aufs Bügelbrett. Sie haßt Bügeln. Jedesmal, wenn sie der Versuchung erliegt aufzuräumen – sie haßt Unordnung, dafür kann sie nichts, da kommt ihre Mutter durch –, fühlt sie sich deprimiert, fremdbestimmt, als treibe sie unaufhaltsam dem gleichen Schicksal entgegen.

Ich bügle sie dir nicht, sagt sie jetzt. Meinetwegen kannst du nackt rumlaufen, das ist mir scheißegal.

Heute abend mach ich es, sagt er todernst. Nur ein Herz aus Stein könnte an der Aufrichtigkeit seiner guten Absichten zweifeln.

Und was ziehst du heute an? fragt Sandra und beißt sich sofort auf die Zunge. Das geht sie nichts an.

Er wühlt in dem Haufen und fischt ein etwas weniger zerknittertes Hemd heraus.

Das ist doch perfekt, oder? sagt er und mustert es mit ausgestreckten Armen.

Ziemlich ekelhaft, erwidert sie, aber wenn du meinst ...

Wenn sie zu Hause finden, ich sei schlecht angezogen, kann meine Mutter es ja bügeln, sagt er achselzuckend.

Wunderbar, sagt Sandra. Sie ist bestimmt gerührt über diese kleine Aufmerksamkeit.

Ich hab doch nur Spaß gemacht, grinst er. Weißt du was? Ich bügle es rasch, während du dich fertigmachst.

Sandra sieht ihm im Spiegel in die Augen. Ich komme nicht mit, sagt sie.

Seine Augen weiten sich. Was soll das heißen?

Daß ich nicht die Absicht habe, dich zu deinen Eltern zum Essen zu begleiten. Wir sind kein Ehepaar, das jeden Sonntag zum Mittagessen zu den Schwiegereltern gehen muß. Zum Glück.

Aber du hast gesagt ...

Ich habe gesagt: Mal sehen, Dario. Aber jetzt habe ich keine Lust. Ich möchte lieber ein paar Stunden allein sein. Ich habe nichts versprochen, und sie erwarten mich nicht.

In seinen Augen spiegeln sich die Lämpchen über dem Waschbecken, funkelnd vor Enttäuschung. Seine schönen geschwungenen Augenbrauen sind zu zwei *accents circonflexes* geworden.

Dann gehe ich auch nicht, sagt er.

Sandra schaltet wütend den Fön ab. Sei nicht launisch, sagt sie.

Aber ich habe auch keine Lust, sagt Dario. Jedesmal, wenn ich meinen Vater sehe, möchte ich ihm zwischen die Augen schießen, das weißt du genau. Wenn du dabei bist, halte ich mich wenigstens zurück.

Aber du hast es versprochen! Deine Mutter hat Fisch für dich gekocht.

Deinetwegen habe ich ihr gesagt, sie soll Fisch machen, protestiert er. Sonst hätte sie Kutteln gekocht.

Sandra schaudert. Kutteln oder Fisch, das ist egal, Dario.

Mir nicht, sagt er und legt ihr den Arm um die Schultern. Er ist im Unterhemd. Seine Haut riecht gut, ist weich und warm, drängend. Die Luft im Bad ist feucht, die Wände sind ganz nah, man braucht nur den Arm auszustrecken, um die Tür oder die Decke zu berühren. Sandra befreit sich abrupt und geht.

Ich mache mir einen Kaffee, sagt sie. Willst du auch noch einen?

Einige Minuten später verläßt er das Haus, in dem zerknitterten Hemd, die Jacke über die Schulter geworfen, mit dem Gesicht eines zu Unrecht bestraften Kindes.

Zumindest sehe ich ihn so, denkt Sandra. Anderen kommt er vielleicht nicht so harmlos vor: Als er der alten Frau aus dem ersten Stock einmal anbot, ihr die Einkaufstasche hinaufzutragen, hielt sie ihn für einen Taschendieb und drohte, die Polizei zu rufen.

Am Fenster, das auf die Straße hinausgeht, blickt sie ihm nach. Von oben sieht man nur seinen langen, schlaksigen Schritt unter der Mütze. Ein entgegenkommender älterer Mann tritt beiseite, um ihn vorbeizulassen. Dario kann sehr bedrohlich wirken, auch wenn er, seit sie ihn kennt, sich nie an jemandem vergriffen hat, außer am Geschirr. Und an Bellagamba natürlich.

Bellagamba, behauptet Irene, ist eine der von Gott gesandten Plagen zur Strafe für ihre Sünden. Er ist Architekt, Junggeselle, eines dieser fünfzigjährigen Muttersöhnchen, die glauben, daß alle Frauen ganz wild darauf sind, sich auf sie zu stürzen und sie mit unbändiger Lust zu zerfleischen. Schon sieben Mal ist er in die Firma gekommen, um einen Boiler auszusuchen, hat sich aber noch nicht entschieden. In der Zwischenzeit hat er Irene auf schmierige, zweideutige Art den Hof gemacht, und nebenbei auch Sandra.

Bis Bellagamba eines Abends kurz vor Büroschluß hinkend ankommt und sich den Kopf hält, als würde er sonst runterfallen. Sein Regenmantel ist völlig verdreckt – draußen gießt es wie aus Eimern –, und er ist wachsbleich wie die Totenmaske des seligen Cottolengo.

Unglaublich! sagt er und spuckt aus vor Empörung. Ich bin überfallen worden! Von einem Schläger, hier draußen! Ein Verrückter! Eine Bestie!

Irene leistet Erste Hilfe, gestattet ihm auch, mit seiner Mama zu telefonieren, weigert sich aber, ihn ins Krankenhaus zu fahren, und ruft ihm ein Taxi.

Geh nur, Sandra, seufzt sie, hier ist sowieso alles zu spät.

Sandra verläßt die Firma mit einer Vorahnung, die zur Gewißheit wird, als sie Darios Augen sieht. Mit finsterem Blick sitzt er in dem beigefarbenen Panda und wartet auf sie im Regen, eine Zigarette im Mundwinkel.

Was hast du angestellt? fragt sie.

Da war so ein Idiot hier, sagt Dario, während er anfährt. Ich stand hier mit abgeschaltetem Motor, der Kerl rammt mich beim Einparken, dann steigt er aus dem Auto und ist auch noch im Recht. Du hättest ihn hören sollen! Er glaubte, die Straße gehöre ihm! Er hat mich beschimpft.

Bevor oder nachdem du ihn verprügelt hast?

Ich habe ihn nicht verprügelt, ich schwöre es. Ich hab ihm einen Schubs gegeben.

Einen Schubs?

Na ja, einen Stoß, gibt Dario zu, indem er auf den Corso einbiegt. Aber nicht besonders heftig. Er ist in eine Pfütze gefallen.

Zum Glück lacht Irene am nächsten Tag, bis sie auf einem Ventilkarton zusammensinkt.

Ich mag es nicht, daß er gewalttätig wird, sagt Sandra. Ich hasse Schlägertypen.

Okay, aber Bellagamba zählt nicht, der würde sogar Ghandi zur Gewalt verleiten, sagt Irene abgeklärt. Ich hätte ihn schon mit der Machete erschlagen, wenn mir mein neuer Teppichboden nicht zu schade wäre. Leider hat er sich nichts gebrochen, er hat heute früh angerufen, um mir Bescheid zu geben.

Dario ist um die Ecke verschwunden. Sandra fragt sich, ob er, falls er eines Tages zufällig eine Waffe in die Hand bekäme, Gefallen daran fände, sie zu benutzen. Ob er etwa zu den Männern gehört, denen der Krieg Spaß macht.

Da es keine Antwort auf diese Frage gibt, geht sie ins Bad, öffnet ihr Schminktäschchen und holt den Schlüsselbund heraus, der seit Tagen zwischen den Lippenstiften und der Wimperntusche liegt.

Sie hat ihn nicht angerührt, aber immer daran gedacht.

Irene ist nicht die einzige, die sich Sorgen macht, denkt sie, während sie mit dem Stift ihre Augen umrandet. Der Unterschied ist, daß Irene ihre Ängste an den anderen austobt, während Sandra alles nur mit sich und ihrer Wirbelsäule abmacht.

Sie fühlt sich noch ganz zerschlagen, ist aber ausgehfertig. Nachdem sie die Katzenschüsselchen gefüllt hat, zieht sie eine Jacke an, läßt die Schlüssel in die Tasche gleiten und macht sich auf zu diesem Gang, den sie nicht mehr aufschieben kann.

*

Asthmatisch stöhnend wie ein alter Elefant kriecht der Bus die Hügelstraße hinauf. In diesen Teil der Stadt kommt man nicht zufällig auf dem Weg woandershin, deshalb war Sandra seit damals nie mehr hier. Zu ihrer Überraschung erkennt sie die Häuser wieder, die Gittertore und sogar die Bäume. In ihrer inneren Zeitrechnung sind Jahrhunderte vergangen, die Villen müßten eingestürzt sein, begraben unter Schichten von Erde, auf der neue Pflanzen gewachsen sind, neue geologische Epochen ihre Zeichen hinterlassen haben. Statt dessen ist alles gleich geblieben, einige Fassaden sind noch rissiger, andere neu gestrichen worden, die gleichen Sträucher blühen gelb in den Gärten.

Der Hügel vermittelt ihr ein Gefühl von Unbehagen und Übelkeit. Der ganze Hügel mit seinen endlosen Zäunen aus Maschendraht, Eisenpfählen, Toren und Mauern. Ihre schlimmsten Erinnerungen wohnen hier. In diesem gepflegten, reichen Vorort. Ihr ist die verpestete Luft im Zentrum lieber, die alten Häuser, die Betrunkenen, die nachts unter den Fenstern herumschreien.

An der Endstation steigt sie aus. Es ist beinahe heiß jetzt, die Sonne scheint. Sandra biegt in eine Straße ein, die zwischen zwei dunkelroten Backsteinmauern, gekrönt von wippenden langen Efeuranken, steil bergan führt.

Und nach fünf Minuten ist sie atemlos angekommen.

Sie steht vor Gris' Haus.

Ist das häßlich, denkt sie. Eigentlich war sie schon immer dieser Meinung, wagte es aber früher nicht einmal sich selbst einzugestehen.

Wer weiß, warum sie sich eingebildet hatte, er lebe in einem Haus im Zentrum mit Kassettendecken und steinerner Treppe. Hohe, stille Räume, Mauern wie Festungen. Ein Kamin, alte Teppiche, abgegriffene, kostbar gebundene Bücher. Alter, abgenutzter Reichtum, reduziert auf reine Schönheit. Albern und romantisch.

Ein bißchen enttäuscht war sie schon, daß Gris ein Appartement in einer prätentiösen Wohnanlage aus den 70er Jahren besaß, rechteckig und phantasielos, mit vielen Terrassen und englischem Rasen.

Aber in jener ersten Nacht hätte er sie überallhin bringen können, es war ihr völlig egal. Erst später hatte sie begonnen, sich umzusehen, als sie schon bei ihm eingezogen war.

*

In jener ersten Nacht wäre sie, wenn Gris nicht dagewesen wäre, wahrscheinlich mit zu irgendeinem Typen gegangen, vielleicht sogar zu dem Fettwanst, so müde ist sie. Sie hat nicht einmal mehr die Kraft zu verzweifeln. Gefühle sind Luxus, das kapiert sie jetzt.

Es ist nicht nur körperliche Müdigkeit – die kann man mit

einer Tablette überwinden, auch wenn es einem hinterher noch schlechter geht –, sondern eine Müdigkeit, die deine Gedanken und Wünsche austrocknet; dir ist, als sei die Gegenwart ein kahles Zimmer, wie das, in dem du wohnst, mit verdreckten Wänden und dem Gestank nach Heizöl, ein freudloses Zimmer, das an eine endlose Reihe ebensolcher Zimmer grenzt, und du mußt sie alle durchlaufen, ohne stehenzubleiben, und kannst dir nichts wünschen, weil es nichts anderes gibt.

Aber du mußt lächeln, dich schnell bewegen, es allen recht machen, freundlich sein. Die stundenlange laute Musik macht dich fertig, nächtelang dröhnende Bässe, wie ein Preßlufthammer, der auf deine Rippen prallt; wenn du gehst, vibrierst du draußen weiter, als wäre die Musik in deinem Brustkorb gefangen, ein außerirdisches Monster, das klopft, weil es raus will.

Außerdem war an diesem Abend Not am Mann, eins der Barmädchen ist nicht gekommen, und man hielt Sandra für aufgeweckt genug, sie zu ersetzen. Aber ich habe noch nie an der Bar bedient! protestiert Sandra, die bisher als Garderobiere gearbeitet hat.

Es ist ganz einfach, sagt das andere Mädchen, du gibst ihnen, was sie bestellen, die Etiketten auf den Flaschen wirst du ja lesen können, oder?

He! schreit sie nach einer Weile und stößt Sandra mit dem Ellbogen, nicht soviel, spinnst du? Bis hier mußt du das Glas füllen, siehst du?

Sandra fuchtelt herum, läuft auf den zwei Quadratmetern Fläche hin und her, prallt mit dem anderen Mädchen zusammen, lehnt sich über die Theke, um besser zu hören, sucht das richtige Glas, die richtige Flasche, zählt verknitterte Banknoten, ein Glas rutscht ihr aus der Hand, zerbricht. Sie flucht laut, es hört sie sowieso keiner, nicht einmal sie selbst.

Ganz hinten an der Theke sitzt seit einer Weile ein eleganter Typ um die Vierzig, sehr vornehm, ein toller grauhaariger Kopf. Das andere Mädchen schubst sie: He!, der schaut dich an. Ist mir scheißegal, sagt Sandra. Sie hat einen Knoten im Hals, ihre Hände zittern, und sie hat sich an den Glasscherben geschnitten.

In dem Augenblick tritt der Fettsack mit seinem Gefolge an die Theke. Sein schwarzer, massiger Körper schiebt sich zwischen sie und die restlichen Kunden. Sandra kann nicht ausweichen. Ein drohendes Lächeln erscheint auf seinem verschwitzten Gesicht, zwischen den Speckfalten. Sieh mal an, wir haben ein neues Barmädchen, sagt er.

Der Fettsack kommt oft und unterhält sich fast jedesmal an der Garderobe mit ihr. Er beugt sich vor, lehnt sich an die Wand und steht da wie ein fetter, baufälliger, schiefer Turm, der gleich über ihr einstürzt. Sandra macht einen halben Schritt rückwärts, bemüht sich, nicht durch die Nase einzuatmen, weil sein Geruch, eine Mischung aus Vetiver und Schweiß, stinkt wie Pferdepisse. Sie antwortet freundlich. Der Ärmste tut ihr ein bißchen leid. Er ist jung, höchstens dreißig, keucht aber wie ein alter Mann unter der Last der hundertzwanzig Kilo, die er mit sich herumschleppt.

Du bist ja spindeldürr, sagt er und berührt ihre Schultern, du könntest als Model arbeiten. Tatsächlich hat Sandra ihr Rekordtief erreicht, sie wiegt nur noch fünfundvierzig Kilo. Allmählich wird ihr klar, daß der Fettsack ihr den Hof macht, es ist grotesk, aber wahr, und sie kann nicht weg, diese enge Garderobe ist ihr Arbeitsplatz, und er versperrt den Eingang mit seinem Wanst. Wie machst du das bloß, fragt er und schiebt sich eine Handvoll Erdnüsse in den Mund. Ich esse nur, wenn ich mich dran erinnere, sagt Sandra. Der Fettsack lacht bebend. Ich auch, sagt er. Offenbar habe ich ein besseres Gedächtnis als du.

Du mußt in meine Bar kommen, fängt er wieder an. Ich bin der Besitzer der Gordon-Bar, kennst du die? Alle kennen sie. Das Gordon ist berühmt. Es gehört mir. Komm vorbei, ich lade dich zum Aperitif ein.

Danke, ich trinke nicht, sagt Sandra.

Doch er gibt nicht auf. Komm morgen, drängt er. Morgen um halb acht, dann gehen wir hinterher zum Essen aus, okay?

Morgen kann ich nicht, sagt sie. Er lächelt. Na klar kannst du.

Du bist nicht gekommen, Kleine, hast mich reingelegt! hat er vor zwei Tagen gestänkert. Ich geb dir noch eine Chance, aber paß auf, es ist die letzte.

Willst du endlich kapieren, daß ich keinerlei Absicht habe, in deine Bar zu kommen! hat Sandra gebrüllt.

Er hat sie beschimpft, und einen Moment lang hat sie gefürchtet, seine große, beringte, rote Hand würde ihr ins Gesicht schlagen. Zum Glück waren sie nicht allein.

Sandra ist zu Hause ausgezogen, weil sie ihre Eltern und die Demütigung satt hatte, als Untersuchungsgegenstand Männern im weißen Kittel vorgeführt zu werden, die sie betatschen, auf die Waage stellen, ihr in den Mund schauen. Sie fragen sie aus, und dann geilen sie sich an ihren Worten auf, die obszönen Kerle. In den letzten Jahren haben ihre Eltern einen Waffenstillstand geschlossen, sie verzichten sogar darauf zu streiten, um sie besser drangsalieren zu können mit ihrer angeblichen Krankheit: Magersucht. Ständig führen sie dieses Wort im Munde. Mit Essen hat es überhaupt nichts zu tun, kreischt Sandra, wollt ihr das endlich einsehen?! Natürlich, brüllt ihr Vater, vor allem hat es damit zu tun, daß du im Kopf spinnst! Der Vorteil vom Leben außerhalb der Familie ist, daß niemand mehr wissen will, wieviel sie ißt oder was sie denkt, dafür wollen jetzt alle mit ihr ins Bett. Vielleicht, überlegt sie mit einem Anflug von Humor, weiß der Fettwanst gar nicht mehr, wie ein Skelett gemacht ist, und will sein Gedächtnis auffrischen. Ihn sich nackt vorzustellen ist geradezu rührend komisch, wer weiß, wann er zum letzten Mal seinen Pimmel gesehen hat, ohne einen Spiegel zu benutzen. Sie gibt sich nicht der Illusion hin, daß sie ihn loshat. Außerdem ist er mit dem Lokalbesitzer befreundet.

Ach, da ist er ja wieder. Starrt sie mit seinen schwarzen Schweinsäuglein an. Sandra zwingt sich zu lächeln. Er fixiert sie, und sie irrt sich in der Flasche, Gläser klirren, das Geld fällt ihr aus der Hand.

Gib mir einen Old fashioned, bestellt er.

Einen was?

Einen Old fashioned, wiederholt der Fettwanst. Weißt wohl nicht, was das ist, Kleine?

Natürlich, blufft Sandra, ohne eine Miene zu verziehen.

Er grinst verschlagen. Und was nimmst du? fragt er den Typen neben sich. Einen Manhattan? Oder einen Highball?

Für mich Daiquiri rosa, natürlich! kreischt einer der Kerle mit einer hämischen Grimasse.

Die Typen amüsieren sich auf ihre Kosten. Sandra hat noch nie etwas Komplizierteres als Gin-Fizz getrunken, geschweige denn zubereitet. Bring uns die Sachen an den Tisch, sagt der Fettwanst, den das Stehen ermüdet. Was will der überhaupt in einem Tanzlokal, fragt Sandra sich wütend. Frauen aufreißen, was sonst. Sandra fühlt sich zum Ersticken, wie eine Bombe, die gleich hochgeht. Sie packt das Messer und zersäbelt eine Zitrone, als wäre es das Herz des Fettwanstes.

Als sie aufschaut, begegnet sie dem Blick des Typs mit den grauen Haaren.

Er lächelt ihr mit einem Mundwinkel zu, und im rauchigen Licht der Bar sind seine Augen hell und farblos wie Katzenaugen. Darf ich Ihnen behilflich sein? sagt er, ohne in dem Lärm zu schreien. Sandra liest von seinen Lippen ab: Ich bin ein Experte für Cocktails.

Da explodiert die Bombe. Zu Sandras Entsetzen kommt aber keine Wut hoch, sondern Selbstmitleid. Ihr ist zum Heulen. Nicht weil der Typ (den sie im Geist wegen seiner grauen Haare schon Gris getauft hat) ihr Hilfe angeboten hat, das machen Männer manchmal, erwarten aber immer eine Gegenleistung, sondern weil er sie gesiezt hat. Von sinnloser Dankbarkeit überwältigt kämpft Sandra schniefend gegen die Tränen.

Danke, sagt sie. Sehr freundlich.

Sechs Stunden später schläft sie in seinem Bett ein. Nicht zum ersten Mal schläft sie bei einem, den sie kaum kennt, das Unerhörte ist, daß sie ihm vorher ihr ganzes Leben erzählt hat. Sie hat nicht lang gebraucht, Sandra ist eine Meisterin der Synthese. Die Fahrt in seinem Auto hat ihr genügt, um ihm mitzuteilen, daß sie, sobald sie achtzehn war und ihre Eltern sie nicht mehr daran hindern konnten, zu Hause ausgezogen ist. Daß sie in einem Palazzo an der Via Carlo Alberto ein Zimmer gemietet hat, das zur Galerie hinaus geht, daß sie sich aber fürchtet, nachts dort zu schlafen, weil die Tür nicht richtig schließt und sie entsetzliche Angst vor ihren Nachbarn hat, einer jungen, ständig gedopten Prostituierten und deren Zuhälter, die, scheint es, aus irgendeinem Grund was gegen sie haben. Sie hat ihm sogar verraten, daß ihre Mutter sich weigert, mit ihr zu telefonieren, und ihr Leben in den letzten Wochen ein Pilgern von Telefonzelle zu Telefonzelle ist, das passende Kleingeld in der Hand und die krankhafte Idee im Kopf, ihre Mutter wenigstens mit verletzter, grollender Stimme ›hallo‹ sagen zu hören, bevor sie wieder auflegt. Und zum Schluß hat sie ihm, obwohl es ihr immer bedeutungsloser vorkommt, noch gesagt, daß sie sich an der Kunstakademie eingeschrieben hat, was aber ein Fehler war, ein Versuch, ihrem Vater nachzueifern, mit dem Strom zu schwimmen, aber jetzt hat sie kapiert, daß sie nicht begabt ist, nicht dafür jedenfalls, und daß ihre Bilder, falls sie je welche malen sollte, nur wertlose Schinken wären, deshalb kann sie sich gleich die Zeit und Mühe sparen.

Er hat nichts gesagt. Hat stumm zugehört, ohne sie zu unterbrechen und ohne sie anzurühren.

Als sie in seiner Wohnung angekommen sind, war sie schon ein bißchen verliebt. (Aber kann man sich überhaupt verlieben, wenn man so müde und angeschlagen ist? Damals fand sie, ja.) Doch als er dann fragte, ob sie lieber im Riesenbett mit Daunendecke in seinem Schlafzimmer oder in dem normal großen Bett im Gästezimmer schlafen wolle, war sie hin und weg.

Bei dir, hat sie gesagt.

Weil sie sich jetzt natürlich duzen.

Vor dem Tor zögert Sandra. Sie holt die Schlüssel hervor, betrachtet sie. Sind es dieselben wie vor zehn Jahren? Nach dem Gewicht in der Hand zu urteilen, ja.

Das Tor öffnet sich mühelos.

Gris' Wohnung ist die größte, das ganze dritte und letzte Stockwerk gehört ihm. Entschlossen tritt Sandra ein, schließt die Tür hinter sich und bleibt im Flur stehen, kämpft gegen das plötzliche Unwohlsein an, das Gefühl, nicht sie sei in der Zeit zurückgekehrt, sondern die Zeit treibe ein Spiel mit ihr und habe ihr nur erlaubt sich zu entfernen, um sie wieder einzufangen, als sie sich in Sicherheit glaubte. Was, wenn diese zehn Jahre nur ein Traum gewesen wären? fragt sie sich.

Da fällt ihr Beate ein, die zu ihr sagt: Atme, Sandra.

Nein, denkt sie, fühlt den Boden unter den Füßen, die seidenglatten Wände unter den Fingern, es sind wirklich zehn Jahre vergangen, und ich bin ich. Die Sandra, die auf Beates Teppich atmet, ist eine andere, sie ist erwachsen geworden, fällt nicht mehr auf so was rein. Die Zeit ist keine Illusion.

Zielsicher geht sie ins Wohnzimmer, zieht die Jalousien hoch, sieht sich um.

Alles wie immer, die Wohnung eines Mannes, der allein lebt und beruflich viel unterwegs ist. Gewissermaßen wie eine feste Wochenendgeliebte, bequem, einladend, gefällig, aber ein bißchen gealtert und ohne viel Phantasie. Klassisch eingerichtet, mit teuren, modernen, aber nicht extravaganten Möbeln, in Farben, die die Augen nicht reizen, kühl wie Gewohnheit und Kontrolle. Auf dem Sofa ein Abdruck, aber nicht frisch, das Gewicht seines Körpers hat sich mit der Zeit in die Samtfalten gegraben. Komisch, daß er gar nichts verändert hat, denkt Sandra, doch dann fällt ihr ein, daß er jetzt bestimmt eine Wohnung in Mailand hat und wahrscheinlich noch sonstwo, einmal hat sie ihn von der Côte d'Azur reden hören, ein andermal von der Toskana.

Wie lang war er nicht mehr hier? fragt sie sich. Tage, Wochen? Schwer zu sagen. Auf den Möbeln liegt kein Staub, aber das heißt nichts, bestimmt kommt regelmäßig die Putzfrau, die gab es damals schon. Die Zwergahornbäume in dem großen Beet auf der Terrasse sind gut gepflegt und schlagen gerade aus, und das Gras rundherum ist frisch geschnitten.

Alles ist aufgeräumt, einzige Lebenszeichen ein über den Stuhl geworfener Pullover, eine Zeitung auf dem Tisch und ein Golfschläger, der an der Wand lehnt, als hätte Gris ihn im letzten Moment wieder ausgepackt.

Auch die Küche ist unverändert, gleicht immer noch mehr einem Labor. Alles ist rational, übersichtlich, blitzblank; Lebensmittel, farbig, unordentlich und leicht verderblich, schienen hier auf den spiegelnden Flächen, zwischen den schwarzen Holzverschalungen, Hebeln, Schaltern und Thermostaten schon immer fehl am Platz. In der Tat ist nichts Eßbares in Sicht. Die Küche hat Sandra damals von allen Räumen am wenigsten benutzt, sie hatte gerade mal gelernt, das Gas anzuzünden – ein kompliziertes Unterfangen –, um sich einen Kaffee zu kochen. Er dagegen verbrachte Stunden hier drin, mit einer in den Hosenbund gesteckten Schürze und einem gefütterten Handschuh, um sich nicht zu verbrennen.

Hier hatte Sandra begonnen, wieder mehr oder weniger jeden Tag zu essen. Sonst hat Gris vielleicht nicht viel für sie getan, aber wenigstens hat er sie ernährt. Mit erlesenen, teuren Speisen. Ihr war das egal, Polenta oder Austern, das machte für sie keinen Unterschied, wichtig war, daß sie entdeckte, daß sie essen konnte, wenn jemand anders als ihre Mutter ihr etwas vorsetzte, ohne sie zu bedrängen.

Armer Gris, denkt sie, wahrscheinlich habe ich ihm nie ein Kompliment gemacht für seine Leckerbissen. Aber Komplimente machen war sowieso kein Grundzug ihrer Beziehung.

Sandra versucht sich zu erinnern, wieviel Zeit sie zusammen verbrachten (wenig) und was sie dann machten. Sie besuchte noch sporadisch die Kunstakademie, hatte ihre Scheißarbeit, erst in der Disko, dann in einer Bierkneipe, und ihre Freunde, die sie alleine sah, weil sie natürlich nicht auch seine Freunde waren. Er hatte seine wichtige Arbeit, die ihn bis spätabends beschäftigte. Oft schwiegen sie, wenn sie zusammen waren. Nach ihrem ersten Anfall von Zutraulichkeit hatte sie sich zurückgezogen, sie wollte nicht bemitleidet werden. Er war nicht der Typ für Geständnisse und schien auch nicht sonderlich begierig, sich über Politik, Kunst oder Literatur zu unterhalten. Manchmal erzählte er von den Ländern, die er bereist hatte, und sie hörte verzückt zu, litt aber auch darunter. Was er alles ohne sie erlebt und gesehen hatte! Wenn sie es nicht mehr aushielt, brachte sie ihn zum Schweigen, indem sie ihn ins Bett lockte. Visualisiert sie jetzt, wie Beate ihr immer rät, sieht sie nur zwei Bilder: sie und Gris bei Tisch – sie und Gris im Bett.

Sie ging gern mit ihm ins Bett, aber der Sex war nicht die Hauptsache, mehr seine körperliche Ausstrahlung. Bisher hatte sie Jungenkörper kennengelernt, Gris hatte einen Männerkörper, ausladend, beschützend, warm. Er war vierundzwanzig Jahre älter als sie und nicht besonders sportlich, deshalb hatte er über den harten Muskeln ein wenig Fleisch angesetzt. Das beruhigte sie.

Vielleicht wollte sie oft mit ihm schlafen, um ihn aus seiner Abwesenheit zu holen. Um zu sagen: He! hier bin ich, schau mich an, es gibt mich. Ich gefalle dir, du willst mich, also bin ich. Denn er war meist weit weg, zerstreut, sogar ungehalten. Es gab zwar Momente, in denen er ihr nah war, sie beobachtete, sie mit seinen aufmerksamen Augen unter den buschigen grauen Brauen studierte und ihr sein kleines Lächeln schenkte. Aber meistens war er woanders.

Sie war nur ein Zeitvertreib, denkt sie, die Schlafzimmertür öffnend, ein Mittel, um ein paar Stunden herumzubringen, sich vom Streß und der Anspannung bei der Arbeit zu erholen, die Schrecken der gescheiterten Ehe und die Verletzung zu vergessen, die seine Frau ihm durch die Trennung zugefügt hatte.

Das Schlafzimmer ist jetzt ganz in Blau, damals war es hellgrau. Das Bett ist gemacht, die Symmetrie der Kissen millimetergenau. Ein feiner Geruch nach Männerparfüm und Schuhcreme erfüllt das Halbdunkel. Sie will die Tür wieder schließen, knipst aber unwillkürlich das Licht an. Da fällt ihr Blick auf ein kleines Bild über dem Nachttisch am Fenster.

Ungläubig tritt sie näher und betrachtet das Blatt in dem Holzrahmen neben dem Bett. Sie, mit auf die Schultern fallenden Haaren, der Brustansatz kaum angedeutet, mit dem angestrengten, leicht schielenden Ausdruck dessen, der versucht, sich selbst im Spiegel zu erhaschen. Es ist eine Bleistiftzeichnung, hier und da mit einigen heftigen Pastellstrichen koloriert, vor allem die Haare sind feuerrot. Das einzige Selbstporträt, das sie je gemalt hat, denkt sie verblüfft und setzt sich aufs Bett.

Was macht das hier, fragt sie sich und versucht sich zu erinnern, wann sie dieses etwas anmaßende, akademische, platte, aber recht ähnliche Konterfei zu Papier gebracht hat.

Es muß gegen Ende ihres einjährigen Zusammenlebens entstanden sein, wenige Wochen oder Tage bevor sie entdeckte, daß sie schwanger war. Ganz genau weiß sie es nicht mehr, aber die Situation, in der sie es zum letzten Mal in der Hand gehabt hat, sieht sie deutlich vor sich.

*

Es war an ihrem letzten gemeinsamen Tag. Drei Wochen nach der Abtreibung.

Sandra ist fast fertig mit Packen. Sie hat nichts unternommen, um es zu verbergen, sondern extra die Tür offengelassen, aber er hat nichts bemerkt oder jedenfalls so getan.

Die Koffer stehen in ihrem Zimmer, das heißt im Gästezimmer, das noch für heute nacht ihres ist. Sie schlafen nicht immer zusammen, auch in diesem Bereich respektieren sie die gegenseitige Freiheit. Es gab Abende, an denen sich Sandras Haut brennend nach einer Umarmung sehnte, er sie aber mit einem ernsten, förmlichen ›Gute Nacht‹ abspeiste und warnend eine seiner herrlichen Augenbrauen hob, um sie von etwaigen Forderungen abzuhalten. Und Sandra war immer darauf hereingefallen. Weil es ja richtig ist, nur zu tun, wozu man Lust hat. Es ist richtig, sich nicht von den anderen, von niemandem, bestimmen zu lassen. Du willst doch nicht werden wie deine Mutter? lautet die entscheidende Frage. Deine Mutter, die seit Jahren nicht mehr weiß, was sie will, keine eigenen Wünsche mehr hat, ein Anhängsel ihres Mannes ist, ihm, an die Wand gedrückt, folgt wie sein Schatten, während er jeden Tag auf ihr herumtrampelt, sie aber nicht losläßt, weil er sie braucht, um sich zu bestätigen, daß er auf der Welt ist.

Natürlich, du möchtest nicht werden wie deine Mutter – aber ich bin ja genauso, hat sie sich plötzlich gesagt. Ich respektiere die Freiheit. Seine. Er ist zwar etwas großzügiger als mein Vater, er gesteht mir die gleiche Freiheit zu. Nur schade, daß es wieder seine ist. Schade, daß ich mir nichts daraus mache. Schade, daß ich noch nichts von meiner Freiheit weiß, außer, daß sie nicht *so* aussieht.

Sandra geht durch die Wohnung und sammelt ihre Sachen ein, sortiert, entscheidet, ordnet. Ganz ruhig.

Seit einigen Tagen hat sie die Ruhe weg, wie jemand, der weiß, was er tun will. Ein unverhofftes, befriedigendes Gefühl, für das sie dankbar ist. Aber wem? Sie glaubt weder an Gottvater noch an andere Götter, und auf Erden hat sie niemanden, dem sie sich sonderlich zu Dankbarkeit verpflichtet fühlt. Also beschließt sie, sich selbst zu danken für diese plötzliche Gewißheit, daß ein Abschnitt ihres Lebens zu Ende ist und sie neu anfangen muß, an einem anderen Ort, weit weg von dieser Wohnung und von Gris.

Er sitzt drüben im Wohnzimmer und schaut Tennis.

Sorgfältig faltet Sandra ein im Kaufhaus erstandenes T-Shirt und legt es in den Koffer. Alles, was sie besitzt, hat sie von ihrem eigenen Geld gekauft, in ihrem fast einjährigen Zusammenleben hat er ihr kein einziges Geschenk gemacht. Am Anfang hat er sich einmal erboten, ihr ›anständige‹ Kleider zu kaufen, das stimmt, aber sie hat abgelehnt. Sie greift nach einem weißen Jerseynachthemd und betrachtet es. Das hat sie im Krankenhaus getragen.

Nie wieder wird sie einen Fuß in ein Krankenhaus setzen. Da gehört man nicht mehr sich selbst; Leute kommen und fummeln an dir herum, geben dir Befehle, schieben dich hierhin und dorthin wie einen sperrigen Gegenstand. Die Brutalität der Krankenschwestern, wenn sie dich eisern von einer Etappe zur nächsten eskortieren. Es ist, als wären die Gänge mit Stacheldraht gesichert, du kannst nicht wegrennen, darfst keine Zigarette rauchen. Und wehe, du fragst, was sie mit dir machen, was mit dir geschieht.

Sie betrachtet ihren Arm, auf dem, inzwischen blaßgelb, noch der Bluterguß an der Vene zu erkennen ist. Sie sieht sich wieder auf der Liege, mit gespreizten Beinen, und Hände in Gummihandschuhen, die sich ihr nähern.

Sie knüllt das Nachthemd zusammen und wirft es in der Küche in den Abfalleimer.

Gris blickt nicht auf, als sie an ihm vorbeigeht. Früher dachte sie, wie schön, die gegenseitige Anwesenheit so stillschweigend zu akzeptieren, aber heute abend sieht sie ihn vom Flur aus in seinen Egoismus eingeschlossen wie in einen Panzer. Der Wunsch, ihn zu berühren, ist weg, und zwar für immer.

Sie ist auch nicht mehr wütend auf ihn, sie ist gar nicht mehr bei ihm.

Als sie abgetrieben hat, war Gris beruflich in den USA. Natürlich konnte er diese wichtige Reise nicht verschieben.

Die Abtreibung war dagegen nebensächlich. Ihr Fehler. Nimmst du die Pille nicht mehr, hat er sie streng wie ein Schullehrer gefragt.

Ich habe sie abgesetzt, weil ich geschwollene Beine davon bekomme. Ich stehe den ganzen Abend und will nicht mit fünfundzwanzig Krampfadern kriegen.

Du hättest es mir sagen sollen, meint er vorwurfsvoll.

Was hättest du dann gemacht, fragt sie herausfordernd.

Gris hat ihr von Anfang an gesagt, um gewisse Dinge müsse sie sich kümmern. Schwierig anzunehmen, er könnte umdenken. Wahrscheinlich hätte er gesagt, sie solle zum Gynäkologen gehen und sich eine Spirale einsetzen lassen, er werde es bezahlen. Sandra haßt die Vorstellung, etwas eingepflanzt zu bekommen, was sie stechen und verletzen kann. Aber angesichts der Umstände wäre es vielleicht besser gewesen.

Sie ist verantwortungslos ein Risiko eingegangen und hat den Preis dafür bezahlt. Sie allein. Was bedeutet, daß sie nicht zusammen und auch keine Freunde sind und es auch nie sein werden, selbst wenn sie hundert Jahre Ellbogen an Ellbogen hier in dieser Wohnung leben würden.

Wir sind alle allein, hat er mehrmals zu ihr gesagt und sie mit seinen unbewegten blauen Augen angesehen. Wir sind nicht fürs Zusammensein gemacht.

Erfahrungen und Emotionen kann man nur oberflächlich mit anderen teilen, auf einer tieferen Ebene sind sie nicht mitteilbar, fügt er hinzu, wenn er zum Theoretisieren aufgelegt ist. Dann zündet er sich eine dieser französischen Zigaretten mit gelbem Papier an (Gris ist ein Meister des persönlichen Stils; alles, was er anfaßt, ist unverwechselbar, erlesen, einzigartig, abgesehen von dieser gesichtslosen bourgeoisen Wohnung, in der er lebt – aber die Verantwortung dafür schiebt Sandra ganz seiner Frau in die Schuhe). In dem Bedürfnis, mit anderen zusammenzusein, steckt ein Widerspruch, fährt er fort, den starken Rauch ausstoßend, der sich mit dem guten Geruch seiner Haut und seiner Kleider mischt, man sucht die Nähe der anderen aus Eitelkeit, weil man Spiegel braucht, Macht will, Zerstreuung; die anderen sollen einem etwas geben, auch die Wärme ihrer Gegenwart, warum nicht, aber es handelt sich nur um Angebot und Nachfrage, um ein Tauschgeschäft, bei dem der andere als Individuum nicht sonderlich viel bedeutet. Die anderen sind ein Mittel, um mit sich selbst in Beziehung zu treten oder sich eine Weile von sich zu erholen.

Er streichelt ihr mit der flachen Hand übers Haar, seine Hände sind groß und etwas plump, aber viel glatter und gepflegter als ihre, rot und rissig von Wasser und Putzmitteln. Er geht nämlich jede Woche zur Maniküre, eine Gewohnheit, die sie bei jedem anderen Mann verachten würde, bei ihm aber schätzt.

Die Wahrheit des einzelnen ist nicht mitteilbar, sagt er.

Wir brauchen uns gegenseitig, um unsere Bedürfnisse zu befriedigen. Das kann man doch gleich ehrlich zugeben, findest du nicht?

Was für ein blödes Geschwätz.

Und sie nickt auch noch wie eine Idiotin. Wie eine Puppe. Einer drückt dir auf den Bauch, und du sagst ja, ja, ja. Zu seinem Egoismus, zu seiner billigen Philosophie.

Andererseits, was sie mit ihren neunzehn Jahren vom Leben weiß, bietet keine guten Gegenargumente. Sie besitzt keine positive Erfahrung, die seine These widerlegen könnte. Im Gegenteil: Ihre Mutter legt den Hörer auf, sobald sie Sandras Stimme erkennt. Ganz abgesehen von ihrem Vater, der ihr überhaupt noch nie zugehört hat.

Von der Frau, die Gris verlassen hat, wird nie gesprochen, aber Sandra spürt ihre Gegenwart in Gris' Schweigen, in seinem abwesenden Blick.

Wir, denkt Sandra, wir sind zwei verwundete Tiere, die einen Pakt geschlossen haben und friedlich dieselbe Höhle teilen. Wir lecken uns gegenseitig unsere Wunden. Er mit seiner grauen Mähne ist ein Löwe, und ich bin nur eine langbeinige Gazelle, die vor allem davonläuft. Aber fressen wird er mich schon nicht, bei so einem Zweckbündnis respektiert einer die Schwäche des anderen.

Das hat sie eine Zeit lang geglaubt.

Später fiel ihr die Geschichte von der Füchsin und dem Wolf ein, die ihre Großmutter ihr in der Kindheit erzählt hat. Die

Füchsin und der Wolf gehen hungrig auf Raubzug, doch als sie überrascht werden, kann die schlaue Füchsin entkommen, während der dumme Wolf eine Menge Prügel bezieht. Daraufhin wälzt sich die Füchsin in den roten Früchten, die vom Kirschbaum gefallen sind, und tritt winselnd und stöhnend vor den Wolf. Arme Füchsin, sagt der Wolf, wie haben sie dich zugerichtet, du bist ja ganz blutig. Mir haben sie die Zähne eingeschlagen und die Knochen gebrochen, aber du bist schlechter dran als ich, und ich will dir helfen. Also lädt sich der lahme Wolf die schlaue Füchsin auf den Rücken und trägt sie hinkend in den Wald zurück.

Eine zynischere und realistischere Version ihrer Beziehungsgeschichte. Schade, daß sie ziemlich lang gebraucht hat, um das zu kapieren.

Aber jetzt ist alles anders. Was ihr Kopf nicht hingekriegt hat, hat ein Klümpchen Blut geschafft, das man ihr aus dem Bauch gerissen hat.

Die Koffer sind gepackt, sie zerrt sie an die Wand, macht sie aber nicht zu, weil sie morgen früh noch den Schlafanzug hineinlegen muß, den sie heute nacht braucht. Fürs erste wird sie zu einer Freundin ziehen, das Weitere wird sich zeigen.

Sie sieht sich im Zimmer um. Alles klar. Jede Spur ihrer Anwesenheit ist getilgt. Morgen, bevor sie geht, zieht sie noch die Laken ab und steckt sie in die Waschmaschine.

Zuletzt bückt sie sich, um noch unters Bett zu schauen – sie will alles ordentlich hinterlassen –, und findet einen Zeichenblock. Eines Abends, als sie sich als Künstlerin besonders gescheitert fühlte, hat sie ihn mit einem Fußtritt dorthin befördert und dann vergessen. Er enthält Skizzen, Gekritzel, halb fertige Zeichnungen und ein Selbstporträt, dessen sie sich nun schämt. Soll sie es zerreißen? Nein, zu theatralisch für so eine Lappalie, da steht sie längst drüber. Also läßt sie den Block auf einen Stapel alter Zeitungen in der Besenkammer fallen. Die Putzfrau wird ihn mit dem übrigen Altpapier beseitigen.

Dann setzt sie sich zu Gris aufs Sofa. Sie berühren sich nicht. Er dreht sich nicht um, sieht sie nicht an. Sie ist erschöpft, ihr Kopf ist leer.

Morgen gehe ich, sagt sie, ich habe schon gepackt.

Wirklich? sagt er.

Seine Hose aus dunkelgrauem Cordsamt schimmert wie Katzenfell. Früher wäre sie wegen dieser Hose vor Zärtlichkeit geschmolzen.

Ein paar Sekunden vergehen. Dann dreht er sich zu ihr um und sagt: Wenn es das ist, was du willst.

Ja, sagt sie, das will ich.

Er zündet sich eine Zigarette an und wendet sich wieder dem Tennis zu.

Edberg gewinnt sechs zu zwei.

*

Sandra hält noch das Bild in der Hand. Was soll sie tun? Ihre Augen brennen. Zögernd läuft eine Träne ihre Nase entlang.

Warum hat er sich dieses Gekritzel neben das Bett gehängt? Warum hat er es zwischen den alten Zeitungen herausgefischt? Was heißt das? Was hat er gemacht, nachdem sie weg war? Die ganze Wohnung durchwühlt auf der Suche nach Spuren? Die schmutzigen Laken aus der Waschmaschine gezogen, um ihren Geruch zu riechen?

Schwierig, sich Gris bei so was vorzustellen.

Dennoch fällt ihr unweigerlich der Abend ein – wann war das? zwei Jahre später? drei? –, an dem er wieder auftauchte. Sie hatte es inzwischen zu eigenen vier Wänden gebracht, auch wenn es sich nur um ein Zimmer in einer Wohnung mit anderen Mädchen handelte, hatte eine Katze, die ihr über die Dächer zugelaufen war, und eine Arbeit in einer beinahe respektablen Kneipe. Wie er sie ausfindig gemacht hat, ist ihr bis heute ein Rätsel. Sie haben keine gemeinsamen Freunde, und sie hatte sich nie mehr bei ihm gemeldet, weder schriftlich noch telefonisch.

Im Halbdunkel des Lokals mit den gelben Lampen unter dem hohen Backsteingewölbe stand er plötzlich vor ihr, erschien zwischen Flippern, Videos, Bierschaum und den dunklen, massiven Tischen, die den verliesartigen Charakter der Räume noch betonten, wie das Gespenst eines höflichen, eleganten Sträflings, der Graf von Monte Christo auf Ausgang, und sagte mit seinem zweideutigen kleinen Lächeln, sie fehle ihm, er habe gemerkt, wie gern er sie habe, das sei ihm damals nicht so bewußt gewesen. Gern haben, genau das sagte er, das Wort Liebe nahm er nicht in den Mund; Liebe gehört zu diesen typisch weiblichen Sachen, die ein richtiger Mann nicht benutzt, wie Häkelnadeln. Sie beeindruckte dieses Wiedersehen damals nicht besonders, sie hatte zweihundert Gäste zu bedienen, wartete noch auf ihr Gehalt vom Vormonat und wurde jeden Abend nach Dienstschluß von einem Mann abgeholt, lauter Dinge, die sie viel mehr beschäftigten als Gris' Erklärungen.

Das hättest du dir eher überlegen müssen, sagte sie zu ihm. Jetzt ist es zu spät.

Gris lächelte in sein Glas. Du hast recht, sagte er, ich hätte es mir überlegen müssen. Er nahm einen langen Schluck von seinem Bier. Sie wandte sich ab – man rief sie – und eilte in einem Hürdenlauf zu einem lauten Tisch ganz hinten im Lokal. Sein Pech, falls sie ihn verletzt hat. Sie hatte es ohne Groll, ohne Bitterkeit gesagt. Sie weiß, daß Gleichgültigkeit mehr schmerzt als Wut, aber was soll's? Sie hatte an dem Abend einfach keine Zeit für ihn.

Am befremdlichsten fand sie das Bier, als sie später darüber nachdachte. Sie hatte ihn vorher noch nie Bier trinken sehen. Zu gewöhnlich für seinen Gaumen, der *grand cru* gewöhnt war.

Er ist nie darauf zurückgekommen. Seit Jahren steht fest, daß sie Freunde sind. Ab und zu treffen sie sich, immer auf seine Initiative.

Und jetzt dieses Porträt von ihr direkt neben dem Bett, über dem Nachttisch mit dem Wecker, einem Buch von Bruce Chatwin, einem sorgsam gefalteten Taschentuch. Neben dem Kissen, auf das er jeden Abend seinen Kopf legt. Jedenfalls wenn er hier schläft.

Was willst du damit sagen? fragt sie Gris. Was willst du mir sagen?

Hast du das Bild hierhergehängt, damit ich es sehe?

Was willst du von mir? fragt sie den Abwesenden.

Niemand antwortet; übrigens hat Gris, genau wie ihr Vater, die ärgerliche Gewohnheit, direkte Fragen nicht zu beantworten.

Gris war nie sentimental, deshalb muß etwas dahinterstecken.

Vielleicht baut er ab, der Ärmste. Zweiundfünfzig ist zwar noch ein bißchen früh für Vergreisung, aber man weiß ja nie bei den Männern. Wird die Andropause sein.

Nein, mein Lieber, sagt sie, zu spät, die Masche zieht nicht mehr. Ich höre dir zu, rede mit dir, wir sind Freunde – dir gefällt das Wort, aber was heißt es eigentlich in unserem Fall? –, aber dich bedauern, deinen Kopf zum Trost zwischen die Hände nehmen, mit dir schlafen, dir Recht geben – nie wieder! Die Zeit des Ja-Sagens ist vorbei. Du hast dir meine Aufrichtigkeit verdient, jetzt sieh zu, wie du zurechtkommst.

Sie ist auch auf sich selber sauer, daß sie hergekommen ist. Im Geist beschimpft sie sich, schürt ihre Wut, um sich vor dem lauernden Mitleid zu schützen. Wie dumm sie gewesen ist! Noch dazu sieht es draußen nach Regen aus, und sie hat keinen Schirm dabei. An der Bushaltestelle wird sie klatschnaß werden beim Warten. Nicht einmal ein Schutzdach gibt es; die Reichen fahren nicht mit dem Bus, Regen ist ihnen egal.

Sie steht auf, streicht den Bettüberwurf glatt, wo sie gesessen hat. Ihr Fuß stößt gegen eine Pappschachtel, die unter dem Bett vorsteht. Etwas Schwarzes liegt darin.

Sandra zieht die Schachtel mit dem Fuß zu sich heran. Das

schwarze Ding ist massiv, länglich. Aus Metall, etwa siebzig Zentimeter lang.

Was, zum Teufel, soll das? sagt sie und erstarrt, als sie von der Höhe ihrer Einsachtundsiebzig erkennt, worum es sich handelt.

Das schwarze Ding hat einen Kolben und einen Lauf und ist ein Maschinengewehr.

Es vergehen mehrere Sekunden, vielleicht eine halbe Minute.

Dann schiebt Sandra die Schachtel mit der Schuhspitze vorsichtig wieder unters Bett.

Waffen erträgt sie nicht, sie hat noch nie eine angerührt, nicht einmal mit dem Schuh. Es ist mir unbegreiflich, wie du auf Tiere schießen kannst, hat sie mehrmals zu Gris gesagt. Wer gibt dir das Recht, ein Lebewesen umzubringen, dich als Herr über Leben und Tod aufzuspielen? Probier mal, antwortete Gris dann immer und reichte ihr das Jagdgewehr, fühl das Gewicht, die Form. Es ist ein schöner Gegenstand, schön als solcher, verstehst du?

Nein, das verstehe ich nicht. Es kotzt mich an.

Aber das hier ist kein Jagdgewehr, sondern ein Maschinengewehr oder vielleicht eine Maschinenpistole, Sandra kennt sich da nicht aus und es ist ihr auch egal, sie weiß nur, daß man solche Dinger jeden Tag sieht, die Wachen vor den Banken tragen welche und viele andere Männer überall auf der Welt, Männer, auch Frauen und sogar Kinder, in Uniform oder ohne. Was immer es ist, es dient zum Töten.

Was immer es ist, Sandra hätte es lieber nicht gesehen.

Sie verläßt Gris' Schlafzimmer und schließt die Tür.

Atme, befiehlt sie sich.

Plötzlich fürchtet sie, es könnte jemand in der Wohnung sein, und bleibt reglos stehen. Sie hat Angst, Schritte zu hören, Stimmen, einen Atemzug. Die Waffe löst ein Gefühl von Hinterhalt und Bedrohung aus.

Doch die Stille wird nur von ihrem Herzklopfen unterbrochen. Lautlos öffnet Sandra alle Zimmer, die Bäder, die Kammer. Die Terrasse. Niemand.

Was weiß sie von Gris?

Nichts. Das hat sie sich so oft gesagt, und auch ihm, als Vorwurf. Aber jetzt ist es eine einfache, neutrale Wahrheit. Was sie angeht, könnte er auch als Waffenhändler im Irak oder in Montenegro tätig sein. Schließlich ist er ständig unterwegs.

Ist das Ding unter dem Bett etwa ein Muster für Ware, die er absetzen will?

Vielleicht gehört er zu einer bewaffneten Bande, zu einem Geheimdienst. Zur Mafia. Warum nicht? Er mit seinem eleganten Outfit, seinem Gourmet-Gehabe, seiner Maniküre. Warum nicht?

Womöglich, sagt sie sich langsam atmend, mit dem Rücken an der Wand, mit den Augen weiter den Flur überwachend, womöglich ist es eine Attrappe. Um Einbrecher zu erschrecken. Auch ihr Vater besaß eine Schreckschußpistole, ein bescheidenes, handliches Exemplar, sehr verschieden von diesem gräßlichen Ding.

Wie kann man nur mit so was Häßlichem spielen wollen, fragt sie sich im Gedanken an all die Kinder, die mit Waffen spielen, nachgemachten und echten.

Sie schließt alle Türen, die sie geöffnet hat, knipst mit beinahe ruhiger Hand das Licht aus. Als sie die Jalousien im Wohnzimmer herunterläßt, sieht sie, daß auf dem Tisch neben der Zeitung noch etwas liegt. Ein dicker, gelblicher Briefumschlag aus handgeschöpftem Papier. Prall und unversiegelt. Unbeschriftet, ohne Adresse. Sandra greift danach, und ein Bündel Banknoten rutscht heraus und flattert über den Tisch.

Lauter Hunderter, und zwar viele. Überrascht und verärgert sammelt sie die Scheine wieder ein und versucht nicht mitzuzählen, denkt aber unwillkürlich, daß es mindestens zehn Millionen Lire sein müssen, vielleicht auch mehr. Als sie sie in den Umschlag zurückschiebt, entdeckt sie darin ein Kärtchen aus dem gleichen Papier. In Gris' größenwahnsinniger Schrift liest sie ein Stück eines Wortes: Test –.

Sie zieht das Kärtchen heraus und liest dreimal langsam den ganzen Text:

›Testament bei Notar Corti, Turin‹.

Sie hebt den Kopf und schaut aus dem Fenster. Ein großer Regentropfen zerplatzt an der Scheibe.

Ihre Knie werden weich. Sie setzt sich.

Bei ihrer letzten Unterredung auf der Dora-Brücke hatte Gris angespannt, besorgt, unglücklich ausgesehen. Wußte er, daß ihm etwas zustoßen würde? Hatte er Angst?

Und sie hat ihn nicht ernst genommen, denkt sie in Erinnerung an ihre Worte. Du bist über fünfzig, hat sie zu ihm gesagt, wann wirst du endlich erwachsen?

Wer weiß, hat er lächelnd geantwortet. Vielleicht nie. Jetzt bekommt dieser Satz eine ganz andere Bedeutung.

Das ist einer seiner Tricks, denkt sie dann. Für wen ist das Geld? Warum steht keine Adresse auf dem Umschlag? Warum hat die Putzfrau es nicht eingesteckt? Die ist zu ehrlich. Wenn eine, die Klo und Fußböden putzen kommt, ein Bündel Hunderter vor ihrer Nase liegen sieht, ist es eine Provokation, wenn Sandra das passieren würde, wäre sie stocksauer. So wütend, daß sie in Versuchung geriete, es anzuzünden, sein Scheißgeld.

Sandra hat nie eine Lira von ihm angenommen. Als sie hier lebte, quälte es sie unter anderem, daß sie nicht die Hälfte zum Haushaltsgeld beisteuern konnte. Sie hatte daran gedacht, aber ihr Realitätssinn war stärker. Sie verdiente fünfzigtausend Lire pro Abend für zehn Stunden Arbeit, und es hätte Gris' Bankkonto kein bißchen gejuckt, auch wenn sie ihr gesamtes Gehalt für die Haushaltskasse überwiesen hätte. Ganz zu schweigen von ihrem Versuch einzukaufen: Gris hatte die Sachen aus dem Supermarkt weggeworfen, weil sie für seinen aristokratischen Gaumen nicht taugten. Laß mich das machen, bitte, hatte er gesagt und mit spitzen Fingern ein Päckchen Scheibletten hochgehoben wie einen stinkenden Fisch am Schwanz, erlaube mir, wenigstens deinen Geschmackssinn zu erziehen. Überheblich wie immer. Aber das Essen zu akzeptieren war einfacher, Nahrung geben ist etwas so Primäres, da kann man sich vormachen, es sei Liebe in Form von Bistecca alla fiorentina oder Nierchen in Cognac oder sonst einem dieser leicht ekligen Fleischgerichte, die sie gehorsam und dankbar schluckte. Jedenfalls bis zur Abtreibung, danach hat sie kein Fleisch mehr gegessen.

Sie hat Gris' Reichtum nie gemocht. Vor ihren Freunden schämte sie sich sogar dafür, versuchte, nicht drüber zu reden. Sie hat sie auch nie in diese Wohnung eingeladen.

Für wen das Geld auch sein mag, sie wird es nicht anrühren.

Es war schon ein Fehler, diesen verfluchten Herd anzunehmen. Jetzt bedauert sie, daß sie ihn nicht in den Hof gefeuert hat. Ihre Nachbarn werfen alles mögliche in den Hof, von kaputten Rollstühlen bis zu gebrauchten Damenbinden, der Herd von Gris wäre ein Hauch von Klasse auf diesem Müllhaufen gewesen.

Die körnige, weiche Struktur des Papiers in ihrer Hand bringt sie in die Gegenwart zurück. Sie senkt den Blick und liest noch einmal den Satz: ›Testament bei Notar Corti, Turin.‹

Und was soll sie tun? Diesen Notar Corti anrufen? Ihn nach Gris fragen? Zu ihm sagen: Hören Sie, können Sie mir bitte sagen, was ich tun soll, weil ich einfach nicht durchblicke?

Und wenn Sie schon dabei sind, sagen Sie mir doch auch, ob Ihnen bekannt ist, daß ihr Mandant mit Feuerwaffen handelt. Apropos, lebt er noch oder ist er tot, ihr Mandant? Und bin ich in dem Fall zum Begräbnis eingeladen?

Sie empfindet eine heftige, unverdiente Antipathie für Notar Corti, der, das spürt sie, kein Verständnis für sie aufbringen und ihr keine Hilfe sein wird.

Sandra legt den Umschlag zurück auf den Tisch, schickt der Putzfrau einen letzten solidarischen Gedanken, leiht sich einen im Eingang hängenden Schirm aus, schließt hinter sich ab und geht.

*

Unten an der Stelle, wo sich die Hügelstraßen gabeln, begegnet ihr ein Bus, der hinauffährt. Sie kennt ihn gut, ist jahrelang damit gefahren und nimmt ihn immer noch, wenn sie, ungefähr einmal im Monat, ihre Eltern besucht.

Sie kennt die Haltestellen auswendig und die zunehmende Übelkeit, die sie schon manchmal gezwungen hat, früher auszusteigen und die letzten zwei- oder dreihundert Meter zu Fuß zu gehen. Das sind die Kurven, sagt ihre Mutter, mir wird auch schlecht, deswegen fahre ich nie mit dem Bus. Ach was, die Kurven, denkt Sandra, es liegt an der häuslichen Situation, du fährst nicht mit dem Bus, weil du schon so lange hier drin hockst, daß du dich nicht mehr raus traust, du fürchtest dich vor der Welt, hast Angst, dich plötzlich frei zu fühlen und dir vor Schreck in die Hose zu machen.

Zwei Jahre hat ihre Mutter gebraucht, um Sandra zu verzeihen, daß sie sich durch ihren Auszug das Leben gerettet hat. Von der Abtreibung hat sie nie erfahren. Wie viele Jahre hätte sie sonst gebraucht?

Doch neuerdings ist sie etwas sanfter, sie wird auch älter. Seit sie die Schmuckwerkstatt aufgegeben hat, hockt sie dort oben in der kleinen Villa an der Hügelflanke hinter einer Mauer, ohne Auto, ohne Führerschein, ohne Nachbarn, ohne eine einzige Freundin. Natürlich wollte *er* diese Villa. Das Haus am Fuß des Hügels reichte ihm nicht mehr für seine Spielereien, er hatte größere Pläne. Jetzt besitzt er dreitausend Quadratmeter Brachland rund ums Haus und hat jeden Zentimeter in Baustelle verwandelt. Alles ist besetzt von seinem Werkzeug, seinen Sandhaufen, seinem Atelier, seinen Bildern, seinem Auto, dem Schrott, den er unterwegs einsammelt – man weiß ja nie, eines Tages könnte er ihn brauchen –, seinen Hunden, die sich an den zu kurzen Ketten erwürgen und bellen, bis ihnen der Schlund aufreißt, denn seit er Großgrundbesitzer ist, hat er beschlossen, daß er Wachhunde braucht.

Im Haus tobt die gewohnte Schlacht, die Fronten sind verhärtet wie bei einem ethnischen Krieg. Ihre Eltern könnten tausend Jahre zusammen leben, ohne sich je über irgendwas zu einigen, nicht einmal darüber, wie der Salat angemacht werden soll.

Und es wird jeden Tag schlimmer. Nun gibt es auch keine Flittchen mehr, die als Nebenschauplatz dienen und die Aufmerksamkeit der streitenden Parteien ablenken. Nun sind sie allein, von Angesicht zu Angesicht, allein unter Wölfen oder vielmehr unter Wildschweinen, der Hügel ist nämlich voller Wildschweine, die kommen und die Salatköpfe der Mutter und die Autositze des Vaters fressen.

Jedesmal, wenn Sandra ihre Eltern besucht, kriegt sie auf den letzten Metern die Panik. Sie kreuzt die Finger, bevor sie klingelt. Versucht, durch das wütende Hundegebell hindurch ihre Stimmen zu hören. Atmet erst wieder auf, wenn einer der beiden am Gartentor auftaucht, gewöhnlich mit einem Besen, einer Kelle oder einer anderen Waffe in der Hand und einem verbissenen, beleidigten Ausdruck auf dem Gesicht.

Ihre heimliche Furcht ist, eines Tages niemanden auftauchen zu sehen. Dann wird eine übernatürliche Stille sie empfangen, und wie in einem Horrorfilm wird sie, nachdem sie über die Überreste der Hunde gestiegen ist, die sich vor Hunger gegenseitig zerfleischt haben, ihren Vater und ihre Mutter über dem Mittagstisch zusammengesunken vorfinden, zwischen Blutspritzern bis an die Decke, jeder noch das Messer umklammernd, das in des anderen Brust steckt.

Endlich in Frieden. Vielleicht werden sie lächeln, eine Totenfratze mit zufrieden gebleckten Zähnen, nach dem Motto: Es ist vollbracht.

Sie werden in dem Grab auf dem Hügelfriedhof beerdigt werden, der Vater hat schon die Skizze für die Statue angefertigt, der Platz ist schon gekauft, alles ist bereit für ihr Hochzeitsbett.

Wenn sie sich doch endlich dazu aufraffen würden, denkt Sandra. Sie hat diese Spannung satt. Es ist wie im Kino, nach stundenlanger, nervenzerfetzender Musik hältst du die Angst nicht mehr aus und wünschst dir, die blöden Opfer hörten auf zu schreien und davonzulaufen und der Mörder mit der Axt trödelte nicht mehr herum und käme endlich, um sie totzuschlagen und ein Ende zu machen.

*

Zwischen vereinzelten großen Regentropfen hastet Sandra die Hügelstraßen hinunter, während das Gewitter noch zögert, sich in all seiner Gewalt zu entladen.

Sie könnte nach Hause gehen und sich sagen, daß sie mit der Sache nichts zu tun hat. Wird sie aber nicht, denn im Grunde liegt ihr etwas an Gris. Es ist nicht der richtige Augenblick, um sich zu fragen, ob er es verdient hat oder nicht.

Und während sie im Laufschritt, beinahe rennend, abwärts eilt und die Sohlen auf dem nassen Asphalt und den verfaulten Blättern vom letzten Herbst rutschen, weiß sie nur eines genau: Sie muß so bald wie möglich mit Irene sprechen. Dieses Schweigen zwischen ihnen, die Komödie des Nichtwissens und des Zuhörens hat schon zu lange gedauert. Sandra fühlt sich schuldiger denn je, sie spürt, daß sie das Vertrauen einer Person mißbraucht hat, die immer ehrlich zu ihr gewesen ist.

Stimmt schon, sie hat es auf ausdrücklichen Wunsch von Gris hin getan, aber das bedeutet doch nur, daß sie noch einmal ihm den Vorzug gegeben, seinen Argumenten geglaubt, ja und amen gesagt hat, also wieder auf seine Masche hereingefallen ist. Seine Komplizin war.

Bye bye, Mrs. Brown

Stringtangas, Spitzenhöschen, Elastikslips, Stützhöschen, rosa, weiß, fleischfarben. Nora ist verwirrt und hilflos angesichts dieser Höschenvielfalt. Sie verliert sich. Als sie den Blick hebt, begegnet ihr ein Heer von Büstenhaltern, weiß, schwarz, überkreuz, Bügel-BHs, Körbchen-BHs. Jemand schubst sie von hinten, ein Frauenarm streckt sich vor und packt einen gewagten roten Slip. Nora steht seit fünf Minuten vor dem Marktstand, wie in Trance. Sie macht einen Schritt zur Seite.

Warum ist es so schwierig, ganz einfache, banale Unterwäsche zu kaufen? Warum fehlt ausgerechnet ihr unter allen Frauen das Shopping-Chromosom? Irene hat einmal zu ihr gesagt: Du bist Kommunistin, weil du am liebsten hättest, die Geschäfte wären wie in Rußland und hätten nur einen einzigen Artikel im Angebot, um dir die Qual der Wahl zu ersparen. Ich bin keine Kommunistin, hat Nora geantwortet, den Kommunismus gibt's nicht mehr. Früher warst du es aber, das hast du mir selbst erzählt. Ja, damals, gibt Nora zu, und vielleicht hast du recht, das war tatsächlich der Grund. Ich würde verrückt, wenn ich nicht bis zum Umfallen in Konsumgütern wühlen könnte, hat Irene gesagt.

Eigentlich wollten sie zusammen auf den Markt im Crocetta-Viertel gehen. Sie waren um vier verabredet, aber Irene hat sie angerufen, sie liege bei heruntergelassenen Rolläden mit entsetzlicher Migräne im Bett. Was ist denn passiert? hat Nora besorgt gefragt. Nichts, ich war bei meiner Mutter zum Mittagessen, hat Irene gehaucht. Habt ihr gestritten? Hat sie was Fieses gesagt? Nein, das heißt, doch, aber jetzt mag ich nicht drüber reden, entschuldige.

Die Sache muß sehr ernst sein, wenn Irene nicht drüber reden mag. Bis vor kurzem wäre Nora sofort zu ihr geeilt, hätte den

Nachmittag neben dem Bett sitzend verbracht und ihr die Hand gehalten. Ohne sich zu langweilen. Jede Minute hätte ihr Gewicht und ihre Dichte gehabt. Aber heute, nein, heute hat sie beschlossen, allein auf den Markt zu gehen, um sich Unterwäsche zu kaufen. Ist es mit der Liebe wie mit dem Kommunismus? fragt sie sich, einen lila Spitzenbody betrachtend, der eher für eine Stripteasetänzerin als für eine Hausfrau aus Crocetta in Frage käme. Verwandelt sie sich ständig in etwas anderes, ohne daß du eingreifen kannst, bis du eines Tages merkst, daß es sie nicht mehr gibt?

Ihre Finger, die blind in Baumwoll- und Nylonhöschen wühlen, begegnen anderen, rundlichen, beringten Fingern, die geübt und rasch vorgehen.

Entschuldigung, sagt Nora. Die Frau neben ihr dreht sich um. Sie reicht Nora kaum bis zur Schulter, trägt eine zu enge rote Wolljacke mit einem baumelnden Knopf, ein Paar Jeans Größe XL mit rot umgenähtem Saum und eine riesige Einkaufstasche am Arm. Die Haare, kraus und anarchisch, sind hellbraun und grau gesprenkelt; Blick und Haltung sind die einer überlasteten Vorstadthausfrau mit einem Haufen Kinder.

Sie sehen sich an, beide Brillenträgerinnen, und Nora bemerkt, daß die Gläser der anderen viel stärker sind als ihre eigenen.

Nora Ardigò! sagt die Hausfrau mit starkem Turiner Akzent. Bist du es wirklich? Das gibt's doch nicht!

Cinzia! Cinzia Caminiti! Wie lange ...?

Ewig, sagt Cinzia, indem sie sich auf die Zehenspitzen stellt, um Nora zu küssen. Arbeitest du immer noch als Kassenärztin im Santa Rita?

Natürlich, sagt Nora und atmet einen Geruch nach Marmelade, Mottenkugeln und Chanel ein, als sie Cinzias Wange berührt. Ihr fällt auf, daß Cinzia unter der Jacke ein altmodisches massiv goldenes Kollier trägt, das sie an die Halsketten ihrer Großtanten erinnert. Und du?

Ich bin immer noch in Lingotto, sagt Cinzia. Sehr unbequem, da ich hier um die Ecke wohne. Aber was soll's. Du siehst phantastisch aus! Wie geht's Marco?

Gut, glaube ich. Als ich ihn das letzte Mal getroffen habe, wollte er gerade wieder heiraten.

Cinzias Augen weiten sich hinter den Brillengläsern.

Das kann doch nicht wahr sein! sagt sie gierig. Ihr habt euch scheiden lassen?

Vor ein paar Jahren.

Nicht zu fassen! Ihr wart doch das unauflöslichste Paar überhaupt! Das Maß aller Treue!

Na ja, sagt Nora, die Dinge ändern sich.

Wem sagst du das, pflichtet Cinzia ihr bei. Ich hatte mal Größe 42. Aber du bist immer noch in Topform. Wen heiratet Marco denn?

Eine siebenundzwanzigjährige Psychologiestudentin. Entschuldige, aber jetzt fällt mir gerade der Name nicht ein. Sie ist schwanger, und deswegen ...

Also so was, sagt Cinzia. Und wie ist es dir mit dieser Geschichte ergangen? Du hast dich hoffentlich nicht von ihm ausnehmen lassen, als ihr euch getrennt habt! Ich meine mich zu erinnern, daß die Wohnung dir gehörte.

Gut, sagt Nora, gut ist es mir gegangen. Sie lehnt sich an den Stand, sie hatte die Stoßkraft von Cinzias Neugier vergessen. Die Wohnung gehörte uns beiden, wir haben sie verkauft, und ich habe dafür eine kleinere gekauft, erklärt sie, die Wahrheit ein bißchen zurechtrückend.

Das Sonderbare, denkt sie, ohne es auszusprechen, ist zu erfahren, daß dein Mann ein Kind kriegt und es nicht auch dein Kind ist. Wenn man so lang verheiratet war und dann auf einmal nicht mehr, das ist, als lebte man in einer Wohnung, aus der die Möbel ausgeräumt wurden, aber sie haben Spuren an den Wänden hinterlassen. Allmählich gewöhnst du dich daran, doch ab und zu schaust du dich noch um und fühlst dich komisch in diesem leeren Raum. Jedenfalls war es ihr so gegangen, bis Irene kam, die Vergangenheit wegfegte, eine andere Fülle und eine andere Leere schuf.

Und du, hast du jemand anderen? fragt Cinzia und mustert sie aufmerksam.

Ich hatte, sagt Nora langsam, aber es ist vorbei.

Als hätten ihr diese wenigen Silben alle Kraft genommen, stützt sich Nora auf einen Stoß Unterhosen, die prompt auf den Boden fallen. Cinzia hilft ihr beim Aufheben. Rot und atemlos, spürt Nora plötzlich den lächerlichen Wunsch, ihr alles zu erzählen. Wahrscheinlich wäre sie nicht einmal erstaunt, Cinzia ist eine Frau mit großzügigen Ansichten. Aber sie sind von einer Menschenmenge umgeben, einem wirbelnden Strom laut schwatzender Frauen, der sie mitzureißen droht und den ganzen kleinen Platz überschwemmt hat, denn es ist Stoßzeit am Samstagnachmittag.

Und du? sagt Nora daher. Erzähl mir von dir. Wie geht's dir?

Wie üblich, sagt Cinzia und schüttelt die krausen Locken, die ihr wie elektrisiert vom Kopf abstehen. Ich führe ein hektisches Leben, kannst du dir ja vorstellen, mit dem Geschäft meines Mannes, zwei Wohnungen, einer in der Stadt und einer auf dem Land, meinen verantwortungslosen Kassenpatienten und meinen kleinen Bestien. Ich komme kaum zum Atmen, beim Friseur war ich bestimmt sieben Jahre nicht mehr, außerdem habe ich ganz andere Sorgen mit diesen ungebärdigen Gören.

Apropos, fährt sie fort und blickt sich um, wo sind sie denn? Ah, da, hallo, ihr zwei, kommt her und sagt Mamas Freundin Guten Tag!

Ein gelangweilter Zwölfjähriger mit Engelsgesicht und langen schwarzen Locken nähert sich und schiebt ein hübsches, störrisches acht- bis neunjähriges Mädchen auf Rollschuhen vor sich her. Natürlich, erinnert sich Nora, Cinzia hat zwei Kinder, sie hat sie vor Jahren mal gesehen, als der Junge noch nicht zur Schule ging und die Kleine noch ein Säugling war.

Körperlich schlagen sie Gualtiero nach, zum Glück, sagt Cinzia, während die beiden wieder in Teilnahmslosigkeit versinken, nachdem sie Nora begrüßt haben. Aber was das Übrige betrifft, fügt sie kämpferisch hinzu, sollen sie lieber mir ähnlich werden, sonst gibt's Ärger.

Was macht dein Mann? fragt Nora.

Er ist immer noch Antiquitätenhändler. Reist durch die Welt, sucht nach alten Plunder und amüsiert sich. Im Moment ist er in Thailand und macht Gott weiß was mit Gott weiß wem. Ich helfe ihm bei der Buchhaltung und verwalte das Lager. Die Arbeit macht mich fertig. Manchmal findet man hübsche Sachen, die Leute verkaufen ja alles mögliche, auch Schmuck, wie das hier, zum Beispiel, sagt sie und fischt in ihrem Ausschnitt nach dem Kollier, um es Nora zu zeigen, dreißiger Jahre, vierundzwanzig Karat.

Schön, sagt Nora. Sehr schön.

Auch deine Kinder sind reizend, sagt sie mit Seitenblick auf die beiden, die ein paar Schritte weiter so tun, als kennten sie sich nicht und ihre Mutter samt Freundin auch nicht.

Hast du keine Kinder?

Nein.

Sei froh. Wolltest du keine oder...

In den ersten Jahren wollte ich keine und dann ... sind keine gekommen.

Wie auch, denkt sie. Um Kinder zu kriegen, muß man miteinander schlafen, und Marco und sie hatten sich in dieser Hinsicht mit dreißig nichts mehr zu sagen.

Und tut es dir leid? fragt Cinzia, und ihre kleinen schwarzen Augen blitzen hinter den Brillengläsern auf.

Ich weiß nicht recht. Natürlich, Kinder sind ein Lebensinhalt, sagt Nora und fühlt sich auf einmal wie die Mutter aller Gemeinplätze.

Das Leben geht auch so weiter, bemerkt Cinzia energisch und zieht an dem Gummibund eines Höschens. Sind die nicht ein bißchen eng für Größe 46? Was meinst du?

Ich weiß nicht, wiederholt Nora. Plötzlich fühlt sie sich, als wisse sie gar nichts im Vergleich zu Cinzia. Sie weiß nicht, bei welcher Temperatur man ein Fläschchen wärmt, sie weiß nicht, wie man ein Lager verwaltet, sie weiß nicht, was man bei einer Geburt empfindet.

Du bist doch noch jung und hübsch, sagt Cinzia, während sie mit geübten Händen das Höschen wieder zusammenlegt, man sieht dir dein Alter nicht an, du kannst so viele Männer haben, wie du willst.

Hm, macht Nora ausweichend.

Dabei habe ich immer gedacht, du hättest unglaubliches Glück bei Männern, fügt Cinzia hinzu. Auch die anderen Mädchen in der Fakultät, die aus unserem Umkreis, haben dich immer beneidet, weißt du das?

Unglaubliches Glück? Ich? sagt Nora.

Ja klar, du hattest diesen Schatz von Marco, der dir folgte wie ein Hündchen, richtig rührend, und diesen phantastischen Bruder, ich war ein bißchen verknallt in deinen Bruder. Wie geht es ihm denn?

Er treibt sich in der Weltgeschichte rum, sagt Nora leicht gereizt. Ich weiß nicht einmal, ob auf Urlaub oder geschäftlich. Wir wollten uns letzten Sonntag bei Papa treffen, aber er hat sich nicht gemeldet.

Ah, dein Vater! ruft Cinzia aus. So ein sympathischer Mann!

Hast du ihn kennengelernt? fragt Nora. Ich erinnere mich gar nicht, daß ich ihn dir vorgestellt habe. Wir haben nie sehr viel mit einander zu tun gehabt, mein Vater und ich, er kam mich nur besuchen, um ... Beinahe hätte sie gesagt: ... Kasse zu machen, aber dann verschluckt sie es.

Ich habe ihn nur einmal gesehen, aber er ist einer, den du nicht vergißt. Ein so witziger, lebensfroher Mann. Bestimmt hast du als Kind viel Spaß mit ihm gehabt. Es geht ihm gut, hoffe ich. Oder ist er etwa krank?

Nein, sagt Nora, nicht krank, nur alt.

Als junger Mann sah Noras Vater aus wie James Dean, feine Gesichtszüge, dämonischer Blick, Schmollmund, Haartolle über der Stirn. Die Mutter war groß, blond, kräftig, helle Haut und helle Augen, eines dieser Mädchen vom Bauernhof, die von früh bis spät arbeiten, auch wenn sie nicht auf dem Bauernhof arbeitete, sondern im Geschäft.

Er war immer umgeben von weiblicher Fürsorge. Sein Leben lang haben Frauen seine Rechnungen bezahlt, erst seine Mutter, dann die beiden Schwestern der Mutter, dann seine Frau und zuletzt seine Tochter. Aber warum? fragte sich Nora als Mädchen wütend. Inzwischen weiß sie es oder vermutet, es zu wissen: Er hat etwas Rührendes. Bringt einen zum Lachen. Ist komisch. Ein ewiges Kind, einer Art Peter Pan, der von einer Unternehmung zur anderen flattert und schillernde Lügen erzählt, an die er selbst zu glauben scheint. Er wirkt unschuldig, freundlich, schwerelos wie ein Kobold.

Natürlich ist alles falsch. Aber Frauen machen sich gern Illusionen.

Ihn interessieren Frauen hauptsächlich als potentielle Geldquellen, sonst zieht er männliche Gesellschaft vor. Karten, Bocciakugeln, Wetten, Limousinen, das sind seine weiblichen Objekte der Begierde. Mit etwa vierzig, als sich das Verhältnis zu seiner Frau verschlechtert, startet er eine Wahlkampagne, um die Tochter für sich zu gewinnen, die er bisher kaum bemerkt hat. Er will eine Verbündete.

Deshalb geht Nora mit fünf, sechs Jahren häufig mit ihrem Vater aus. Er lenkt mit einer Hand, raucht und gestikuliert und malt ihr herrliche Genüsse aus. Sie sind immer unterwegs zu wunderschönen Orten, wo man Blumen pflücken, Kuchen essen, exotische Tiere sehen kann. Aber selten kommen sie so weit. Gewöhnlich halten sie vorher bei einer Kneipe, wo Nora zum Murmeln spielen in den Hof geschickt oder auf einer Bank in einem dunklen, nach kaltem Rauch und Wein riechenden Raum geparkt wird. Manchmal wird sie im Auto vergessen, einmal steckt der Schlüssel, und als Nora es vor Langeweile nicht mehr aushält, läßt sie den Motor an, und der alte Volkswagen prallt gegen ein Geländer. Sechs Meter weiter unten ist der Fluß. Nora ist erschrocken, ihr Vater noch mehr. Auf sein Verlangen schwört sie ihm hoch und heilig, daß sie es nicht ihrer Mutter erzählen wird. Sie hat sich ein bißchen weh getan, aber sie werden sagen, daß sie beim Rennen hingefallen ist.

Dann gibt es noch die Schatzsuche, ein Spiel, das sie bei den Tanten spielen.

Tante Onorata und Tante Iride sind in Wirklichkeit Noras Großtanten, Schwestern der Großmutter väterlicherseits. Sie leben in einem flachen Haus, einem rechteckigen Zementblock mit vier Zimmern mitten auf dem Feld, neben der Landstraße. Sie sind beide verwitwet. Tante Iride, die Jüngere, ist bei der Landwirtschaftsgenossenschaft angestellt, ihre Schwester Onorata war Hebamme, bevor sie in Rente ging. Das Bild von Onoratas massiger, wehender Gestalt, die mit ihrer schwarzen Tasche auf dem Fahrrad dahinsaust, ist im ganzen Dorf und der umliegenden Gegend bekannt. Doch jetzt verläßt Onorata schon seit Jahren nicht mehr das Haus, ihre Beine können ihre hundertvierzig Kilo nicht tragen. Iride, die nur hundertfünf wiegt, ist daneben gertenschlank.

Dick waren die Tanten schon immer. Ein Jugendfoto zeigt sie in Kleidern mit breiten weiß-grauen Streifen, die sich unter den lächelnden, apfelrunden Gesichtern entfalten wie Zelte. Die Tanten lachen gern, essen gern, plaudern gern, kaufen gern Spitzen und Nippes und Mäntel aus reiner Wolle. Ihren einzigen Neffen beten sie an. Doch Alter, Gewicht und Neffe tragen zu ihrem raschen Verschleiß bei, und schon in Noras ersten Erinnerungen trübt ein Hauch von Traurigkeit und Sorge ihr behäbiges Lächeln.

Die Schatzsuche besteht darin, Tante Onoratas Zimmer systematisch nach Geld zu durchwühlen, denn sie ist die Finanzchefin des Paares. Sie ändert häufig das Versteck und denkt jedesmal, sie käme damit durch, aber er ist schlauer. Nora steht Schmiere, während der Vater die Schubladen der Kommode aufzieht, die Hand zwischen Matratze und Lattenrost schiebt, die Bücher von Delly aus dem Regal neben dem Fenster nimmt und eins nach dem anderen ausschüttelt.

Wenn er nicht sofort fündig wird, regt er sich auf und schimpft über die beiden Stinktiere. Aus seinem Mund klingt es wie ein Scherz, aber Nora ist klar, daß er wirklich so denkt. Die Tanten baden nicht in der Badewanne, dazu sind sie zu dick, und wenn sie ausrutschten, bräuchte man einen Kran, um sie wieder aufzurichten, aber sie waschen sich täglich mit Waschlappen und Seife in einer Schüssel mit lauwarmem Wasser. Ihre Körper verströmen einen süßlichen Geruch nach gärendem Brotteig; die Kleider riechen nach Lavendel und Kampfer. Nora mag das, aber der Vater rümpft heimlich die Nase.

Jedesmal, wenn er etwas erbeutet, schenkt er ihr eine silberne Fünfhundert-Lire-Münze.

Tante Onorata, massig, in ihren Sessel neben dem Ofen versunken, weint immer häufiger. Still weint sie vor sich hin, während sie Barbera über das Kaninchen in Rotwein gießt, das sanft auf dem Holzfeuer brutzelt, oder mit dem Holzlöffel die Mayonnaise rührt. Nora hält mit beiden Händen die Ölflasche und schwitzt vor Anstrengung, einen feinen, gleichmäßigen Ölfaden in die Schüssel rinnen zu lassen. Die Tränen lösen sich von Tante Onoratas gerötetem Augenrand und tropfen auf ihre weichen, schlaffen, runzeligen Wangen.

Komm, Norina, wir machen einen schönen Ausflug, sagt er, mit laufendem Motor.

Ich muß Hausaufgaben machen, antwortet Nora. Sie kehrt ihm den Rücken zu, geht ins Haus und schließt sorgfältig die Tür hinter sich.

*

Na, verstehst du, mit zwei Zerstörern dieses Kalibers muß ich nämlich Großeinkäufe tätigen, sagt Cinzia, die zwölf Paar Unterhosen, ebenso viele Paar Socken und sechs Unterhemden ausgewählt hat. Sie zieht ein unförmiges Portemonnaie heraus und beginnt Geld zu zählen, ohne mit dem Reden aufzuhören.

Nora starrt auf das massiv goldene Kollier. Es sieht dem von Tante Iride verdammt ähnlich. Könnte ja sein. Einen Augenblick ist Nora sich sicher. Schließlich wurde nach dem Tod der Tanten keines ihrer Schmuckstücke gefunden. Nichts wurde gefunden, auch Haus und Garten waren weg. Alles längst verkauft, um die Schulden des Neffen zu bezahlen. Sie stellt sich ihren Vater vor, wie er Cinzias Mann, dem schönen Gualtiero, das Stück anpreist, echt dreißiger Jahre, massiv Gold, und der Antiquitätenhändler sich überzeugen läßt und es zum Vorzugspreis erwirbt.

Du mußt mich unbedingt besuchen, sagt Cinzia. Komm im April, wenn der Flieder blüht. Oder im Mai, da haben wir immer so viele Kirschen, daß wir sie gar nicht alle pflücken können. Im Juli koche ich Johannisbeermarmelade, im September mache ich Tomaten ein. Ab und zu hab ich die Schnauze gestrichen voll von den Schönheiten des Landlebens, weißt du.

Ich komme, lügt Nora.

*

Nach dem Abendessen setzt sie sich vor ihr Scheckbuch, die Ellbogen auf den Tisch gestützt und das Gesicht zwischen den Händen.

Sie hat gegessen, abgespült, die Küche aufgeräumt. Nach dieser Anstrengung fühlt sie sich erschöpft. Der Kühlschrank war noch voll von Irenes letzem Besuch. Tortellini, russischer Salat, Käse, Aufschnitt, Eis. Der Anblick der vielen Sachen hat ihr den Appetit verdorben, sie hat sich zwingen müssen, etwas zu essen.

Und doch ist sie mit vollen Kühlschränken und überquellenden Speisekammern aufgewachsen. Tante Onorata war eine begnadete Köchin, Tante Iride besaß eine kleine Bibliothek von Kochbüchern, zusammen mit dem Knigge ihre Leidenschaft; was muß man tun, wenn man Besuch empfängt, wie den Tisch decken, welche Art Gebäck zum Tee servieren, einmal davon abgesehen, daß sie nur in Fällen gravierender Unpäßlichkeit Tee tranken und Besucher in der Küche empfingen, weil die Zeiten der großen Essenseinladungen längst für immer vorbei waren.

Ihre Mutter kochte nicht, sie arbeitete von morgens acht bis abends acht im Geschäft, aber sie liebte den Überfluß, volle Obstschalen, halbe Käseräder; an allem könne sie sparen, sagte sie, bloß nicht am Essen, denn Hunger habe man im Krieg genug gelitten. Wenn das Telefon läutete und die Bank anrief, um zu sagen, daß sie erneut in den roten Zahlen steckte, vertilgte sie, anstatt zu weinen, ein Brötchen mit viel Schinken und ging wieder an die Arbeit.

Sie hatte ein liniertes Heft, in dem sie über die Bankangelegenheiten Buch führte. Sie rechnete alles im Kopf, ohne Rechenmaschine. Sonntags setzte sie sich an den Tisch, schrieb Zahlenkolonnen untereinander und rechnete halblaut. Diese verdammten Zahlen, sagte sie. Wie ich sie hasse.

Heute weiß Nora, daß ihre Mutter nicht die Zahlen haßte, sondern was sie bedeuteten: fällige Wechsel, das Schulgeld für den Bruder im Internat, die Hypothekenrate, die Bankzinsen. Zwischen der Mutter und den Zahlen herrschte Klarheit, sie verstanden sich, denn im Unterschied zu Ehemännern lügen Zahlen nicht.

Rechnerisch begabt zu sein, denkt Nora, ist grausam. Man muß stark sein, um alle Zahlen untereinander zu schreiben und dem Ergebnis ins Auge zu schauen. Ihre Mutter war es, sie nicht.

Jedesmal, wenn sie versucht, ihren Kontostand auszurechnen, wird es kritisch. Sie schreibt die Zahlen falsch untereinander, entdeckt, daß sie den Belegabschnitt eines Schecks nicht richtig ausgefüllt hat, findet eine geheimnisvolle Abbuchung, die aus ihrem Gedächtnis verschwunden ist. Die Zahlen winden sich in ihrer Hand wie Aale.

Aber eins ist heute abend sicher: Sie ist im Minus. Der Scheck, den sie letzten Sonntag ausgefüllt hat, hat ihr prekäres Bankgleichgewicht zerrüttet.

Als Nora noch klein war, zauberte die Bank tiefe Falten auf die Stirn ihrer Mutter. Sparkasse, San Paolo, Volksbank bildeten ein einziges metaphysisches Wesen, das ihr Leben beherrschte, der Gott, der sich mit zornigem Klingeln im Hinterzimmer des Geschäfts meldete. Seine Stimme war das Telefon, das zwischen Stoffballen, Mustern und Packpapier auf einem Tisch thronte; seine Botschaften kamen per Post in dünnen Umschlägen, die die Mutter mit barschen Bewegungen aufriß.

In bedrückenden Momenten fürchtet sich Nora vor Verelendung. In Verlassenheitsgefühle oder Versagensängste mischt sich bei ihr immer die Furcht, den Boden unter den Füßen zu verlieren. Ein irrationaler, tiefsitzender Schrecken, das Gespenst der Armut, das in ihrem Unbewußten umgeht. Beruhige dich, ich bin ja da, sagte Marco zu ihr, wir sind zu zweit, wir sind Ärzte, wir werden schon nicht verhungern. Denk nicht ans Geld, ich kümmere mich darum.

Und tatsächlich verwaltete er das Wertpapierkonto, das auf ihrer beider Namen lautete, und löste es dann auch auf, als sie sich trennten. Ich mußte unter Wert verkaufen, sagte er, ohne sie anzusehen, als er ihr den Scheck reichte. Nora hatte nicht aufbegehrt, in dem Augenblick bedeuteten die Zahlen auf dem Papier nichts für sie, sie fühlte sich schuldig und daher auch in seiner Schuld.

Die Wohnung, in der sie lebten, gehörte beiden; sie haben sie nicht verkauft, wie sie Cinzia gegenüber behauptet hat. In Wirklichkeit hat Nora ihre Hälfte ihrem Exmann überlassen, zu einem deutlich unter dem Marktwert liegenden Preis, doch wem sonst hätte sie eine halbe Wohnung verkaufen können? Zum Schluß reichte die Summe, die für sie dabei heraussprang, nicht einmal, um die drei Zimmer zu kaufen, in denen sie jetzt wohnt, und sie mußte noch eine Hypothek aufnehmen.

Natürlich hat Cinzia recht, sie hat sich über den Tisch ziehen lassen.

Sie hört wieder Cinzias singende Stimme, die bei glühender Hitze sinnlos gewordene Stücke aus den Lehrbüchern vorliest, während sie beide ermattet auf dem Steinboden liegen, um etwas Kühle zu erhaschen. Langsam erfaßt sie Prüfungspanik, geschwächt schweben sie im Halbkoma am Rand des Bewußtseins. Das schaffe ich nie, sagt Cinzia, die auf dem Rücken auf den Kacheln liegt und an die Decke starrt. Ich auch nicht, sagt Nora, im Schneidersitz an die Wand gelehnt. Ich geh besser nach Hause und mache eine Waschmaschine, Marco hat kein einziges Hemd mehr. Spinnst du, sagt Cinzia, du denkst an die Hemden, wo wir übermorgen Prüfung haben? Soll der junge Mann sich seine Hemden doch selber waschen! Er lernt auch, sagt Nora. Marco ist zäher als ich, der packt es bestimmt. Ich gebe auf und suche mir eine Arbeit. Die Hitze hat dir wohl das Hirn verbrannt, sagt Cinzia. Dann stützt sie sich auf den Ellbogen und blickt Nora an: Das meinst du doch nicht ernst? Dann haben wir endlich ein bißchen Geld, sagt Nora. Jetzt hör mir mal gut zu, Nora Ardigò, sagt Cinzia und setzt sich auf, ich habe schon immer gewußt, daß Verheiratetsein zu Verblödung führt, aber wenn du die Uni hinschmeißt, bist du komplett verrückt. Dein Hang zur Aufopferung ist gemeingefährlich, weißt du? Reiß dich zusammen.

Nora hat den Rat befolgt und beim Staatsexamen besser abgeschnitten als Marco, weshalb sie sich noch jahrelang schuldig gefühlt hat.

Sie denkt wieder an Cinzia, die mit ihrer Riesentasche voll Obst und Socken davonhastet und ihre Kinder vor sich hertreibt wie widerspenstige Schafe in den Stall. Hat sie wirklich alles im Griff in ihrem unübersichtlichen Leben? Oder entgeht ihr manchmal etwas, trotz ihrer hektischen Betriebsamkeit und der ständig ausgefahrenen Antennen? Der Mann in Thailand, zum Beispiel. Was ist besser, fragt sich Nora, ein abwesender Mann am anderen Ende der Welt oder ein abwesender Mann am anderen Ende des Bettes, wie es bei ihr und Marco in den letzten Jahren war?

Jedenfalls ist Cinzia vergleichsweise im Vorteil, weil sie die Buchführung macht, und auch wenn sie nicht genau weiß, wo ihr Mann ist, weiß sie vermutlich wenigstens, wo das Geld ist. Sie dagegen hat das nie gewußt, und die einzige Gewißheit ist jetzt, daß es alle ist. Irenes Tortellini haben sich in ätzende grüne Säure verwandelt, die ihre Magenwände zerfrißt. Positives Denken genügt nicht, sie braucht zwei Maalox-Tabletten.

Sie könnte Irene bitten, ihr etwas zu leihen, in vierzehn Tagen wäre sie in der Lage, ihr zumindest einen Teil der Summe zurückzuzahlen. Aber die Idee widerstrebt ihr. Irene macht ihr schon zu viele Geschenke, die sie aus Trägheit annimmt, um Irene nicht zu enttäuschen, denn würde sie sie zurückweisen, müßte sie sich selbst und auch Irene eingestehen, daß ihre Beziehung zu Ende ist, wie sie vor ein paar Stunden zu Cinzia gesagt hat.

Voller Wut denkt sie an ihren Vater, der sie so teuer kommt, an ihren Bruder, der es sich erlaubt, sich einfach abzuseilen, ohne Bescheid zu sagen, wie immer. Wenn er sie so besorgt sähe, würde er sie auslachen wegen ihrer typisch weiblichen Ängste.

Sie hat in den letzten Tagen oft versucht, ihn zu erreichen, zu Hause, im Büro, auf dem Handy, aber ohne Erfolg. Ohne ein Wort ist er im Nichts verschwunden. Es ist eine Angewohnheit. Er hat die Gabe, sich aufzulösen, immer hat er etwas Wichtigeres zu tun, läßt dich stehen und geht zu seinen Freunden, denen er dich nicht vorstellt (du bist ja nur die kleine Schwester, du zählst nicht), oder du drehst dich auf der Straße um, und er ist nicht mehr da, er zwingt dich, endlos zu warten, und wenn er wieder auftaucht, wird er dir niemals sagen, wo er gewesen ist, was er gemacht hat, und nicht im Traum daran denken, sich bei dir zu entschuldigen.

Ein einziger Mensch könnte sie trösten, sie beruhigen, ihre Ängste lindern. Aber dieser Mensch ist schon lange nicht mehr da. Ihre Mutter.

*

Nora sitzt allein in einem graubraunen Zimmer. In ihrem weißen, rosa geblümten Sommerkleid, dem schönsten, das sie besitzt, rutscht sie von dem Sessel aus Kunstleder, das an den nackten Beinen klebt, und beginnt vorsichtig, von der nüchternen Atmosphäre gebremst, den Raum zu erforschen.

Das Zimmer ist sehr hoch, die Decke im Schatten verborgen. Auf einem großen braunen Tisch steht eine Schreibmaschine, Nora erkennt sie, weil sie eine ähnliche auf Tante Irides Schreibtisch gesehen hat. Im Büro der Landwirtschaftsgenossenschaft gibt es bunte Stifte, Häkeldeckchen, Topfpflanzen, ein Foto von Tante Irides Mann in Gebirgsjägeruniform mit einem Strauß frischer Blumen davor. Und aus dem Lager nebenan kommt ein starker Geruch nach Getreide und Jutesäcken. Hier dagegen riecht es nach Staub, nach Zigarettenasche, nach dem heißen Asphalt der Straße. Es gibt Metallschränke, graue, schwarz beschriftete Ordner, große dunkle Bücher. Die Behälter für die Stifte sind aus schwarzem Kunststoff, die Stifte sind bräunlich, alle gleich. Es gibt keine Bilderbücher, nicht einmal die Kataloge für Saatgut mit Fotos von Bohnen, Kopfsalat und roten Rüben.

Nora behält die Tür hinten im Auge. Dort ist ihre Mutter hineingegangen, ab und zu hört man ihre Stimme und dann die eines Mannes. Eine dunkel gekleidete Signora kommt aus der Tür und fängt an, rasch auf der Maschine zu tippen. Nora beginnt sich Sorgen zu machen. Sie weiß nicht, warum sie dort sind, plötzlich hat sie Angst, verlassen zu werden, in diesem häßlichen Zimmer allein zu bleiben, wo es nichts zum Spielen und nichts zum Anschauen gibt. Sogar der Hof, den man durch die

Gardinen erkennen kann, ist eine trostlose Backstein- und Zementfläche ohne einen Baum, eine Blume oder ein Fahrrad.

Endlich kommt die Mutter wieder heraus, und Nora läuft ihr erleichtert entgegen. Die Mutter hält ihr zerstreut die Hand hin, aber das genügt Nora, sie drückt sie ganz fest und reibt sie dann, als die Erwachsenen reden und niemand zusieht, an ihrer Wange. Sie streichelt alle Finger einzeln, sie sind warm, verschwitzt, beben und zucken und werden ihr plötzlich mit einem nervösen Ruck entzogen, die Hand greift in die Tasche, holt das Taschentuch heraus. Hastig dreht die Mutter den Kopf weg und putzt sich die Nase, dann wendet sie sich wieder dem Mann zu.

Aber ich habe zwei Kinder, *Avvocato*, sagt sie.

Der Mann ist groß und mager, mit weißen Haaren und weißem Schnauzbart, und kommt Nora so alt und verehrungswürdig vor wie die Krippenfiguren der drei Weisen aus dem Morgenland.

Eben, sagt der Mann. Denken Sie an ihre Kinder. Auch deswegen müssen Sie es tun. Schnellstmöglich.

Die Mutter nickt.

Draußen, im Nachmittagslicht, ist Nora glücklich, wieder im Freien zu sein, freut sich über die Hitze und die Geräusche der Stadt.

Wohin gehen wir jetzt? fragt sie.

Die Mutter starrt vor sich hin, ihr Blick verliert sich in der Tiefe der Arkaden. Sie sind nicht in ihrem Dorf, sondern in Turin, in der Via Cernaia. Sie stehen direkt vor einer großen Konditorei mit Baisers und Sahnetorten im Schaufenster, aber die Mutter scheint nichts zu bemerken. Doch als Nora schon jede Hoffnung aufgegeben hat, sagt sie plötzlich: Jetzt gehen wir was Gutes essen, komm!

*

Nora ist schon fertig und wartet auf ihre Mutter, die gerade einen grauen Rock über den rutschigen, pfirsichfarbenen Unterrock mit verwaschenem Spitzenbesatz zieht. Dann schiebt sie die Baumwollbluse in den Rockbund, dreht sich dreiviertels um, zupft sie vor dem Spiegel ein bißchen zurecht, setzt sich aufs Bett und schlüpft mit Hilfe eines Löffelstiels in ihre schwarzen Pumps. Mit der Puderquaste fährt sie sich über Wangen und Ausschnitt, dann wirft sie sich einen alten Schal über die Schultern und kämmt sich. Die langen hellblonden Haare mit ein paar dunkleren Strähnen und einigen Silberfäden fallen ihr bis auf den Rücken und sprühen Funken unter der Bürste; sie nimmt sie, schlingt sie im Nacken zu einem Knoten und bohrt geschickt eine Handvoll Haarnadeln hinein.

Nora hat darauf bestanden, sich die Haare wachsen zu lassen, und will jetzt genauso gekämmt werden. Die Mutter hat ihr ihren Willen gelassen, obwohl ihre Schulkameradinnen alle die Haare kurz tragen, einen Bubikopf oder mit Schleifen über den Ohren; die Größeren dagegen prunken mit toupierten Frisuren mit Pony über den Augen.

Hast du deine Schuhe zugebunden? fragt die Mutter.

Nora nickt.

Sie wohnen ganz nah am Bahnhof, daher brauchen sie nicht lang. Im Wartesaal ist es finster, es riecht muffig, und Nora will auf den Bahnsteig hinaus. Draußen ist es heiß, die Sonnenreflexe auf den Gleisen blenden, die Mutter tupft sich mit einem zusammengeknüllten Taschentuch die Achseln. Es ist Juni, der honigsüße Geruch der Linden mischt sich mit dem nach Zucker und Staub des Ligusters und dem nach der Toilettenseife der Mutter. Nora stellt sich hinter sie, in ihren Schatten, während sie auf den in der Ferne schnaufenden Zug warten.

Er steigt als einer der ersten aus. Mit einem großen Koffer und einem mit einem Riemen zusammengebundenen Packen Bücher springt er heraus und ist mit zwei Schritten bei ihnen. Du bist noch mal gewachsen, sagt die Mutter. Er läßt sich auf die Wange küssen. Ciao, Kleine, sagt er zerstreut zu Nora. Und zur Mutter: Warum frisierst du sie denn wie eine Vierzigjährige? Die Mutter antwortet nicht, sondern hängt sich bei ihm ein.

Möchtest du ein Eis? fragt sie ihn. Die Bar gegenüber vom Bahnhof hat Tische draußen unter den Arkaden, vor der Platanenallee. Nein, sagt er nachlässig, keine Lust.

Nora und die Mutter sehen sich enttäuscht an. Beide haben sich auf dieses Eis gefreut, die Mutter hat sich extra schön angezogen, damit das Dorf sie draußen sitzen sehen könnte mit ihrem Sohn, der aus dem Internat zurückkommt.

Zu Hause wirft er die Bücher aufs Sofa, trägt den Koffer in sein Zimmer und will sich gerade dort einschließen, da sagt die Mutter in bittendem Ton: Komm her, laß dich anschauen.

Sie setzen sich um den Wohnzimmertisch, die Mutter holt die Gläser mit Goldrand. Es ist eine förmliche Situation, als hätten sie Gäste. Nora hat ihren Bruder seit Monaten nicht gesehen und ist jedes Mal wieder erstaunt, weil sie ihn in der Zwischenzeit vergessen hatte, sein Gesicht, seine Stimme.

Möchtest du Weißwein? fragt die Mutter. Er ist schön kalt.

Lieber eine Cola.

Ich hol dir eine, sagt die Mutter, schon auf dem Sprung.

Wo gehst du hin? fragt er.

In die Bar. Bin gleich zurück.

Laß das, sagt der Bruder verärgert. Ich mache mir gar nichts aus Cola. Gib mir ein Glas Wasser.

Sie trinken Sprudel, aus den Gläsern mit Goldrand.

Erzähl mir von der Schule, sagt die Mutter.

In der Schule geht's gut, sagt er mit herablassendem Lächeln. Die Mutter hat nur die fünfte Klasse Grundschule, sie hört immer wieder gern, was ihr Sohn alles lernt, Latein, Griechisch, Algebra, Philosophie. Er erzählt vom Rektor, zitiert Kameraden, Lehrer, Leute, die sie nie gesehen haben, als müßten sie sie kennen. Nora langweilt sich ein bißchen, aber die Mutter hängt an seinen Lippen und verschlingt ihn mit den Augen.

Red weiter, sagt sie. Ich möchte alles wissen. Ich werde doch das Recht haben zu sagen: Mein Sohn ist tüchtig. Wenn ich von dir spreche, wachse ich um eine Handbreit.

Er erzählt. Zündet sich eine Zigarette an, hält der Mutter die vergoldete Schachtel hin. Sie raucht normalerweise Nazionali Esportazione mit Filter, ein weiches grünes Päckchen mit einem Boot darauf. Zögernd wie ein junges Mädchen, das noch nie geraucht hat, zieht sie die lange Zigarette heraus, die er ihr anbietet, beugt sich vor, um sich Feuer geben zu lassen, spricht mit ihm im gleichen Ton wie mit dem Rechtsanwalt. Sie unterhalten sich in Hochsprache, und die Mutter versucht, ihre breiten Vokale geschlossen auszusprechen, geht mit den Wörtern um, als wären sie zerbrechlich und müßten mit Samthandschuhen angefaßt werden. Auch Nora muß mit ihm Hochsprache sprechen. Wenn sie aus Versehen ein Dialektwort benutzt, lacht der Bruder sie aus.

Dann sagt die Mutter nach einem verlegenen Schweigen: Ich bin beim Rechtsanwalt gewesen.

Er stößt den Rauch durch die Nase aus und sagt nichts.

Ich habe die Papiere vorbereitet, sagt die Mutter, sich den Rock glattstreichend. Für die Trennung. Die Lage ist nicht rosig, weißt du.

Da ist eine große Summe, die bezahlt werden muß. Und ich habe Wechsel unterschrieben ... das hätte ich nicht tun sollen, aber er schwor hoch und heilig ... du weißt ja, wie er ist ... jahrelang ist das so gegangen ... er sagte immer: Wirst sehen, Nina, jetzt wird alles anders, und ich glaubte ihm, dumm, wie ich bin ... Es geht um Millionen Lire, aber wenn die Banken mir weiter Kredit geben, schaffe ich es, glaube ich ... es wird Jahre brauchen ... Die Alternative ist, Konkurs anzumelden, aber das will ich nicht, ich will nicht alles kampflos verlieren ...

Die Mutter spricht mit Mühe, erklärt, rechtfertigt sich, als sei es ihre Schuld. Das Gesicht des Bruders verdüstert sich immer mehr. Aber wie? Wie denn? brüllt er an einem bestimmten Punkt und hebt die Arme, als wollte er einen Mühlstein hochstemmen und fortschleudern.

Beim Spiel, sagt die Mutter. Du weißt, wie er ist. Du kennst ihn doch auch.

Nein! sagt der Bruder, ich kenne ihn nicht, ich will nichts von ihm wissen, will ihn nicht sehen, sonst bringe ich ihn um!

Die Mutter zündet sich noch eine Zigarette an, eine von ihren. Sie neigt nicht zur Dramatik. Sie wartet, bis der Bruder sich ausgetobt hat, dann sagt sie: Nimm's dir nicht so zu Herzen. Es nützt sowieso nichts.

Er ist blaß. Als er wieder zu sprechen beginnt, klingt seine Stimme unsicher. Und jetzt? fragt er.

Du brauchst dir keine Sorgen zu machen, sagt die Mutter. Du sollst nur lernen. Um das Geld kümmere ich mich.

Also dann, sagt er mit gepreßter Stimme, fahre ich diesen Sommer nicht nach England.

Wieso? sagt die Mutter. Das Geld ist da, ich habe es schon beiseite gelegt.

In dieser Situation? fragt er verzweifelt.

Auch wenn ich es sparen würde, sagt die Mutter achselzuckend, wäre es nur ein Tropfen auf den heißen Stein.

Er schaut sie zweifelnd an. Blinzelt, als schiene ihm die Sonne in die Augen, fährt sich mit den Händen übers Gesicht.

Nächstes Jahr gehe ich auf eine öffentliche Schule, sagt er.

Wenn du willst, sagt die Mutter stirnrunzelnd. Aber nicht aus Notwendigkeit.

Natürlich will ich, murrt er. Glaubst du, es macht mir Spaß, mit Leuten zusammenzusein, die ein Haus in Bardonecchia und eine Villa an der Côte d'Azur haben? Leuten, die in die Minen in Brasilien investieren?

Die Mutter senkt den Kopf. Ich tue, was ich kann, sagt sie.

Da bereut der Bruder seine Schroffheit. Es ist nicht richtig, daß ich dir so auf der Tasche liege, sagt er schwankend. Ich muß mir eine Arbeit suchen.

Das meinst du doch nicht im Ernst! ruft die Mutter aus.

Jetzt stehen sie vor einander. Wenn du die Schule aufgibst, bin ich erledigt, sagt die Mutter. Was glaubst du denn, ich kämpfe doch für euch, ich investiere nicht in die Minen in Brasilien, sondern in euch beide!

Der Bruder ist größer als sie. Eine Weile starren sie sich an, dann schlägt er die Augen nieder. Sie versucht ihn zu umarmen, aber er weicht aus, läuft davon und schließt sich in sein Zimmer ein.

Nachdenklich und finster bleibt die Mutter zurück. Geh dich umziehen, sagt sie zu Nora.

Widerstrebend folgt Nora. Die Mutter hat ihr beigebracht, die Schuhe in einer Reihe unter die Kommode zu stellen, die Kleider auf die Bügel zu hängen. Sie tut es aufmerksam, voll Ernst, denn es ist eine Art, sich nützlich zu machen, der Mutter eine Freude zu bereiten. Die Mutter bemerkt immer, was Nora tut, auch wenn sie es nur mit einem Blick zur Kenntnis nimmt. Der Bruder dagegen ist schwerer zu verstehen und zufriedenzustellen.

Nora schlüpft in ein Paar Shorts und ein altes, ausgebleichtes T-Shirt. Im Flur bleibt sie vor dem Zimmer ihres Bruders stehen. Die Tür ist angelehnt. Er sitzt reglos auf dem Bett, mit geballten Fäusten und starrem Blick. Nora läuft davon.

Die Mutter hantiert lautlos in der Küche. Sie trägt jetzt ein Hauskleid aus bedruckter Baumwolle und bügelt auf einem dunklen, über den Tisch gebreiteten Tuch. Ab und zu trocknet sie sich mit dem Handrücken den Schweiß von der Stirn und der Oberlippe. Sie reden nicht miteinander, fühlen sich unwohl, die Luft ist drückend, zum Schneiden.

Bis er wieder auftaucht. Er hat ein frisches Hemd angezogen, ein Paar alte Schuhe. Ich fahre ein bißchen Fahrrad, sagt er. Die Mutter lächelt ihm zu. Unsicher erwidert er das Lächeln. Wenn ich es schaffe, kaufe ich dir nächstes Jahr ein Moped, sagt die Mutter.

Ich will kein Moped, sagt er in vernünftigem, erwachsenem Ton. So was interessiert mich nicht, ich brauche nicht mit einem Moped zu protzen, um zu wissen, was ich wert bin.

Die Mutter wirft ihm noch einen langen Blick zu. Ich bin froh, daß du so denkst, sagt sie.

Er geht pfeifend hinaus. Scheint gute Laune zu haben.

Es ist Sonntag, später Nachmittag. Die Mutter faltet die gebügelte Wäsche und läßt sich aufs Sofa fallen. Durchs offene Fenster kommt etwas Kühle. Sie wohnen mitten im Dorf in einem großen, zweistöckigen Haus, und im Hof stehen eine blühende Magnolie und eine Atlas-Zeder mit grünsilbernen Nadeln. Im Erdgeschoß befinden sich das Geschäft, das Lager und eine breite Durchfahrt. Das Haus stammt von den Großeltern der Mutter, und wenn sie die Hypothek nicht bezahlen können, wird es eines Tages der Bank gehören. Undeutlich weiß Nora das alles, aber was es heißt, ist ihr nicht klar. Prüfend betrachtet sie das Gesicht der Mutter, es ist wieder ruhig, ein bißchen müde.

Die Mutter fängt den Blick auf und sagt: Hol mir mein Buch, sei so lieb.

Auf dem Bett liegt umgedreht ein aufgeschlagener Roman, auf dem Kissen, wo früher der Vater schlief. Nora nimmt das Buch, ohne es zuzuschlagen, und bringt es ihr. Die Mutter streift die Schuhe ab und legt die Beine aufs Sofa. Da jetzt das Kinderprogramm läuft, schaltet Nora den Fernseher an, sehr leise, und setzt sich neben sie. Es gibt einen Mickymaus-Film, ihre Lieblingssendung.

Ab und zu streckt sie unauffällig die Hand aus und kitzelt die Mutter an den Füßen, die in den Nylonstrümpfen zucken. Laß das, sagt die Mutter, ohne die Augen vom Buch zu heben. Nora hört nicht, die Mutter strampelt, dann packt sie Nora und kitzelt sie unter den Achseln, bis sie, sich vor Lachen windend, um Gnade bittet. Wenn du nicht schwörst, daß du jetzt Ruhe gibst, mach ich weiter, sagt die Mutter. Ich schwöre es, sagt Nora. Erschöpft und glücklich lehnt sie sich an ihre Beine und sieht zu, wie Donald Duck von einem Wolkenkratzer stürzt und am Boden zerschellt, ohne sich weh zu tun.

Dann, von einem plötzlichen Gedanken überwältigt, flüstert sie flehend: Schneidest du mir die Haare ab? Ja? Morgen?

Was ist denn in dich gefahren? sagt die Mutter lesend. Kaum macht dein Bruder den Mund auf, änderst du deine Meinung.

Nora fühlt sich ertappt, durchschaut. Sie versteckt ihr Gesicht hinter einem Kissen. Also schneidest du sie mir? fängt sie nach einer Weile wieder an.

Ja, sagt die Mutter, wenn du mich lesen läßt, schneide ich dir die Haare ab.

*

Domenica ist eine entfernte, viel ältere Cousine der Mutter. Sie ist hager, aber kräftig, hat einen schmalen grauen Oberlippenbart und ein schütteres Ziegenbärtchen unter dem Kinn. Sie ist unverheiratet, betont aber gern, daß sie in ihrer Jugend zwei Heiratsanträge bekommen hat. Sie konnte sie nicht annehmen, sagt sie, weil sie keine Zeit hatte. Sie mußte ihre drei Geschwister großziehen mit ihrem Lohn als Textilarbeiterin. Jetzt ist sie in Rente und wohnt in zwei ebenerdigen Zimmern in einem Hinterhof, neben dem mittelalterlichen Turm. Sie kommt zum Waschen, Bügeln und Putzen. Sie kocht auch, zu weiche Pasta, fettige Schnitzel und angebranntes Gemüse, was den Bruder zu leidenden Grimassen veranlaßt, wenn er zu Hause ist.

Domenica hat ihre eigene Lebensphilosophie, aufgebaut auf Pflichtbewußtsein (erste Pflicht: nicht müßiggehen), Gott (ein sehr reizbares, cholerisches Wesen) und darauf, den Leuten keinen Anlaß zu Klatsch zu bieten (davor ist man nur tot und begraben sicher). Beim Putzen, wenn sie einkaufen oder auf den Friedhof gehen, während sie Erbsen enthülst, kommentiert Domenica das Tagesgeschehen und die Vorkommnisse in der Familie. Vor Nora nimmt sie kein Blatt vor den Mund, die ist ja noch ein Kind.

Dein Vater ist ein Verbrecher, sagt sie. Bete, daß der Herr ihn zu sich nimmt.

Es gibt keine Gerechtigkeit auf dieser Welt. Dein Cousin Carlo ist gestorben, ein Goldschatz, Gott hab ihn selig, und dein Vater lebt immer noch.

Deine Mutter muß Geduld haben, sagt sie dann streng. Er ist ein Mann.

Aber wieso? fragt Nora, der diese Philosophie oft schleierhaft ist. Papa ist ein Verbrecher.

Ja, aber er ist ein Mann, gibt Domenica zurück und schüttelt die leeren Erbsenschoten von der Schürze. Männer sind eben so.

So wie? fragt Nora.

Sie gehen in die Bar, trinken, spielen, laufen den Frauen nach. Aber was rede ich da, solche Sachen darfst du gar nicht wissen, hör auf mit der Fragerei.

Nora fühlt sich immer verunsicherter.

So eine Schande, sagt Domenica und dreht wütend an der Kurbel des Passiergeräts, eine Familie, die auseinanderfällt. Gott hat gesagt: Bis daß der Tod euch scheidet. Das ganze Dorf wird sich das Maul zerreißen. Armes Kind!

Und wenn Papa stirbt, wird alles gut? fragt Nora hoffnungsvoll, denn ihr Vater hat einen Unfall gehabt und sich den Arm gebrochen.

Pssst! macht Domenica, den Finger hebend, der blutig aussieht von den passierten Tomaten. Über gewisse Dinge spricht man nicht. Bete zu Gott, bete in aller Stille. Jetzt hilf mir die Tomaten häuten.

Zum Glück ist dein Bruder da, sagt sie, als sie auf dem Balkon den Staublappen ausschüttelt. Der ist aus anderem Holz geschnitzt! Was stehst du so faul herum? Hier, geh Staub wischen.

Und im Sommer stürzt sie morgens türenschlagend um acht Uhr in Noras Zimmer: Manche Leute schlafen bis in die Puppen! Ganz der Vater!

Stimmt überhaupt nicht! verteidigt sich Nora und wirft die Decke zurück.

Dein Bruder schlägt deiner Mutter nach, du deinem Vater, sagt Domenica stur.

Stimmt überhaupt nicht! kreischt Nora, rot vor Wut.

Siehst du, sagt Domenica, du hast den gleichen Charakter. Verlierst die Geduld, spuckst Feuer und Flammen. Was glaubst du denn, wer du bist, mein Fräulein? Dein Bruder dagegen, und hier leuchtet in ihren Augen all die Liebe, die sie nie ausleben konnte, weil sie keine Zeit dazu hatte, dein Brunder ist immer ruhig und gelassen wie die Sonne. Er hat das Temperament deiner Mutter. Du bist eine Ardigò, da kann man nichts machen. Deine arme Mama hat sich geirrt, und jetzt büßt sie dafür.

Dein Vater war der Ruin der Familie, bemerkt sie, während sie mit den Zähnen einen Faden abbeißt. Aber der Herr schickt denen, die zu ihm beten, die Rettung und hat uns deinen Bruder gesandt.

Deine Mutter, sagt sie und setzt Nora den Fingerhut auf die Brust, steht im Geschäft und arbeitet, ich nähe mir die Finger wund, und du schaust in die Luft, Prinzessin Taitù.

Ich schaue nicht in die Luft, ich lese! schreit Nora und schleudert das Buch an die Wand. Es heißt ›Die Kinder aus der Via Pal‹, und Nora muß bis nächsten Montag einen Aufsatz darüber schreiben. Sie hebt es auf. Der Buchrücken ist kaputtgegangen, und Nora ist geknickt, weil sie ein Eigentum ihres Bruders beschädigt hat. Das Thema lautet: ›Mein liebstes Buch‹. Nora, die jetzt die erste Klasse Mittelschule besucht, wird sich plötzlich bewußt, daß zu den Kindern aus der Via Pal kein einziges Mädchen gehört. Wahrscheinlich sind sie alle zu Hause und nähen, zur großen Befriedigung von Domenica. Sie fühlt sich unwohl, verunsichert. Sie merkt, daß Mädchen in ihren Lieblingsbüchern nicht vorkommen, es wimmelt vielmehr von Seeräubern, Kapitänen, Kaminkehrern und kleinen Lords (die Bibliothek ihres Bruders, die er ihr freundlicherweise zur Verfügung gestellt hat).

Nur mich schimpfst du immer aus! Zu ihm sagst du nie was, wenn er liest! schreit sie. Er hat immer recht, er ist dein Liebling, dein Verlobter! Damit rennt sie Hals über Kopf die Treppe hinunter, bevor Domenica ihr eine Ohrfeige verpassen kann.

*

Dein Mann ist da, sagt der Bruder, sich halb umwendend, starr, als hätte er den Hals in Gips.

Es ist ein Sommerabend, sie haben eben fertig gegessen, draußen ist es noch hell. Domenica spült, die Mutter trocknet ab, Nora hat die Tischdecke auf dem Balkon ausgeschüttelt und faltet sie gerade zusammen, bemüht, sie nicht auf dem Boden schleifen zu lassen. Alle drei halten inne. Der Arm der Mutter, erhoben, um den Teller zu nehmen, den Domenica ihr hinhält, bleibt in der Schwebe, das feuchte Geschirrtuch in der Hand.

An der Tür steht der Vater mit einem großen Korb weißer Pfirsiche, ein unverwüstliches Lächeln auf dem Gesicht. Hallo, sagt er, den Bruder übersehend, als wäre er eine Säule, die ein ungeschickter Architekt falsch plaziert hat, seht mal, was ich euch mitgebracht habe.

Komm rein, sagt die Mutter.

Mit unbewegter Miene tritt der Bruder demonstrativ einen Schritt zurück, wie ein englischer Butler in einer Komödie. Er geht inzwischen auf die Universität, hat eine zerzauste blonde Mähne, und die Dorfmädchen sind ganz verrückt nach ihm, aber ohne jede Chance.

Der Vater kommt herein und stellt die Pfirsiche auf den Tisch. Ich war auf dem Weinberg, sagt er dreist.

Das sehe ich, sagt die Mutter.

Der Weinberg, der, soweit Nora sich erinnern kann, nie ein Weinberg war, ist ein brachliegendes Grundstück am Dorfrand, mit einem bäuerlichen Zwei-Zimmer-Häuschen und einigen halb verwilderten Obstbäumen. Es gehört der Mutter, die es längst verkauft hätte, aber es ist so gut wie nichts wert, und niemand will es haben. Eigentlich sind die Pfirsiche also kein Geschenk, sondern Diebesgut. Nora nähert sich und riecht mißtrauisch daran. Sie duften fein, ein wenig bitter.

Jetzt stehen alle reglos da, als spielten sie ›Lebende Bilder‹ und warteten auf ein Kommando, das sie aus ihrer Starre erlöst.

Setz dich, sagt die Mutter, wirft sich das Geschirrtuch über die Schulter und zieht einen Stuhl heran.

Alle bewegen sich wieder. Domenica taucht die Arme in die Spülschüssel, Nora legt die Tischdecke in die Schublade, der Vater schenkt sich aus der Flasche, die noch auf dem Tisch steht, ein Glas Wein ein. Der Bruder verläßt türenschlagend den Raum, man hört ihn rasch die Treppe hinuntereilen, dann seine Schritte auf dem knirschenden Kies im Hof.

Wohin geht er, fragt sich Nora. Warum bleibt er nicht, um die Mutter zu verteidigen. Sie möchte ihm nachlaufen, ihn zurückholen, aber dann bliebe die Mutter mit dem Vater allein, das wäre noch verheerender. Domenica zählt nicht.

Wie geht es den Tanten? fragt die Mutter.

Gut, sagt der Vater ganz fröhlich. Sie jammern ständig, aber es geht ihnen ausgezeichnet.

Der Vater lebt jetzt bei ihnen. Tante Iride hat ihm ihr Zimmer abgetreten und ist zu ihrer Schwester umgesiedelt. Onoratas Bett hat jetzt nicht mehr eine, sondern zwei breite Kuhlen, wie Abdrücke von zwei Walfischen am Strand. Der Vater beklagt sich, daß sie nachts stöhnen, sich wälzen, aufstehen, um aufs Klo zu gehen. Sie sind so dick, daß sie es manchmal alleine nicht schaffen, dann rufen sie ihn, damit er ihnen aufhilft, und er muß rübergehen und sie an den Armen nehmen und diese schwabbelnde Masse in rosa Liebestötern aus der Tiefe der Matratze hieven. Wenn er nicht aufstehen mag, tut er manchmal so, als hörte er nichts. Letzte Nacht hat Onorata lange mit dem Stock an die Wand geklopft, und als der Vater dann endlich, fluchend und sich die Augen reibend, halbnackt erschienen ist, war es zu spät. Verstehst du, Nina, sagt er lachend, es war zu spät, sie hatte schon ins Bett gemacht.

Die Mutter lacht nicht. Die armen Frauen, sagt sie.

Domenica brummt, während sie eine Pfanne scheuert. Unter Töpfeklappern und Wassergeplätscher hört Nora sie murmeln: Verfluchter Kerl, Satan, Unglücksrabe.

Nora spürt die Wut in sich aufsteigen, Wut auf alle, auf die schimpfende Domenica, den Bruder, der abgehauen ist, die weinenden Tanten, die Mutter, die müde aussieht, den lächelnden Vater.

Steh nicht so untätig rum, ruft Domenica sie zur Ordnung, wir haben schon einen, der sein Leben mit Nichtstun vertrödelt. Hier, sie hält ihr einen tropfenden Teller hin, abtrocknen.

Nora reißt ihn ihr aus der Hand.

Geht die Alte denn nie nach Hause? zischt der Vater der Mutter zu.

Vom Spülbecken kommt ein Gerassel von Topfdeckeln.

Die Mutter antwortet nicht. Sie steckt sich eine Nazionali an, hält ihm das Päckchen hin. Zärtlich, ja gerührt sieht er sie an, streichelt ihre Hand auf dem Tisch. Nie sind wir allein, Nina, sagt er. Er ist längst ergraut und dick, aber sein Lächeln ist unverändert, strahlend vor Unschuld.

Schauspieler hättest du werden sollen, sagt die Mutter müde. Dein Gesicht ist wie dein Hintern.

Von dir nehme ich alles als Kompliment, Nina, sagt er.

Nora schleudert den Teller auf den Boden. Gleich danach bereut sie es, aber jetzt ist es zu spät, der Teller ist hin.

Die Mutter zieht die Hand weg, schließt einen Moment die Augen.

Domenica kreischt: Was machst du da, Teller zerschmeißen?! Schäm dich!

Im Hof hallt ein Schuß wider.

Der Vater zuckt zusammen und wird bleich. Nora läuft auf

den Balkon, um nachzusehen, gefolgt von Domenica, die den seifigen Topfkratzer schwingt.

Der Bruder schießt mit dem Jagdgewehr auf ein halbes Dutzend Blechdosen, die er an der hinteren Mauer auf eine Kiste gestellt hat. Es ist ein schöner Abend, lau und licht, der Himmel im Westen gerötet, und im Bad der Nachbarn, dessen Fenster zum Hof hinausgeht, flammt das Licht auf. Ein Kopf erscheint schwankend in der Öffnung, schaut hinunter.

Der Bruder schießt weiter.

Die Mutter sitzt ruhig da und raucht. Dem Vater steht der Schweiß auf der Stirn. Antonia, sagt er, Nina ...

Peng! knallt ein Schuß.

Nina, ich hab viel falsch gemacht im Leben, ich weiß, aber wenn du mir verzeihst ...

Peng! und das Geräusch einer rollenden Blechdose.

Getroffen! ruft Domenica triumphierend.

Auf mich möchte er schießen, sagt der Vater bitter. Dein Sohn.

Du warst auch dabei, als er gezeugt wurde, sagt die Mutter. Er ist auch dein Sohn.

Der Vater ist nervös. Und die da, flüstert er mit einem Wink in Richtung Domenica, die ist eine blutrünstige Jungfrau. Die würde mir den Kopf abschneiden und noch was anderes, wenn sie könnte.

Die Mutter lacht. Der Vater blickt sie verunsichert, aber hoffnungsvoll an.

Domenica trocknet sich die Hände an der Schürze und lehnt sich über den Töpfen mit roten und blauen Petunien auf das Geländer, um das Schauspiel zu genießen.

Ich gehe, sagt der Vater blaß.

Ist vielleicht besser, sagt die Mutter.

Mit tränenverschleiertem Blick folgt Nora dem kurzen Flug der durchlöcherten Dosen. Sie ist immer noch auf alle wütend, aber jetzt auch auf sich selbst. Sie möchte diese dumme, nutzlose Geste gern ungeschehen machen. Sie möchte, daß der Bruder sie zum Schießen in den Garten holt. Nora kann schießen, er hat es ihr gezeigt, sie sind ein paarmal zusammen auf der Jagd gewesen. Sie möchte das Gewehr sein, das ihr Bruder an der Schulter anlegt, möchte mit einem präzisen, trockenen Schuß ins Ziel treffen, anstatt trostlos vor sich hinzuleiden.

Die Eingangstür schlägt hinter dem Vater zu.

Schluß, sagt die Mutter, auf den Balkon tretend. Schluß jetzt, er ist gegangen.

Der Bruder schießt weiter, ohne den Kopf zu heben.

Hör auf! schreit die Mutter. Du ruinierst die Mauer!

Langsam läßt der Bruder das Gewehr sinken.

Die beiden schauen sich an, von oben nach unten, von unten nach oben. Ernst, stirnrunzelnd, sie ähneln sich. Der Bruder wendet als erster den Blick ab.

Wortlos hebt die Mutter die Scherben des Tellers auf.

Nora fühlt sich schuldig, daß sie ihr auch noch diesen kleinen, nutzlosen Kummer zugefügt hat.

*

Marco ist ein Goldjunge, das sagen alle. Reif, zuverlässig, guter Charakter. Nur Nora kennt seine Schattenseiten, die trotzige Stummheit, den Mißmut, die Angst, es nicht zu schaffen. Er ist der einzige Sohn einer Witwe, die sich wie eine Schiffbrüchige mit aller Gewalt an ihn klammert. Zeigt der Sohn die geringste Unsicherheit oder Schwäche, wird der Griff der Mutter so würgend, daß er mit ihr unterzugehen droht. Um seine Haut zu retten, hat sich Marco eine erwachsene, vernünftige, selbstsichere Fassade zugelegt. Ein Mann, der alles unter Kontrolle hat, alles weiß und nie die Ruhe verliert. Für einen Arzt ist das eine ausgezeichnete Übung, die ihm später nützen wird.

Nora und Marco sind beide sehr ernst, von klein auf. Vielleicht hält das sie dann so viele Jahre zusammen. Ihre Tochter nimmt die Schule ausgesprochen ernst, sagt die Lehrerin mit feierlicher Genugtuung, worauf Noras Mutter, die für das jährliche, obligatorische Gespräch kurz ihr Geschäft verlassen hat, mit flüchtigem Lächeln erwidert: Meine Tochter nimmt alles ernst.

Wenn man das Gymnasium in Turin besucht, muß man um fünf nach sieben den Zug nehmen. Nora und Marco treffen sich jeden Morgen und fahren zusammen. Die harten Holzsitze halten sie wach. Im Winter ist es eiskalt in dem ungeheizten Waggon; Schulter an Schulter sitzen sie dicht beieinander, und zwischen den Stimmen und dem Gähnen der Arbeiter schüttet Marco ihr sein Herz aus.

Seine Mutter sucht einen Mann. Am Sonntagnachmittag schminkt sie sich und geht irgendwo tanzen. Aufgeregt, leicht beschwipst kommt sie nach Hause, bringt manchmal jemanden mit, der fast immer jünger ist als sie, und bietet ihm Kaffee oder Marsala an. Marco hört sie bis spät im Eßzimmer brabbeln, wenn er da ist, lähmt ihn die Angst, die beiden zu überraschen, er traut sich nicht einmal aufs Klo, und wenn er später heimkommt, bricht ihm der kalte Schweiß aus. Die Mutter läßt sich erwischen wie ein Mädchen, rot, atemlos, mit aufgeknöpfter Bluse. Marco haßt sie in solchen Momenten. Warum gehen sie nicht ins Hotel? Was machen sie, während er in seinem Zimmer mit Watte in den Ohren lernt? Was kann man im Eßzimmer auf dem Tisch und den Stühlen machen, die der Großvater, ein Schreiner, gebaut hat, unter dem Foto des Vaters in Feldwebeluniform?

Nora versucht ihn abzulenken, ihn aus seiner Düsterkeit aufzurütteln. Wir können nicht ewig an unseren kleinen Privatproblemen kleben, sagt sie, denn inzwischen hat sie sich einer Gruppe junger Linkskatholiken um einen Priester ohne Priesterrock angeschlossen, der von Arbeitern, Demokratie, dritter Welt, Armut und den Problemen der Jugendlichen in der Gesellschaft spricht. Sie treffen sich in einem ungemütlichen, zugigen

Raum in der Nähe des Gymnasiums. Marco läßt sich überreden mitzugehen; sie sitzen neben anderen Paaren, sehr jung, fast noch Kinder wie sie selbst, und der Priester deutet an, daß sie vielleicht den natürlichen Wunsch verspüren, ihre Sexualität zu erforschen. Verständlich, dieser Wunsch, aber man muß ihm widerstehen, fährt er sanft fort und lobt die erotischen und heroischen Tugenden des Wartens und der Achtung vor dem Partner und sich selbst. Für Fälle nicht zu bremsender Ungeduld zitiert er den paulinischen Grundsatz: Lieber heiraten als sich verbrennen. Mutig, aber nebelhaft, so daß Uneingeweihte nur Bahnhof verstehen, spricht er auch von den von der Kirche zugelassenen Verhütungsmethoden. Bei einer Diskussion zu diesem Thema, als der Priester und die jungen Paare heftig und verklemmt über voreheliche Enthaltsamkeit und Basaltemperatur debattieren, fühlt Nora sich durchschaut, sie hat nicht den Mut, Marco anzusehen, und auch er wendet verlegen den Blick ab, weil er sie nie aufgefordert hat, gemeinsam ihre Sexualität zu erforschen, mit der gebührenden Achtung voreinander. Danach gehen sie immer seltener in die Gruppe, zur beiderseitigen Erleichterung. Einige dieser Paare werden früh heiraten – die Mädchen mit Bauch, die Jungen mit Bärtchen, um älter zu wirken – und sich trennen, noch bevor sie dreißig sind, womit sie ihr Leben merklich beschleunigen, dank Paulus und Ogino-Knaus.

Dann entdeckt Nora durch ein Flugblatt eine außerparlamentarische Gruppe, und eine Zeitlang scheint ihr, sie habe gefunden, was sie sucht. Die Genossen wollen die Welt radikal verändern, die Machtverhältnisse umstürzen, die Hierarchien zerstören. Von Sex wird nicht geredet, das hält man für ein privates, unwichtiges Frauenthema. Nora ist einverstanden und atmet auf. Ein Zeitungsfoto mit alten Arbeiterinnen bringt sie zum Weinen, und von dem Tag an sieht sie Domenica mit anderen Augen: Sie ist ein politisches Subjekt, gehört zu den großen Unterdrückten der Geschichte.

Mistkerle, nichtsnutzige! sagt Domenica empört, als sie eine

Studentendemo in der Tagesschau sieht. Erzähl mir von der Fabrik, sagt Nora, setzt sich im Schneidersitz auf den Boden und sieht sie fasziniert an. Steh auf, du machst dich ja ganz schmutzig, und ich muß es dann wieder waschen, wo hat man je gesehen, daß sich ein anständiges Mädchen so hinsetzt! sagt Domenica und redet dann über die Fabrik, zehn Kilometer mit dem Fahrrad morgens und abends, elf Stunden Arbeit am Webstuhl, mit einer halben Stunde Mittagspause. Jeden Tag eine Flasche Milchkaffee, im Wasserbad aufgewärmt, ein Brötchen, ein Viertel Wein, manchmal der Luxus eines Apfels oder eines hartgekochten Eis, zu schade, um sofort gegessen zu werden, weshalb Ei oder Apfel, in die Serviette gewickelt, mehrmals auf dem Fahrrad hin und her reisten, bevor sie endlich mit Genuß verzehrt wurden. Anscheinend kennt auch Domenica die erotische und heroische Tugend des Wartens. Nora hat feuchte Augen, Domenica ebenfalls, aber aus anderen Gründen. Nora weint wegen dieser harten Zeiten, Domenica, weil sie vorbei sind und nie wiederkehren. Sie erträgt nicht, daß über Politik geredet wird, stolz widersetzt sie sich der Idee, gerettet zu werden; Bosse hat es immer gegeben, behauptet sie, es wird sie immer geben, so muß es sein. Nora beschließt, sie gegen ihren Willen zu retten, und schreibt einen Artikel über sie für die Zeitung der Gruppe, womit sie sich in den Augen derer rehabilitiert, die ihr mißtrauen, seit sie erfahren haben, daß ihre Mutter Unternehmerin ist. Marco, schlauer, hat sich gehütet, verlauten zu lassen, daß sein Vater Feldwebel der Carabinieri war.

Wenn der Bruder zu Hause ist – selten –, setzt sie ihm ihre Ideen auseinander. Er hört zu und lächelt herablassend. Immer ist er ihr einen Schritt voraus. Hat alles, was sie gerade ausprobiert, schon gedacht und gemacht und es längst überwunden. Logisch, er ist älter, intelligent, kennt die Welt. Aber Nora ist froh, daß er überhaupt zuhört, weil ihr seine Aufmerksamkeit so wichtig ist. Er liest viel, zitiert Autoren, von denen Nora noch nie gehört hat, zitiert Statistiken und Daten. Er hat sein Ökonomiestudium abgeschlossen und dabei immer gearbeitet, als

Hilfsbriefträger, als Kellner, in der Kanzlei eines Rechtsanwalts, als Fotograf. Seit neuestem denkt er daran, mit einem Freund ein Geschäft in der Elektronikbranche aufzuziehen, die groß im Kommen ist. Rechner sind die Zukunft, sagt er, bald wird es überall elektronische Maschinen geben. Nora hört zu, kapiert nichts, die Elektronik interessiert sie nicht, sondern nur, wie die Welt ist und wie sie sein sollte. Er lächelt. Manchmal streiten sie. Nora bremst ihre Aggressionen, denn wenn sie ihm zu heftig widerspricht, bestraft er sie, indem er ihr Schlamperei und Mangel an Weiblichkeit vorwirft.

Mit sechzehn, siebzehn versteckt Nora ihren Busen unter weiten Pullovern, sie haßt die Turnstunde, denn während die Jungen Sport, also was Ernsthaftes machen, muß sie mit den anderen Mädchen alberne Keulen schwingend durch die Turnhalle hopsen, wobei ihre zum Glück ziemlich kleinen Brüste unter dem Gymnastikanzug auf und ab hüpfen. Pelzmäntel findet sie unmoralisch, Nylonstrümpfe und Lippenstift lächerlich. Glücklicherweise gibt es Jeans.

Aber unter dem Blick ihres Bruders fühlt sie sich plötzlich unwohl in den Jeans, kontrolliert ihre Gesten, ihren Gang, ihre Stimme. Bevor er kommt, wühlt sie im Schrank nach einem passenden Kleid, wäscht sich die Haare, sucht ein Paar Strümpfe ohne Laufmaschen. Sie entdeckt, daß es viel schwieriger ist, sicher seine Ideen zu vertreten, wenn man ständig darauf achten muß, nicht zu laut zu sprechen, nicht aufzubrausen, nicht plump zu wirken.

Allerdings ist der Bruder fast nie da. Aber auch als Abwesender ist er sehr präsent, als häufiges Gesprächsthema; seine Abwesenheit fällt kaum auf, weil sie mit Wörtern gefüllt wird. Kommt er, sind sie zuerst überrascht, fast verunsichert, als sei ein Fremder gekommen, passen sich ihm aber sofort an, bedienen und verhätscheln ihn. Kaum ist er fort, fangen sie wieder an, von ihm zu reden.

Ein so schöner Junge, jetzt wird's bald Zeit zum Heiraten,

sagt Domenica, mürrisch mit den Nadeln klappernd. Sie haßt Stricken, aber seit die Arthrose sie am Arbeiten hindert, bleibt ihr nichts anderes übrig. Sie strickt an einer Decke aus Wollresten und fertigt eifrig Quadrate an, eins schiefer und zerknautschter als das andere.

Armer Junge, sagt die Mutter und blickt von ihrer Näharbeit auf, erst muß er eine Arbeit haben.

Wieso arm? fragt Nora, im Lateinwörterbuch blätternd. Wie meinst du das? Er ist besser dran als viele andere. Er ist gescheit, gesund, gebildet, hat nie Hunger gelitten. Trägt Socken aus Seide! Hat einen erstklassigen Verstand! Wieso arm?

Er hat keinen Vater gehabt, sagt die Mutter. Mit vielen Sachen mußte er allein fertig werden.

Ich habe auch keinen Vater gehabt, bemerkt Nora.

Das ist etwas anderes, sagt die Mutter und beißt den Faden ab. Bei einem Jungen ist das etwas anderes.

Und außerdem, fügt sie seufzend hinzu, habe ich dich nicht ins Internat gesteckt.

Ins Internat zu gehen ist ein Klassenprivileg, erklärt Nora, er hat von einer der besten Privatschulen profitiert!

Weil ich meine kranke Schwiegermutter pflegen mußte, seufzt die Mutter. Da konnte ich mich nicht auch noch um ihn kümmern.

Manchmal habe ich den Eindruck, du fühlst dich allein schuldig für alles Unglück der Familie, sagt Nora.

Ich habe es geheiratet, das größte Unglück, bemerkt die Mutter seelenruhig. Niemand hat mich dazu gezwungen, ich wollte meinen eigenen Kopf durchsetzen.

Dieser Flegel, sagt Domenica und läßt eine Masche fallen. Er wird sie in den Tod treiben, die beiden armen Frauen.

Tatsächlich stirbt Tante Iride am Ende des Winters, obwohl sie die jüngere der beiden Schwestern ist. Schon länger leidet sie abwechselnd an tiefen Depressionen, in denen sie sich weigert zu sprechen, aufzustehen, sich anzuziehen, zu essen, und überaktiven Phasen, in denen sie nicht zu bremsen ist, allen im Dorf lange Reden hält und zur Bestürzung ihrer Schwester wahnsinnige Einkäufe tätigt. Eine seltsame Krankheit. Währenddessen wird Onorata immer unbeweglicher auf ihrem Stuhl, schrumpft, verzehrt sich. Seit Irides Tod ist ihre Trauer noch feuchter und finsterer, Nora erwartet, daß in der Küche, wo man keinen Vanilleduft von Torten und keinen appetitanregenden Bratenduft mehr riecht, von einem Augenblick zum anderen grüner Schimmel wächst als Folge von Melancholie und Verfall. Einzig der Vater ist in dieser Szenerie von fortschreitendem Alter und Tod der gleiche geblieben. Er lächelt, macht seine Witze, verschafft sich irgendwie Geld, stibitzt ein paar Münzen aus den Schubladen und den Portemonnaies der anderen.

Er und sein Sohn sprechen seit zehn Jahren nicht miteinander. Bei Irides Beerdigung tun sie in der Kirche so, als kennten sie sich nicht. Im letzten Augenblick reiht sich der Vater unter die Sargträger ein, direkt hinter dem kräftigen, breiten Rücken seines Sohnes. Der Sohn, eine Handbreit größer, macht eine ruckartige Bewegung, der Sarg kippt zum Entsetzen der Anwesenden auf dem Gestell und das rot-weiße Nelkengesteck, von den ehemaligen Kollegen der Landwirtschaftsgenossenschaft gestiftet, segelt zu Boden. Vater und Sohn starren sich vor dem Hochaltar an, im aufgeregten Stimmengewirr der Trauergemeinde. Dann wird Tante Iride rasch wieder ins Lot gebracht und der Vater weggeschickt.

Herrgott, sagt er, an einen Beichtstuhl gelehnt, dein Bruder hat einen tödlichen Blick. Schlimmer als Doktor Mephisto.

Zu ihrer Bestürzung kriegt Nora einen Lachkrampf. Sie versucht sich zu beherrschen, versteckt sich hinter einem Pfeiler, weiß nicht, ob sie lacht oder weint.

Ernsthaft, sagt der Vater, schon wieder frech, während er sich mit den violetten Vorhängen des Beichtstuhls den Schweiß vom Gesicht wischt, dein Bruder ist wie der Vatikan, er vergißt nicht und vergibt nicht.

Nora zuckt ohnmächtig, das Gesicht tränennaß. Sie hofft, daß ihr Bruder sie nicht in dieser unfeinen Haltung sieht, und hört innerlich Domenicas Stimme: Ganz der Vater!

Sie stürzt aus der Kirche, und die Kälte bringt sie schnell wieder zu sich. Am Arm des Bruders betritt sie den Friedhof, stolz, an seiner Seite zu gehen, sich dem Rhythmus seiner Schritte anzupassen. Sie spürt die beruhigende Wärme seines Arms, seinen männlichen Duft, den einzig angenehmen, den sie kennt, denn ihr Vater riecht nach Schweiß, und Marco muffelt nach ungewaschenen Hemden. Zu dritt folgen sie dem Sarg, der Bruder in der Mitte, zwischen Mutter und Schwester.

In dieser Zeit kommt er oft heim, nie ohne ein Kuchenpäckchen aus dem Café Querio, und Mutter und Sohn führen mit gedämpfter Stimme lange Gespräche.

Ich überlege, sagt die Mutter eines Sonntags, als sie nach der dreißigsten Totenmesse vom Friedhof nach Hause gehen – Nora glaubt weder an Gott noch an bürgerliche Sitten wie die, einem Foto auf einem Stück Marmor Blumen zu bringen, aber ihre Mutter scheinen diese harmlosen Rituale zu beruhigen –, ich überlege, ob ich das Geschäft verkaufen soll.

Das Geschäft verkaufen? sagt Nora, auf ihre Finger hauchend. Sie hat die Vasen mit dem eisigen Wasser aus der Pumpe neben dem Eingang gefüllt, und ihre Hände sind blaugefroren. Es ist ein kalter Tag am Ende des Winters.

Es gibt einen Käufer, sagt die Mutter. Er würde ziemlich gut zahlen.

Aber warum denn? fragt Nora und bleibt auf dem Weg stehen. Das Geschäft ist dein Leben – sie wiederholt nur, was sie immer wieder aus dem Mund ihrer Mutter gehört hat: Das Geschäft ist mein Leben, hier will ich sterben.

Ich werde alt, sagt die Mutter. Andere Leute gehen in meinem Alter in Rente.

Du bist doch erst dreiundfünfzig, sagt Nora erschrocken. Geht es dir nicht gut? Bist du krank?

Keine Sorge, lächelt die Mutter. Es geht mir gut. Bei mir ist alles in Ordnung.

Aber dein Bruder…, fängt sie nach einer Pause wieder an, … will einen Betrieb aufziehen, wenn ich verkaufe, kann ich ihn unterstützen, er braucht eine gewisse Summe, und ich bin mit den Banken im reinen, Schulden habe ich keine mehr, aber auch nichts auf der Seite …

Nein! wimmert Nora und krallt sich am Mantelärmel der Mutter fest. Nein!

Mit einem Strauß lila Freesien für ihren Schwiegervater, der beim Silvesteressen einem Infarkt erlegen ist, kommt die Frau des Bürgermeisters den Weg herauf und mustert sie neugierig. Die Mutter schüttelt Nora ab und drängt sie weiterzugehen.

Nein, wimmert Nora noch einmal, nein, bitte nicht … Sie weiß selber nicht, warum sie so entsetzt ist, als würde ihr der Boden unter den Füßen weggezogen. Das Gesicht der Mutter neben ihr ist ruhig und verschlossen. Hör doch auf, sagt sie und fügt hinzu: Ich habe dann auch mehr Zeit, um Domenica zu pflegen.

Ich arbeite sowieso weiter, sie stellen mich als Geschäftsleiterin ein. Es ändert sich nichts, ich kriege ein Gehalt, und den Ärger kriegt der andere. Es ist eine Verbesserung.

Wieso erzählst du es mir überhaupt, sagt Nora und läßt den Arm sinken, wenn du schon entschieden hast.

Die Mutter bleibt stehen und trocknet ihr mit dem Taschentuch die Tränen.

Wortlos gehen sie nach Hause, und Nora denkt, daß sie sich egoistisch verhält; hat sie Angst um sich, fürchtet sie zu verhungern? Ihre Mutter hat das Recht, weniger zu arbeiten, weniger Sorgen zu haben. Es ist eine Verbesserung, wiederholt sie. Aber warum bloß kommt es ihr vor wie eine Kapitulation? Der Verlust von etwas Kostbarem? Nicht einmal der Gedanke, daß sie dann beinahe zur Arbeiterklasse gehören, freut sie.

Das Geschäft liegt mitten im Dorf, unter den Arkaden. Es

gehört zu ihrem Alltag, trägt ihre Welt – buchstäblich, denn es befindet sich direkt unter ihrer Wohnung. Es besteht aus zwei riesigen Räumen mit dunklen Holzregalen an den Wänden, langen Ladentischen mit abgerundeten Kanten und einem Hinterzimmer. Die Stoffballen sind nach Material und Farben geordnet: Wolle, Baumwolle, Leinen, gemustert, einfarbig, für Mäntel, für Jacken, für Hemden. Hier ist es immer kühl, auch im Sommer, ständig weht ein Lufthauch, wenn die Verkäuferinnen die Stoffe auf den Tischen ausbreiten oder sie mit einer raschen Drehbewegung wieder aufrollen.

Stoff verkaufen bringt nichts mehr, sagt der Bruder beim Mittagessen, wir leben im Konfektionszeitalter. Wer läßt sich schon noch Hosen anfertigen? Schneiderinnen sind eine aussterbende Spezies. In der Stadt gibt's kaum noch welche.

Um zu überleben, sagt er, ein Salatblatt aufspießend, muß man was verändern. Alles umgestalten.

Dazu habe ich nicht mehr die Kraft, sagt die Mutter.

Eben. Brauchst du ja auch nicht. Du hast deinen Teil getan.

Die Mutter lächelt unsicher. Er nimmt ihre Hand, eine sehr ungewöhnliche Geste, und streichelt sie flüchtig über den Kalbsmedaillons. Jetzt kocht die Mutter selbst, Domenica ist zu schwach. Du bist auch eine super Köchin, sagt er, bald hast du Zeit herauszufinden, was du noch alles kannst.

Reisen würde ich gern, sagt die Mutter. Nach Paris.

Aber der Bruder irrt sich, es bleibt keine Zeit mehr. Das Geschäft wird verkauft, Domenicas Zustand verschlechtert sich. Sie kann nicht mehr aufstehen, man muß sie füttern, waschen, saubermachen. Die Mutter pflegt sie, Nora versucht zu helfen, aber ihre Hände zittern, der nasse Waschlappen fällt aufs Laken, die Tasse klirrt auf dem Tellerchen. Dieser alte Körper, nur noch Haut und Knochen, stößt sie ab, sie will sich überwinden, aber die Mutter schiebt sie sanft zur Seite, nimmt ihr den Waschlappen aus der Hand, und Nora atmet erleichtert auf. Als Domenica endlich stirbt, ist Nora empört über die Natur, die aus dem Tod, einem einfachen und unvermeidlichen Vorgang, eine so lange und für alle peinliche Sache macht, und über sich selbst. Ich bin ein Feigling, denkt sie, während die Frauen, gekommen, um der Mutter zu helfen, Domenica zum letzten Mal waschen und ankleiden.

Der Mutter dagegen scheint die Pflege nichts auszumachen. Ganz selbstverständlich kümmert sie sich um alles, als hätte sie nichts Besseres zu tun als einer alten Frau den wunden Hintern mit Salbe einzureiben. Nora beobachtet sie von weitem. Sie geht nicht mehr zu ihrer politischen Gruppe, sondern hat sich auf ihre Bücher gestürzt. Nur mühsam reißt sie sich für die Beerdigung von Dostojewski los, in einem Nebel, der ihr hilft, die Grenzen zwischen Wirklichkeit und Literatur zu verwischen.

Einmal, als sie das Sterben nicht mehr aushält, begleitet sie Marco zu Freunden von ihm, einem jungen linken Paar, er Lehrer, sie Bibliothekarin, die ein sechsmonatiges Kind haben und ins Theater gehen wollen. Das Kind schläft die ganze Zeit, kleine Speichelblasen auf den Lippen, und Nora und Marco lieben sich auf dem Sofa im Wohnzimmer, sehr verlegen und ohne sich ganz auszuziehen. Tut es dir weh? fragt er besorgt. Ein bißchen, gibt Nora zu. Mir auch, gesteht er. Kein sehr ermutigender Anfang, vor allem weil Nora beim Aufstehen auf einem Sofakissen einen großen roten Fleck entdeckt. Sie ist entsetzt. Beruhige dich, sagt er, Carlo und Nella werden es verstehen. Verstehen? Red keinen Scheiß! sagt sie wütend bei dem Gedanken, ihr intimstes Blut könne von einem Lehrer und einer Bibliothekarin, die sie kaum kennt, verstanden werden. Sie verbringen den Rest des Abends im Bad und waschen das Kissen aus: Zeig her! Der Fleck ist immer noch da! – Pst, weck das Kind nicht auf!

Aber später erinnert Nora sich zärtlich und gerührt, fast stolz an dieses Blut und an Marcos verschwitztes, ängstliches Gesicht, wie an ein heidnisches Ritual, nur für sie zelebriert, wenn auch in einem fremden Wohnzimmer, wo übrigens noch lange ein blaßgelbes Zeichen mitten auf dem Sofa prangt. Sie beschließt, es unter günstigeren Umständen noch einmal zu versuchen, die allerdings vorerst nicht eintreten.

Das Geschäft hat sich mittlerweile verändert. Die neuen Besitzer – ein Paar um die Dreißig, aus Mailand, mit großartigen Ideen – haben die alten massiven Holzregale herausgerissen (weg mit diesem Plunder!) und alles krankenhausweiß und sonnenblumengelb gestrichen (Luft, Licht, Raum!). Über das Ergebnis, mit neuen furnierten Regalen und einer Konfektionsabteilung, rümpft Nora die Nase, aber die Mutter zuckt die Achseln: Wenn es ihnen gefällt ...

Die Räume hat die Mutter nicht verkauft, nur die Lizenz, aber Nora hat trotzdem ein komisches Gefühl, wenn sie mit dem Buch in der Hand in der Wohnung auf und ab geht (sie macht in diesem Jahr Abitur). Die Vertrautheit ist weg, der Boden unter den Füßen scheint ihr dünn wie ein Blatt Papier, zu dünn, um sie vor der aufdringlichen Anwesenheit der Mailänder mit ihrem beleidigend neuen Laden zu schützen. Der Bruder hat sich getäuscht, die Mutter leitet das Geschäft keineswegs, sie arbeitet einfach als Verkäuferin; sie hält sich zwar mit Ratschlägen und Kommentaren zurück, aber da die Geschäfte nicht florieren wie gehofft, betrachtet die neue Besitzerin sie voll Abneigung.

Diesen Sommer, nach der Prüfung, fahren wir nach Paris, sagt Nora.

Paris, Paris, trällert die Mutter, in Domenicas Sessel sitzend. Sie sieht müder aus als gewöhnlich.

Und eines Tages, die Arme über der Brust gekreuzt, als wollte sie einen Schmerz zurückdrängen, der sich nicht mehr verleugnen läßt, sagt sie, daß sie beim Arzt war und daß da ›etwas ist‹.

Etwas Schlimmes, sagt sie zu Nora, die sie verständnislos anschaut.

Dann geht es sehr schnell – kaum mehr als drei Monate, in denen Nora aufs Abitur lernt und es besteht, die Mutter ins Krankenhaus begleitet, ihr Zitronensaft mit Eis zubereitet, sich aber noch weigert zuzugeben, daß sie stirbt. Es kann nicht sein, alte Leute sterben oder solche, die einen Unfall gehabt haben, ihre Mutter ist noch jung, gesund, stark, ihr ist nichts passiert. Nichts?

Irgendwo weiß Nora doch, daß ihre Mutter stirbt, zumindest in den letzen Wochen, aber der Gedanke ist unfaßbar für sie, wie Gott, das Unendliche, die Relativität. Vielleicht ist es so, vielleicht nicht, ihr Verstand kann es nicht fassen. Sie fühlt sich einfach terrorisiert.

Die Männer kommen und gehen, der Vater entlockt der Kranken mit seinen Scherzen manchmal ein Lächeln, der Bruder bringt Bücher, die die Mutter nicht liest, Leckerbissen, die die Mutter nicht essen kann. Die Männer kommen und gehen, Nora bleibt.

Wenn du wieder gesund bist, fahren wir nach Paris, sagt sie.

Die Mutter sorgt sich um sie und versucht es nicht zu zeigen. Aber plötzlich begreift Nora, wie sie sich so selbstverständlich um Domenica kümmern konnte: Auch sie hilft der Mutter jetzt, sich zu waschen, den Verband zu wechseln, beobachtet, wie sie schläft, alles andere ist unwichtig geworden.

Im Juli liest sie ihr lange Passagen aus den Lehrbüchern vor, mit denen sie sich auf die einzelnen Fächer vorbereitet, die Mutter hört geduldig zu. Erstaunlicherweise bekommt sie eine gute Note im Abitur. Ihr Verstand schwebt losgelöst, glasklar. Behält alles, speichert alles, ermüdet nie. Nora schläft fast nicht mehr und hat auch kein Bedürfnis danach. Wo ist der Rest von ihr? Ich bin ein Ungeheuer, denkt sie, während sie die abgemagerte Hand ihrer Mutter auf der Decke betrachtet, ich fühle nichts. Sie zwickt sich, aber der Schmerz ist lächerlich gering und fern.

Am zweiten Abend der Totenwache, während das Haus voller Leute und Gläserklirren ist, weil an diesem heißen Augustabend alle durstig sind, hat Nora eine Vision. Vielleicht, weil sie seit achtundvierzig Stunden kein Auge zugetan hat. In der Vision stürzt sie sich mit einem Messer in der Hand auf ihren Bruder. Sie wird rasch entwaffnet und wacht am folgenden Nachmittag benommen in ihrem Bett auf.

Das Begräbnis ihrer Mutter hat sie verpaßt, weil sie erschöpft schlief. Der Bruder hat darauf bestanden, sie nicht zu wecken.

Was ist in der Nacht davor zwischen ihnen vorgefallen? Sie weiß es nicht. Ein großer Nebel hat nach dem Tod der Mutter ihr Bewußtsein getrübt. Sie kann ihn nicht wirklich angegriffen haben. Sie macht keine Szenen, als kleines Mädchen vielleicht, aber diese Zeiten sind längst vorbei. Nora geht vorwärts, Tag für Tag, ohne Dramen. Wie ihre Mutter. Aber wohin?

In den Wochen nach dem Begräbnis sorgen sich alle um sie. Zum Glück ist Marco da und bleibt bei ihr, überredet sie, morgens aufzustehen und bringt sie abends ins Bett. Er kocht für sie und füttert sie sogar manchmal. Der Arzt verschreibt großzügig Schlaf- und Beruhigungsmittel, die Nora nicht braucht, sie schläft spontan vierzehn Stunden am Tag. Die übrige Zeit ist sie wie ohnmächtig. Spricht mit belegter Stimme.

Sag mal, fragt Marco eines Abends sehr ernst und hält ihr die Hand, als wäre sie krank oder geistig behindert, hast du entschieden, was du studieren willst? Die Einschreibungen sind übermorgen zu Ende.

Natürlich, antwortet sie überrascht, als redeten sie zum erstenmal über das Thema, ich mache Medizin, wie du.

Ja, sagt Marco, ja, gute Idee. Scheint mir auch am besten. Aber wie machen wir es? Sollen wir mit dem Zug hin und her fahren?

Nein, sagt Nora, keine Lust. Ich will hier weg. Wir versuchen es im Studentenheim, und wenn sie uns nicht nehmen, mieten wir ein Zimmer.

Marco nickt nachdenklich. Nach einer Weile sagt er: Gut, aber dann heiraten wir.

Wir heiraten? echot Nora. Wir beide?

Die Leute reden, sagt Marco. Schon daß ich dauernd hier bin ... wenn du wüßtest, wie meine Mutter sich aufregt. Je früher wir wegziehen, desto besser. Auch deinetwegen. Damit dir niemand was nachsagen kann.

Ja, murmelt Nora, die Leute reden. Kaum hat sie es ausgesprochen, wird ihr klar, daß nicht sie das gesagt hat, sondern Domenica. So was Abgedroschenes. Na und? sagt sie. Ist mir scheißegal. Laß sie doch reden.

Marco schweigt, vielleicht ein bißchen beleidigt. Aber zur Zeit muß man mit Nora Geduld haben, deshalb drängt er sie nicht, lächelt, streicht ihr übers Haar.

Wie ein altes Ehepaar sitzen sie zusammen vor dem Fernseher. Nora döst, an Marcos Schulter gelehnt. Ab und zu öffnet sie ein Auge und sieht Fetzen der Nachrichten, Frauendemos, Studentenproteste, Streiks, Attentate, Sachen, die weit weg sind und sie nicht berühren. Bei einer Szene eines alten Films wacht sie dann plötzlich auf, Mädchen umringen eine lächelnde Frau, umarmen sie, küssen sie. Die Frau trägt eine lächerliche Haube, der Film heißt »Piccole donne«, und Nora, die nicht einmal das Buch gelesen hat, heult verzweifelt los. Erschrocken schaltet Marco den Fernseher ab, versucht sie zu beruhigen; sie klammert sich an ihn, um nicht in ihren Tränen zu ertrinken, und sagt auf einmal schluchzend: Okay, heiraten wir. Verlaß wenigstens du mich nicht!

Aber nicht kirchlich, setzt sie eine halbe Stunde später etwas verschämt hinzu. Für sie hat diese Szene eine unerhörte Intimität zwischen ihnen geschaffen, mehr als die Episode auf dem Sofa, mehr als die Nacktheit, mehr als die bisher nur geahnte, aber nie erlebte Lust.

Nein, flüstert er zärtlich, mitleidig, verliebt. Natürlich nicht. Wir heiraten standesamtlich. Und dann, als hätte er schon alles geplant: Als Trauzeugen nehmen wir Carlo und Nella.

Brauchen wir Trauzeugen? fragt Nora.

Natürlich, erwidert er und küßt sie. Nora läßt es geschehen, müde und dankbar.

*

Ich habe dich für ehrgeiziger gehalten, sagt der Bruder. Ein Irrtum.

Was hat das mit Ehrgeiz zu tun?

Ich dachte, du wolltest dein Studium beenden und dich nicht an irgendeinen Marco wegwerfen.

Natürlich beende ich mein Studium, sagt Nora. Und Marco ist nicht irgendeiner.

Du triffst eine Verliererentscheidung, Schwesterchen. Typisch Frau.

Ich bin volljährig und brauche deine Zustimmung nicht!

Selbstverständlich, sagt er. Ich kümmere mich drum, das Haus zu vermieten und dir deinen Anteil zu überweisen.

An der Uni fallen Nora und Marco auf. Wenn die anderen Studenten mitkriegen, daß sie verheiratet sind, schauen sie sie ungläubig und mißtrauisch an. Erst das Examen, dann der Facharzt, dann die Arbeit und zuletzt die Ehe, lautet die anerkannte Reihenfolge. Die Kommilitoninnen nerven Nora mit der Frage: Warum hast du das gemacht?, und warten schon darauf, daß sie das Studium hinschmeißt. Nur Cinzia ermutigt sie und glaubt als einzige an ihre Fähigkeit, trotz Ehe zu überleben.

Nora merkt, daß sie anders ist, als sie dachte. Sie ertappt sich bei unbewußt von ihrer Mutter und Domenica übernommenen Gesten und Gedanken. Morgens nach dem Kaffee spült sie plötzlich die Tassen. Abends räumt sie an einem bestimmten Punkt automatisch die Bücher weg und deckt den Tisch für das Abendessen. Ich habe keinen Hunger, sagt Marco. Doch dann ißt er, was sie ihm vorsetzt (obwohl Domenica auch ihre Kochkünste beeinflußt hat, verschlingt er mit jugendlichem Appetit alles, ohne zu murren – er liebt sie eben).

Sie steht immer zuerst auf, findet das schmutzige Geschirr im Waschbecken, die Bürste voller Haare auf der Ablage im Bad. Laß doch, wer zwingt dich dazu? protestiert Marco mißmutig. Er ist ein Morgenmuffel, abends ist er fit, aber da hängt sie herum, sie ist morgens kämpferisch. Sie streiten. Meistens gibt sie nach, weil er besser schmollen kann, tagelang, wenn nötig wochenlang. Ganz spontan. Nora schafft es nicht, in finsterem Schweigen durch die Wohnung zu laufen, einsilbig zu antworten, diese Taktik liegt ihr nicht, sie würde zu sehr leiden.

Alles meine Schuld, denkt Nora, während sie wütend die Haare aus der Bürste reißt und ins Klo wirft, ich bin kleinbürgerlich, reagiere wie eine Ehefrau, eine Hausfrau. Der Fluch der weiblichen Natur?

Als eines Monats ihre Menstruation auf sich warten läßt, kriegt sie die Panik und denkt an Selbstmord. Sie geht über die Eisenbahnüberführung, starrt, von der Leere angezogen, hinunter, wandert stundenlang am Po entlang. Marco sagt sie nichts, sie fürchtet, er könnte sie überreden, das Kind zu behalten oder abzutreiben. Sie weiß, daß es Beratungsstellen gibt, geht aber nicht hin. Sie will nicht abtreiben, will das Kind nicht haben, was will sie eigentlich? Dann kommt die Menstruation, zum Glück.

Nach ein paar Jahren bessert sich die Lage. Sie teilen sich die Hausarbeit (Marco spült, macht das Bett, saugt Staub, den Rest macht sie), werden wieder politisch aktiv – diesmal in der KPI, die paßt am besten für verheiratete Leute, die sich im Leben auskennen. Nora geht nun regelmäßig in die Beratungsstelle, um anderen Frauen in Schwierigkeiten die guten Ratschläge zu geben, die sie sich damals selbst nicht geben konnte.

Nach dem Staatsexamen kommt das Praktikum, dann der Facharzt. Marco entscheidet sich fürs Krankenhaus, sie dafür, sich als Kassenärztin niederzulassen. Er will Karriere machen, du nicht, kommentiert der Bruder. Beide behandeln wir Menschen, er im Krankenhaus, ich in meiner Praxis, wo ist der Unterschied? erwidert sie.

Der Bruder lächelt.

Die Jahre vergehen schnell, weil beide wie besessen arbeiten und kaum Zeit zum Denken haben und noch weniger zum Reden. Eines Tages trifft Nora auf einer Ärztetagung (Basismedizin und Gesundheitswesen: neue Perspektiven) einen netten jungen Arzt, der ihr den Hof macht. Zu ihrer eigenen Überraschung läßt sie sich darauf ein. Sie hält sich für verliebt, das braucht sie, um sich zu erlauben, mit ihm ins Bett zu gehen. Auf einmal fühlt sie sich eingeengt in ihrem Leben, hat Angst, alles könnte zusammenbrechen, wünscht es sich teilweise auch. Sie möchte frei sein, in Ruhe die neue Beziehung genießen, aber gleichzeitig, daß mit Marco alles so wäre wie früher, als sie noch zusammen lachten, sich alles erzählten. Sie grollt ihm, weil er sich so verändert hat, daß sie sich in einen anderen verlieben mußte, ist aber auch entsetzt über sich selbst und ihr Gefühlschaos. Zu Hause ist sie reizbar und streitsüchtig, dann bekommt sie Weinkrämpfe und entschuldigt sich überschwenglich. Marco versteht ihre Stimmungsschwankungen nicht. Eines Abends, in Tränen aufgelöst, erzählt sie ihm alles. Er hört schweigend und finster zu. Ohne sie anzusehen, beichtet er zum Schluß, daß er auch eine andere Beziehung hat.

Seit wann? fragt Nora verblüfft. War es vor oder nach der Tagung?

Das ist doch egal, sagt er ärgerlich. Völlig unwichtig.

Nora ist da anderer Meinung, wenn er schon vorher fremdgegangen ist, waren ihre Schuldgefühle absolut daneben. Aber sie kann diesen Gedanken nicht in Worte fassen, und Marco setzt hinzu:

Ich habe dich sowieso nie leidenschaftlich geliebt. Wir haben aus Vernunftgründen und aus Freundschaft geheiratet, du erinnerst dich. Leidenschaft ist etwas anderes, das weiß ich jetzt.

Es tut weh, verdammt weh. Wie ein Schuß ins Herz, denkt Nora und faßt sich an die Brust. Einen Moment lang wird ihr schwarz vor den Augen.

Mach bloß kein Drama, bitte, sagt er mit einem Blick, der Haß, vielleicht auch nur Verlegenheit ausdrückt. Nach dem, was du mir gesagt hast, mußt du dir von mir mindestens die gleiche Ehrlichkeit erwarten.

Von da an geht es mit ihrer Ehe rapide bergab. Wie kann sie mit einem Mann leben, der sie nie leidenschaftlich geliebt hat? Der sie aus Vernunftgründen geheiratet hat? Auch wenn es nicht stimmt – Nora erkennt mit der Zeit, daß er es vielleicht nur in der Hitze des Gefechts aus Rache gesagt hat –, so eine Aussage steckt man nicht so leicht weg.

Die Sache wächst ihr über den Kopf; Nora ist am Ende ihrer Kraft, versucht, die Fassade aufrechtzuerhalten, spürt aber, daß sie bröckelt und beim geringsten Anlaß zusammenbrechen könnte. Bei jedem Wort von Marco füllen sich ihre Augen vor Kränkung und Groll mit Tränen, die Patienten reizen und demütigen sie, die Kassiererinnen im Supermarkt geben freche Antworten, die Verkehrspolizisten verfolgen sie. Nora ist überempfindlich geworden, ein Knäuel unkontrollierbarer Emotionen. Wenn er bemerkt, die Suppe sei versalzen – auch wenn es eine Tütensuppe ist –, tun sich Abgründe von Schmerz und Ungesagtem in ihr auf.

Was schaust du mich so an? fragt er. Sag wenigstens etwas.

Nora steht auf und geht ins andere Zimmer. Er atmet erleichtert auf.

Nora schämt sich. Was ist bloß los mit ihr? Was will sie? In ihrem Kopf wimmelt es von unmöglichen Forderungen: Sie möchte von Marco *und* von dem jungen Arzt geliebt werden, möchte lieben können, wen und wie sie will, möchte, daß ihre Patienten sie schätzen und ihr Bruder sie bewundert. Sollen sie mir doch alle gestohlen bleiben samt ihrer Wertschätzung, Anerkennung und Liebe, denkt sie dann, ich will leben, wie es mir paßt.

Solche absurden Ansprüche würden ihr im Hals steckenbleiben, wollte sie sie aussprechen. Über manche Dinge kann man nicht reden, also schweigt Nora.

Beinahe zivilisiert einigen sie sich auf Trennung. Mit übermenschlicher Anstrengung legt Nora der Verrückten, die in ihr tobt, jammert und fordert, eine Zwangsjacke an und sitzt wohlerzogen vor dem Anwalt. Ihren jugendlichen Liebhaber hat sie inzwischen aus den Augen verloren, sie war zu beschäftigt mit den irrationalen und deprimierenden Seiten ihrer Persönlichkeit. Zuletzt findet sie sich in ihrer neuen Wohnung wieder, unter der Aufsicht von Signora Elsa mit ihren Spitzendeckchen, und muß sich mit den Veränderungen in ihrem Leben auseinandersetzen.

Auf einmal ist sie eine alleinstehende Frau, nicht mehr die unteilbare Hälfte eines Paares. Es geht ihr wie der Wohnung, in der sie mit Marco lebte: Solange sie verheiratet waren, gehörte ihr die Hälfte (aber welche? Küche und Studio? Schlaf- und Wohnzimmer? der halbe Flur und das halbe Bad?), jetzt ist ihr Teil nicht mehr greifbar, besitzt keinen Marktwert mehr. Eine Hälfte, die weniger als ein Viertel wert ist, praktisch gar nichts.

Auf der Straße fühlt sie sich den Blicken ausgesetzt wie vorher nie, weil der schützende Schatten fehlt, ihr Mann. So einfache Sachen wie Milch holen werden schwierig, sie riskiert, sich zu verlaufen, zu vergessen, warum sie ausgegangen ist. Den Tisch zu decken verlangt unglaubliche Willenskraft, jeden Abend die Haare aus der Bürste zu entfernen ist ein Akt der Selbstbehauptung, der sie fertigmacht.

Ihr wird klar, daß sie noch nie allein gelebt hat. Sie liest Bücher über Frauen, die zu sehr lieben, über Loslassen und Verlassenwerden, sogar über den Tod, und versucht, den Tod ihrer Mutter noch einmal anders zu durchleben, um sich zu verändern. Es bringt ihr aber nicht viel.

An diesem Punkt kommt Irene und wirft alles über den Haufen.

Irene ist kein schützender Schatten; Nora kann weder Freunden noch Kollegen von ihr erzählen, auch zu Patienten kann sie nichts von ihr sagen, etwa wie früher: Mein Mann wartet auf mich. Es gibt ja nicht einmal ein passendes Wort; ›meine Geliebte‹, my lover, wie man auf Englisch sagt, klingt zu sehr nach Schlafzimmer und nach außerehelicher Beziehung, was nicht auf sie zutrifft; ›meine Freundin‹ klingt schüchtern, anonym, zu bescheiden … Es gibt kein passendes Wort, aber erstaunlicherweise ist Nora das egal, die Realität ist zu aufregend, um sich um ihre Benennung zu sorgen, und jetzt gibt es ja auch die Realität nicht mehr, weil sie und Irene nicht mehr zusammen sind – das Problem wird sich nie mehr stellen.

Nie mehr?

Nora weiß es nicht. Seltsam, mit vierzig so wenig von sich zu wissen. Auch beängstigend, aber nicht nur negativ. Im Gegenteil. Vielleicht gibt es ja noch Überraschungen.

*

Es ist Sonntag, und vom Bruder immer noch keine Spur. Nora tut etwas für sie Unerhörtes, sie versucht auszurechnen, was das mütterliche Erbe wert war und wieviel ihr folglich zusteht, wie hoch die Zinsen sind und wieviel nach dem Tod des Vaters übrigbleibt, falls etwas übrigbleibt.

Vor Eifer hat sie sogar das Mittagessen vergessen. Die Brille tief auf der Nase, blickt sie ab und zu auf, fragt sich, ob es einen Sinn hat, was sie da macht, ob es nicht kleinlich ist. Dann füllt sie das Blatt weiter mit Zahlen.

Sie blättert in alten Dokumenten, zieht Schachteln mit vergilbten Papieren und verstaubte Ordner aus den Tiefen des Bücherregals. Ihre Schulzeugnisse, Domenicas Gebetbuch, Fotos. Eines zeigt sie als Kind mit ihrem Vater auf dem Weinberg.

Der Weinberg. Interessiert dich dieses wertlose Grundstück? hat der Bruder nach dem Tod der Mutter gefragt. Nein, was soll ich damit, hat sie erwidert und den Mantel fester zugezogen, weil sie fror in dem leeren Haus, behalt es, du kannst mit solchen Sachen umgehen, ich nehme lieber Mamas Kaffeeservice.

Jahre später hat der Bruder das wertlose Gründstück an eine Baufirma verkauft, die einen Spitzenpreis gezahlt und sechs Reihenhäuser darauf gebaut hat.

Plötzlich kocht Nora vor Wut, der lang gehegte, niedergehaltene Groll nagt diesmal nicht nur an ihrem Magen, er will heraus. Sie ist sauer auf sich selbst.

Sie reißt ein Blatt von dem Block ab und schreibt darauf: Ich habe den Pflegesatz für Papa gezahlt, weil du nicht da warst. Ich brauche das Geld. Sofort. Bitte melde dich. Dann überlegt sie kurz und streicht das Wort ›bitte‹.

Langsam, entschlossen schlüpft sie in ihre Jacke. Sie wird den Zettel nicht mit der Post schicken, sondern ihn persönlich hinbringen. Irgendwann wird der Bruder ja heimkommen, dann findet er ihn sofort im Briefkasten.

Außerdem muß Nora jetzt mal an die Luft. Egal ob es regnet, das tröstet sie fast. Sie zieht einen Regenmantel über die Jacke und denkt sogar an den Schirm. Sie ist hellwach, als stünde ihr etwas sehr Wichtiges, Entscheidendes bevor.

An der Tür zögert sie. Vielleicht wäre es gescheiter abzuwarten, bis der Regen aufhört. Zu Hause zu bleiben, wie immer, Strümpfe zu waschen, ein Buch zu lesen, im Sessel sitzend Englisch zu lernen mit Mrs. Brown, irgendwas Gewohntes. Dieses Englisch ist beruhigend. Jede Sprache ist beruhigend, wenn sie dir etwas mitteilt, was du schon weißt.

Aber nein, sie will jetzt raus. Sie schiebt den Zettel in einen Umschlag, nimmt die Autoschlüssel und geht.

Es bleibt alles in der Familie

Der Himmel hängt tief über der Uferstraße am Po, knebelt die mit rötlichen Knospen bedeckten Pappeln, die im Wind schwanken, lastet auf den schlammigen Ufern mit den frischen Grasbüscheln. Die Enten sind verschwunden, von Möwen keine Spur, die ersten Tropfen fallen wie ein Steinregen auf die Wasseroberfläche, auf die Dächer der Bootsvereine, auf die Sonnensegel der Tennisplätze. Gleich wird Hagel von den roten Ziegeln, vom Asphalt, von den gefließten Balkonen abprallen, die frischen Geranienblätter durchschlagen und die Kletterpflanzen an den gotischen Villen am unteren Hügelhang beuteln.

Die Straße ist menschenleer. Gerade noch rechtzeitig für die Nachmittagsvorstellung sind eben die letzten Nachzügler zum Eingang des Teatro Erba gestürzt. Auf der Piazza Zara strecken die wild zurückgestutzten Platanen dem Sturm ihre Stummelarme entgegen. Sandra rennt bergab auf die Lichter der Bar zu, hüpft mit nassen Schuhen zwischen den Pfützen, der Regen rinnt ihr von den Haaren über den Rücken. Wassertropfen laufen ihr übers Gesicht in den Kragen, als sie die Tür aufdrückt und sich keuchend hinter die Scheibe flüchtet, bevor der nächste Hagelschauer wie eine Maschinengewehrsalve auf die Kühlerhauben der parkenden Autos, die Tanks der Motorräder prasselt.

Die Bar ist übervoll, mühsam bahnt sich Sandra zwischen Rufen und Geklingel von Flippern und Videogames einen Weg durch eine Gruppe Motorradfahrer, die das Gewitter hier aufgehalten hat. An der Bar bestellt sie einen Kaffee und trinkt ihn langsam.

Dann drängelt sie sich zwischen Ledermonturen und Helmen durch zum Telefon hinten im Lokal.

*

In der Wohnung ist es dunkel. Der Sturm hat alle Farben geschluckt und nur Grau übriggelassen. Der Engel über dem Bett stößt mit seinen ausgebreiteten Flügeln und den vorgestreckten Armen auf sie nieder wie ein Vogel.

Der Depressionsengel, denkt Irene, ins Wohnzimmer schlurfend.

Sie hat sich weder angezogen noch geschminkt noch die Zehennägel lackiert, wie sie es sich vorgenommen hatte.

Nach dem Aufstehen ist sie ziellos durch die Wohnung geirrt und hat vergeblich Trost in einer energischen Enthaarungsaktion gesucht. Jetzt ist sie knallrot, die Haut ist gereizt, aber sie hat kein einziges Härchen mehr am Körper außer dem unverzichtbaren Dreieck auf dem Schamhügel.

Ihre Energien sind erschöpft. Ihr unablässiger Tatendrang, ihr persönlicher Wirbelsturm hat sich gelegt – sie ist der Reglosigkeit ausgeliefert. Sie hat zu nichts Lust.

Heute morgen hätte sie Nora anrufen sollen, hat es aber nicht getan. Bis vor einiger Zeit hätte Nora sie angerufen, aber heute ist das Telefon stumm geblieben. Irene fühlt sich verlassen.

Jeder hat ein heimliches Laster. Manche essen heimlich, manche stehlen wegen des Nervenkitzels, manche stellen ihre Nacktfotos ins Internet; Irene läßt sich wie tot in den Sessel fallen und starrt ins Leere. Die Gedanken bröckeln, die Pläne fallen in sich zusammen wie Asche. Nichts mehr übrig. Ihre Beine schlafen ein, aber sie verändert ihre Lage nicht. Nach einer Weile legt sich das Kribbeln.

Verzweifelt schreit eine kleine Irene in ihr: Steh auf, tu was, zieh dich an, geh raus, los! Aber sie kommt nicht an gegen den Sog, der Irene erfaßt hat und sie zwingt, sich nicht zu bewegen, nichts zu tun, zu versinken in der Zeit, die vergeht. Sich gehen zu lassen. In Pantoffeln und Unterrock, ungekämmt, mit schwarzen Fingernägeln. Ein gräßliches Gefühl, aber auch seltsam angenehm, ekelhaft verlockend.

Draußen schlägt eine Kirchturmuhr. Irene zählt nicht mit,

aber der Klang reißt sie aus ihrer Starre. Langsam kommt sie wieder zu Bewußtsein, kann sich aber noch nicht aus ihrer Trägheit aufraffen.

Sie stellt sich vor, hundert Jahre seien vergangen und sie sitze immer noch hier im Sessel. Tot oder lebendig? Sie hat von einer Frau gelesen, die nach sieben Jahren tot in ihrem Bett gefunden wurde. Sieben Jahre lang hat sie niemand vermißt. Vielleicht wird es ihr auch so gehen, und wenn man sie findet, wird sie schon einer Mumie gleichen, dann ist es nicht mehr wichtig, ob sie lackierte Fußnägel hat.

Hatschi! Verdammte Erkältung. Sie kramt nach ihrem Taschentuch und putzt sich die Nase.

Leer ist sie. Leer wie ein ausgeraubter Panzerschrank.

Wie ein Handschuh ohne Hand.

Die Hand ihres Vaters, an der sie zum Eisessen ging.

Das schlimmste ist, daß ihre Mutter es immer gewußt hat, denkt sie. Ihre Mutter kannte ihren Vater besser als sie. Sie wußte und schwieg. Sie waren Komplizen. Die Mutter wusch seine Hemden und Unterhosen, durchwühlte seine Taschen, sah morgens beim Aufwachen seine Augenringe. Ihre Mutter, nicht sie, roch den Geruch der anderen an ihm.

Sie sieht das Gesicht der Mutter vor sich, die verkniffenen Lippen, den unsteten, anklagenden Blick.

Warum hast du mir nichts gesagt? fragt sie den Vater. Ich hätte dich verstanden.

Sie nicht, sie hat dich ertragen, aber nicht verstanden, dafür war sie zu beschränkt. Ich war wie du, ich bin wie du.

Wir haben uns gegenseitig belogen.

Ich hatte auch meine Geheimnisse, du warst nicht der einzige, weißt du?

Das Läuten des Telefons schreckt sie auf.

Beim Aufstehen muß sie sich am Tisch festhalten, so steif ist sie geworden. Sie antwortet außer Atem, nach sieben oder acht Klingelzeichen.

Hatschi! sagt sie in den Hörer.

Zwischen lautem Krach erkennt sie Sandras Stimme. Ja, sagt sie näselnd, ich bin's. Ich habe Schnupfen.

Dann hört sie stumm zu. Ihr Gesichtsausdruck wird immer ernster. Tödlich ernst. Das glaube ich nicht, sagt sie, obwohl sie keinerlei Zweifel hat. Wie konntest du mir das antun?!

Sie hört weiter zu, die Telefonschnur so fest um den Finger gewickelt, daß es schmerzt, immer blasser, mit pochenden Kopfschmerzen.

Warte auf mich, sagt sie. Ich komme sofort.

*

Nora fährt langsam, sieht kaum etwas durch die Sturzbäche, die sich über die Windschutzscheibe ergießen. Große Hagelkörner prallen auf das Dach ihres Golf, bremsen den hilflosen Scheibenwischer. Kein anderes Auto weit und breit. Nora umrundet die riesige Piazza d'Armi, Wasserwände spritzen unter ihren Reifen auf und fallen wieder in sich zusammen.

Vielleicht sollte ich umdrehen, denkt sie. Was ich mache, ist idiotisch. Er ist sowieso nicht da. Lohnt es sich, in dieser Sintflut so weit zu fahren, nur um ein Stück Papier in den Briefkasten zu stecken? überlegt sie und wischt sich das Wasser ab, das ihr durchs Fenster ins Gesicht spritzt: Seit dem letzten Einbruchsversuch schließt es nicht mehr richtig.

Aber sie kehrt nicht um. Der Golf bewegt sich eigensinnig durch den Sturm wie ein großes dunkelgrünes Insekt. Ein Blitz reißt den grauen Himmel auf. Schwitzend trotz der Kälte lenkt Nora das Auto an den Straßenrand.

Vor ihr schwankt etwas, neigt sich, stürzt langsam zu Boden. Der Asphalt bebt unter dem dumpfen Aufprall. Der Blitz hat eine Kastanie getroffen, die Straße ist versperrt. Die Wurzeln des riesigen Baums haben ein zwei Meter hohes Stück Erdreich mitgerissen; die Äste zittern noch lange.

Wäre sie vor ein paar Sekunden weitergefahren, wäre der Golf jetzt zerquetscht wie eine leere Bierdose.

Was bedeutet das? fragt sich Nora mit gesträubten Haaren. Ist es ein Zeichen? Soll das heißen: Dreh um, solange noch Zeit ist? oder: Fahr weiter, das Glück beschützt dich?

Sie trocknet sich die Stirn, zählt bis hundert, verliert den Faden. Mit zitternden Händen fährt sie langsam rückwärts, um auf die Hauptstraße zu gelangen.

*

Steig ein, sagt Irene und beugt sich rüber, um die Autotür zu öffnen. Sandra zögert: Sollen wir nicht lieber warten, bis der Sturm sich ein bißchen beruhigt hat?

Steig ein, wiederholt Irene.

Sandra gehorcht und mustert Irene von der Seite. Sie hat zwei ausgeprägte Falten um die Mundwinkel, ist leichenblaß, mit roten Flecken, wo sie sich die Härchen ausgerissen hat. Ihre Augenbrauen sind zwei feine schwarze Striche geworden, zwei wütende Spitzbögen.

Wohin? fragt Irene. Ihre Stimme kratzt wie eine Säge auf Metall.

Sandra erklärt ihr den Weg. Wortlos fahren sie hinauf. Irene, die normalerweise sehr korrekt fährt, schneidet die Kurven wie wild.

Sie sehen sich nicht an. Sandras Gegenwart verwirrt Irene und verursacht ihr einen stechenden Schmerz. Sie möchte sie ausfragen, eine Erklärung verlangen, sich Einzelheiten erzählen lassen, die Chronologie, sie möchte sich Notizen machen wie eine Detektivin, eine Datei in ihrem Computer anlegen, vergleichen, Lücken füllen, Unstimmigkeiten aufdecken. Aber sie schämt sich. Sie ist wütend auf Sandra, zutiefst beleidigt. Wie konntest du nur, möchte sie sagen, ich habe dir alles von mir erzählt, und du hast mir das Wichtigste von dir verschwiegen?

Ihre Würde und ihr Prestige sind futsch. Bestimmt haben die beiden über sie geredet, haben überlegt, ob sie es ihr sagen sollen oder nicht, haben Andeutungen über ihren Charakter, ihre Manien fallenlassen. Irene stellt sich vor, wie sie, die Hände in den Taschen, spazierengehen und über sie sprechen. Sie empfindet stechenden Neid auf die wunderbare, entspannte Freundschaft, die sie vermutet. Wie herrlich! Genau das, was sie mit Nora erreichen möchte und mit einem Mann nie gehabt hat. Liebe ohne sexuelle Komplikationen. Vertrauen, Treue, Zuneigung, einzig und besonders für den anderen sein, ohne daß Eifersucht und Begehren oder Mangel an Begehren alles ruinieren. Auch wenn es zwischen ihr und Renato genaugenommen sehr wenig Sex gegeben hat, seit anderthalb Jahren ist sie fast eine Strohwitwe, ein Grund mehr, die Freundschaft der Liebe vorzuziehen.

Sie malt sich kurz eine Zukunft aus, in der sie und Renato, sie und Nora Freunde sind und sie frei mit den Männern ins Bett gehen kann, die ihr gefallen, ohne Dramen oder Komplikationen, um dann zu ihren Lieben zurückzukehren, zu ihrer wahren Familie.

Beim Schalten streift sie Sandras Knie und zieht die Hand weg, als hätte sie sich verbrannt. Diese schlanken Beine in den nassen Jeans machen sie fertig. Sandra ist schön, einfach vollkommen, hat kein Gramm zuviel, und ihre herrlichen Beckenknochen, die sich im Sommer unter den engen Kleidern abzeichnen, hat sie immer so sexy gefunden – sie gäbe zehn Jahre ihres Lebens dafür, auch so zu sein. Aber ihre Hüften sind so füllig und kompakt, daß man sich die Knochen darunter kaum vorstellen kann. Sandra ist groß, hat eine Haltung wie eine Königin, große Augen, einen langen Hals und diesen ruhigen, stolzen Blick – damit erobert sie die Männer, Renato macht da sicher keine Ausnahme; ihr gegenüber erlauben sie sich Frechheiten, aber Sandra, Sandra schleudert ihnen einen Blick übermenschlicher Verachtung entgegen, und sie sind gebannt, als wäre ihnen gerade die Göttin Isis persönlich erschienen.

Einmal hat sie Sandra gefragt, ob sie nie daran gedacht hat, Mannequin zu werden. Scheißefressen liegt mir nicht, hat Sandra geantwortet. Also, mit deiner Figur hättest du wenigstens in einer Boutique arbeiten können statt in der Pizzeria, hat Irene bemerkt. Ich hasse Boutiquen, das Zeug, das dort verkauft wird, und die Leute, die es kaufen, hat Sandra gesagt. Dann lieber Pizza und Pizzaioli. Aber für die Boiler und ein anständiges Gehalt hat du sie doch verlassen, hat Irene stolz gedacht. Um so besser. Sandra ist verläßlich, präzis, perfekt und sogar sympathisch; jedesmal, wenn sie sie im Arbeitsanzug auf dem Gabelstapler sieht, gratuliert sie sich zu ihrem guten Händchen als Managerin.

Oh, warum bist du nicht Mannequin geworden, denkt sie jetzt, während sie das Auto holpernd den Berg hinaufjagt, dann wäre ich dir nie begegenet und würde mich jetzt nicht so beschissen fühlen.

Sandra wird auf dem Beifahrersitz hin und her geschüttelt, beklagt sich aber nicht.

Was passiert, wenn dein Chef entdeckt, daß du gelogen hast? fragt sie sich. Was passiert, wenn dein Chef eine Frau ist und entdeckt, daß du eine Beziehung zu dem Mann gehabt hast, in den sie verliebt ist, und es ihr verschwiegen hast? Eine Katastrophe, ist ja klar. Frauen verzeihen anderen Frauen nicht, das hat sie gelernt, nicht einmal ihre Mutter hat ihr je wirklich verziehen, daß sie von zu Hause abgehauen ist, um ihr Leben zu retten.

Wer weiß, was Irene jetzt denkt. Wahrscheinlich grübelt sie über ihre und Gris' Vergangenheit und Gegenwart nach, fühlt sich beleidigt und hintergangen, stellt sich gräßliche Sachen vor, meint, sie schliefen noch zusammen und redeten im Bett über sie. Entsetzlich, die Eifersucht, denkt Sandra, während sie, als Irene wieder wie wild Gas gibt, heftig mit dem Kopf gegen die Kopfstütze prallt.

Irene fühlt sich verraten, und in gewissem Sinn hat sie recht. Nie wird sie sich vorstellen können, daß Sandra sie auch schützen wollte. Irene hält sich für stark, abgebrüht, über alles erhaben, verleugnet ihre Verletzlichkeit, und wenn es ihr schlecht geht, betäubt sie sich mit Arbeit, strengt sich wahnsinnig an, übertönt es mit Gequassel.

Wie soll sie ihr bloß begreiflich machen, daß es keinen Grund zur Eifersucht gibt? Daß sie und Gris nur die Erinnerung an etwas Vergangenes verbindet, ein Rest von Zuneigung, Sachen, die immer weniger Platz haben in ihrem Leben, wie eine alte Kiste voller Plunder, den du früher benutzt und gemocht hast und mit dem du jetzt nichts mehr anfangen kannst.

Während sie in die Straße zwischen den roten Backsteinmauern einbiegen, denkt Sandra resigniert und bitter an das Lager, an das Eckchen mit ihrem Privatsessel, in dem sie sich in der Pause ausruht, an den Elf-Uhr-Kaffee aus Porzellantassen, eine fixe Idee von Irene. An die Pflanze, die sie am hintersten Fenster aufgehängt hat, wo sie Morgensonne bekommt. Sie verabschiedet sich von den Sachen, den Orten und Gewohnheiten. Sie werden ihr fehlen.

Denn eins ist sicher, Irene will sie jetzt bestimmt nicht mehr ständig vor der Nase haben.

Bis vor kurzem dachte Sandra, Arbeit sei ein notwendiges Übel. Ein lebenslanges Gefängnis. In welcher Zelle man saß, war ziemlich egal, manche waren bequemer, etwas weniger öde, aber doch immer Knast. Erstaunt und beunruhigt stellt sie fest, daß sie sich in ihrer momentanen Zelle wohl fühlt, der Gedanke, sich eine neue suchen zu müssen, erschreckt sie. Sie wird älter.

Aber das kommt alles später. Jetzt geht es um Gris: Wo ist er, was ist passiert, was bedeuten das Geld, das Kärtchen in dem Umschlag und vor allem das Maschinengewehr unter dem Bett. Erst das Wichtige, dann der Rest, denkt Sandra, während Irene haarscharf zwischen zwei Autos auf dem Privatparkplatz vor Gris' Haus einparkt.

Sie steigen aus und flüchten unter das Vordach am Gartentor. Irene zögert kurz bei einer im Wind schwankenden Efeuranke, läßt den Blick über das Klingelschild aus Messing wandern, auf dem *sein* Name steht, betrachtet den englischen Rasen und das rote, rechteckige Haus mit der Art von Balkonen, die in Immobilienanzeigen großspurig als Panoramaterrassen angepriesen werden.

In ihren glühenden Phantasien, zwischen einer Bestellung und einer Bestandsaufnahme, einer Bilanz und einem Kostenvoranschlag, hat Irene sich Renatos Haus immer wie eine von diesen modernen, in Architekturzeitschriften abgebildeten Konstruktionen vorgestellt, die eher wie Brücken, Türme, Muscheln, Grotten, Raumstationen aussehen. Für sie wohnte Renato in einem auf der Welt einzigartigen Palast, gebaut von einem genialen Architekten, der möglichst gleich anschließend geblendet wurde, damit er nichts Besseres mehr schaffen kann.

Enttäuschend, denkt sie jetzt, während ihre zu hohen Absätze auf den Steinen abrutschen und in die nasse Erde einsinken. Sie beobachtet, wie Sandras Finger den Schlüssel ins Schloß stecken und drehen. Eine einfache, alltägliche Geste, die sie nie gemacht hat. Wunderbar wie ihre Wirkung: Das Tor öffnet sich.

Will sie wirklich da reingehen? fragt sich Irene. Nein, eigentlich möchte sie lieber zurück in die Stadt, ins Kino, mindestens drei Filme fallen ihr ein, die sie unbedingt sehen will, bevor sie wieder abgesetzt werden, und außerdem, denkt sie mit Schrekken, hat sie heute morgen das schwarze Strickkleid eingeweicht und im Bad vergessen, bestimmt ist es jetzt völlig verfilzt, eine Katastrophe.

Kommst du? fragt Sandra, im Regen auf dem mit Steinplatten gepflasterten Weg stehend, der zum Haus führt.

Ich komme, sagt Irene und vergißt in der Hast, das Gartentor zu schließen.

*

Drinnen herrscht Halbdunkel. Es riecht ungelüftet, ist aber die Luft, die *er* geatmet hat. Sandra knipst das Licht an, zieht einen Rolladen hoch. Irene steht reglos im Flur und nimmt *seine* Atmosphäre in sich auf.

Dann beginnt sie Daten zu speichern: Kirschparkett, klassische, teure Ledersessel, Litographien von Casorati an den Wänden. Modernes Ambiente, aber doch konservativ, kein bißchen avantgardistisch, sehr solide. Verschwiegene Schweizer Bankkonten lassen unauffällig grüßen. Das Tischchen im Wohnzimmer könnte für ein ungeübtes Auge von Ikea stammen, ist aber echt Sottsass. Ein kleiner Fernseher. Ein Golfschläger, aus Eisen, wie heißen die Dinger gleich noch? Irene nimmt sich vor, sich besser über Golfschläger zu informieren.

Hier, sagt Sandra und hält ihr ein Kärtchen hin. Kennst du einen Notar Corti?

Nie gehört, sagt Irene, mit dem Blick seine Schrift streichelnd und schwer in Versuchung, das Kärtchen einzustecken und ihrer Sammlung einzuverleiben, die bisher nur eine Visitenkarte mit seiner rasch darauf gekritzelten Handynummer, einen mit Pfeilen und fast unleserlichen Randbemerkungen versehenen Katalog mit Finanzprodukten und eine Papierserviette umfaßt, auf die er in einem seltenen Anfall von Liebenswürdigkeit ›Küsse, Renato‹ geschrieben hatte, bevor er in der Nacht verschwand.

Hast du eine Ahnung, was das alles bedeutet? erkundigt sich Sandra.

Das fragst du mich? erwidert Irene. Es hat sich rausgestellt, daß ich in dieser Situation die bin, die von gar nichts weiß.

Hör zu, ich bitte dich um Entschuldigung. Es war blöd von mir, ich hätte es dir sagen sollen.

Irene saugt an ihren Backen und starrt gedankenverloren auf das pseudojapanische Gärtchen auf der Terrasse. Ein bißchen prätentiös, das Ganze.

Ein paar Mal hab ich es versucht, aber du hast mir nie zugehört, fährt Sandra fort.

Wo ist die Küche? fragt Irene. Da Schlafzimmer ist ganz hinten, vermute ich.

Hör mal – Sandra folgt ihr – er hat mich darum gebeten, er hatte Angst, es könnte dich verletzen ...

An Irenes Schultern erkennt sie, daß sie etwas Falsches gesagt hat.

Langsam dreht Irene sich um, wirft theatralisch den Kopf zurück, legt sich eine Hand auf die Brust und sagt: Vielen Dank. Ihr habt es für mich getan. Ich bin gerührt.

Damit geht sie in die Küche. Sandra findet sie in Betrachtung versunken vor dem geöffneten Kühlschrank. Sie studiert ihn wie einen Steuerratgeber für Unternehmen.

Ich glaube, nichts kann einen so gründlich über eine Person aufklären wie ihr Kühlschrank, was meinst du? sagt sie betont lässig.

Sandra betrachtet die Flasche Champagner brut, die vertrockneten Zitronen, das Roggenbrot in Cellophan, den norwegischen Lachs, zartrosa, Verfallsdatum abgelaufen. Einkäufe aus Norwegen, wie ich sehe, sagt Irene weltläufig. Lachs gehört da natürlich dazu.

Aha, das Werkzeug des großen Kochs, höhnt sie, als sie zwei schwarzlackierte Schranktüren öffnet, hinter denen Hackmesser, Fleischklopfer und Rührgeräte aufgereiht sind. Sie nimmt die Schürze aus marineblauem Wachstuch vom Haken und drapiert sie sich um.

Sandra unterdrückt ihren aufkommenden Ärger und läßt sie machen. Sie zündet sich eine Zigarette an. Dann fällt ihr wieder ein, daß sie klatschnaß ist und sich besser die Haare trocknen sollte. Auf der Suche nach dem Fön findet sie im Bad mehrere Medikamente. Ist Gris krank? Komische Vorstellung, denkt sie, als sie eine heruntergefallene Packung aufhebt. Zwei Kapseln sind noch drin, Sandra kennt das Mittel, ein Diurethikum, ihre Mutter, die unter Bluthochdruck leidet, nimmt es auch.

Als sie aus dem Bad kommt, kniet Irene in der Abstellkammer auf dem Boden und mustert aufmerksam, auf der Unterlippe kauend, den Schuhschrank.

Gehen wir ruhig ins Schlafzimmer, sagt sie. Ich bin bereit.

Niedlich, dieses Bild, sagt sie, sich herunterbeugend, ein bißchen naiv, ein bißchen dilettantisch, aber insgesamt ganz niedlich. Wer hat das gemacht?

Ich, sagt Sandra.

Wie lange hast du hier gewohnt?

Fast ein Jahr, aber das war in meinem vorigen Leben.

Habt ihr in diesem Bett geschlafen?

Manchmal. Er schlief lieber allein.

Wie viele Näche habt ihr gemeinsam verbracht?

Irene, bitte! Glaubst du etwa, ich hab mitgezählt?

In einem Jahr bestimmt mehr als sechs!

Hör zu, es scheint mir nicht der richtige Moment …

Es ist *absolut* der richtige Moment, sagt Irene mit verschränkten Armen. Wenn du dich entschieden hast, es mir zu sagen, mußt du mir alles sagen. Halbwahrheiten interessieren mich nicht.

Dann interessiert dich vielleicht das da, sagt Sandra und schiebt mit dem Fuß die Schachtel unter dem Bett vor.

Ein matt schimmerndes Metallding kommt zum Vorschein, kompakt, schwarz. Sandra zieht sich mit einer Grimasse zurück. Für Irene hat die Waffe durchaus Glamour. Komisch, sich Renato mit Maschinengewehr im Anschlag vorzustellen, wie einen unwahrscheinlichen Gangster in einem Film von Tarantino.

Ist das echt? haucht sie ehrfürchtig. Laß mal genauer sehen.

Sie heben die Schachtel aufs Bett. Vorsicht, flüstert Irene. Nicht anfassen! zischt Sandra. Besorgt beugen sich beide darüber wie zwei Patinnen über die Wiege eines diabolischen Säuglings. Tragen wir es rüber, sagt Irene. Lassen wir es hier, sagt Sandra.

Nein, wir tragen es ins Wohnzimmer, ich fühle mich sicherer, wenn ich es im Blick habe.

Hände weg!

O Gott, die Fingerabdrücke! sagt Irene und läßt die Schachtel fallen.

Verdammt, paß doch auf! Es könnte geladen sein!

Ach was, brummt Irene, wir wissen ja nicht mal, ob es echt ist.

Was sollte er mit einer Spielzeugwaffe anfangen? sagt Sandra vernünftig.

Und mit einer echten? gibt Irene zurück.

Stumm und fragend sehen sie sich an. Was macht ein Maschinengewehr unter seinem Bett? Kann er überhaupt damit umgehen? Kennt er jemanden, der es kann? Was arbeitet er wirklich? Wohin fährt er tatsächlich auf seinen zahllosen Auslandsreisen? Was wissen sie von ihm? Was nicht?

Was machen wir? fragt Sandra?

Wir legen es hier auf den Tisch, sagt Irene.

Nein, ich meine, was machen wir jetzt?

Ist doch klar, sagt Irene, wieder ganz rational, wir durchsuchen die Wohnung nach nützlichen Hinweisen, stellen eine Liste aller Orte auf, wo er sein könnte, nehmen telefonisch Kontakt auf ...

Und wenn er nur beruflich unterwegs ist? fragt Sandra. Wenn alles ganz normal ist, ganz leicht erklärbar? Vielleicht ist das Ding ja nur ein Spielzeug. Aber auf der militärgrünen, hochprofessionellen Verpackung steht leider nichts. Falls es ein Spielzeug ist, ist es gut getarnt und gar nicht lustig.

Nimm an, er kommt und findet uns, während wir hier in seiner Wohnung herumwühlen ... fährt Sandra fort.

Ach was, sagt Irene, wenn er bis jetzt nicht gekommen ist! Nein, hier stimmt was nicht. Womöglich ist er in Schwierigkeiten.

Dann kriegen wir auch Probleme, wenn wir weiter rumschnüffeln, bemerkt Sandra.

Irene überlegt kurz. Renato, an einen Stuhl gefesselt, einen

Knebel im Mund, Lederriemen, die in seine Hand- und Fußgelenke schneiden. Schrecklich. Schrecklich aufregend.

Er hat es nicht anders verdient, sagt sie.

Wie meinst du das? Wovon sprichst du? fragt Sandra.

Nein, fängt sich Irene, ich wollte sagen, wilde Spekulationen nützen gar nichts. Wir müssen präzis und systematisch vorgehen. Und aufpassen, da hast du recht. Zuerst suchen wir mal sein Telefonbuch. Dann Dokumente, Sparbücher, Paß, alles kann nützlich sein. Wo finde ich einen Block und einen Bleistift?

Doch bevor Sandra antworten kann, schreckt sie ein langes Klingeln aus ihren Überlegungen auf.

*

Wer kann das sein? flüstert Irene.

Ich weiß nicht, sagt Sandra. Es hat unten geklingelt. Komm, vom Fenster aus sieht man das Gartentor.

Vorsichtig schleichen sie sich an und spähen durch die Ritzen im Rolladen. Es regnet fast nicht mehr.

Da ist keiner!

Das gibt's doch nicht!

Ratlos kauern sie am Fenster.

O Gott, er ist es! sagt Irene und kreuzt die Arme über der Brust. Ich spüre es, eindeutig!

Aber warum sollte er klingeln? fragt Sandra.

Vielleicht hat er seinen Schlüssel verloren. Oder uns gehört. Nein, ich hab's! Er hat mein Auto gesehen! Irene preßt sich die Hand auf den Mund, wird blaß.

Nur keine Panik, sagt Sandra. Wir sind ja nicht zum Stehlen hergekommen.

Der Wind öffnet und schließt sacht das Gartentor am Endes des Wegs, als wollte er ein Gespenst durchlassen.

Hast du das Tor offengelassen? fragt Sandra.

Kann sein, erwidert Irene. Also ist er schon reingegangen. Aber wo hat er dann geklingelt?

An der Haustür unten. Die ist von hier nicht einsehbar.

Ein zweites Läuten hallt durch die Stille der Wohnung.

Machen wir auf, sagt Sandra und geht zur Sprechanlage.

Nein! Irene packt sie am Arm. Bitte!

Du kannst ihn doch nicht draußen stehenlassen, sagt Sandra. Falls er es wirklich ist, kommt er sowieso rein, wann er will, er braucht ja nur aufzuschließen.

Sie drückt auf den Knopf. Drei Stockwerke tiefer hört man die Haustür auf- und zugehen.

Schritte auf der Treppe. Weibliche Schritte.

Irene wird noch blasser. *Sie* ist es, flüstert sie. Ich wußte es, ich hab es gefühlt.

Wer sie? fragt Sandra.

Rebecca! Die erste Frau! Irene ringt die Hände.

Aber nein, wehrt Sandra leicht unsicher ab. Aber wer ist es dann? Heute ist Sonntag, also kann es weder die Postbotin noch die Putzfrau sein und auch keine Nachbarin, weil es unten geklingelt hat.

Es läutet erneut, diesmal an der Wohnungstür.

Irene möchte sich davorwerfen und dem Eindringling mit ihrem Körper den Zugang verwehren. Aber sie rührt sich nicht.

Sandra zögert eine Sekunde, dann öffnet sie.

*

Sie schauen sich an. Sandra und Irene stehen blaß, fast gespenstisch im Halbdunkel des Flurs. Starr vor Staunen. Sprachlos. Es ist beinahe komisch.

Auch sie ist ein bißchen überrascht, Sandra hatte sie nicht erwartet. Irene schon, weil sie ja ihren roten Opel vor dem Gartentor gesehen hat. Auch wenn sie die Nummer nicht auswendig wüßte, würde sie ihn an der gelb-braunen Hornisse erkennen, die an der Windschutzscheibe baumelt. Sie hat sie ihr selbst geschenkt.

Es war ein langer Weg vom Tor bis hierher. Parken, aussteigen, abschließen, durch die regennassen Scheiben den leeren Opel betrachten. Warten. Endlose Minuten. Bis sie wieder gehen, einen Arm bewegen, denken kann. Zwischen den tropfenden Efeuranken durch das offene Gartentor gehen. Die Steinplatten auf dem Rasen zählen, und bei jedem Schritt tauchen Bilder auf, Sätze, Erinnerungen, Wörter, die einen Sinn annehmen.

Lauter Sachen, an die sie lieber nicht gedacht hätte. Wie sie sich vor fast drei Jahren kennengelernt haben fällt ihr ein, dann die Kindheit, die Jugend, so viele Menschen, Begebenheiten, Überlegungen, bei denen sie sich nicht aufhalten wollte. Um keine Entscheidungen treffen, nicht anklagen, nichts abbrechen, nicht zu sehr leiden zu müssen. Nora hat immer das unterschwellige, verdünnte Leiden vorgezogen. Den tagtäglichen gewohnten Schmerz. Wie Mrs. Brown denkt sie, sie habe nichts Besseres verdient. Nur betäubt sie sich nicht mit Tabletten, Gin und Kitschromanen, sondern mit Arbeit.

Was hat sie sich alles anhören müssen: Du bist lieb und gut. Ihr Frauen liebt Verliererentscheidungen. Frauen sind von Natur aus verständnisvoll. Schau, was du angerichtet hast. Es wird nie mehr sein wie vorher, nie mehr. Liebling, versuche, mich zu verstehen, es geht nur um Sex. Ich bete dich an, das weißt du doch. Du bist so lieb.

Und jetzt steht sie hier an dieser offenen Tür, vor diesen beiden, die sie erschrocken anstarren, als wäre sie eine Mörderin, die sie abknallen will.

Ciao, sagt Nora. Darf ich hereinkommen?

*

Sandra tritt zur Seite. Irene lehnt sich an die Wand, bewegt die Lippen, kriegt aber kein Wort heraus.

Mit getrübtem Blick schaut Nora sich um. Sie kennt die Wohnung, war aber höchstens fünf oder sechs Mal hier, seit der Bruder sie, kurz nach seiner Hochzeit, gekauft hat.

Damals hat sie sich gewundert über seinen Geschmack, sie hätte ihm eher eine dieser Villen mit bunten Glasfenstern und gotischen Türmchen aus der Jahrhundertwende zugetraut, als Statussymbol, oder eine mürrische Barockvilla, die auf einem großen, kiesbestreuten Platz thront wie eine alte Contessa im Sessel, mit einer Reihe zerfressener Steinurnen auf der Zufahrtsallee und einem halben Dutzend verstümmelter Nymphen rund um einen Brunnen.

Aber so eine Wohnung in einer Anlage, wo Wächter, Gärtner und wer weiß was sonst noch nötig sind, mußte auch für ihn fast unbezahlbar sein. Da steckte Caterina dahinter.

Sie und Caterina waren sich auf den ersten Blick unsympathisch. Die ist ja aus Eis, hatte sie zu Marco gesagt, bei solchen Frauen werden Manschetten und Kragen nie schmutzig, so eine Dame schwitzt nämlich nicht, ihre Körperfunktionen sind ausgeschaltet. Ich finde, sie ist eine sehr schöne Frau, du bist doch nicht etwa eifersüchtig auf den großen Bruder? hatte Marco lächelnd geantwortet, der sie damals – vielleicht – noch liebte.

Eifersüchtig? Im Zweifel hatte Nora geschwiegen. Aber Caterina kann ihr im Moment gestohlen bleiben. Was sie interessiert ist ihr Weg, der noch nicht zu Ende ist.

Ich suche meinen Bruder, sagt sie. Renato. Ist er zu Hause?

Irene ist stumm, sie scheint nicht einmal zu atmen.

Nein, sagt Sandra mühsam. Wir suchen ihn auch. Er ist verschwunden.

Aha, sagt Nora.

Ich habe uns aufgesperrt, ich habe einen Schlüssel, stottert Sandra, die sich zu einer Rechtfertigung verpflichtet fühlt. Er hat ihn mir geschickt zusammen mit – einem Herd und einer Orchidee hätte sie beinahe gesagt, aber Noras ausdruckslose Augen bremsen sie. Bist du sicher, daß es dir gutgeht? fragt sie. Willst du dich setzen? Was trinken? Einen Kaffee? Einen Cognac? Sie verfällt wieder in die Krankenschwesternrolle.

Nein, sagt Nora und macht einen Schritt vorwärts. Sie geht ins Wohnzimmer, und die anderen beiden folgen ihr. Das schwarze Ding in der Schachtel auf dem Tisch haben sie fast vergessen.

Was ist das? fragt Nora mit neutraler Stimme.

Ein Maschinengewehr, sagt Sandra so beiläufig wie möglich. Es lag unter dem Bett.

Nora nickt abwesend. Wie das? Weiß sie davon? Erkennt sie es? Wundert sie sich nicht? Oder ist es ihr einfach egal?

Hör zu, sagt Irene krächzend, wir beide müssen reden... Hatschi!

Gesundheit, sagt Nora, ohne sich umzudrehen.

Ich lasse euch allein, sagt Sandra. Noras Stimme macht ihr eine Gänsehaut.

Nein! kreischt Irene. Bleib gefälligst hier, du kannst jetzt nicht gehen, nachdem du diesen ganzen Schlamassel angerichtet hast!

Welchen Schlamassel, fängt Sandra an, dann streift ihr Blick Nora, die ihr den Rücken zuwendet. Mit leicht geneigtem Kopf steht sie da, als lausche sie auf etwas, das nur sie hört, und streicht mit den Fingern mechanisch über den Rand der Schachtel. Sandra schaudert, wahrscheinlich kommt das von dem vielen Regen, aber ihre Nackenhaare sträuben sich.

Du hast mir Renato bei dieser Taufe vorgestellt, sagt Irene, und ich habe dir gleich gesagt, daß – sie bricht den Satz ab, um sich die Nase zu putzen.

Sandra wünschte, Irene würde nicht bei Adam und Eva anfangen, sondern sich kurz fassen, diplomatischer sein. Wären sie doch bloß nicht hier allein, sie drei. Ob sie bei den Nachbarn klingeln soll? Na bloß nicht, diese Leute kennt sie, die würden dich verbluten lassen, ohne einen Finger zu rühren, und sich dann beklagen, weil du den Marmor verschmutzt hast.

... daß er der faszinierendste Mann ist, der mir je begegnet ist. Irene knüllt das gebrauchte Kleenex zusammen. Hat eine von euch zufällig Papiertaschentücher dabei? Meine sind alle.

Nein, sagt Nora mit tonlos eisiger Stimme, ich nicht.

Sandra kramt ein Taschentuch hervor und hält es Irene mit einem warnenden Blick hin.

Dann haben wir uns in Hamburg wiedergetroffen, fährt Irene fort, ich habe es dir nicht gleich erzählt, erst nach drei Wochen und fünf, nein, sechs Tagen, um genau zu sein, war es ein Dienstag oder ein Mittwoch? Nein, bestimmt Dienstag, weil –

Das interessiert mich nicht, sagt Nora.

Irene verliert den Faden. Die Wörter bleiben ihr im Hals stecken, und sie kriegt Schluckauf.

Hick! macht Irene. Verdammt, das hat mir – hick! – gerade noch gefehlt.

Nora, sagt Sandra, warum trinkst du nicht einen Schluck Cognac? Es würde dir guttun. Ohne Nora aus den Augen zu lassen, geht sie zur Hausbar. Und dir auch, sagt sie zu Irene. Am besten, wir nehmen alle drei einen Schluck, was meint ihr?

Auf das Wohl des großen Abwesenden, murmelt Nora.

Jedenfalls, fängt Irene wieder an, wollte ich es dir damals – hick! – im Dampfbad sagen, wirklich, aber du ...

Nora dreht sich langsam um. Draußen sind die Wolken aufgerissen, ein roter Sonnenstrahl fällt durchs Fenster herein und läßt ihr Haar aufleuchten. Der Schmerz, der sich auf ihrem Gesicht abzeichnet, ist so groß, so privat, nicht für fremde Augen bestimmt, daß sie ihn vielleicht selbst erst richtig spürt, als sie ihn in den entsetzten Gesichtern der anderen beiden gespiegelt sieht.

Sandra streckt die Arme aus, wie um sie aufzuhalten.

Irene redet drauf los wie eine Maschine: Nein, also, hör zu, jetzt ist nur wichtig – hick! – rauszufinden, wo er steckt, das findest du doch auch, oder? Ein Glück, daß du gekommen bist, vielleicht weißt du – hick –

Nora schließt kurz die Augen, bevor sie handelt.

Aber sie nimmt nicht das Maschinengewehr, sondern den Golfschläger. Nacheinander gehen die geschliffenen Scheiben des Bücherschranks zu Bruch.

Leichenblaß quasselt Irene weiter, aber niemand hört in dem Höllenlärm ihre Worte, auch nicht sie selbst. Als sie endlich schweigt, wie eine Aufziehpuppe, deren Mechanik abgelaufen ist, sinkt sie gegen die Wand, als fiele sie gleich in Ohnmacht.

Sandra atmet tief durch, ballt die Fäuste und wartet, bis Nora fertig ist. Ihr hat dieses protzige Möbelstück sowieso nie gefallen. Als die letzte Scheibe eingeschlagen ist, steigt sie vorsichtig über die Scherben und nimmt Nora den Golfschläger aus der Hand.

Nora läßt sie machen, wie über sich selbst erstaunt. Die Splitter haben ihr Hände und Gesicht zerkratzt. Aus einer Schnittwunde auf ihrer Wange quillt ein Blutstropfen, wie eine rote Träne der Erleichterung. Jetzt ist ihr Gesicht entspannt, beinahe heiter.

Im Treppenhaus hört man Türen klappern. Was ist da los? brüllt eine mißtrauische, autoritäre Männerstimme. Ich rufe die Polizei, kreischt eine hysterische Frauenstimme.

Schert euch zum Teufel, schreit Sandra, und kümmert euch um euren eigenen Scheiß, wie sonst auch immer!

Grabesstille. Dann sich entfernendes, empörtes Gemurmel.

Nora beginnt lautlos zu weinen. Sandra legt ihr den Arm um die Schultern, aber Nora weicht zurück, stolpert über einen Scherbenhaufen, schwankt, fängt sich wieder und rennt davon, die Tür hinter sich offen lassend.

Sandra schaut ihr nach, zögert einen Moment, dann packt sie Jacke und Handtasche und folgt ihr. Irene bleibt allein: Wie? Sind sie einfach gegangen?

Langsam schleppt sie sich zum Fenster und sieht, wie Sandra Nora am Gartentor einholt. Wie Nora die Hände vors Gesicht schlägt und sich leise, rhythmisch wiegt. Wie Sandra sie umarmt und Nora es geschehen läßt, während ihre Schultern zucken.

Irene zählt im Geist bis dreißig und stellt erleichtert fest, daß ihr Schluckauf weg ist. Aber leider auch die Stimme. Als sie das Fenster öffnet und schreit: Wartet auf mich! Ich komme mit!, kommt nur ein heiseres Krächzen aus ihrem Mund.

Rasch sammelt sie ihre Sachen ein und stürzt die Treppe hinunter. Man hört ein Auto anfahren. Wartet auf mich! schreit Irene noch einmal, auf dem Gartenweg, lautlos wie in einem Stummfilm.

*

Hallo, faucht eine rauhe Stimme, Firma Warmhaus, guten Tag.

Drei Sekunden Schweigen.

Ist das nicht Sandras Nebenstelle?

Nora! Ich bin's, Irene. Ich bin entsetzlich erkältet, die Kunden erschrecken jedesmal, wenn ich ans Telefon gehe. Hörst du mich?

Ja. Ich dachte, das wäre die Nummer des Lagers.

Stimmt, aber Sandra ist gerade beschäftigt... Soll ich sie holen?

Nein, egal. Ich wollte nur sagen –

Nora, mein Schatz, wie schön, deine Stimme zu hören, ich habe viel nachgedacht, weißt du, und glaube –

– daß ich eben erfahren habe, was mit Renato ist. Ich dachte, es interessiert euch.

Fünf Sekunden Schweigen.

Wo ist er?

In einer Klinik am Lago Maggiore.

In einer Klinik? Geht es ihm nicht gut?

Nicht besonders. Er ist operiert worden. Zuerst schien alles in Ordnung, dann ist eine Embolie dazugekommen.

Was?

Ein Blutpfropf. Das kann nach einer Operation vorkommen.

Wieso ist er denn operiert worden? fragt Irene pikiert.

Sie haben ihm eine künstliche Herzklappe eingesetzt.

Aber warum?

Weil es nötig war, vermute ich. Mitralklappen-Insuffizienz.

Ich habe ja schon immer gesagt, daß man sich nicht operieren lassen soll. Ich bin noch nie unterm Messer gewesen, da würde ich eher nach Lourdes fahren, wenn es drauf ankäme. Aber er mit seinem Dickkopf natürlich –

Willst du jetzt die Adresse oder nicht?

Aber ja. Irene notiert. Was hast du gesagt? Mitral ...?

Mitralklappen-Insuffizienz. Hauptsymptome sind Kurzatmigkeit und Müdigkeit.

O Gott, sagt Irene heiser im Gedanken daran, wie sie das letzte Mal mit Renato geschlafen hat. Du ißt zuviel Fleisch, hat sie zu ihm gesagt, geh doch mal auf Diät. Vegetarier scheinen mehr Ausdauer zu haben, weißt du? Und der viele Käse tut dir auch nicht gut. Er hat stocksauer reagiert. Ein taktischer Fehler. Irene hat sich bittere Vorwürfe gemacht: Sie wußte es doch genau, hätte er zwischen ihr und einem Castelmagno wählen müssen, hätte er locker auf sie verzichtet.

O Gott, wiederholt sie, du meinst, er wußte es und hatte alles geplant?

Natürlich. So eine Operation macht man nicht aus heiterem Himmel. Außer im Notfall. Sie haben mir gesagt, er hatte sich schon seit Monaten angemeldet.

Seit Monaten? Und hat mir nichts gesagt? faucht Irene wütend.

Genau.

Aha.

Er hat niemandem was gesagt, bemerkt Nora. Nicht mal seiner Frau. Die Embolie ist schon vor einigen Tagen eingetreten, aber die Klinik konnte Caterina, die einzige Angehörige, deren Nummer sie hatten, nicht erreichen. Daraus schließe ich, daß sie auch nichts wußte. Zuletzt haben sie mich ausfindig gemacht.

Danke, sagt Irene nach einer Pause. Danke, Nora.

Schon gut. Sagst du es Sandra?

Selbstverständlich. Nora, Liebl –, ich meine, Nora, sag mal, ist es schlimm, was Renato hat?

Ziemlich.

Du meinst, er...

Er könnte sterben? Wer weiß. Sie haben sich nicht sehr deutlich geäußert.

Zehn Sekunden Schweigen.

Nora, Bärchen –

Ich muß Schluß machen. In bin in der Praxis, draußen warten noch sechs Patienten.

Hör zu –

Ciao.

*

Heute Morgen hat Nora sich geweigert, bei Tarozzi einen Hausbesuch zu machen, weil er erst nach zehn Uhr angerufen hat. Das ist eine Regel, auf deren Einhaltung sie bisher nie bestanden hat. Kommen Sie, Dottoressa, hat der Mistkerl gesagt, seien Sie so gut, Sie waren doch sonst nicht so streng. Ach nein? hat Nora erwidert, dann wird es höchste Zeit, daß ich damit anfange, Signor Tarozzi. Guten Tag.

Mit zitternden Händen hat sie aufgelegt.

Als ihr Blick das Poster gegenüber von ihrem Schreibtisch gestreift hat (Anatomie des Menschen – Innere Organe – Die Leber), hat sie plötzlich Irene mit Renato im Bett vor sich gesehen.

In ihrer Jugend hat Nora als Uneingeweihte Eifersucht ärgerlich als bourgeoises Gefühl abgetan. Mit diesem Mythos muß man aufräumen, sagte sie zu den betrogenen Freundinnen, Eifersucht ist eine patriarchalische Falle, man muß über die Dinge reden, sie ausdiskutieren.

Na, dich möchte ich mal sehen, sagte Cinzia zu ihr, wenn

Marco fremdginge! Als es soweit war – ob vor oder nachdem sie es ihm mit gleicher Münze heimgezahlt hat, wurde nie geklärt –, hat Nora ihre Position revidiert. Sie hat begriffen, daß Betrug und Eifersucht keine Frage von Sex sind, sondern von Tod.

Wie hatte Marcos miese Bemerkung, er habe sie nie wirklich geliebt, sie verletzt. Mit geschwollenen Augen, fettigen Haaren, immer blasser wankte sie von zu Hause in die Praxis. Wie hätte sie sich in dem Zustand bei ihrem Liebhaber sehen lassen können? Marco, von Tag zu Tag finsterer, kam spät oder gar nicht heim. Sie begann sich vor der Dunkelheit zu fürchten, schreckte beim leisesten Knarren aus dem Schlaf, lag stundenlang wach, mit wild klopfendem Herzen, bis sie wünschte, es bliebe einfach stehen. Wenn Marco von seinem Nebenbuhler sprach, bekam er den Blick eines Cowboys, der sich breitbeinig vor dem Gegner aufpflanzt und sagt: Diese Stadt ist zu klein für uns beide! Der sanfte Marco, der als einziger Sohn einer Witwe nicht einmal den Militärdienst absolviert hatte, wollte plötzlich Blut sehen. Nora hätte ihn gern gefragt, warum er sich so über ihren Liebhaber aufregte, wenn er sie sowieso nie wirklich geliebt hatte, fand aber nicht den Mut dazu. Außerdem dachte sie, vielleicht habe die Leidenschaft für die andere unerwartet einen gewalttätigen, süditalienischen Zug in ihm geweckt. Aber als sie am Fenster beobachtete, wie er die andere traf – lange, zurückgeworfene schwarze Haare, Sonnenbrille, braungebrannte Beine – und auf der Straße küßte (was ihm bei ihr nie eingefallen wäre), ertappte sie sich bei dem Wunsch, ihr diese Haare um den Hals zu wickeln und mit aller Kraft zuzuziehen. Später begnügte sie sich mit der Hoffnung, die andere – vermutlich auch Ärztin – werde eine eklatante Fehldiagnose stellen und sich die Karriere ruinieren. Noch später erfuhr sie zu ihrer Verblüffung, daß die andere keine Ärztin, sondern Softwareprogrammiererin war. Mit der Zeit legte sich die Feindseligkeit, aber ihr blieb das Bewußtsein, daß es bei Eifersucht nicht nur darum geht, daß zwei außerhalb der offiziellen Abmachungen und Bindungen zusammen schlafen – es ist, als liebten sie sich auf deinem toten Körper.

Das alles fällt ihr jetzt wieder ein.

Noras Körper ist nicht nur wie tot, sondern gedemütigt, dem öffentlichen Gespött preisgegeben. Alle Kommentare ihres Bruders über ihre Kleidung und ihre Plumpheit in den letzten vierzig Jahren, sein Lächeln, seine Herablassung waren nur eine Vorbereitung auf diesen letzten Akt.

Vor Anspannung hat Nora solche Muskelschmerzen, wie ein Ringer in einem aussichtslosen Kampf, daß sie zwischen zwei Patienten einen Schluck Maalox nimmt.

Während sie sich Klagen über Asthma, Herzschmerzen, Hämorrhoiden, Schuppenflechte und Nervenzusammenbrüche anhört, denkt sie an alles, was ihr Bruder ihr im Lauf des Lebens weggenommen hat. Das Geschäft, den Weinberg ... und zuletzt Irene. Ganz zu schweigen vom Leben ihrer Mutter, das er auch auf dem Gewissen hat ...

Und was hat er ihr dafür gegeben? Ein Kaffeeservice.

Selber schuld, denkt sie, während sie ein Blatt vom Rezeptblock reißt, wenn die Dummheit gewisse Grenzen überschreitet, ist man selber schuld. Dumme Opfer sind genauso schuldig wie die Täter, vielleicht sogar noch mehr, weil sie eine Provokation darstellen.

Hier, ich will Sie nicht vor einem Monat wiedersehen, sagt sie, einem Angestellten, der sich alle vierzehn Tage krankschreiben läßt, sein Attest reichend.

Und wenn ich eher krank werde? fragt der Mann anzüglich.

Dann denken Sie mal an einen Ortswechsel. Offenbar ist das Klima hier nichts für Sie. Oder wechseln Sie den Arzt.

Der Patient schaut sie erstaunt an und geht beleidigt hinaus.

Das gibt's doch nicht, denkt Nora, so bin ich nicht, ich lege mich nicht mit den Leuten an. Ich bin Kassenärztin, zweiundvierzig, geschieden. Mein Friseur sagt, es werde Zeit, daß ich mir die Haare färbe. Cinzia Caminiti sagt, ich sei jung und hübsch.

Ich bin ein ruhiger Mensch, nicht vorbestraft, zahle Steuern, gurte mich an, wenn ich einen Polizisten sehe. Was geht mit mir vor?

Die Dottoressa ist ganz außer sich heute, hört Nora im Vorbeigehen die Patienten im Wartezimmer flüstern. Sie wird familiäre Sorgen haben.

Darf ich um etwas mehr Ruhe bitten, während ich untersuche, sagt sie schroff. Betroffenes Schweigen folgt.

Zwei Tage geht das so, am Morgen des dritten kommt der Anruf.

Zum ersten Mal versteht Nora, die seit jeher völlig in ihrem Beruf aufgeht, die Medizinersprache nicht. Embolie? Mitralklappen-Insuffizienz? Schlaganfall? Reden sie von ihm?

Sind Sie sicher, daß es sich um meinen Bruder handelt? Um Renato Ardigò? fragt sie die Telefonistin und spürt, wie schwer ihr der Name über die Lippen kommt.

Ja, kein Zweifel, erwidert die Stimme am anderen Ende.

Unwillkürlich wählt sie danach Sandras Nummer. Am Sonntag, nach ihrem Ausbruch, wollte Sandra sie heimbegleiten, aber sie hatte abgelehnt, war allein losgerast und beinahe aus der Kurve geflogen. Vielleicht hätte es mir gutgetan, mit Sandra zu reden, denkt sie. Statt dessen ist Irene dran.

Rasch fertigt Nora die letzten Patienten ab, mit einer Energie und Autorität, die sie selbst überraschen. Sie verhält sich wie die verheirateten Kolleginnen mit Kindern, die noch etwas anderes im Leben zu tun haben, außer ihrer Praxis.

Dann fährt sie los.

*

Die Klinik liegt auf einem Hügel mit Blick auf den See. Auf dem Parkplatz steht nur ein unauffälliges Schild, das Gebäude ist hinter einer kompakten Mauer aus Zypressen, Rhododendron, Kirschlorbeer, Hortensien, Kletterpflanzen und Immergrün verborgen. Noch blüht nichts, die nasse Erde ist dunkel, aber zwischen den bleigrauen Wolken glüht rosa die Sonne. Der Blick auf den See ist phantastisch. Lange schaut Nora an diesem Nachmittag Ende März hinunter auf das blauschwarze Wasser zwischen Wäldern und Gruppen von roten und grauen Dächern.

Am liebsten würde sie umkehren. Aber sie hat keine Wahl. Sie ist seine Schwester, die einzige Angehörige, die erreichbar war, wie die Telefonstimme anklagend bemerkt hat.

Sofort erkennt Nora den querstehenden roten Opel mit der Hornisse an der Windschutzscheibe. Leider ist kein Golfschläger greifbar...

Vor dem Tor, so daß man fast drübersteigen muß, parkt ein beigefarbener Panda mit einem jungen Mann am Steuer.

Fahren Sie zurück, sagt Nora, sehen Sie nicht, daß man nicht durchkommt?

Der Junge starrt weiter grimmig ins Leere.

Nora klopft an die Scheibe.

Was wollen Sie? knurrt er.

Fahren Sie weg, ich muß hier durch!

Der Junge mustert sie, mustert den Raum zwischen dem Panda und dem Tor, steigt aus. Beunruhigt weicht Nora zurück. Der Junge breitet genervt die Arme aus, schwankt wie ein Boxer vor dem K.o. und tritt mit voller Wucht gegen den Kotflügel. Dann steigt er wieder ein, und das Auto macht einen Satz nach rückwärts.

Mit zitternden Knien geht Nora auf die Klinik zu und sieht sich noch einmal mißtrauisch um. Sie hört den Motor des Panda stottern und mehrmals absterben, und dann einen verzweifelten Schrei: Verdammte Scheiße!

Ein Drogenabhängiger, denkt sie. Wahrscheinlich hier in Behandlung. Sonderbar, so ein Typ in dieser Luxusklinik.

In der luftigen, prahlerischen Eingangshalle bemüht sich Irene, ganz in Schwarz, eine Hand am Hals wie eine heisere Sängerin, mit der Empfangsdame eine lebhafte, aber tonlose Diskussion zu führen. Bei Noras Eintreten schweigt sie schlagartig. Ciao, sagt Nora und betrachtet ein Stilleben hinter ihrem Kopf. Ciao, sagt Irene und starrt auf einen Blumenstrauß auf der Rezeptionstheke.

Ciao, Nora, sagt Sandra, während sie mit angeekeltem Gesichtsausdruck die Frauenzeitschrift zuklappt, in der sie gerade blätterte. Gott sei Dank, daß du da bist, jetzt lassen sie uns vielleicht rein.

Tatsächlich, nachdem Nora kurz verhandelt hat, dürfen sie alle drei Renato sehen.

Aber bitte keine Aufregung, sagt die Krankenschwester auf leisen Absätzen mit einem Blick über die Schulter. Der Patient ist nicht bei Bewußtsein.

Irene zuckt zusammen und tastet automatisch nach einem stützenden Arm. Nora tut, als sehe sie es nicht, geht stur weiter, Schritt für Schritt.

Mit seinem Bewußtsein war's noch nie weit her, brummt Sandra. Aber auch sie ist sichtlich erschüttert: Als sie einer Nonne in weißer, gestärkter Tracht begegnen, macht sie nicht wie sonst eine Abwehrgeste, sondern beantwortet ihr hastiges vages Lächeln mit einem erschrockenen vagen Lächeln.

*

Renato liegt hinter einer Scheibe bewegungslos in dem weißen Bett, wie ein großer schlafender Fisch in einem Aquarium.

Er ist es also wirklich, denkt Nora. Sie erkennt ihn an den weißen Haaren auf dem Kissen und braucht gar nicht weiter hinzusehen, die Umrisse unter der Decke sind ihr vertraut, auch wenn die Situation fremd ist.

Und plötzlich kehren die alten Gewohnheiten zurück und fegen alles andere beiseite. Ein Bruder, denkt Nora, ein älterer Bruder, der von Anfang an immer da war, ist vor allem eine Gewohnheit. Du kannst ihn nicht abschütteln, bloß weil er ein paarmal dein Leben zerstört hat. Das kommt in den besten Familien vor.

Wer hätte gedacht, daß wir uns so wiedersehen. Drei Tage lang habe ich dir innerlich meine Argumente und meine Wut an den Kopf geschmissen, und du hast die ganze Zeit hier an lauter Schläuchen gelegen, denkt sie. Irene hat deiner Gesundheit offenbar nicht besonders gutgetan.

Wieso bist du nicht in ein öffentliches Krankenhaus gegangen? denkt sie. Ich hätte dir sagen können, daß die für Notfälle besser ausgerüstet sind. Aber du hättest sowieso nicht auf mich gehört, wie immer.

Ob der Tropf richtig gelegt ist? fragt sie sich. Und wo ist der Krankenbericht? Ist es eine moralische Ohrfeige, daß er sich zu einer Herzoperation entschlossen hat, ohne ihr etwas zu sagen, oder hatte er Angst, sich menschlich zu zeigen?

*

Sandra verabscheut Krankenhäuser. Wieso ist sie überhaupt hier? Um Irene zu ärgern, um ihre Rechte zu behaupten, um einen Vorwand zu haben, sich mit Dario zu streiten. Der wartet jetzt draußen, stocksauer. Von Turin bis hierher hat er keinmal den Mund aufgemacht, außer um ›verdammte Scheiße!‹ zu sagen. Sechzehn Mal, sie hat mitgezählt.

Du fährst doch auch hin, wieso soll ich dann nicht fahren? hat sie heute früh zu Irene gesagt.

Weil jemand hierbleiben muß, wir können nicht mittags um zwei schließen, noch dazu, wo heute die Buchhalterin krank ist.

Warum nicht?

Weil das eine Firma ist, hier wird gearbeitet, Privatangelegenheiten zählen nicht! hat Irene gefaucht.

Wenn es so ist, bleib du doch. Du bist der Chef, du stehst gerade für die Firmenphilosophie. Ich übergebe dem Fahrer die Ware, dann nehme ich einen halben Tag Urlaub und besuche Gris.

Ich gebe dir aber keinen Urlaub!

Ich nehme ihn mir trotzdem.

Und Renato heißt nicht Gris!

Ich nenne ihn, wie ich will. Er ist nicht dein Eigentum, mit eingesticktem Monogramm wie auf den Blusen, die du dir machen läßt. Er fühlt sich weder dir noch mir noch sonst einer Frau wirklich verpflichtet, da kannst du Gift drauf nehmen.

Ich beabsichtige nicht, mit dir über dieses Thema zu diskutieren.

Dann nicht. Auf Wiedersehen.

Damit ist sie gegangen.

Gleich danach hat sie es bereut, ist aber nicht umgekehrt. Seit drei Tagen reden sie nicht miteinander, grüßen sich morgens kaum, tauschen nur technische Informationen aus, mit zusammengebissenen Zähnen. Das kann nicht so weitergehen. Lieber ein klärendes Gewitter, dann weiß sie, wie sie dran ist. Heute früh in der Straßenbahn hat sie schon deprimiert einen Blick auf die Stellenanzeigen geworfen.

Irene hat die Firma zugemacht, ist in ihren Opel gesprungen und vor ihr hier angekommen. Kein Wunder bei Darios Klappermühle, obwohl er fährt wie ein Verrückter. Sandra wollte nie ein eigenes Auto, sie mag keinen Besitz, aber was nützt es, kein Auto zu haben, wenn sie dann bei Bedarf Dario bitten und seine schlechte Laune ertragen muß?

Endlich steht sie vor Gris. Eingefallene, stachelige, gelbe Wangen, Schläuche, geschwollene Lider.

Schau, wie du dich zugerichtet hast, sagt sie zu ihm. Liegst hier allein wie ein Hund, Tage haben sie gebraucht, um jemanden zu finden, der sich um dich kümmert. Was nützen dir dein Geld, deine Macht, dein Prestigejob?

Der Tag auf der Brücke fällt ihr ein, Gris' Blick, als wollte er ihr etwas sagen, und dann nichts, eine Mauer.

Ich bin vielleicht hart, sagt sie zu ihm, oder schwierig, aber du hast noch nie was kapiert. Du kannst nicht zuhören, nicht reden, versteckst dich hinter einem Panzer aus Wörtern, damit die anderen sagen: Wie intelligent er ist, er weiß einfach alles, verliert nie die Ruhe, die Kontrolle, die Geduld. Er ist der Größte. Weißt du was, Gris? Leck mich am Arsch.

Und sie beginnt zu weinen.

*

Nein, sagt Irene, nein, nein, nein, das kannst du mir nicht antun! Was bezweckst du mit dieser Herzoperation? Weißt du nicht, daß ich ohne dich eingehe? Du kannst dir nicht erlauben zu sterben.

Du hast eine Verantwortung mir gegenüber, ich verlange doch nichts, ich habe nie wie so viele andere Frauen gefordert, daß du da bist, mit mir einkaufen gehst, mir ein Kind machst. Ich will nur, daß du existierst. Findest du das zuviel verlangt?

Auch wenn ich dich verlasse, darfst du nicht sterben. Ich muß denken können, daß es dich gibt, egal, was zwischen uns ist, ich brauche dich wie eine Lebensversicherung, in die man einzahlt und zahlt und zahlt, ohne je was rauszukriegen, Hauptsache, man hat eine. Du hältst mich auf der Erde, du bist mein Anker, hinderst mich am Abdriften, ohne dich wäre ich haltlos, mir könnte wer weiß was zustoßen.

Du bist der Größte, das ist nicht dein Verdienst, du brauchst auch gar nichts dazu tun, das mache ich allein. Beschränke du dich darauf zu leben.

Endlich öffnet sie die Augen und findet den Mut, ihn anzusehen.

O Gott, stöhnt sie.

*

In diesem Augenblick kommt der Chefarzt. Um die Fünfzig, stattlich, Geheimratsecken, den Kittel über der Grisaille-Weste geöffnet, goldene Rolex am Handgelenk. Ein Typ, mit dem Renato Golf spielen könnte, hätte er nicht die Taktlosigkeit besessen, ausgerechnet hier in seiner Klinik einen Schlaganfall zu erleiden. Zur Strafe wird er zum Gesprächsthema degradiert.

Dottoressa Ardigò, sagt der Chefarzt und schüttelt Nora die Hand, die anderen beiden geflissentlich übersehend. Nach seinem herablassenden Tonfall zu schließen, verdient er mindestens zwanzig Millionen Lire mehr als sie im Monat. Er erklärt ihr, der Schlaganfall sei am Sonntag nachmittag eingetreten (also ungefähr um die Zeit, als sie seine Bibliothek demolierte, überlegt sie).

Morgen früh werde er bescheinigen, daß der Patient außer Gefahr sei, sagt er, natürlich nur, wenn über Nacht keine Verschlechterung eintrete. Irenes Erschrecken ist unüberhörbar, selbst der Chefarzt muß jetzt Notiz von ihr nehmen.

Die Damen sind ...? fragt er stirnrunzelnd.

Freundinnen, sagt Nora, bewußt vage. Aber er hakt nicht nach, er hat ihnen sowieso schon zuviel von seiner kostbaren Zeit gewidmet.

Das ist mir einer, Ihr Bruder, sagt er, Nora mit dem Zeigefinger drohend, an dem ein breiter Ehering glänzt. Er hat uns ganz schön in Schwiegigkeiten gebracht. Als diese, hm, Komplikation aufgetreten ist, wußten wir nicht, wen wir benachrichtigen sollen, wir konnten niemanden erreichen, sehr bedauerlich ...

Er wollte seine Angehörigen nicht beunruhigen, sagt Nora mit bedrücktem Lächeln.

Lobenswert, sagt der Chefarzt. Aber auch zuviel Zartgefühl, Sie verstehen mich, teure Kollegin ...

Verstehe, sagt Nora.

Das alles bringt mich in eine – wie soll ich sagen – kritische Lage ... Stellen Sie sich vor, der Zustand Ihres Bruders hätte sich weiter verschlechter ... Der Chefarzt schaudert.

Nora nutzt den Augenblick und fragt: Apropos, könnten Sie mir bitte den Krankenbericht zur Ansicht überlassen?

Aber natürlich, sagt der Chefarzt, drückt ihr die Hand wie in einem Schraubstock und entschwindet so schnell, wie er gekommen ist. Ich lasse ihn Ihnen gleich rüberschicken, kommt die Stimme aus dem Flur.

Tut mir leid, meine Damen, sagt die Krankenschwester, die lautlos hinter ihm erschienen ist, aber jetzt müssen Sie unseren Patienten in Ruhe lassen.

Mehr Ruhe als so, sagt Sandra. Er liegt hinter einer Scheibe, sieht uns nicht und hört uns nicht.

Gehen wir, flüstert Nora. Später lassen sie uns bestimmt wieder zu ihm.

*

Ich bleibe, erklärt Irene entschlossen. Vor morgen früh rühre ich mich hier nicht weg.

Was hast du davon, sagt Sandra. Du kannst auch keine Wunder vollbringen.

Irene zuckt die Achseln.

Bleib, wenn sie es dir erlauben, sagt Nora.

Wehe, die versuchen, mich wegzuschicken! kreischt Irene. Ich schreie, ich mache eine Szene!

Was machst du? fragt Sandra Nora.

Ich weiß nicht, sagt Nora und betrachtet den schwarzblauen Himmel, an dem das letzte Abendrot verlöscht. Irenes Nähe ist nicht so unerträglich, wie sie befürchtet hatte. Ob sie in diesen Luxuskliniken Beruhigungsmittel versprühen, um unerquickliche Szenen zu vermeiden?

Sandra durchquert die Eingangshalle und den gepflegten Garten, zieht die Jacke fester zu wegen der feuchten Kälte, die vom See aufsteigt, und erreicht den Panda. Dario ist kaum sichtbar in dem vielen Rauch. Er beugt sich herüber, um ihr die Tür zu öffnen.

Hör zu, sagt sie, ohne einzusteigen, ich bleibe noch ein bißchen.

Schweigen.

Warum fährst du nicht schon? Dann kannst du die Hügelstrecke noch im Hellen fahren. Ich laß mich von Nora heimbringen.

Das Schweigen wird finsterer.

Dario, sagt sie und stampft auf dem Asphalt auf, was würdest du machen, wenn ein Freund von dir kurz vor dem Abkratzen wäre? Würde es dich interessieren, ob er es packt oder nicht?

Ihre Stimme klingt gepreßt zwischen den grauen Atemwölkchen. Ihre Hände sind eiskalt.

Eine Kippe hinterläßt eine kurze Leuchtspur von der Autotür auf der Fahrerseite bis zum Graben daneben, wie ein selbstmörderisches Glühwürmchen. Dann springt stotternd der Motor an.

Sandra macht einen Satz zur Seite, während der Panda mit quietschenden Reifen losschießt.

*

Irgendwo muß es ein Café geben, sagt Nora, die sich verpflichtet fühlt, die Dame des Hauses zu spielen. Wir könnten was essen.

Gute Idee, sagt Sandra.

Ich esse nichts, sagt Irene.

Komm schon, sagt Sandra, hakt sie unter und zieht sie mit. Irene leistet nur schwachen Widerstand.

Das Café hat eine hübsche Veranda mit Blick auf ein Wäldchen. Tagsüber und im Sommer ist es für die genesenden Gäste bestimmt ganz reizend, hier ihren teeinfreien Tee zu trinken, aber an diesem nebligen Vorfrühlingsabend ist der Wald gespenstisch. Irene zerpflückt ihr Brötchen gedankenverloren in kleine Stücke und legt sie auf den Teller, bevor sie sie lustlos in den Mund schiebt. Ein Zeichen, daß sie angespannt ist. Nora hat diese Gewohnheit immer süß gefunden (wie ein Spatz, der die Krümel aufpickt), aber heute abend denkt sie: Könnte sie nicht essen wie alle anderen? Irenes tausend Manien fallen ihr ein – Seidenunterwäsche, eine bestimmte Sorte brauner Zucker für den Kaffee, zwölf tiefe Atemzüge morgens nach dem Aufwachen ... Ob sie ihr fehlen werden? Irene gefiel ihr, weil sie anders war als alle anderen. Aber stimmte das überhaupt? Nein, sie gefiel ihr wegen ihrer frechen sexuellen Ausstrahlung. Wirklich? Sie weiß es nicht mehr, Irene gefiel ihr und basta. Und jetzt? Falls der Schmerz der Gradmesser der Liebe ist, ist sie auf dem Weg der Genesung.

Wie fühlst du dich? fragt Sandra, als Irene auf die Toilette geht (sie wird länger wegbleiben, das wissen beide, denn sie muß sich die Tränen vom Gesicht waschen und die Augen frisch schminken).

Nicht zu schlecht, antwortet Nora. Dann sagt sie, zu ihrer eigenen Überraschung: Im Grund wußte ich es sowieso schon.

Es ist unnötig hinzuzufügen, daß sie Irene und Renato meint. Sandra nickt. Nora fühlt sich richtig erleichtert nach diesem kleinen Satz, beinahe froh. Wie gut es tut, Dinge auszusprechen. Instinktiv weiß sie, daß sie Sandra vertrauen kann. Sie schaut zu, wie Sandra ihr Croissant in den zweiten Cappuccino stippt. Krankenhäuser und ähnliche Orte machen mir immer Hunger, sagt Sandra. Nach der Abtreibung, zum Beispiel, hatte ich eine Freßphase.

So siehst du aber nicht aus, sagt Nora. Wie schaffst du es, so dünn zu sein?

Jahrelange Magersucht hinterläßt Spuren, sagt Sandra, sich die Marmelade von den Fingern leckend.

War das Kind von ... von ihm? fragt Nora und spielt mit der Papierserviette.

Ja, aber es ist lange her. Ich war neunzehn. Wir haben ein Jahr zusammen gewohnt. Hat er dir denn nie etwas erzählt?

Sehr wenig, erwidert Nora. Mein Neffe, denkt sie mit einem Blick auf Sandras flachen Bauch unter dem Wollkleid. Mein

Quasineffe. Hätte sein Vorhandensein etwas geändert? Wer weiß. Hat er dir denn von mir erzählt? fragt sie.

Nein, eigentlich nicht. Ich wußte, daß er eine Schwester hat, mehr nicht.

Mehr gab es auch kaum zu sagen, bemerkt Nora. Wie ereignislos ihr Leben Renato vorgekommen sein muß. Bis er Irene entdeckte. Was er da wohl gedacht hat?

Er gab sich sehr lakonisch und geheimnisvoll, sagt Sandra. Nach dem Motto: Frag mich nicht, woher ich komme, frag mich nicht, wohin ich gehe. Das beeindruckt junge Mädchen. Erst in den letzten Jahren ist er gesprächiger geworden.

Ach, ihr seht euch noch?

Er meldet sich ab und zu, lädt mich zum Essen ein oder so. Irgendwann hat ihn die Sehnsucht gepackt, ich habe nie genau kapiert, warum. Er behauptet, meine Freundschaft sei ihm wichtig.

Und wußte Irene es?

Nein, sagt Sandra und dreht den Kopf zum Wäldchen.

Renato hätte als Geheimagent arbeiten können, sagt Nora. Sie hat die Papierserviette zu einem Schiffchen gefaltet, das sie über den grünen Resopaltisch segeln läßt. Und du auch.

Es tut mir leid. Verzeih mir, sagt Sandra und schaut ihr in die Augen.

Ich? Du hast keine Schuld. Irene hätte mir ein paar Informationen mehr geben können. Letztlich hat mein Bruder diesen ganzen Schlamassel angerichtet. Er hat schon immer gern mit dem Feuer gespielt. Oder insgeheim den Wunsch gehegt, eine große Frauenfamilie um sich zu scharen. Jetzt hat er es geschafft.

Sandra lacht. Ich sehe, daß es dir besser geht, sagt sie. Wenn diese Geschichte vorbei ist und du Lust hast zu reden, ruf mich an. Dann gehen wir eine Pizza essen.

Danke, sagt Nora. An Gesprächsthemen fehlt es uns ja wahrhaftig nicht.

*

Nein, unmöglich, drei Zimmer auf keinen Fall, außerdem ist es in der Klinik nicht üblich ... Die Frau in weißer Tracht ist verwirrt, feindselig. Wenn die Dottoressa bleiben will, bitte, sie ist eine Angehörige, aber die Damen kann ich absolut nicht unterbringen, das ist kein Hotel!

Ich rühre mich nicht von der Stelle, sagt Irene mit verschränkten Armen, aber so leise, daß niemand sie hört.

Wir brauchen doch nicht drei Zimmer, sagt Nora vernünftig. Drei Stühle genügen.

Es gibt ein reizendes kleines Hotel gleich an der Straße, ich glaube, es hat schon offen, sagt die Frau spitz zu Irene.

Und wenn es noch zu hat? sagt Nora. Sie setzen die beiden Damen vor die Tür, um diese Zeit und in diesem Seelenzustand! Was würde mein Kollege dazu sagen, der Herr Professor?

Befriedigt stellt Nora die Wirkung ihrer Worte fest.

Die Oberpflegerin ist beeindruckt.

Der Professor ist ein guter Freund von mir, fährt sie fort, wir haben uns auf einem Kardiologiekongreß kennengelernt. Würden Sie so freundlich sein, ihn anzurufen? Nora weiß genau, daß er nicht mehr im Haus ist, sie hat ihn in seinem Mercedes wegfahren sehen. Wie leicht es ist zu bluffen! denkt sie. Na ja, ihr Vater ist im Altersheim, ihr Bruder liegt im Koma, wenn einer diese Familientradition fortführen soll, bleibt nur sie übrig.

Die Frau seufzt. Der Herr Professor ist schon gegangen, sagt sie resigniert. Wir haben einen Aufenthaltsraum, wenn Sie sich mit den Sesseln begnügen wollen ...

*

Schweigend sitzen sie da, jede auf ihrem Platz, wie Reisende in einem Fernzug. Draußen ist es dunkel, das Licht innen ist gelb und anheimelnd, die Luft beinahe stickig. In dem Raum stehen zwei Leinensessel, zwei kleine Sofas und ein Tischchen voller Zeitschriften.

Nora nimmt eine, blättert, findet einen Artikel über den Krieg im Kosovo und schlägt sie wieder zu. Sie lehnt sich zurück, schließt die Augen und sieht Renatos Gesicht vor sich, als er jung war. Was weiß sie von ihm? Wieviel Zeit haben sie wirklich zusammen verbracht? Wenig, insgesamt. Er war mehr in ihren Phantasien präsent als in der Realität. Stimmt es, daß er seinen Schulkameraden verpetzt und die Verkäuferin geschwängert hat, wie ihr Vater behauptet? Aber auf den ist kein Verlaß, er würde auch lügen, wenn man ihn fragt, wie spät es ist. Und auch von ihm weiß Nora wenig, erst seit einigen Jahren, seit sie ihn in der Villa dei Tigli besucht, hat sie ihn besser kennengelernt.

Vater und Bruder waren beide abwesend, nie da. Sie gehörten nicht wirklich zu ihrem Leben. Wenn der Bruder heimkam, wurde alles für ihn vorbereitet, der Tisch gedeckt, das schöne Kleid angezogen, die Stimme gedämpft, er war der Ehrengast, der Prinz auf Besuch. Von ihrem Alltagsleben wußte er nichts. Sie und die Mutter verständigten sich mit einem Blick, einer Geste, einem Wort. Sie hatten ihre Geheimsprache, ihre Späße.

Von all dem war er ausgeschlossen.

Der Ärmste, denkt Nora und fährt sich mit der Hand über die müden Augen.

Ob es ihm gefehlt hat? Oder war es ihm gerade recht? Er hatte seine eigene Welt, Arbeit, Geld, Prestige, Frauen. Hatte sein männliches Selbst, imposant und eingemauert wie eine Festung. Was kümmerten ihn ihre kleinen Freuden und Leiden?

Armer Mann, denkt Nora. Er tut ihr richtig leid. Ein unerhörtes Gefühl, ihrem Bruder gegenüber, aber es wird vorbeigehen. Wer weiß, was er dächte, wenn er es wüßte.

Dann steht sie auf, weil die Nachtschwester hereingekommen ist, um sie zu rufen. Es ist ausgemacht, daß sie ihn alle zwei Stunden sehen darf. Die anderen beiden folgen auf Zehenspitzen.

Da liegt er, regungslos. Ein alter Mann, denkt Nora und hat

wieder das Gesicht ihres vor dem Fernseher schlafenden Vaters vor Augen. Gott, wie sie sich gleichen. Im Lauf der Zeit werden sich die beiden Rivalen immer ähnlicher.

*

Lieber Gott, betet Irene im Geist, rette ihn, ich flehe dich an. Laß ihn nicht sterben, ich tue auch alles, was du willst.

Irene sieht keinerlei Widerspruch zwischen ihrem jetzigen Gebet und ihrem ruhigen Agnostizismus der letzten zwanzig Jahre. Sie hat Gott warten lassen? Nun gut, jetzt stürzt sie sich in seine Arme.

Ich werde ein vorbildliches Leben führen, ich schwöre es, du wirst stolz auf mich sein, ich werde zu allen gut und freundlich sein, sogar zu Mama, ich werde jeden Tag beten und ein Kind in der dritten Welt adoptieren, ja, in Afrika oder Südamerika, noch besser zwei, einen Jungen und ein Mädchen.

Lieber Gott, wenn du meinen Liebsten rettest, leiste ich für dich den größten Verzicht, den es gibt. Wenn du Renato rettest, gelobe ich, nie wieder mit jemandem zu schlafen, murmelt sie gläubig in ihr Taschentuch.

Dann stutzt sie: Bedeutet das, auch nicht mit ihm? Angenommen, er steht gesund und munter von diesem Bett auf, reißt sich die Schläuche aus den Nasenlöchern, den Tropf aus der Vene, und alle schreien: Ein Wunder! Was würde ihr das nützen, da sie gerade gelobt hat, nicht mehr mit ihm zu schlafen?

Sofort schämt sie sich für diesen Gedanken.

Verzeih mir, lieber Gott, bitte. Ich bin egoistisch, immer gewesen, von Geburt an, du mußt mich so nehmen, wie ich bin, aber hilf mir, meine Natur zu überwinden, und während sie diese Worte formuliert, fühlt sie sich in die Höhe getragen wie eine Heilige auf der Schwelle zur Ekstase. Natürlich wird sie diese Ekstase nie erleben, sie ist keine Heilige, aber die Vorstellung, von Gott überwältigt zu werden, läßt sie schaudern vor mystischer Lust. Sie beißt sich heftig in die Backen, bis es schmerzt.

Lieber Gott, murmelt sie, ich verzichte auf das, was mir am liebsten ist, wenn du ihn rettest: auf ihn. Ich werde nie mehr mit Renato schlafen. Ich werde ihn nie wiedersehen, wenn du es willst.

*

Wird er denn durchkommen? jammert Irene, im Raum hin und her gehend. Du bist Ärztin, du müßtest es doch wissen.

Die Ärzte wissen vieles nicht, sagt Nora. Angefangen bei dem, was in ihrem Privatleben los ist.

Sandra versteckt sich hinter einer Zeitschrift für Kochrezepte.

Irene bleibt stehen und läßt sich in einen Sessel fallen. Nur zu, bring mich ruhig um mit deinem Sarkasmus. Du hast recht, mehr kann ich nicht sagen.

Der Sarkasmus war auf mich selbst gemünzt, sagt Nora, steht auf und geht jetzt ihrerseits im Zimmer auf und ab. Nur eins, eins möchte ich wissen, sagt sie. Warum mein Bruder? Warum mußte es von allen Männern auf der Welt ausgerechnet mein Bruder sein?

Irene kaut auf ihren Lippen wie ein kleines Mädchen, das etwas angestellt hat. Dann sagt sie, spitz und tonlos zugleich: Ich weiß nicht, es schien mir nicht so tragisch, ihr ähnelt euch sogar.

Über den Zeitschriftenrand wirft Sandra einen prüfenden Blick auf Nora.

Man kann ihr Gesicht nicht sehen, sie schaut aus dem Fenster.

Daß es dein Bruder war, war ein Grund mehr, ihn zu lieben, sagt Irene. Ihr habt viel gemeinsam. Die gleichen Augen. Die hellen Augen eurer Mama, oder? Ich weiß es, du hast es mir selbst gesagt.

Noras Rücken wird steif. Man hört ihre Fingerknöchel

knacken, einen nach dem anderen. Sandra will gerade aufstehen und zu ihr gehen, als Nora sich scheinbar ruhig umwendet.

Gut, sagt sie nach einer Minute und läßt sich in einen Sessel fallen, schließen wir das Thema ab, ein für allemal.

*

Übrigens, sie blättert in dem Krankenbericht, den die Schwester ihr gegeben hat, die Antwort auf deine Frage lautet: Er hat gute Aussichten durchzukommen.

Gott sei Dank! haucht Irene.

Zu überleben, meine ich. Was die Folgen angeht, kann man noch nichts sagen.

Welche Folgen? Hör zu, ich will Klartext, versuch nicht, mich zu schonen.

Weißt du, was ein Schlaganfall ist?

Irene schüttelt den Kopf. Nicht genau. Erklär du's mir.

Ein Mangel an Blut im Gehirn. Oder ein Überschuß. Das Gehirn muß ständig durchblutet sein, wenn das Blut einen Moment zu wenig ist oder stockt, gibt es Probleme. Je nach dem Ernst der Situation können irreversible Schäden eintreten.

Welche Schäden?

Das Gehirn steuert alle unsere Funktionen. Er könnte gelähmt bleiben oder gar nicht mehr aus dem Koma aufwachen.

Irene starrt sie mit aufgerissenen Augen an. Du meinst, wie die, über die man in der Zeitung liest, acht Jahre im Koma, bis jemand entscheidet, den Stecker rauszuziehen?

Na ja, das Beispiel ist jetzt ein bißchen extrem …

Aber so etwas könnte Renato passieren?

Technisch gesehen, ja, sagt Nora nicht ohne einen Hauch Sadismus.

O mein Gott!

Jetzt hör endlich auf, sagt Sandra, weißt du nicht, daß es Unglück bringt, so zu reden?

Sie schweigen, starren jede an eine andere Wand. Ab und zu schauen sie flüchtig auf die Uhr, Irene auf das winzige goldene Ührchen mit Brillanten, das ihr Vater ihr zum einundzwanzigsten Geburtstg geschenkt hat, Nora auf die schwarze Swatch mit großen Zahlen und Plastikarmband und Sandra auf Noras Uhr, weil sie selbst keine besitzt, es stört sie, ständig so ein Ding am Gelenk zu tragen wie eine Handschelle.

Ist es schon wieder Zeit? fragt Irene, die eingenickt war.

Nein, sagt Nora, noch zwanzig Minuten.

Es ist entsetzlich heiß hier drin, stöhnt Irene und fächelt sich mit einer Zeitschrift. Und dieser Sessel ist sehr unbequem. Ich halte es nicht mehr aus.

Renato ist unverändert, unmöglich, auf seinem wächsernen Gesicht dort hinter der Scheibe eine Wendung zum Besseren oder Schlechteren zu erkennen.

Auf dem Rückweg zum Aufenthaltsraum fühlen sich alle drei plötzlich todmüde. Macht's euch was aus, wenn ich mir die Stiefel ausziehe? fragt Sandra. Meine Füße brennen.

Mach nur, ich kann auch kaum noch stehen, sagt Irene, streift die Schuhe ab und massiert sich die großen Zehen.

Zwei von uns könnten sich auf die Sofas legen, schlägt Sandra vor, mit angezogenen Beinen müßte es gehen. Die dritte könnte zwei Sessel zusammenstellen ...

Mir ist nicht nach Schlafen, sagt Irene, das Kinn auf die Knie gestützt. Was ist, wenn Renato morgen früh nicht mehr aufwacht?

Schluß jetzt! sagt Sandra.

Ich kann's nicht ändern, es läßt mich nicht los!

Sandra sucht nach einer bequemen Haltung im Sessel, findet aber keine. So zwingst du uns, auch dran zu denken, sagt sie. Du quälst uns. Ich mache das Licht aus, wenn's euch recht ist.

Schweigend, im Dunkeln, denken alle drei daran, während sich draußen der Wind erhoben hat und an den Scheiben rüttelt.

Wie gräßlich, murmelt Irene nach einigen Minuten. Ans Bett

gefesselt zu sein, ohne einen Muskel bewegen zu können. Ohne sprechen zu können.

Lieber gleich sterben, sagt Sandra schläfrig.

Das kann Jahre dauern, sagt Irene.

Kommt vor, sagt Nora und legt die Beine auf das Tischchen.

Bis jemand entscheidet, daß ... flüstert Irene.

Aber wer? fragt sie nach einer Minute.

Wer? Was? sagt Nora.

Wer entscheidet, wann der Stecker rausgezogen werden soll?

Die Angehörigen, sagt Nora. Könntest du nicht mal versuchen zu schlafen?

Rebecca, die erste Frau, sagt Irene. Sind es immer die Angehörigen, auch wenn sie getrennt leben?

Ja, sagt Sanda, aber Nora ist seine Schwester, daher ...

Was würdest du tun? fragt Irene kaum hörbar. Obwohl es dunkel ist, weiß Nora, daß sie gemeint ist.

Ich würde ihn zu einem guten Spezialisten bringen, sagt sie, in ein ernst zu nehmendes Krankenhaus.

Und wenn es nichts nützte? Wie lange würdest du warten?

Nora rückt unruhig hin und her. Ich weiß nicht, sagt sie.

Ich würde nicht lange drüber nachdenken, sagt Sandra. Unter bestimmten Bedingungen ist sterben besser als leben.

Ich würde den Stecker nie rausziehen, sagt Irene, ein Schluchzen erstickend. Ich würde ihn das ganze Leben bei mir behalten.

Wie egoistisch, sagt Sandra. Glaubst du, es würde ihn freuen, so dahinzuvegetieren? Gris ist keine Pflanze, die man aufs Fensterbrett stellt und gelegentlich gießt. Obwohl er als Kaktus nicht schlecht wäre.

Deiner Ansicht nach müßte ich ihn also umbringen? schreit Irene.

Zwischen umbringen und in Ruhe sterben lassen besteht ein ganz schöner Unterschied, sagt Sandra. Euthanasie ist viel menschlicher als jemanden, der kein Leben mehr im Leib hat, um jeden Preis zum Weiterleben zu zwingen. Was die Medizin macht, ist grausam!

Na ja, sagt Nora, das ist eine komplizierte Frage, und gesetzlich liegt die Verantwortung zum Schluß beim Arzt ...

Die Ärzte halten doch immer zusammen, sagt Sandra. Als Menschen sind euch die Patienten scheißegal.

Nora springt ruckartig auf. Irene fängt an zu weinen.

Sandra knipst das Licht an, sucht ein Taschentuch und reicht es ihr.

Zum Ersticken, hier drin, sagt Nora. Sie öffnet das Fenster, der Wind zerfleddert die Zeitschriften. Sie schließt es wieder.

Entschuldige, sagt Sandra. Ich habe nicht dich gemeint.

Hast du eine Ahnung, fragt Nora, an ein imaginäres Du gewandt, was es heißt, jemanden Tag und Nacht zu pflegen, ihn zu waschen, seine wundgelegenen Stellen zu desinfizieren?

Irene schluchzt heftiger.

Ich vertrete mir ein bißchen die Beine, sagt Nora, geht hinaus und schließt leise die Tür.

Vielleicht ist das ein Zeichen, sagt Irene, sich die Nase putzend. Es bedeutet, ich muß mich ändern, anderen gegenüber aufmerksamer sein.

Ich weiß nicht, warum ich das über die Ärzte gesagt habe, murmelt Sandra. Nora ist ein guter Mensch, ich wollte sie nicht kränken.

Nach fünf Minuten kommt Nora mit verstörtem Gesicht zurück. Da draußen ist ein Typ. Es wirkt, als überwache er die Klinik. Steht im Dunkeln hinterm Tor und raucht. Ich glaube, es ist derselbe, der mich heute fast mit einem Panda umgefahren hat.

O Gott, sagt Sandra. Dario.

Wer ist Dario?

Ihr Freund, erklärt Irene. War doch klar, daß er hier warten würde, das hättest du dir denken können.

Er ist nicht bösartig, sagt Sandra in entschuldigendem Ton zu Nora, bloß ein bißchen gestört.

Worüber beklagst du dich, sagt Irene, sei froh, daß du einen Mann hast, dem was an dir liegt.

Ja, sagt Nora, ein Mann.

Irene schweigt. Nora muß plötzlich lachen. Zuckend schlägt sie die Hände vors Gesicht.

Was ist los, fragt Sandra, geht's dir nicht gut?

Doch, aber mir kommt auf einmal alles so absurd vor.

Die Nachtschwester lächelt beruhigend, als wolle sie verkünden, es sei eine Besserung eingetreten. Aber der Kranke ist unverändert.

Der Wind hat sich gelegt, und die Nacht ist mehr als zur Hälfte vorbei. Im Osten über dem Wäldchen zieht am grauen Himmel eine vage Helligkeit herauf.

Wißt ihr was? fragt Sandra, als sie sich wieder die Stiefel auszieht. Ich kapiere langsam, warum Leute, die den ganzen Tag mit Kranken arbeiten, zynisch werden.

Ja, nickt Irene, sich die Augen reibend, irgendwie muß man sich ja abreagieren.

Ein paar mildernde Umstände billigst du uns Ärzten also zu, sagt Nora säuerlich.

Du bist eine Ausnahme, sagt Irene. Du setzt dich mit Leib und Seele für deine Patienten ein, obwohl du weißt, daß es sowieso nichts bringt. Sie wollen nichts ändern, oft wollen sie nicht mal gesund werden, sondern nur ihre Probleme bei dir abladen. Du bist zu gutmütig, das sage ich dir seit Jahren.

Wenn du's mir noch mal sagst, könnte ich dir weh tun, erwidert Nora.

Versuchen wir zu schlafen, schlägt Sandra vor.

Draußen bellt wütend ein Hund. Drinnen versuchen drei Frauen, regelmäßig zu atmen, sich im letzten Teil der Nacht der Müdigkeit zu überlassen. Nora zählt auf Englisch, um einzuschlafen. Bei threehundredninetyfour flüstert Irene: Aber diese ... diese Insuffizienz ... woher kommt die?

Die Hauptursache für Mitralklappen-Insuffizienz, antwortet

Nora müde, ist gewöhnlich Veranlangung oder eine Infektion, etwa eine Rheumaerkrankung in der Kindheit …

Hat er so etwas gehabt?

Keine Ahnung, vielleicht vor meiner Geburt oder als ich noch sehr klein war. Dann gibt es noch sekundäre Auslöser wie Rauchen, Alkohol, Übergewicht, sitzende Lebensweise, Streß …

Renato raucht diese gräßlichen Zigarren, jammert Irene. Direkt ein Trinker ist er zwar, glaube ich, nicht, aber mit der Ausrede, ein Weinkenner zu sein, kann er schon zwei Flaschen pro Mahlzeit leermachen … Findet ihr, er hat Übergewicht?

In den letzten zehn Jahren hat er etliche Kilo zugelegt, sagt Sandra gähnend. Und hohen Blutdruck bekommen. Als ich mit ihm zusammen war, hatte er damit keine Probleme.

Streß ist ja unvermeidlich, bei dem Leben – Irene hält inne.

Alle drei denken an das Maschinengewehr unter dem Bett – in der wattierten Atmosphäre der Klinik hatten sie es beinahe vergessen.

Mir haben die Leute, mit denen er verkehrt, nie gefallen, sagt Sandra. Ein paarmal hat er Freunde mit heimgebracht, sie redeten über Arbeit, und ich schloß mich in mein Zimmer ein. Unangenehmes Pack.

Bist du sicher, flüstert Irene, daß er wirklich krank ist? Womöglich haben sie ihn aus einem anderen Grund operiert, vielleicht hat jemand …

Auf ihn geschossen? Hör zu, in Privatkliniken wird viel vertuscht, aber das … Nora überlegt. Woher soll ich es wissen? Ich habe ihn hinter der Scheibe liegen sehen, wie du.

Warum hätte jemand auf ihn schießen sollen? fragt Sandra skeptisch.

Weil er jemandem in die Quere gekommen ist, sich mit einem Mafioso angelegt hat, vielleicht hat er einem rivalisierenden Clan ein Geschäft verraten, bemerkt Irene.

Welches Geschäft denn? Glaubst du wirklich, daß er mit Waffen handelt? Nein, ehrlich, das klingt mir zu sehr nach Roman.

Ich weiß nicht, sagt Irene, bis vor ein paar Tagen hätte ich es auch nie für möglich gehalten, aber jetzt bin ich mir nicht mehr sicher.

Wieder schweigen alle drei. Es ist kurz vor dem Morgengrauen. Plötzlich merken sie, daß die Heizung abgestellt ist, und frösteln. Sie legen sich ihre Jacken über die Schultern, über die Knie. Ihre Füße schmerzen, die Augen sind geschwollen. Für wenige Minuten fallen sie in einen kurzen, leichten Schlaf voller unangenehmer, beängstigender Phantasien und wachen vom Geräusch eines Autos auf dem Kiesweg erleichtert wieder auf. Der Himmel ist hell geworden, und über dem Wäldchen geht die Sonne auf.

Ein Frühaufsteher, der Chefarzt, sagt Sandra, aus dem Fenster schauend, und dehnt sich.

Er wird noch ein paar andere Kliniken haben, um die er sich kümmern muß, brummt Nora.

Wie sehe ich aus? fragt Irene. Gräßlich, oder? Ich fühle mich wie ein Zombie.

Mach dir keine Sorgen, Renato sieht dich sowieso nicht, sagt Nora.

Aber sein eines Auge ist offen! sagt Irene. Tatsächlich, ein Lid ist halb geöffnet, und man erahnt die graublaue Iris. Der Professor kommt heraus, nachdem er Renato den Puls gefühlt und mit der Krankenschwester gesprochen hat. Er ist rosig, gut gelaunt und perfekt rasiert. Die drei Damen dagegen haben die graue Haut und den erloschenen Blick von jemandem, der eine schlimme Nacht verbracht hat. Alles bestens, sagt der Chefarzt, viel besser als erwartet.

Ist er bei Bewußtsein? fragt Irene und fährt sich durchs Haar. Kann er uns sehen? Kann er sprechen?

Der Chefarzt mustert sie, als fragte er sich: Wo kommt die denn her? Immer mit der Ruhe, meine liebe Signora, sagt er. So was braucht Zeit. Zaubern können wir noch nicht. In zwei, drei Tagen reden wir weiter. Jedenfalls gibt es inzwischen ausgezeichnete neuromotorische Rehakliniken für zerebral geschädigte Patienten. Mit drei so fürsorglichen, hübschen Krankenschwestern wird er sich sicher perfekt erholen. Bis bald, Dottoressa, sehr erfreut, Sie kennengelernt zu haben.

Damit drückt er Nora energisch die Hand und geht.

Und jetzt? sagt Irene nach fünf Minuten, als sie sich von der Scheibe losgerissen hat.

Jetzt trinken wir einen Kaffee, sagt Sandra gähnend.

Was wollte er mit dieser Bemerkung über die Krankenschwestern sagen? fragt Irene im Café und starrt finster in ihre Tasse.

Die anderen beiden sehen sich an. Renato wird Hilfe brauchen, sagt Nora, während sie langsam den Zucker in den Kaffee rieseln läßt.

Nur allmählich erfassen die anderen beiden den Sinn dieses Satzes.

Du meinst, er wird nicht allein leben können, sagt Irene.

Jedenfalls eine Zeitlang nicht.

Aber die Klinik –

Die Klinik behält die Patienten nicht ewig und verlangt gewöhnlich die Mitarbeit eines Angehörigen oder einer Vollzeitpflegekraft.

Er hat genug Geld, um sich alle Pflege leisten zu können, die er braucht, bemerkt Sandra rational.

Fremde Menschen sollen ihn anziehen, füttern, zu Bett bringen? Das ist doch schrecklich! sagt Irene.

Gibt es eine Alternative? fragt Nora schroff.

Stumm belauern sie sich und senken dann die Augen.

Irene zerpflückt ihr Croissant.

Warum nimmst du ihn nicht? schlägt Nora vor.

Irene sieht sie verständnislos an.

Nimm ihn zu dir, wenn dir soviel an ihm liegt. Ich habe nichts dagegen, und Sandra …

Gott bewahre, sagt Sandra und wischt sich mit der Serviette über die Lippen.

Irene blickt mißtrauisch von einer zur anderen, als vermute sie einen bösen Scherz. Aber das kann ich nicht, bricht es zuletzt aus ihr heraus. Ich arbeite schließlich!

Wie wir alle, sagt Sandra.

Nein, ihr versteht mich nicht, sagt Irene, gegen ihre Heiserkeit ankämpfend, ich würde es unheimlich gern tun, wenn ich noch ein Leben hätte, würde ich mich ihm mit Leib und Seele widmen, Tag und Nacht, aber leider habe ich nur dieses Leben und kann nicht aufhören zu arbeiten, wer bezahlt sonst meinen Lebensunterhalt?

Du kannst ja tagsüber eine Pflegekraft nehmen, sagt Nora mit einem schiefen Lächeln, das sehr an ihren Bruder und ihren Vater erinnert, und ihm den Rest deiner Zeit widmen. Die Abende, die Wochenenden, die Ferien.

Irene sieht sie fassungslos an. Ist dir klar, fragt sie, daß ich nicht mal zum Einkaufen komme? Seit Wochen brauche ich neue BHs, meine alten sind schon ganz ausgeleiert, und habe einfach keine Zeit, mir welche auszusuchen!

BHs kann man per Post bestellen, sagt Nora.

Machst du Witze?! Unterwäsche muß ich anprobieren, ich kann doch nicht irgendwas tragen. Du verarschst mich!

Nora lächelt der leeren Tasse zu.

Wieder sieht Irene Renato unbeweglich im Rollstuhl vor sich, behindert, ganz auf sie angewiesen. Vor einigen Tagen fand sie die Vorstellung verlockend, aber jetzt wird ihr bewußt, daß es nicht ginge.

Nein, sagt sie ernst, ich kenne mich, ich bin zu egoistisch, ich könnte nicht einmal mit Renato leben, wenn er gesund wäre, aber krank erst ... Zum Schluß würde ich ihn nicht mehr mögen und mich selber auch nicht, weil ich von mir enttäuscht wäre, ich würde eine Hingabe von mir fordern, die ich gar nicht besitze.

In der folgenden Stille hört man ein paar morgendliche Vögel im Wäldchen zwitschern.

Na gut, sagt Nora und reibt sich mit einer Grimasse den Bauch, zum Schluß werde wohl ich die Sache in die Hand nehmen müssen. Zumindest, bis er selbst entscheiden kann, falls er dazu überhaupt je wieder in der Lage sein wird.

Daß alles an dir hängenbleibt, ist ungerecht, sagt Sandra.

Jemand muß sich doch darum kümmern.

Ja, aber wir könnten dir helfen ... ich weiß nicht, uns abwechseln ... sagt Sandra, zögernd im Gedanken an Darios Reaktionen.

Gute Idee, sagt Irene. Was man in solchen Fällen braucht, ist Organisation.

Ich dachte, du wolltest dich raushalten, sagt Nora.

Ja, aber zu dritt ist es etwas anderes. Geteiltes Leid ist halbes Leid. Und du weißt ja, wenn's um Organisieren geht, bin ich in meinem Element. Wenn wir jetzt einen Plan machen ... Hat jemand einen Block und einen Stift da?

Findest du das nicht ein bißchen verfrüht? fragt Nora. Ich weiß nicht, warum ich dieses ätzende Croissant gegessen habe, ich spüre schon das Sodbrennen ...

Und ich habe wahnsinnige Rückenschmerzen, jammert Sandra. Dieser Sessel hat mir den Rest gegeben. Dabei bin ich erst vor ein paar Tagen bei der Masseurin gewesen.

Wem sagt ihr das, kreischt Irene, ich könnte mich umbringen vor Kopfweh.

Wer weiß, ob sie hier ein Maalox für mich haben ... Nora unterbricht sich, weil sie eine bekannte Stimme auf dem Flur gehört hat.

Was ist? fragen die anderen beiden, als sie ihr überraschtes Gesicht sehen.

Pst! flüstert sie, einen Finger auf den Lippen.

Sie erhebt sich und geht rasch hinaus. Sandra und Irene folgen ihr. Die Klinik ist nicht groß, das Café liegt im Erdgeschoß am Ende des Flurs, man hört deutlich die Stimmen, die aus der Eingangshalle kommen. Eine große, hoch aufgerichtete Frau in einem braunen Wollrock und einem beigefarbenen Kaschmirtwinset unter dem Lodenmantel, gut geschminkt, gut frisiert und unglaublich frisch, wenn man bedenkt, daß sie morgens um sieben von wer weiß woher gerade hier eingetroffen ist, unterhält sich mit dem Chefarzt. Nora bleibt in drei Metern Abstand plötzlich stehen, und die anderen beiden, im Gänsemarsch hinter ihr, prallen fast mit der Nase aufeinander.

Caterina! sagt Nora verblüfft.

Die Frau dreht sich um, wirft ihr einen langen, prüfenden Blick zu und registriert: länger nicht mehr geputzte flache Schuhe, zerknitterte Hosen, vor fünf Jahren gekaufter, handgestrickter Pullover aus Uruguay, graue Strähnen zwischen den blonden Haaren und ein Gesicht, dem man die schlaflose Nacht ansieht. Nora! sagt sie vorwurfsvoll.

Die Schwägerinnen küssen sich auf die Wangen oder besser, Nora küßt Caterinas Wangen, und Caterina küßt die Luft neben Noras Wangen.

Irene und Sandra verfolgen regungslos die Szene, die Augen starr auf Caterina gerichtet.

Meine Freundinnen, stellt Nora sie vor.

Du Glückliche, sagt Caterina und reicht ihnen eine glatte kalte Hand, ich habe keine Zeit für Freundinnen.

Es sind auch Freundinnen von Renato, fügt Nora mit einem unschuldigen Lächeln hinzu. Wie du siehst, hat sogar er etwas Zeit gefunden.

Caterina wendet sich ruckartig dem Chefarzt zu. Wann kann ich meinen Mann sehen, Professore?

Moment noch, gnädige Frau, die Schwestern machen ihn gerade schön, in ein paar Minuten ist er bereit, Sie zu empfangen.

Hätte ich es nur früher gewußt! sagt Caterina. Aber Sie müssen verstehen, Professore, ich war mit Maurizio verreist und hatte das Handy abgeschaltet, weil ich mich ganz auf ihn konzentrieren wollte. Wir haben sowieso so wenig Zeit für uns!

Der Chefarzt sieht sie zerstreut an, rückt sich die Brille auf der Nase zurecht und erwidert: Aber gewiß, gnädige Frau, das ist durchaus verständlich. Wenn Sie mich jetzt entschuldigen wollen … Und weg ist er.

Wer ist Maurizio? flüstert Irene, die mit Sandra zurückgeblieben ist, während die beiden Schwägerinnen sich langsam zu dem Kranken aufmachen.

Sandra schüttelt den Kopf, um zu sagen: keinen blassen Schimmer.

Wußtest du von der Operation? fragt Nora.

Und während Caterina erzählt, daß sie nichts wußte, daß sie gestern abend beim Heimkommen eine Nachricht auf dem Anrufbeantworter vorgefunden hat etc., stellt Nora fest, daß die Zeit auch an ihr nicht spurlos vorübergegangen ist: müde Haut unter dem Make-up, ein Netz von Fältchen um die Mundwinkel, die Sehnen am Hals wie straff gespannte Saiten. Caterina ist nur wenige Jahre älter als sie, aber mit ihrem einbalsamierten wohlerzogenen Lächeln kam sie ihr immer viel älter vor, zeitlos wie die Frau eines Pharaos. Doch jetzt nimmt sie eine Veränderung wahr, ein leichtes Zucken am Augenlid, eine sonderbare Erregung, ein unsicheres, nervöses Zögern am Satzende.

… unmöglich, der Mann, sagt Caterina gerade, er hat mir erzählt, er ginge wegen einer kleinen Operation am Meniskus in die Klinik, du weißt ja, das machte ihm seit Jahren zu schaffen, es sei ein völlig ungefährlicher Eingriff, hat er mir versichert, er wolle für sein neues Leben in Form sein, hat er behauptet, stell dir das vor …

Neues Leben? sagt Nora und blickt ihrem Bruder in das offene Auge. Sie sind in dem Kämmerchen vor der Scheibe angekommen, und Caterina mustert den Kranken, besorgt, sogar angstvoll und auch verärgert, als hätte ihr das Schicksal einen bösen Streich gespielt.

Das gibt es nicht, sagt sie, ich kann's nicht glauben! Sie putzt sich die Nase, natürlich ganz leise, wie eine vollendete Dame.

Das gibt es nicht, wiederholt sie und krallt sich in einem unvorhergesehenen Anfall von Nervosität an Noras Arm fest. Was für eine Katastrophe, ausgerechnet jetzt!

Vor der Tür streiten Sandra und Irene mit der Krankenschwester, die sie nicht eintreten lassen will.

Caterina atmet schwer. Aber es ist nicht so schlimm, wie es aussieht, stimmt's? fleht sie. Er wird durchkommen, er wird wieder wie früher, das ist nur ein vorübergehender Zustand.

Er wird durchkommen, sagt Nora verlegen, während sich Caterinas Finger schmerzhaft in ihr Handgelenk bohren. Ob er wieder wird wie früher, weiß ich nicht . . .

Die unsympathische Schwägerin tut ihr leid. Sie ist also gar nicht das gefühllose Biest, für das sie sie gehalten hat. Caterina und Renato sind für einander gemacht, das war jedem, der sie kannte, schon immer sonnenklar. Vielleicht ist ihre Ehe gescheitert, weil sie zu ähnlich waren, beide zu ehrgeizig und zu egoistisch. Aber ist sie wirklich gescheitert oder nur zeitweise auf Eis gelegt?

Das kann er mir nicht antun, sagt Caterina, jetzt, wo die Papiere fertig sind. In ein paar Tagen ist es soweit, ich denke gar nicht daran, alles rückgängig zu machen. Auf Maurizio verzichte ich keinesfalls, da kannst du Gift drauf nehmen!

Maurizio? fragt Nora und löst sanft Caterinas Finger von ihrem Arm.

Nach allem, was ich durchgestanden habe, um ihn zu bekommen. Du kannst dir nicht vorstellen, wie viele Hindernisse, wie viele Diskussionen! Die Kompromisse, die Abstriche, die ich machen mußte, die Opfer, die ich gebracht habe, angefangen bei meiner Arbeit, ganz zu schweigen von Renato, mit dem man es nie leicht hat . . . Caterina hält inne, um Atem zu holen, und Nora starrt fasziniert auf die Träne, die an ihren getuschten Wimpern glitzert.

Wie alt ist er? fragt sie, da ihr allmählich dämmert, wovon die Rede ist.

Neun, sagt Caterina. Um ein Kind anzunehmen, braucht

man geregelte Familienverhältnisse, verstehst du, einen gesunden Vater, keinen Invaliden mit einem offenen und einem geschlossenen Auge!

Ihr würdet also wieder zusammenziehen ... sagt Nora.

Ja natürlich, wir ziehen in mein Elternhaus, in die Villa von Canzo. Für mich ist das wahnsinnig unbequem, weil ich in Pavia arbeite, stell dir bloß die Fahrerei vor. Für ihn ist es ein Katzensprung, von Canzo nach Mailand braucht man höchstens eine Stunde, und es gibt auch einen Zug, falls er mal keine Lust aufs Auto hat. Aber die Villa hat einen Park mit Bäumen, Gemüsegarten, Schuppen zum Indianerspielen, einfach ideal für ein Kind, da kann er alles machen, sogar schießen, ohne die Nachbarn zu stören, Platz gibt es genug ...

Schießen?

Er mag diese Spielzeuggewehre, die laut knallen und wie echt aussehen, er besitzt eine ganze Sammlung davon, du weißt ja, wie Kinder sind, sie machen gern Lärm ...

Ist Renato nicht ein bißchen zu alt, um plötzlich Vaterpflichten zu übernehmen?

Aber ich bitte dich, mit zweiundfünfzig ist ein Mann in seinen besten Jahren, sagt Caterina und wirft einen zerstreuten Blick auf den bewegungslosen, katheterisierten Körper ihres Mannes, und außerdem wird gerade das Adoptionsgesetz geändert, die Altersgrenze für die Eltern wird heraufgesetzt, ist ja auch logisch, die Leute leben länger, kriegen später Kinder, was ist daran seltsam? schließt sie und tupft sich zart die Augen mit dem Taschentuch.

Und außerdem, fügt sie lebhaft hinzu, wenn du schon ein älteres Pflegekind hast und alles gut läuft, kriegst du womöglich noch ein kleines zur Adoption. Wenn sie klein sind, empfindest du sie doch mehr als deine eigenen, findest du nicht?

Konntet ihr zwei eigentlich keine eigenen Kinder haben, fragt Nora, wozu sie früher nie den Mut aufgebracht hätte.

Das ist nicht der Punkt, sagt Caterina abweisend, die Dinge

ändern sich, wir ändern uns. Vor Jahren war mein Kinderwunsch nicht so ausgeprägt wie jetzt, verstehst du?

Nora nickt.

Ich nehme ihn mit, sagt Caterina resolut und knüllt ihr Taschentuch zusammen, ich nehme ihn mit und lasse niemanden zu ihm. Niemand darf etwas erfahren, im Grund genommen sind alle Papiere unterschrieben, wir haben die Gespräche geführt, wozu sollte man ihn noch brauchen? Es reicht, wenn ihn niemand in diesem Zustand sieht ...

Nora schaut sie an. Ja, sagt sie langsam, ja. Und wo tust du ihn hin?

Oh, die Villa ist groß, im Erdgeschoß der große Salon, der kleine Salon, das Speisezimmer und die Küche mit angrenzendem Dienstbotenzimmer, im ersten Stock die Schlafzimmer samt Bädern, und im Dachgeschoß zwei reizende Zimmerchen mit Blick auf den Park und einem entzückenden kleinen Bad, daraus kann ich eine Extrawohnung für ihn machen, und die Krankenschwester bringe ich unten neben der Küche unter, da hat sie auch ihr eigenes Bad. Denn natürlich braucht man jemanden, der nach ihm sieht, eine Philippinin oder vielleicht eine Rumänin, mal sehen ...

So wird mein Bruder das männliche Gegenstück zu der Irren im Dachgeschoß, sagt Nora.

Wie bitte?

Die Frau von Rochester, kennst du die Geschichte?

Nein, antwortet Caterina, wer ist Rochester, einer von der Merchant Bank in London?

So was ähnliches, sagt Nora.

Meinst du, der Professor entläßt ihn so ohne weiteres? Vielleicht redest du besser auch mit ihm, du bist doch vom Fach. Und womöglich gibt er mir ein Attest, aus dem hervorgeht, daß er einen kleinen Eingriff am Meniskus vorgenommen hat, dann kann ich sagen, Renato sei gerade bei der Physiotherapie, wenn mich jemand nach ihm fragt ... was hältst du davon?

Ich glaube nicht, daß du Probleme haben wirst, sagt Nora. Aber sprich selbst mit ihm, ihr versteht euch bestimmt besser. Manchmal ist es weniger eine fachliche als eine Klassenfrage.

Caterina wirft ihr einen schiefen Blick zu, dann nickt sie.

*

Ich kann es nicht glauben, sagt Sandra.

Sie sind in der Bar und trinken die zweite oder dritte Tasse Espresso. Die Sonne steht hoch, es ist fast acht, plötzlich wollen sie alle drei bloß noch weg.

Und wir machen uns Sorgen wegen dem Maschinengewehr, sagt Nora.

Aber wieso war die Schachtel denn offen, wenn das Ding ein Geschenk für Maurizio ist? fragt Irene.

Wahrscheinlich konnte er der Versuchung nicht widerstehen und hat selber ein bißchen damit gespielt, was ist daran komisch? sagt Sandra. Was ich mich eher frage ist, wie zum Teufel so ein Kind aufwächst, wenn es diese Art von pädagogisch wertvollem Spielzeug in die Hand kriegt.

Ich hoffe, sie schenken ihm bald ein echtes und er benutzt es, um seine lieben Adoptiveltern kaltzumachen, sagt Irene wütend und beißt in ein Cremetörtchen. Das ist doch die Höhe! Der Kerl plant, zu seiner reizenden Gattin zurückzukehren und in ihrer Villa in Brianza glückliche Familie zu spielen, und sagt mir kein einziges Wort davon! Tut so, als hätte es mich nie gegeben! Das einzige, was sie ein bißchen tröstet, ist, daß die liebe Monica bestimmt auch sehr überrascht sein wird, aber diesen Gedanken behält sie für sich.

Wußtest du etwas davon? fragt Nora Sandra.

Nein, sagt Sandra. Bei unserer letzten Begegnung hatte ich den Eindruck, er wolle reden, er war bedrückt, ich dachte schon fast, es gehe ihm schlecht, er habe Angst vor dem Tod. Aber er ist nicht der Typ, der Angst hat oder es zugibt. Wenn ich es mir recht überlege, erschreckte ihn vermutlich nicht der Tod, sondern die Villa in Brianza mit Caterina und Maurizio.

Ihr Frühstück endet in nachdenklichem Schweigen.

Dann schüttelt Irene den Kopf, als wollte sie einen häßlichen Traum verscheuchen, und sagt: Alles in allem ist es besser so. Für uns wäre es doch ein ziemliches Problem gewesen, für ihn zu sorgen. Ich zum Beispiel hätte auf meine gesamte Freizeit verzichten müssen, einschließlich Ferien. Wir hätten diesen Sommer nicht nach Kanada fahren können, sagt sie zu Nora und ergreift ihre Hand auf dem Tischchen.

Ich glaube nicht, daß ich nach Kanada mitkomme, sagt Nora nach kurzem Schweigen und zieht die Hand weg. Ich werde mich wahrscheinlich in London für einen Englischkurs anmelden.

Dieser Einfall ist ihr gerade gekommen, genau das wird sie tun. Sie wird nicht als freiwillige Helferin nach Brasilien gehen und auch nicht nach Afrika, vorhin, als sie dachte, sie müsse sich um Renato kümmern, hat sich ihre ganze Opferbereitschaft erschöpft. Nach London wird sie gehen, aber nicht in das Viertel von Mrs. Brown; sie wird sich ein hübsches Bed & Breakfast in Chelsea suchen, alte Landsitze und Gärten besichtigen, Tee trinken und plaudern. Zum Teufel mit dem Geld, irgendwo wird sie schon welches auftreiben.

Irene seufzt. Ich könnte auch nach London kommen, sagt sie.

Niemand hindert dich, sagt Nora. London ist groß genug für uns beide.

*

Sie stehen auf. Augenblick, sagt Irene, bevor ich losfahre, muß ich noch auf die Toilette. Wartet auf mich. Ich komme mit, sagt Sandra. Nora schließt sich an.

In der Schule sind wir auch immer zum Rauchen aufs Klo, sagt Sandra und bietet Nora eine Zigarette an. Sie rauchen stumm, während Irene sich vor dem Spiegel schminkt.

Wir sehen uns draußen, sagt Nora und macht die Kippe unter dem Wasserhahn aus, ich rede noch kurz mit Caterina. Ihr ist eingefallen, daß sie noch ein paar finanzielle Kleinigkeiten regeln müssen, bevor sie sich über Renatos Körper verabschieden.

Hör zu, sagt Sandra langsam, ans Waschbecken gelehnt, wenn du jemand anders für das Lager suchen willst, nur zu ...

Irene erstarrt mit dem Kajalstift in der Luft. Was meinst du damit?

Ich verstehe es, daß du mich nach allem, was passiert ist, nicht mehr vor der Nase haben willst.

Du willst gehen? faucht Irene, den Stift schwingend. Nach allem, was passiert ist, nachdem ich von allen Menschen, die mir am meisten bedeuten, gedemütigt und abgelehnt worden bin, kommst du und sagst mir, daß du gehst?

Nein, ich habe gesagt, daß ...

Also, das ist ja die Höhe! kreischt Irene. Mich einfach sitzenzulassen, mit der wichtigen Lieferung morgen, den halbfertigen Bilanzen, der Messe in Mailand! Willst du mich ruinieren?

Eine Krankenschwester erscheint in der Toilettentür, um nachzusehen, was los ist. Beide drehen sich wutentbrannt zu ihr um. Die Schwester geht wieder.

Deine Stimme hat sich gebessert, bemerkt Sandra.

Sandrina, Liebling, sagt Irene, nimmt sie an den Armen und blickt ihr tief in die Augen, schau mich an: Willst du wirklich gehen oder ist es ein Geldproblem? Wenn du willst, gebe ich dir eine Gehaltserhöhung, das wollte ich sowieso, ich hab es der Geschäftsleitung schon vorgeschlagen, ich kann dir die Kopie des Berichts zeigen, den ich geschickt habe ...

Es ist kein Geldproblem, sagt Sandra.

Ich gebe dir die Erhöhung trotzdem, ab diesem Monat.

Aber ich will gar keine – Sandra unterbricht sich. Na gut, danke, sagt sie.

Also bleibst du?

Irene, es handelt sich um ein Mißverständnis: Ich dachte, du wolltest mich nicht mehr.

Bist du verrückt? Warum sollte ich auf eine wie dich verzichten? sagt Irene, atmet tief durch und fängt an, sich zu kämmen. Wo, glaubst du, finde ich eine andere?

Weiß ich nicht, sagt Sandra, vielleicht bin ich dir nicht mehr so sympathisch ...

Irene hält inne. Sie sehen sich im Spiegel an, seltsam, ihre Gesichter da nebeneinander, während eine die Physiognomie der anderen studiert.

Und ich dir? fragt Irene.

Für mich hat sich nichts geändert, außer daß ich Schuldgefühle habe.

Du bist wenigstens ehrlich, sagt Irene.

Weiß ich nicht, sagt Sandra.

Eben. Wenn du's nicht wärst, hättest du ja gesagt. Ich, sagt Irene und dreht den Wasserhahn auf, um ein Haar fortzuspülen, bin vielleicht nicht so ehrlich, wie ich dachte, und im Privatleben treffe ich oft katastrophale Fehlentscheidungen, aber bei der Arbeit habe ich einen unfehlbaren Riecher, da irre ich mich nie. Ich habe sofort gewußt, daß du die Person bist, die ich suche.

Na, um so besser, sagt Sandra. Bist du fertig?

*

Als sie auf den Platz hinaustreten, löst sich der Junge von dem beigefarbenen Panda, an dem er lehnt, und geht ihnen, die Hände hinter dem Rücken, entgegen.

Ciao, Dario, sagt Sandra. Wie ich sehe, hast du auch eine schlaflose Nacht hinter dir.

Todernst, mit gerunzelter Stirn, überreicht Dario Nora eine Gardenie.

Für mich? fragt Nora verblüfft, mit einem reflexartigen Lächeln. Wie lieb.

Wortlos hält Dario Irene eine zweite Gardenie hin.

Toll! quietscht Irene und schnuppert daran. Wie sie duftet!

Wo, zum Teufel, hast du die her? sagt Sandra und blickt sich um.

Aus dem Gewächshaus, sagt Dario. Er macht eine unbestimmte Handbewegung zu einem Punkt hinter dem Garten. Sie haben ein riesiges, phantastisches Gewächshaus. Mit Palmen. Ich war heute nacht dort, es wird von einem Hund bewacht, aber er lag an der Kette, der Arme. Damit reicht er ihr die dritte Gardenie.

Herrgott, Dario, und wenn sie dich erwischt hätten?

Schimpf ihn doch nicht, er ist so reizend gewesen! sagt Irene. Danke, Lieber, wir brauchten eine ritterliche Geste.

Du könntest dich ruhig bei Nora entschuldigen, sagt Sandra streng. Gestern hast du sie beinahe umgefahren.

Entschuldigung, sagt Dario errötend. Ich war ein bißchen außer mir.

Schon gut, erwidert Nora verlegen, kein Problem, ich ...

Dann auf Wiedersehen, sagt Sandra und schiebt Dario zum Auto. Als sie die Tür zuschlägt, hört man sie noch sagen: Wenn sie auf dich warten, können die Katzen verhungern. Aber morgen melde ich mich als erstes in der Fahrschule an – dann werden die Worte vom Motorlärm übertönt.

Nora und Irene bleiben allein auf dem Parkplatz zurück. Die Autodächer blitzen in der Sonne, und der See unten sieht aus wie eine blaue Scheibe.

Also ciao, sagt Nora und geht auf ihren Golf zu.

Hör mal, sagt Irene, glaubst du ... daß wir uns ab und zu sehen können?

Ich weiß nicht, sagt Nora. Vielleicht irgendwann. Dann lächelt sie rasch, winkt zum Gruß, und weg ist sie.

Irene steigt ins Auto, streicht ihren Rock glatt, damit er nicht knittert, schnallt sich an, schaut kurz in den Spiegel (sie sieht gräßlich aus) und fährt los. Unterwegs fällt ihr ein, daß sie gelobt hat, nie wieder mit jemandem zu schlafen, wenn Renato durchkommt. Bis jetzt lebt Renato noch, jedenfalls technisch gesehen, ist ihr Gelübde also gültig?

Dann erinnert sie sich aber, daß sie danach noch ein zweites Gelübde abgelegt hat, nämlich auf Renato zu verzichten. Für Gelübde gilt bestimmt die gleiche Regel wie für Testamente, sagt sie sich, während ihre Gedanken zum Teil schon bei der Firma sind, weil sie heute mit Verspätung ins Büro kommen wird und die verlorene Zeit aufholen muß, das letzte annulliert die vorhergehenden.

Erleichtert atmet sie auf und biegt ab in Richtung Autobahn.

Ich danke meiner lieben Freundin Dr. Cristina
Ferrari für ihre Geduld und Aufmerksamkeit und
für die medizinischen Informationen.

Umschlaggestaltung: Michel Keller, München,
Satz: Reinhard Amann, Aichstetten
Druck und Bindung: Pustet, Regensburg
ISBN 3-88897-258-2
1 2 3 4 5 • 04 03 02 01